Une famille aux abois

La forêt des mystères

BEVERLY LONG

Une famille aux abois

Traduction française de
KAREN DEGRAVE

BLACK ROSE

HARLEQUIN

Collection : BLACK ROSE

Titre original :
A COLTON TARGET

HARPERCOLLINS FRANCE
83-85, boulevard Vincent-Auriol, 75646 PARIS CEDEX 13
Service Lectrices — Tél. : 01 45 82 47 47

www.harlequin.fr

ISBN 978-2-2804-4609-9 — ISSN 1950-2753

1

Blaine Colton se réveilla dans un lit inconnu. Cela n'avait rien d'inhabituel, vu ce qu'il avait fait de ses treize dernières années. Mais le fait que ce lit se trouve dans l'une des nombreuses chambres d'amis du manoir des Colton rendait cela désagréable.

La maison de ses parents était si grande qu'il aurait été utile d'avoir une carte. Et elle était solidement bâtie, avec des murs épais, ce qui rendait difficile de savoir si quelqu'un d'autre était réveillé. Dans le doute, il resta immobile.

Il était arrivé trop tard, la veille au soir, pour avoir de vraies conversations. Il avait échangé quelques mots avec sa mère et éprouvé un vif soulagement quand elle lui avait dit que son père était retenu par une réunion. Il avait ensuite rendu visite à son grand-père Earl, qui avait sa propre suite dans le manoir, et s'était excusé d'avoir raté son quatre-vingt-quatorzième anniversaire. Il n'était pas sûr que le vieillard l'ait reconnu, mais il avait eu l'air content de le voir.

Son grand-père était peut-être plus heureux que lui. En général, Blaine avait un but quand il se réveillait. Des vies en dépendaient. Il tourna la tête, contempla le papier peint vert à rayures verticales marron et se mit à compter. Quand il atteignit l'angle de la pièce, il tourna la tête et compta les rayures du mur opposé.

Quarante-deux rayures de chaque côté. C'était une grande chambre.

Il n'avait pas été élevé dans ce décor de théâtre. Cette « maison » avait été construite bien après son départ. Après son engagement dans l'armée. Il avait fièrement servi son pays.

Avant de tout gâcher.

Alors il avait dû rentrer déshonoré. Enfin… presque. Sans l'en informer, son père, le puissant Russ Colton, avait demandé une faveur à son cousin plus puissant encore, l'ancien président Joe Colton. Alors, d'un coup de baguette magique ou grâce à quelques pattes graissées – cela dépendait de la manière dont on voyait le gouvernement —, son dossier avait été modifié.

« Avec les honneurs » était plus joli.

Blaine avait une dette envers son père, ce qui n'était pas une position confortable. Et son père avait dit : « Je veux que tu rentres à la maison. »

De toute manière, il n'avait pas d'autre endroit où aller. Son ami Rylan Bennet, qui était tombé follement amoureux de sa cousine Bree, avait proposé de le pistonner dans son ancienne compagnie de sécurité. Blaine avait refusé. Il ne pouvait pas songer à son avenir avant d'avoir fait ce qu'il devait faire ici.

Il ferait part de sa gratitude à son père. Mais si Russ profitait de l'occasion pour lui faire une leçon de morale, cela tournerait mal. C'était à cause de lui qu'il avait quitté Roaring Springs treize ans plus tôt. C'était à cause de lui qu'il n'était revenu que de manière sporadique jusqu'à présent.

Pour être un étranger dans une maison étrange.

Qui n'avait rien à faire. Qui se cachait dans son lit et comptait des rayures.

Il grommela un juron et repoussa la couverture.

Quarante minutes plus tard, Blaine était devant la porte du bureau de son frère Decker, qui occupait un angle du dernier étage du Chalet. Il n'y avait jamais mis les pieds, mais il savait grâce à des photos que Decker lui avait envoyées que deux murs entièrement vitrés permettaient de contempler à la fois la ville de Roaring Springs et les Rocheuses.

Il poussa la lourde porte. Une femme qui pianotait sur un ordinateur leva les yeux. Elle avait des cheveux bruns coupés très court et elle portait un tailleur noir. Elle devait avoir dans les quarante-cinq ans. Il était à peu près sûr qu'il s'agissait de Penny. Decker parlait régulièrement de son assistante – toujours en bien.

— Bonjour. Puis-je vous aider ? demanda-t-elle poliment.

Elle devait le prendre pour un client qui s'était perdu en cherchant la cafétéria. Il lui décocha un sourire.

— Je viens voir Decker, répondit-il.

— Avez-vous un rendez-vous, monsieur ?

Il secoua la tête.

— Je suis son frère.

Il la vit s'interroger. Elle croyait connaître la famille de Decker. Après tout, ils travaillaient tous plus ou moins pour l'empire des Colton, comme son père aimait appeler son entreprise.

— Blaine Colton, précisa-t-il.

Il ne s'attendait pas à ce que Decker ait beaucoup parlé de lui au bureau. Il était parti depuis des années.

Il avait été occupé à faire des choses qu'il ne pourrait jamais raconter à personne.

Elle décrocha son téléphone.

— Votre frère Blaine aimerait vous voir, dit-elle.

Elle écouta quelques secondes, puis murmura :

— Très bien.

Après avoir raccroché, elle regarda Blaine avec curiosité.

— Il arrive, répondit-elle. Et il m'a demandé d'annuler son rendez-vous de 9 heures.

Decker prenait du temps. Il ne voulait sans doute pas le forcer à fournir des explications hâtives. Blaine lui devait de faire de son mieux. Et il lui devrait peut-être bien plus après cette rencontre parce qu'il avait une faveur à lui demander.

Une dette de plus. À ce rythme, il en aurait bientôt toute une collection.

Ce n'était pas une situation confortable pour un homme qui n'avait rien demandé à personne pendant plus de treize ans.

Il s'installa dans un fauteuil, mais son frère ne le fit pas attendre longtemps. Decker sortit de son bureau moins de deux minutes plus tard. Son visage ne trahissait aucune émotion, mais l'accolade virile qu'il lui donna suffit. Decker se réjouissait de son retour. Au fil des ans, son frère avait dû imaginer bien des fois que Blaine rentrerait dans un cercueil recouvert d'un drapeau.

— Je serais passé à la maison ce soir, dit Decker.

Blaine s'en doutait. Mais ce n'était pas le genre de conversation qu'on avait en buvant un cocktail – ni devant une assistante, aussi loyale soit-elle.

— Peut-on discuter ? demanda-t-il.

— Bien sûr.

Le bureau de Decker était grand, mais pas extravagant. Il y avait du parquet et un tapis que son frère n'avait probablement pas choisi tout seul. Le bureau était peut-être en cerisier et le fauteuil de Decker était en cuir noir. Ils étaient placés de manière à lui permettre de contempler le paysage en travaillant. Les deux fauteuils en cuir beige qui faisaient face au sien semblaient confortables, mais Decker ne l'entraîna pas dans cette direction. Ils obliquèrent vers une table ronde entourée de quatre fauteuils, à l'autre bout de la pièce, et s'assirent face à face. Blaine tourna la tête vers l'une des photos de ski accrochées aux murs.

— Sympa, commenta-t-il.

— Elle a été prise sur la Méchante.

— J'adore cette piste.

— Comme tous les casse-cou.

— En parlant de casse-cou, mes félicitations pour ton mariage, plaisanta Blaine.

Decker lui sourit.

— Il n'a rien de risqué. C'est la décision la plus sage que j'aie jamais prise. Kendall est extraordinaire. J'ai hâte de te la présenter.

— Et j'ai hâte de la rencontrer. J'ai été désolé d'apprendre qu'elle avait été blessée.

Il avait entendu dire qu'elle avait failli perdre un œil.

— Oui, il y a eu une période difficile, répondit Decker. Mais elle s'en est remise comme une championne et elle va bien, maintenant.

S'ensuivit un silence gêné. Ni l'un ni l'autre n'étaient doués pour faire la conversation.

— Que s'est-il passé ? finit par demander Decker.

— J'ai été stupide.

C'était l'explication la plus simple, mais son frère méritait mieux.

— J'ai rencontré une femme, ajouta-t-il. Honor Shayne. Brillante, déterminée, drôle…

— Ça n'a pas l'air si mauvais, lui fit remarquer Decker.

— Nous étions dans la même unité. Les relations librement consenties ne posent pas de problèmes, en général, mais mon commandant était vieux jeu. Il nous a bien fait comprendre qu'il ne voyait pas nos *badinages* d'un bon œil.

Il insista sur ce mot parce qu'il le haïssait, maintenant.

— Tu ne l'as pas écouté et on t'a remercié.

— On m'a foutu dehors, le corrigea Blaine. « Remercier » est bien trop élégant.

— L'as-tu aimée ? L'aimes-tu ? demanda Decker.

— Non et non. Je l'aime bien et je la respecte. Je suis navré qu'elle ait eu des ennuis à cause de moi. Mais elle est déjà retombée sur ses pieds. Elle enseigne à West Point.

Il n'avait jamais été amoureux. Il s'en était rapproché à dix-huit ans, avant de quitter Roaring Springs – dans la mesure où un gamin de cet âge comprenait ce qu'était l'amour. Au minimum, il tenait à Matilda Deeds. Il tenait assez à elle pour s'être promené avec une photo d'eux au bal de la promo pendant treize ans. Il portait un smoking noir et elle une robe rouge qui mettait ses cheveux noirs et ses yeux gris en valeur. Cette robe mettait aussi en valeur les courbes de Matilda, au point qu'elle avait dû étourdir tous les garçons qui avaient posé les yeux sur elle.

Toute la soirée, il s'était demandé comment glisser la main dans la fente de cette robe. Il avait trouvé quelques heures plus tard.

Oui, il tenait à elle. Assez pour l'épouser si elle n'avait pas perdu le bébé qu'ils avaient conçu cette nuit-là sur le canapé du sous-sol, dans la maison de ses parents.

Decker le tira de ses rêveries.

— Toi aussi, tu retomberas sur tes pieds, dit-il avec assurance.

— Papa a demandé un service à l'oncle Joe. Mon dossier a été modifié pour que je sois libéré « avec les honneurs ».

Son frère haussa les épaules.

— Tu as été un béret vert et tu as servi ton pays plus de dix ans. Tu as gagné un coffre de médailles. L'erreur que tu as commise n'aurait pas dû tout te coûter. Je pense que notre oncle a juste donné à l'armée une occasion de rétablir la justice.

Blaine se détendit pour la première fois depuis son réveil. Les Colton étaient une peuplade compliquée, mais ils se serraient les coudes quand il le fallait. Il pouvait compter sur sa famille.

— Qu'en dit papa ? demanda Decker.

— Je ne l'ai pas encore vu. J'avoue que je ne suis pas pressé et j'espérais que tu pourrais me donner un coup de main.

— Que puis-je faire ?

— J'ai besoin d'un boulot, n'importe lequel.

Decker tourna la tête vers les montagnes.

— On a eu des chutes de neige tardives, cette année, répondit-il. C'est bon pour les affaires, mais notre responsable des sports extrêmes s'est cassé la jambe la semaine dernière. C'est…

— Je peux le remplacer, le coupa Blaine.

— J'allais dire que ça exigerait que tu donnes de ta personne. On manque aussi de moniteurs et les inscriptions aux cours de ski et de snowboard n'ont jamais été aussi nombreuses.

La station de ski des Colton avait beaucoup de succès pour plusieurs raisons. Pour les passionnés de sport, c'était grâce à la diversité des pistes. Il y en avait pour tous les goûts, des plus faciles aux plus redoutables. Il y avait aussi deux parcs remplis de tous les obstacles dont les amateurs de snowboard pouvaient rêver. Les fanatiques des sports d'hiver venaient de partout pour tester leurs limites au Chalet.

— Très bien, répondit Blaine. C'est dans mes cordes.

— Tu me rendras service.

C'était élégant de la part de son frère de le présenter de cette manière.

— Il faudra que tu passes par le bureau de Curtis Shrugg pour la paperasse, ajouta son frère. C'est notre directeur du personnel.

Blaine se souvenait vaguement d'avoir rencontré Shrugg pendant l'un de ses brefs passages à Roaring Springs. Ses parents avaient organisé une fête pour les cadres de l'entreprise au Château. Shrugg s'était aventuré dans la bibliothèque où Blaine se cachait.

— Le type aux yeux bleus ? demanda-t-il.

— Oui.

Blaine se souvenait que plusieurs de ses cousines – et peut-être l'une de ses sœurs – s'étaient extasiées sur ses yeux. Pour sa part, il avait trouvé l'homme poli et ses yeux normaux. À la réflexion, il se souvenait que Shrugg l'avait mis un peu mal à l'aise. Il n'en avait parlé à personne parce qu'il avait pensé que le malaise devait venir de lui. Il ne lui avait jamais été facile de revenir à Roaring Springs.

Quoi qu'il en soit, Blaine serait ravi de recroiser Shrugg si cela lui permettait d'avoir un emploi.

— Pourrais-tu me rendre un autre service ? demanda-t-il en souriant à son frère.

— Lequel ?

— J'aimerais un logement d'employé.

Decker s'enfonça dans son fauteuil.

— Tu n'as vraiment pas envie de voir papa, répondit-il.

Deux jours plus tard, Blaine se retrouva chargé d'encadrer six préadolescents qui s'étaient inscrits au cours de snowboard. Il les emmena dans le plus grand des deux parcs. Le ciel était parfaitement bleu, la température à peine négative et il était tombé quatre centimètres de neige pendant la nuit.

— Allons-y ! cria un petit blond prénommé Isaac. J'ai envie de m'éclater !

— Avant de partir à la conquête de cette montagne, vous devrez me prouver que vous maîtrisez les bases, répondit Blaine.

C'était sans doute le cas. Les enfants des environs faisaient du snowboard dès l'école primaire. Mais il connaissait bien les garçons et les jeunes hommes – pour en avoir été un et pour en avoir formé un bon nombre au fil des ans. Il arrivait qu'ils exagèrent leurs compétences par peur que les autres ne se moquent d'eux.

— Faisons une série d'exercices pour commencer, déclara-t-il.

Il voulait être sûr qu'ils savaient s'arrêter, tourner, tomber et se relever tout seuls.

Il ignora grognements et gémissements. Quand il fut à peu près sûr qu'ils étaient prêts, il les invita à le suivre.

— Où sont les tremplins ? demanda un garçon plus jeune nommé Tommy.

— Derrière cette colline, répondit Blaine.

C'était aussi là qu'ils trouveraient un half-pipe qui les occuperait pendant des heures.

— Je vous montrerai des figures et vous essaierez de m'imiter. Si quelque chose vous met mal à l'aise, ne vous sentez pas obligés de le faire, d'accord ?

— On se croirait en cours d'éducation sexuelle, plaisanta Isaac.

Cela fit rire les autres.

— Ignorez-le, lui conseilla un garçon qui s'appelait Josh.

— Tu te sens prêt ? lui demanda Blaine.

— Je veux tout essayer ! répondit Josh, dont la voix était en train de muer.

Cela fit sourire Blaine. Il avait le même enthousiasme que Josh quand il était enfant.

— Très bien, conclut-il. Allons-y !

Matilda Deeds consulta sa montre. Elle était arrivée bien avant la fin du cours de Josh, ce qui lui laissait le temps de prendre un *latte*.

Il lui arrivait d'aller au Chalet – comme à tous les habitants de Roaring Springs, sans doute. Chaque fois, elle surveillait attentivement son environnement par peur de tomber sur Russ Colton. Cela ne s'était jamais produit. On lui avait dit que Decker prenait de plus en plus de responsabilités dans l'entreprise. Cela signifiait qu'elle risquait moins de croiser le chef de la famille, mais elle restait vigilante.

Elle ne repéra ni Russ ni Decker Colton dans la cafétéria, qui était bondée. Les enthousiastes du ski et du snowboard voulaient profiter de la fin de la saison. Elle acheta son café et s'installa dans un coin de la salle, du côté où les élèves arrivaient après leurs cours. L'air bourdonnait du mélange des conversations, un grand feu crépitait dans la cheminée et il y avait un plateau de donuts à la cannelle sur une table.

Elle résista à la tentation. Elle avait déjà cinq kilos de trop, elle ne voulait pas en avoir dix. Elle soupira, posa ses coudes sur la table et son menton dans ses mains.

Il était sûrement naturel qu'elle songe à Blaine Colton dans cet endroit, même s'ils ne s'y étaient jamais retrouvés. Il n'y avait pas eu de chutes de neige tardives l'année où ils étaient sortis ensemble. Leur relation avait commencé quelques semaines avant le bal de la promo, et Blaine était parti depuis longtemps quand la neige avait recommencé à tomber l'automne suivant. Il était déjà dans un pays dangereux, occupé à servir sa patrie.

Et elle gérait ses problèmes toute seule.

Elle s'en était bien sortie, d'après les critères de la plupart des gens. Ses parents l'avaient aidée, bien sûr, dès qu'ils avaient accepté sa situation. Travailleurs non qualifiés l'un et l'autre, ils voulaient que leur fille soit la première de la famille à faire des études. Grâce à leur soutien, elle n'avait pas baissé les bras. Et Dorian Stoll avait été un véritable ami.

Elle consulta encore sa montre, puis scruta les pistes par la baie vitrée. Là ! Son fils, sa joie et sa fierté, était avec cinq autres garçons. Il était plus grand que les autres enfants de son âge, mais il était si mince qu'une bourrasque aurait pu l'emporter. Ses camarades et lui avaient retiré leurs casques et portaient leurs snowboards. Elle repéra Isaac, le meilleur ami de son fils, dans le groupe.

Ils étaient avec un homme grand et musclé, qui rejeta

sa tête en arrière en éclatant de rire. Ce mouvement inconsciemment sexy parut familier à Matilda.

Elle se leva, mais elle resta plantée près de sa table. À treize ans, Josh ne voulait pas voir sa mère se précipiter auprès de lui. Un courant d'air froid entra dans la pièce quand ils ouvrirent la porte. Elle entendit les voix excitées de Josh et de ses amis et une autre voix plus grave.

Alors elle sut. Ses jambes faillirent la trahir.

Elle réussit à agiter la main quand Josh la chercha des yeux.

L'homme se retourna. Son regard suivit celui de Josh et se posa sur elle.

Blaine Colton. Il était toujours aussi beau et il n'avait rien perdu de son assurance. Ses cheveux bruns étaient plus courts qu'au lycée. Cette coupe mettait ses traits puissants en valeur.

Blaine perdit son sourire et emboîta le pas de Josh.

— Tilda ? dit-il, les sourcils froncés.

Elle le salua d'un signe de tête et s'humecta les lèvres.

— Je ne savais pas que tu étais revenu, répondit-elle.

Elle n'aurait sûrement pas amené Josh au Chalet si elle l'avait su.

— Je ne suis là que depuis quelques jours, dit Blaine.

Il se tenait bien droit et parfaitement immobile.

Elle ne répondit rien. Tous les mots étaient dangereux.

— Vous connaissez ma mère ? demanda Josh.

Il semblait trouver cela cool.

— Ta mère, répéta Blaine.

Matilda posa sa main sur le bras de Josh et trouva la force de soutenir le regard de Blaine quelques instants.

— On doit y aller, dit-elle. Ça… m'a fait plaisir de te revoir.

— Mais…, protesta Josh.

— Ne discute pas, Josh, chuchota-t-elle en l'entraînant loin de Blaine. Avance.

Blaine attendit que les autres garçons soient récupérés par leurs parents, mais il était en pilote automatique. Tilda Deeds. Quelles étaient les chances qu'il tombe sur elle ici ?

Ce n'était peut-être pas si étrange. Au cours de l'une de ses rares visites à Roaring Springs, il avait entendu dire qu'elle s'était mariée et avait eu un enfant. Il n'avait pas demandé de détails. Il s'était convaincu que cela ne l'intéressait pas, mais la nouvelle l'avait mis mal à l'aise. L'idée que Tilda aime quelqu'un d'autre que lui était inconfortable.

Était-elle encore mariée ? Les membres de sa famille devaient le savoir.

Son fils était sympathique. Il avait tout essayé, comme il se l'était promis. Et il avait de l'humour. Il l'avait fait rire plusieurs fois en échangeant des piques avec son ami Isaac.

Quand Josh et Tilda s'étaient retrouvés côte à côte, il avait bien vu la ressemblance. Il se rendit dans le bureau de son frère. Penny, qui s'était habituée à lui, l'invita à frapper.

— Entrez !

Decker quitta son ordinateur des yeux, puis s'enfonça dans son fauteuil.

— Blaine ! Comment ça va ?

— Bien. Je viens de donner un cours de snowboard à des collégiens. Ils étaient tous doués et sympas. Ça paraît fou, mais l'un d'eux est le fils de Tilda Deeds.

— Ce n'est pas si fou que ça. Elle enseigne au lycée de Roaring Springs. L'anglais, je crois.

Ce n'était pas surprenant. Tilda était intelligente. Elle avait toujours un livre sur elle quand ils étaient au lycée.

— Que fait son mari ?

— Il est mort il y a des années, répondit Decker. C'est triste. Dorian Stoll était un chic type. Il n'était pas de Roaring Springs, mais il s'entendait bien avec tout le monde.

— Elle est veuve, murmura Blaine.

Cette idée lui parut incongrue. Elle était si jeune… Mais l'armée lui avait appris que l'on pouvait mourir jeune.

Decker le fixa avec un air songeur.

— Tu avais le béguin pour elle, au lycée, si je me rappelle bien, dit-il. Tu voulais l'épouser.

Blaine n'en avait parlé qu'à Decker et lui avait fait jurer de garder le secret. Et il ne lui avait livré qu'une partie de l'histoire parce que Tilda et lui avaient décidé de ne pas parler de la grossesse avant de savoir où ils allaient. D'après son souvenir, Decker lui avait d'abord ri au nez. Il avait changé de tactique quand il avait compris que Blaine était sérieux. Il l'avait traité d'idiot et lui avait dit qu'il devait aller à l'université pour se préparer à prendre la place qui lui revenait dans l'empire des Colton.

Blaine savait déjà que cette voie convenait à Decker, mais pas à lui.

Quand Tilda avait perdu le bébé, il n'avait plus songé qu'à fuir la relation dysfonctionnelle de ses parents et la pression que son père mettait sur lui. L'armée lui avait offert une porte de sortie. Il était parti sans laisser le temps à personne de l'en empêcher et il avait tout de suite compris qu'il avait fait le bon choix.

— Quel âge a son fils ?

— Je n'en ai aucune idée, répondit Decker.

Son frère n'avait aucune raison de le savoir et lui-même n'avait aucune raison de s'en soucier. Mais il voulait le savoir. Combien de temps après son départ s'était-elle engagée dans une autre relation ? Son mari et elle étaient-ils sortis longtemps ensemble avant de fonder une famille ?

Cet homme l'avait-il rendue heureuse ?

Était-il arrivé à Tilda de songer que c'était *lui* qu'elle aurait épousé si les choses s'étaient passées différemment ?

Il secoua la tête. De l'eau avait coulé sous les ponts.

— Comment sont les logements du personnel ? demanda Decker. Tu ne regrettes pas trop les draps de maman ?

Cela fit sourire Blaine.

— Je suis juste content d'avoir un lit, répondit-il. Ça n'a pas toujours été le cas ces treize dernières années.

— Je me réjouis que tu sois rentré. Je craignais…

Il n'acheva pas sa phrase. Ce n'était pas la peine. C'était toujours plus dur pour ceux qui restaient derrière. Au moins, il avait quitté Tilda de manière radicale. Il lui avait rendu la liberté qu'elle méritait.

Et elle s'était empressée d'en faire bon usage, visiblement.

2

Josh n'arrêtait plus de parler de ses cours de snowboard. Ses amis et lui avaient déjà prévu de retourner au Chalet jeudi parce qu'ils avaient une journée de libre à cause de réunions pédagogiques.

Tilda n'avait aucune envie qu'il passe plus de temps avec Blaine. Mais elle ne pouvait pas dire à Josh qu'ils ne pouvaient pas se le permettre. Josh, qui savait que leurs finances étaient limitées, aurait peut-être accepté cette excuse dans d'autres circonstances, mais ces cours étaient déjà payés. C'était le cadeau de Noël de ses grands-parents.

Elle pouvait toujours lui dire qu'elle ne pourrait pas l'emmener parce qu'elle travaillait, mais cela ne changerait rien. Il trouverait facilement quelqu'un pour l'y conduire. Tout le monde aimait Josh.

C'était un garçon agréable qui se faisait facilement des amis.

Comme Blaine. C'était le plus populaire des élèves de terminale. Il était beau, riche, drôle, plein d'assurance… Elle n'en était pas revenue qu'il lui propose de sortir avec lui.

Et elle lui avait offert sa virginité avec joie le soir du bal de la promo.

Elle avait été surprise de découvrir que Blaine était

puceau, lui aussi. Leurs ébats n'avaient sans doute pas été très harmonieux, mais elle avait eu envie de rester dans ses bras pour toujours. Une fois seule, elle avait passé le reste de la nuit à imaginer leur avenir.

Ses rêves avaient viré au cauchemar quand ses règles n'étaient pas venues. Elle avait attendu dix jours sans rien dire à personne avant d'acheter un test de grossesse. Elle l'avait fait un lundi matin, alors que ses parents venaient de partir au travail, et elle avait pleuré en découvrant le résultat.

Elle ne l'avait pas dit à Blaine avant la semaine suivante alors qu'ils s'étaient vus deux fois dans l'intervalle. Elle se souvenait parfaitement de son expression quand elle avait enfin trouvé le courage de lui annoncer la nouvelle.

De l'incrédulité, puis du chagrin.

Il était parti en lui promettant de revenir une heure plus tard. Il l'épouserait, avait-il juré. Son enfant aurait un père. Il ne lui avait pas dit qu'il l'aimait. Il n'avait rien fait pour la réconforter. Il n'était que détermination.

Il avait accepté l'inévitable, mais pas de gaieté de cœur.

Alors, une semaine plus tard, elle s'était aperçue…

— Maman ! cria Josh.

Elle sursauta et faillit en lâcher le volant.

— Quoi ?

— Tu n'as pas écouté un mot de ce que je viens de dire.

— Je suis désolée, chéri. Je suis contente que tu aies passé un bon moment.

— Il était comment, au lycée ? demanda son fils.

— Je ne m'en souviens plus, mentit-elle. Et si on parlait de la pizza qu'on commandera ce soir ? Pepperoni ou saucisse ?

— Pepperoni. Tu peux ajouter des champignons sur ta moitié, précisa-t-il avec une moue dégoûtée.

Ils avaient pris l'habitude de partager les pizzas. Ils se débrouillaient seuls depuis la mort de Dorian quatre ans plus tôt et cela se passait très bien. Il n'était pas question que Blaine Colton vienne tout gâcher.

Tilda n'était pas au mieux de sa forme le lendemain au lycée. Elle avait fait un cauchemar dans lequel Josh tombait dans une crevasse. Elle avait essayé de le retenir, mais ses doigts glissaient et il avait fini par disparaître. Elle s'était réveillée à 3 heures du matin et elle n'avait pas réussi à se rendormir. À présent, presque douze heures plus tard, face à sa dernière classe de la journée, elle arrivait à peine à garder la tête droite.

Mais elle ne pouvait pas le laisser paraître. C'était sa classe de terminale et son élève le plus difficile, Toby Turner, risquait de sentir sa faiblesse. En un sens, c'était une sorte de prédateur. Mais ce n'était aussi qu'un garçon de dix-huit ans qui avait un problème avec l'autorité.

— Rendez-moi vos devoirs, ordonna-t-elle.

Ses élèves fouillèrent dans leur sac pour en sortir le commentaire de trois pages de *1984* d'Orwell qu'elle leur avait demandé. Les copies passèrent de main en main jusqu'au premier rang. Toby Turner ne rendit rien, ce qui n'échappa pas à Tilda. Elle ne fit aucune remarque.

Lorsque les élèves sortirent, elle se posta devant la rangée de Toby.

— Reste deux minutes, s'il te plaît, lui dit-elle quand il passa devant elle.

Elle s'attendait à moitié à ce qu'il l'ignore, mais il s'adossa au tableau et attendit.

— Je n'ai pas vu ta copie, lui dit-elle lorsqu'ils se retrouvèrent seuls.

Il haussa les épaules.

Cela la rendait folle. Elle était certaine qu'il en était capable, mais il ne faisait aucun effort.

— Tu n'auras pas la moyenne dans ma discipline si tu ne rends pas les devoirs, le prévint-elle.

Il la fixa sans même se donner la peine de hausser les épaules.

Tilda inspira profondément.

— Y a-t-il une raison pour que tu n'aies pas rendu ton devoir ?

— Aucune en particulier, grommela-t-il.

Il se comportait ainsi depuis mi-février. Cela faisait presque deux mois et il n'aurait bientôt plus le temps de rattraper son retard. Elle avait employé les méthodes habituelles. Elle avait commencé par envoyer un mail à ses parents via le portail du lycée. Comme elle n'avait pas eu de réponse, elle avait ensuite essayé de les appeler, mais le numéro enregistré dans le répertoire du lycée n'était pas attribué. Après cela, elle avait demandé à la conseillère d'éducation de recevoir Toby, sans résultat. Finalement, elle avait envoyé une copie du relevé de notes de Toby à ses parents par la poste, en exigeant qu'ils le signent et qu'ils prennent rendez-vous avec elle. Le relevé de notes avait été signé, mais les parents de Toby ne l'avaient pas contactée.

— J'accepterai ta copie jusqu'à la fin de la semaine, en retirant un point par journée de retard, dit-elle.

— Comme vous voudrez. Vous avez terminé ?

Elle garda son calme – de justesse.

— Oui. Tu peux t'en aller.

Elle le regarda quitter la salle. Alors qu'elle ramassait ses affaires, elle entendit la porte s'ouvrir, tourna la tête et sourit. Raeann Johnson, sa collègue de la salle voisine et amie, s'assit sur une chaise, les jambes écartées et la tête basse.

— Encore combien de jours avant les vacances ? demanda-t-elle.

— Vingt-neuf, mais qui compte ? répondit Tilda.

Elle avait un calendrier dans la cuisine. Tous les matins, Josh et elle faisaient une croix sur un nouveau jour. Elle adorait son travail et Josh aimait l'école, mais tout le monde avait hâte que les grandes vacances arrivent à cette période de l'année.

— Qu'est-ce que tu fais ce soir ? demanda Raeann. Comme on n'a pas d'élèves demain, on pourrait venir avec la gueule de bois.

Raeann était une grande bavarde qui buvait très peu. Un verre de vin suffisait à l'enivrer.

— Josh a besoin d'un nouveau jean. Je suis sûre qu'il a pris au moins cinq centimètres cette année.

— C'est un chouette gamin. J'espère que les miens seront pareils.

Alors que Raeann et elle avaient le même âge – trente et un ans —, elle avait un fils de treize ans et Raeann des jumeaux de dix-neuf mois. Raeann avait tout fait dans le bon ordre. Elle était allée à la fac et avait obtenu son diplôme en quatre ans. Elle y avait rencontré un homme, avec lequel elle était sortie pendant trois ans avant de l'épouser. Ils avaient fait des économies et acheté une maison. *Alors* ils avaient eu des enfants.

Tilda avait tout fait à l'envers. Elle avait eu Josh, elle s'était mariée, elle était allée aux cours du soir et elle avait obtenu son diplôme en six ans puis, à l'âge canonique de vingt-sept ans, elle était devenue veuve.

— Très bien, pas de vin ce soir, conclut Raeann en se levant. Tu vas faire du shopping et j'essaierai d'empêcher mes garçons de dessiner sur les murs.

Tilda esquissa un sourire. Elle avait adoré l'époque où Josh était bébé. C'était un bambin joyeux qui ne pleurait presque jamais. Dorian avait été formidable avec lui. Il arrivait que Josh, qui n'avait que neuf ans quand Dorian était mort, parle de quelque chose qu'ils faisaient ensemble, mais elle ne provoquait jamais ces conversations. Elle ne voulait pas que Josh pense trop souvent au fait qu'il n'avait pas de père.

Elle se massa le front. Elle avait la migraine, comme toujours quand elle dormait mal.

Elle savait ce qui l'avait réveillée à 3 heures : ses souvenirs.

Elle s'était souvenue du soulagement de Blaine Colton quand elle lui avait dit qu'elle avait perdu le bébé. Il était évident qu'il l'avait perçu comme une deuxième chance.

Une chance de s'enfuir de Roaring Springs. Il était parti moins d'une semaine plus tard. Et le mois suivant, quand il avait pris le temps de lui envoyer un mail, elle avait bien senti qu'il était ravi de la manière dont les choses avaient tourné.

Elle avait pleuré pendant des jours à chaque fois qu'elle avait reçu l'un de ces messages.

Elle avait entendu parler de lui au fil des ans. C'était un héros. Il avait été promu encore et encore. Il était devenu un béret vert. Elle s'était peut-être même réjouie pour lui. En tout cas, elle n'avait pas cessé de se répéter que tout avait bien tourné.

Tilda dit au revoir à Raeann et sortit du lycée. Elle

retrouva sa voiture sur le parking, y monta, attacha sa ceinture et se mit en route. Elle habitait à moins de dix minutes du lycée. Le collège de Josh était à moins d'un kilomètre de l'autre côté de chez eux et Josh avait la permission de rentrer à pied. En général, ils rentraient à quelques minutes l'un de l'autre. S'il arrivait le premier, elle le trouvait devant la télévision avec un paquet de chips. Si c'était elle, elle coupait des tranches de pomme et de fromage pour son goûter.

La maison était silencieuse quand elle y entra. Elle accrocha son manteau et posa son cartable sur le comptoir de la cuisine. En général, elle corrigeait des copies en fin de journée pendant que Josh faisait ses devoirs. Mais elle aurait bien du mal à lui faire faire quoi que ce soit ce soir, alors qu'il n'avait pas école demain. Il valait mieux qu'elle l'emmène faire du shopping. Ils en profiteraient pour dîner dehors, puis ils regarderaient un film en rentrant.

Et il retournerait au Chalet demain. Elle avait parlé aux parents d'Isaac dans la matinée. Ils avaient accepté de déposer les garçons si elle allait les chercher. Elle devait être plus prudente que jamais, maintenant que Blaine était de retour et donnait des cours de snowboard. Elle avait dit à Josh qu'elle les attendrait sur le parking, loin du salon où elle avait vu Blaine la veille. Le Chalet était gigantesque. Elle pouvait éviter de tomber sur lui.

Elle entendit Josh entrer en traînant son sac et en laissant la porte ouverte.

— Ferme la porte ! lui lança-t-elle. Et verrouille !

Roaring Springs était une ville sûre. C'était l'une des raisons pour lesquelles elle y avait élevé son fils alors qu'elle avait eu tant envie de partir. Mais les temps changeaient et elle voulait protéger son fils, comme tous les parents. La découverte d'un corps sur les terres de Wyatt Colton, un frère de Blaine, avait mis la communauté en émoi. Tilda avait pensé à cette jeune femme pendant des jours et elle avait été soulagée d'apprendre par les journaux que le meurtrier s'était suicidé.

Josh s'empressa de tirer un mélange de fruits séchés du placard.

— On va toujours faire du shopping ? lui demanda-t-il la bouche pleine.

— Mâche, avale, *puis* parle, lui rappela-t-elle. Et oui. Comment était ta journée ?

Il mâcha à la manière d'une vache et avala bruyamment avant de répondre :

— Bonne. Mais Mme Armstrong perd la boule. Elle nous a fait le même cours que vendredi dernier et il lui a fallu une demi-heure pour s'en apercevoir. Alors elle nous a donné des explications bidon pour se justifier.

Helen Armstrong, le professeur d'histoire de Josh, approchait de la retraite. Pour être honnête, elle aurait sans doute dû la prendre l'année précédente. Mais c'était une femme charmante et elle tenait encore ses élèves.

— Tu sais ce qu'on dit : l'histoire se répète, répondit-elle.

— N'essaie pas de faire de l'humour, maman, gémit Josh. Tu es pathétique.

— Je vais te dire ce qui est pathétique : c'est que tu portes des pantalons trop courts, répliqua-t-elle. On part dans cinq minutes. Prépare-toi.

Quand Tilda se réveilla, le lendemain matin, elle entendit que Josh s'agitait déjà dans sa chambre. Les autres jours, elle devait le réveiller au moins trois fois.

Il était si impatient de retourner au Chalet… La veille, il n'avait parlé que de snowboard pendant qu'ils mangeaient un hamburger dans son restaurant préféré. Il avait mentionné Blaine, qu'il trouvait cool, à deux ou trois reprises.

— Tu l'appelles bien « M. Colton », j'espère ? lui avait-elle demandé.

— Il a dit qu'on pouvait l'appeler Blaine, avait répondu Josh. Un des garçons du groupe a dit qu'il était un héros de guerre. C'est cool.

— Tu sais que la guerre n'est jamais cool, lui avait-elle rappelé en posant sa main sur son bras.

— Je sais, mais puisqu'il y a des guerres, je suis content qu'il y ait des gens comme Blaine Colton, si c'est vraiment un héros.

Elle n'en doutait pas. Au lycée, déjà, il défendait les plus faibles, même contre ses amis. Il faisait partie d'une bande d'enfants riches, qui avaient de beaux vêtements et des voitures neuves, et qui ne semblaient jamais avoir aucun problème. Tout le monde voulait les avoir pour amis. Mais le pouvoir que confère la popularité était monté à la tête de certains. Il leur arrivait de dépasser les bornes, à la fois au lycée et en dehors. En général, ils se serraient les coudes.

Mais elle se souvenait d'une fois, quelques jours avant le bal de la promo, où l'un des amis de Blaine s'en était pris à un élève de seconde qui marchait avec des béquilles. Blaine s'était planté devant son ami et l'avait fusillé du regard. Elle les avait cru sur le point de se battre, mais l'ami de Blaine avait fini par baisser les yeux et présenter ses excuses au garçon.

C'était pour cela qu'elle n'avait pas été surprise qu'il lui promette de l'épouser quand elle était tombée enceinte. C'était un homme honorable.

Elle se leva, s'étira et sortit de sa chambre. Sur le chemin de la cuisine, elle frappa à la porte de Josh et attendit qu'il l'invite à entrer.

— Bonjour, lui dit-elle.

Il était assis par terre à côté de sa planche de snowboard.

— J'ai lancé le café, lui dit-il.

Il avait onze ans quand elle lui avait appris à se servir de la cafetière. Comme ils n'étaient plus que deux, ils devaient veiller l'un sur l'autre.

— Je te remercie, mon fils, répondit-elle.

Il lui décocha un grand sourire.

— J'ai eu pitié de toi parce que tu dois aller à l'école aujourd'hui et pas moi.

Elle lui rendit son sourire, se massa la nuque et bâilla.

— Une preuve de plus que ce n'est pas toujours génial d'être l'adulte, dit-elle. Profite bien de ton enfance.

Elle avait dû grandir si vite... Elle ne regrettait aucune des décisions qu'elle avait prises, mais la vie n'avait pas été facile. Elle voulait que les choses se passent autrement pour Josh.

— Petit déjeuner ? suggéra-t-elle.

— Des œufs brouillés et du bacon ? demanda-t-il avec espoir.

— Parce que tu as préparé le café, répondit-elle. Ce sera prêt dans dix minutes.

Elle alla dans la cuisine, se servit un café et sortit des œufs et du bacon du réfrigérateur en le sirotant. Josh était mince comme un roseau alors qu'il mangeait tout le temps. Elle lui prépara trois œufs, trois tranches de bacon et deux toasts. Elle n'ajouta que deux œufs pour elle. Finalement, elle lui servit un verre de lait et posa une orange à côté de son assiette.

— C'est prêt ! cria-t-elle.

Josh était à table quelques secondes plus tard.

— Respire entre deux bouchées, lui rappela-t-elle.

Il inspira et expira théâtralement.

— Ça va être génial ! s'écria-t-il. Il a encore neigé cette nuit.

— Sois prudent, s'il te plaît, répondit-elle.

Deux ans plus tôt, il s'était cassé la clavicule chez un ami. Il était tombé du toit du garage. Elle se souvenait au détail près du coup de fil que la mère de son ami lui avait passé alors qu'ils l'emmenaient aux urgences. C'était une blessure sans gravité. La chute de Josh aurait pu avoir des conséquences bien plus tragiques. Elle en avait fait des cauchemars pendant un long moment. Josh était tout ce qu'elle avait. Elle ne pouvait pas le perdre.

— Josh, dit-elle d'un ton assez grave pour faire lever la tête à son fils.

— Oui, maman ?

Elle avait envie de lui demander de rester distant avec Blaine, de ne lui livrer aucun détail sur leur vie, mais elle ne pouvait pas le faire sans avoir l'air folle.

— Tu auras besoin d'argent pour le déjeuner, dit-elle à la place.

— Je suppose, répondit Josh.

Elle se leva, fouilla dans son sac et lui tendit un billet de vingt dollars.

— Sois prudent, dit-elle en le serrant dans ses bras. Et amuse-toi bien.

Alors elle fonça dans sa chambre pour lui cacher ses larmes.

Les adolescents ne savaient pas quoi faire d'une mère

qui pleurait et elle ne voulait pas gâcher sa journée. C'était un garçon gentil et travailleur qui méritait de s'amuser de temps à autre.

Et Blaine avait d'autres élèves. Il n'avait aucune raison de s'intéresser à son fils plus qu'à ses camarades.

3

Blaine avait envoyé trois moniteurs sur différentes pistes et comptait se charger de trois cours lui-même. Il se répétait que cela ne voulait rien dire, absolument rien, mais il avait consulté les listes des enfants inscrits aux cours et choisi *par hasard* de donner celui de Josh Stoll.

À 1 heure de l'après-midi, il retrouva les six garçons du dimanche précédent. Isaac et Josh riaient quand il s'approcha d'eux. Ils n'avaient pas encore mis leurs casques. Blaine ralentit et scruta le visage de Josh.

Alors son cœur battit plus vite. Parce qu'il lui semblait reconnaître une expression qu'il avait souvent vue sur le visage de son frère Decker quand ils étaient enfants.

Il baissa les yeux. C'était sans doute le fait d'être revenu à Roaring Springs qui lui embrouillait les idées. Cela l'incitait à songer aux voies qu'il n'avait pas prises au lieu de réfléchir à son avenir. Une chose était certaine : il ne resterait pas à Roaring Springs. Il avait d'autres options. Il pouvait se faire embaucher dans n'importe quelle firme qui proposait ses services au gouvernement. Il pouvait retrouver le terrain et recommencer à se battre pour son pays, même si ce n'était plus en tant que soldat. Ce serait différent, mais ce n'était pas forcément une mauvaise chose.

— Bonjour, messieurs ! lança-t-il au groupe.

— Bonjour, monsieur Colton, répondit Josh.

Il l'avait appelé Blaine au cours précédent – mais c'était avant l'échange bref et intense qu'il avait eu avec Tilda quand elle était venue chercher son fils. Tilda lui avait-elle dit du mal de lui ?

— Tu peux m'appeler Blaine, lui rappela-t-il.

— Ma mère dit que je dois vous appeler monsieur Colton, que c'est plus respectueux.

— Sa mère est prof, intervint Isaac comme si cela expliquait tout. Elle est cool, mais les trucs comme ça ont de l'importance pour elle.

C'était peut-être une explication suffisante, mais Blaine ne put s'empêcher de se demander si Tilda lui en voulait pour ce qui s'était passé entre eux. Ils n'étaient que des gamins… Et elle semblait avoir bien mené sa barque.

— Comme tu préfères, dit-il à Josh. Mettez vos casques ! On y va.

Pendant les deux heures qui suivirent, Blaine fut trop occupé à veiller sur six adolescents de niveaux différents pour songer à Tilda Deeds. Après le cours, il raccompagna le groupe au Chalet.

— Ta mère vient te chercher ? demanda-t-il à Josh.

— Elle travaille jusqu'à 16 heures, répondit-il. On va profiter du temps qu'il nous reste pour skier.

Quand Blaine avait l'âge de Josh, les amateurs de snowboard et les skieurs formaient deux clans bien distincts. Mais Decker lui avait expliqué que les choses avaient changé depuis quelques années. Il n'était plus inhabituel que les clients du Chalet fassent les deux. Le Chalet l'encourageait même en proposant des réductions pour la location des deux types de matériel dans la même journée.

— Très bien, répondit Blaine. Soyez prudents.

Il rappela aux autres garçons qu'il donnait un nouveau cours le dimanche suivant, puis leur dit au revoir. Il avait consulté la météo et tout indiquait qu'ils auraient encore de la neige pendant au moins une semaine.

Après avoir quitté ses élèves, il prit la direction de son bureau. Il y avait toujours de la paperasse à remplir en fin de journée et il voulait vérifier l'emploi du temps du lendemain pour s'assurer que tout était en ordre. Il retira sa combinaison, se fit une tasse de café et s'installa à son bureau.

Alors il pensa à Josh et à son ami sur les pistes. Il ne leur arriverait rien. Lui-même skiait quand il avait leur âge. Il jeta un coup d'œil par la fenêtre.

La montagne était magnifique.

Mais même les belles choses pouvaient être dangereuses.

Josh et son ami étaient sûrement assez malins pour faire attention aux panneaux. Certaines zones étaient interdites à cause de risques d'avalanches.

Il éteignit son ordinateur et se leva. Il ne lui fallut que deux minutes pour remettre sa combinaison et sortir ses skis du placard.

Il pouvait bien profiter un peu des pistes, lui aussi. Et il n'y avait rien de mal à s'assurer que Josh et son ami ne faisaient pas de bêtises. Il se répéta qu'il voulait juste éviter tout incident qui générerait de la tension entre Tilda Deeds et lui. En réalité, il éprouvait un besoin instinctif de veiller sur Josh. Il ne le comprenait pas, mais il avait appris à se fier à son instinct.

Il était dehors cinq minutes plus tard. Quand il se retrouva sur le télésiège, il scruta la piste à la recherche du blouson rouge vif de Josh. Il ne le repéra pas, mais cela ne le surprit pas. Cette piste n'était que l'une des quatre que l'on pouvait descendre depuis la crête où l'on était déposé par le télésiège.

Quand il arriva en haut, il considéra les trois autres options. Le Coude de Rivière était une piste assez facile et pleine de virages qui rappelaient les méandres d'une rivière. La Gloire Boisée était exactement ce que le nom promettait : une piste assez difficile qui traversait une forêt de sapins. Finalement, il y avait le Saut du Diable, la plus pentue, qui était agrémentée de plusieurs bosses.

Il devina aussitôt que Josh et Isaac avaient choisi le Saut du Diable. Malheureusement, c'était la piste la plus proche de la Méchante, qui avait été fermée à cause des risques d'avalanches.

Tant qu'ils resteraient prudents et ne s'écarteraient pas du chemin, tout irait bien.

Blaine s'élança. À environ un tiers de la descente, il repéra les deux garçons. Ils étaient cinq cents mètres plus bas, mais il était certain que c'étaient bien eux. L'un des skieurs était en rouge, l'autre en noir.

Le skieur en noir était en tête – et dangereusement près d'une zone où il n'était pas censé aller.

Blaine accéléra, les doubla et s'arrêta devant eux en soulevant un nuage de poudreuse.

— Monsieur Colton ? s'écria Josh.

Il les avait surpris, songea Blaine. *Bien*.

— Que faites-vous ? demanda-t-il.

— On va prendre la Méchante, répondit Isaac. Je l'ai descendue il y a quinze jours. Elle a des bosses géniales.

C'était avant que des tempêtes de neige ne les obligent à fermer la piste.

— Les panneaux devant lesquels vous êtes passés ne sont pas là pour décorer, dit Blaine.

Josh semblait mal à l'aise.

— On ne fera rien qui risquerait de provoquer une avalanche, se défendit Isaac.

Leur poids suffisait à provoquer une avalanche.

— À quelle vitesse êtes-vous déjà allés en voiture ? demanda Blaine.

La question parut surprendre Josh.

— À cent trente kilomètres-heure, répondit-il. C'est la vitesse maximum autorisée sur l'autoroute, non ?

— Oui. Maintenant, imaginez aller à cette vitesse sans avoir de voiture ni d'airbags, parce que c'est la vitesse d'une avalanche. Les gens se retrouvent enterrés sous la neige en quelques secondes. Après ça, la neige se fige autour d'eux comme du béton, ce qui rend presque impossible de creuser un tunnel jusqu'à la surface.

Il s'interrompit un instant avant de conclure :

— Le seul espoir est d'être retrouvé dans le quart d'heure qui suit.

— On a étudié les avalanches en cours de sciences, répondit Isaac. Notre prof nous a dit qu'on doit nager avec la neige.

— C'est un bon conseil, reconnut Blaine.

La gravité entraînait les corps vers le bas. Ceux qui réussissaient à rester près de la surface, voire à sortir un bras de la neige, augmentaient grandement leurs chances d'être secourus.

— Mais il vaut encore mieux lire les panneaux et éviter les zones interdites, ajouta-t-il. Et emportez toujours un GPS, une sonde et une pelle, si vous avez l'intention de faire du hors-piste.

— Désolé, monsieur Colton, dit Josh.

— Pas de souci, répondit Blaine, qui voulait les

empêcher de faire des bêtises mais pas gâcher leur journée. On se retrouve en bas.

Il les quitta sur ces mots pour leur prouver qu'il avait confiance en eux. Quand il atteignit le bas de la piste, il se retourna et les vit derrière lui, comme il l'espérait.

De retour dans le Chalet, il décida de rendre visite à sa cousine Molly Gilford, qui dirigeait les services à la clientèle. Il fit un crochet pour se munir de deux cafés.

— Comment ça va ? demanda-t-il à Molly en lui tendant une tasse.

Il y avait trois piles de documents bien alignées sur son bureau.

— La crise du jour était une disparition de bijou, répondit Molly. La cliente, folle de rage, a accusé tout le monde et terrifié le personnel. Finalement, c'était une bambine très espiègle de vingt-deux mois qui l'avait caché dans sa poussette. Tout va bien qui finit bien. Et ta journée ?

— Bonne. Les enfants n'avaient pas école, aujourd'hui. On a eu plein d'inscriptions et j'ai donné quelques cours moi-même.

— J'ai toujours pensé que tu étais né sur des skis.

— Si c'était le cas, j'imagine que ma mère me l'aurait dit.

Il était venu pour interroger Molly sur Tilda, mais il ne voulait pas entrer dans le vif du sujet tout de suite pour éviter que cela se voie trop.

— As-tu vu mon ami Max Hollick, ces derniers temps ? demanda-t-il.

— Non… Pourquoi ?

La question parut la surprendre. Max avait appartenu à la même unité que lui. Il élevait des chiens policiers depuis qu'il avait quitté l'armée.

— Comme ça, répondit-il. La dernière fois que je l'ai vu, il m'a dit qu'il lui arrivait de venir ici.

— Il n'est pas venu depuis des mois, répondit-elle en baissant les yeux. On s'est à peine croisés, la dernière fois. Alors, comment ça se passe aux sports extrêmes ?

— Bien, mais c'est une situation provisoire.

— Je sais. Vivre à Roaring Springs n'est pas ton truc. Tu es conscient que tu nous as manqué, j'espère ?

— Je te promets que je ne resterai plus jamais aussi longtemps sans revenir, quoi que je fasse, répondit-il. À propos de gens qui sont restés, je suis tombé sur Tilda Deeds, l'autre jour.

— Elle est toujours aussi belle, n'est-ce pas ? J'étais au collège quand vous étiez en terminale. Je trouvais que vous étiez le plus beau couple du lycée.

Molly lui décocha un clin d'œil.

— Vous pourriez vous remettre ensemble, suggéra-t-elle.

Il secoua la tête.

— Ça m'étonnerait. J'ai donné un cours à son fils, dimanche. J'ai croisé Tilda à la fin du cours et elle était aussi froide qu'une face nord en janvier.

Il le dit avec légèreté, mais cela l'avait contrarié. Il avait sincèrement tenu à Tilda. Lui faire l'amour le soir du bal de la promo avait été la plus belle expérience de sa vie. Quand il était parti, au petit matin, il avait eu l'impression d'être un autre homme, plus complet. Elle était si belle, les cheveux étalés sur les coussins du canapé… Elle était si sexy, si douce…

— Ça ne ressemble pas à Tilda, répondit Molly d'un air songeur. Les gens l'adorent, à commencer par ses élèves. C'est triste que son mari soit mort.

Blaine réussit à hocher la tête. Quel genre d'homme était-il pour jalouser un mort qu'il ne connaissait pas ?

— Elle est trop jeune pour rester seule, ajouta Molly.

— C'est vrai de nous tous, lui fit-il remarquer.

— Sauf que je suis bien plus jeune que vous, répliqua Molly. Je suis encore dans la vingtaine.

— À peine, plaisanta-t-il en se levant. Bonne fin de journée, Molly.

La main sur la poignée de la porte, il demanda le plus naturellement possible :

— Tu ne saurais pas quel âge a le fils de Tilda, par hasard ?

— Laisse-moi réfléchir… Dans les treize ans, je pense. La mère de son ami Isaac et moi faisons nos courses au même endroit. La semaine dernière, elle m'a dit qu'elle préparait une fête pour les treize ans d'Isaac.

Treize, songea Blaine, dont les oreilles se mirent à bourdonner. Bien sûr, ce n'était pas parce que Isaac et Josh étaient amis qu'ils avaient le même âge, mais il lui avait semblé, en les entendant discuter, qu'ils étaient aussi dans la même classe.

— Passe une bonne soirée, conclut Molly en lui souriant.

— Merci, toi aussi, répondit-il par réflexe.

Si Josh avait treize ans, Tilda avait dû retomber enceinte juste après avoir perdu son bébé.

Ce qui était étrange, parce qu'elle ne semblait pas ravie de sa première grossesse. Il aurait imaginé qu'elle avait pris des précautions après cela – comme lui.

Il se rappela qu'il avait cru voir une expression familière sur le visage de Josh.

Un soupçon germa dans son esprit mais, comme un bon soldat, il s'interdit d'en tirer des conclusions hâtives. Cela pouvait avoir des conséquences dramatiques sur un champ de bataille – et ce n'était peut-être pas si différent dans la situation présente.

Il faillit percuter Seth Harris dans un angle du couloir. C'était l'un des cadres du Chalet et le demi-frère de son cousin Remy Colton.

— Désolé, dit Blaine en s'écartant.

— Ça fait plaisir de te revoir ! répondit Seth. On m'a dit que tu travaillais au Chalet.

Blaine n'était pas d'humeur à bavarder. Il ne connaissait pas bien Seth. Il savait que son cousin Remy l'avait recueilli alors que Seth avait quinze ans et Remy à peine vingt. Leur mère, Cordelia Ripley, n'avait aucune chance de recevoir le titre de parent de l'année. Seth n'était pas un Colton, mais il était évident que Remy tenait à lui. Quand Seth avait fini ses études de commerce, Remy lui avait procuré un emploi au Chalet. D'après ce que Blaine avait entendu, Seth faisait du bon travail. Il s'habillait un peu trop élégamment à son goût, mais Blaine admettait qu'il n'était sans doute pas un très bon juge en la matière après avoir porté des treillis pendant treize ans.

— Oui. On sera occupés encore un moment grâce aux chutes de neige tardives, répondit-il.

— C'est bon d'avoir une famille qui nous soutient quand on est en difficulté, n'est-ce pas ? dit Seth. Tout le monde n'a pas un filet de sécurité.

Son ton déplut à Blaine, dont les nerfs étaient déjà éprouvés. Un autre jour, il aurait sûrement rappelé à Seth que les Colton avaient aussi été *son* filet de sécurité. Mais il avait autre chose en tête, aujourd'hui.

— C'est vrai, répondit-il. À plus tard, Seth.

Il s'éloigna. Josh avait dit que Tilda travaillait jusqu'à 16 heures. Elle arriverait donc au Chalet vers 16 h 15. Il se planta à l'endroit où il l'avait vue la veille et attendit. Dix minutes plus tard, il n'avait toujours vu ni elle ni Josh ni Isaac. Il alla se poster à un endroit d'où il pouvait surveiller à la fois la porte par laquelle les garçons entreraient et le couloir que Tilda devait emprunter.

Il inspira profondément pour essayer de se calmer.

À 16 h 20, alors que ses nerfs étaient sur le point de lâcher, il repéra le blouson rouge de Josh en regardant par la fenêtre. Isaac et lui suivaient un chemin qui menait à une autre entrée. Blaine courut dehors sans manteau et rattrapa vite les deux garçons.

— On ne s'attendait pas à vous revoir aujourd'hui, monsieur Colton, dit Josh.

— Vous partez ?

— Oui. Ma mère nous a donné rendez-vous devant l'entrée.

Parce qu'elle l'évitait ? Blaine emboîta le pas des garçons.

— J'ai des documents à remplir sur mes élèves, dit-il. J'aurais besoin de connaître vos âges.

— Treize ans ! répondirent-ils en chœur.

— Enfin, j'ai presque treize ans, corrigea Isaac. La semaine prochaine. Josh a fêté son anniversaire il y a quinze jours.

Blaine regarda Josh, qui lui rappela encore Decker. Or tout le monde disait que Decker et lui se ressemblaient tant quand ils étaient enfants qu'on les prenait pour des jumeaux.

Était-ce possible ?

Quand ils ne furent plus qu'à une centaine de mètres de l'entrée principale, il reconnut Tilda au manteau bleu qu'elle portait déjà la fois précédente. Elle le fixa un long moment avant de reporter son regard sur Josh.

Elle eut l'air de réprimer une envie de le serrer dans ses bras pour se contenter de lui tapoter le dos.

— As-tu passé une bonne journée ? demanda-t-elle.

— Géniale ! La meilleure journée de ma vie.

Tilda lui sourit, ce qui la fit beaucoup ressembler à la jeune fille que Blaine avait quittée treize ans plus tôt. Sauf qu'elle n'était pas aussi gentille et douce qu'il le croyait s'il avait deviné juste.

— Bonjour, Blaine, dit-elle.

— Bonjour, répondit-il de la voix la plus neutre possible.

— On y va, les garçons !

— Peut-on discuter deux minutes, s'il te plaît ? lui demanda-t-il.

Elle eut l'air de vouloir s'enfuir, mais elle tendit une clé à Josh.

— Montez dans la voiture, lui dit-elle. Mais interdiction de démarrer !

Elle suivit les deux garçons des yeux, puis posa un regard inquiet sur lui.

Il chercha ses mots. Comment demander quelque chose d'aussi important ?

— Josh a treize ans, dit-il.

— Exact, répondit-elle.

— Quand t'es-tu mariée avec Dorian ?

— À peu près au moment de la naissance de Josh.

— Avant ou après ? insista-t-il.

Elle passa sa langue sur ses lèvres avant de répondre :

— Quelques semaines après.

— Est-ce que ça veut dire…

Il ne parvint pas à achever sa phrase.

— On ne peut pas avoir cette conversation ici, chuchota-t-elle alors qu'un groupe passait près d'eux.

Alors il sut.

— Qu'as-tu fait, Tilda ? s'écria-t-il.

Comment avait-elle pu lui mentir de cette manière ? Comment avait-elle pu le laisser quitter Roaring Springs ? Comment avait-elle pu garder cela pour elle pendant toutes ces années ?

— Viens chez moi ce soir, dit-elle. À 21 heures. Le ranch qui est tout au bout de Dale Drive.

— Tilda, grogna-t-il.

Il tendit la main vers elle et s'aperçut que ses doigts tremblaient.

Elle s'éloignait déjà. Elle ne courait pas tout à fait, mais elle marchait vite.

Il pouvait la rattraper. Et après ? Allait-il la forcer à avoir une conversation très privée devant Josh, Isaac et une foule de clients ?

Il laissa retomber son bras.

Il était père. Josh était son fils.

4

Il sait.

Cette pensée tournait en boucle dans l'esprit de Tilda tandis qu'elle conduisait. Elle éprouvait un mélange perturbant de peur et de soulagement. Les deux émotions se disputaient son attention, et ses pensées cascadaient.

Il est temps que la vérité sorte.

Il essaiera de me prendre Josh.

Josh aura le père qu'il mérite.

Mon fils me détestera quand il saura ce que j'ai fait.

Elle déposa Isaac chez lui. Si elle lui dit au revoir, elle l'oublia aussitôt. Elle rentra chez elle, posa son sac sur la table et alla s'enfermer dans sa chambre. Elle s'allongea et écouta la télévision que Josh avait immédiatement allumée.

Heureusement, les garçons de treize ans n'étaient pas toujours sensibles aux changements d'humeur de leur mère. Mais Josh finirait par venir la voir, ne serait-ce que pour savoir ce qu'elle comptait préparer pour le dîner. Comment lui dire que la conversation qu'elle s'apprêtait à avoir avec Blaine allait tout changer ?

Elle pouvait mentir à Blaine, essayer de le convaincre qu'il était le jouet de son imagination. Elle rejeta immédiatement cette idée. Non seulement un test de paternité suffirait à prouver qu'elle mentait, mais il y avait déjà eu trop de mensonges.

Elle avait eu ses raisons. De bonnes raisons. Mais Blaine le comprendrait-il ?

Josh ne devait pas entendre cette conversation. Elle avait eu tort de dire à Blaine de passer chez elle. Mais elle ne voulait pas non plus le retrouver dans un endroit public où l'on pouvait les écouter. Elle appela sa mère.

— Bonsoir, maman. Comment ça va ? demanda-t-elle le plus joyeusement possible.

— Bien. Je regarde la télé avec ton père.

— Je sais que je te préviens à la dernière minute, mais est-ce que Josh pourrait passer la nuit chez vous ? Et pourriez-vous l'emmener au collège demain matin ?

— Bien sûr, chérie. Tu as un problème ?

Sa mère, qui la soutenait toujours, était clairement surprise par sa requête.

— Non, aucun problème, mentit Tilda. J'ai juste quelque chose à faire ce soir. Je peux acheter de quoi dîner pour vous trois sur le trajet.

— Ne t'inquiète pas pour ça. J'ai fait des lasagnes. Dîneras-tu avec nous ?

Elle n'était pas sûre de pouvoir avaler quoi que ce soit. Et il était déjà difficile de prétendre que tout allait bien par téléphone. Elle n'y arriverait jamais en face de ses parents.

— Pas ce soir, répondit-elle. Je déposerai Josh dans une demi-heure.

Elle raccrocha et alla dans le salon. Josh était avachi sur le canapé, un paquet de chips à portée de main.

— Nouveau plan, champion, lui dit-elle.

En tant que mère célibataire, il lui arrivait de devoir jongler entre leurs obligations à la dernière minute.

« Nouveau plan, champion » était devenu le signal officiel des changements de programme inattendus.

— Lequel ? demanda Josh.

— Tu vas dîner et passer la nuit chez tes grands-parents. Ils t'emmèneront à l'école.

Il fronça les sourcils. Ce n'était pas parce qu'il était contrarié d'aller chez ses grands-parents – il adorait passer du temps avec eux. Il était surpris.

— J'ai des devoirs, répondit-il.

— Tu les feras là-bas.

— Tu dors là-bas aussi ?

— Non, j'ai quelque chose à faire. Tu pars en mission solo.

Il haussa les épaules.

— D'accord. Sais-tu ce que mamie a fait pour le dîner ?

Elle réprima un soupir de soulagement. Heureusement, Josh pensait surtout à son prochain repas, ces temps-ci. Cela resterait-il vrai après ce soir ?

— Je te laisse la surprise, répondit-elle. Mais c'est l'un de tes plats préférés.

Trois quarts d'heure plus tard, Tilda était de retour chez elle et passait nerveusement de pièce en pièce. Que penserait Blaine en voyant sa maison ? Dorian et elle l'avait fait construire deux ans après leur mariage. Il y avait trois chambres : une pour eux, une pour Josh, et elle espérait qu'un autre enfant occuperait la troisième.

Mais cela ne s'était pas produit. Après la mort de Dorian, elle s'était réjouie de ne pas être tombée enceinte. Elle n'était pas sûre qu'elle aurait eu la force d'élever deux enfants toute seule.

Elle cessa de faire les cent pas le temps de nettoyer la salle de bains. Elle s'attaqua ensuite à l'évier, au réfrigérateur et au four à micro-ondes.

Elle aurait dû avoir des crises de nerfs plus souvent, songea-t-elle ironiquement. Sa maison aurait été plus propre.

Malgré ces diversions, à 20 h 45, elle était assise sur le canapé, les mains sur les genoux, et attendait.

On frappa à la porte à 20 h 57. Elle inspira profondément avant d'ouvrir.

— Bonjour, dit-elle.

Blaine répondit par un signe de tête. Son beau visage était indéchiffrable.

— Entre, dit-elle en s'écartant.

Il entra, le dos bien droit, comme un parfait soldat.

— Donne-moi ton manteau, dit-elle, l'estomac noué.

Il le retira et le lui tendit.

— Où est Josh ? demanda-t-il.

— Pas ici, répondit-elle. J'ai pensé que cela valait mieux.

Elle l'invita à s'asseoir sur le canapé et s'installa dans un fauteuil en face de lui.

— Je…

— Qu'as-tu donc fait ? la coupa-t-il.

Son intention d'avoir une conversation raisonnable abandonna brusquement Tilda.

— J'ai fait ce que je devais faire, Blaine. Parce que j'étais seule, ajouta-t-elle avec aigreur.

— C'est mon fils, dit-il d'une voix rauque.

— Oui, murmura-t-elle.

Blaine ferma les yeux et inspira. Quand il les rouvrit, elle y lut de l'amertume.

— Ton mari le savait-il ou lui as-tu menti aussi ? demanda-t-il.

C'était un coup bas. Elle le méritait sans doute, mais il la blessa.

— Il le savait depuis le début. C'est pour ça qu'il m'a épousée.

— Qui d'autre connaît ce grand secret ?

— Mes parents se doutent peut-être que Josh n'est pas le fils de Dorian. Je n'ai jamais rien affirmé, dans un sens ni dans l'autre. Mais ils ne savent pas… pour toi.

— Josh croit que Dorian était son père ?

— Oui.

— Tu m'as dit que tu avais perdu le bébé.

— Je le croyais. J'ai vu du sang… Je ne savais rien sur les grossesses. Tu étais déjà parti quand j'ai compris que j'étais encore enceinte.

Il la fusilla du regard.

— Il existe un objet qu'on appelle le téléphone, grommela-t-il. Il y a aussi les mails. Il ne t'était pas impossible de m'écrire : « Au fait, je crois que je suis encore enceinte. »

Il était furieux et elle le comprenait. Mais il fallait aussi qu'il comprenne quelque chose.

— J'étais terrifiée, dit-elle.

Pour de nombreuses raisons. Oserait-elle tout lui dire ? La croirait-il ? On lui avait interdit d'en parler à qui que ce soit et elle avait tenu sa langue.

— Et tu ne voulais pas de lui, ajouta-t-elle.

Ces mots résonnèrent dans le silence qui s'ensuivit. Oserait-il le nier ? Mais cette conversation n'était pas son procès. Et ce n'était pas lui qui avait menti.

— Je ne savais pas qu'il existait, finit-il par répondre d'une voix dure.

Ils n'avaient rien à gagner à revivre le passé.

— J'avais l'intention de le faire adopter, dit-elle.

— Que s'est-il passé ?

— Je n'ai pas pu. C'était mon fils et je l'aimais déjà. Dorian, qui était un ami de la famille depuis longtemps, a proposé de m'épouser. Il m'a dit qu'il tenait beaucoup à moi et qu'il espérait qu'on devienne plus que des amis.

— Êtes-vous devenus plus que des amis ?

Elle était bien décidée à ne plus mentir.

— Oui.

Il la fixa un long moment. Il y avait tant de tension dans la pièce qu'elle avait du mal à respirer.

— Alors je te présente mes condoléances, finit-il par dire.

Elle le remercia d'un signe de tête.

— Mais tu n'es pas la seule à avoir perdu quelqu'un, ajouta-t-il.

Elle le savait. Mais comprenait-il qu'il était difficile de changer de direction quand on s'était engagé sur une voie ?

— Et maintenant ? demanda-t-elle.

— Nous devons le dire à Josh, répondit-il.

Elle n'arrivait pas à imaginer cette conversation.

— Tilda, insista Blaine.

Elle acquiesça.

— Tu as raison. Il mérite de le savoir et tu mérites qu'il le sache.

— Ce soir ? suggéra Blaine.

Elle secoua la tête.

— Il est chez mes parents. Il vaudrait mieux qu'on attende qu'il rentre de l'école demain. On peut le lui dire ensemble. Ici.

Elle sentit qu'il était frustré de devoir attendre le lendemain, mais il acquiesça et se détendit un peu.

— Qu'aime-t-il faire ? demanda-t-il en balayant la pièce du regard. À part du ski et du snowboard.

— Il joue au base-ball pendant l'été et c'est un bon nageur. Il aime faire du camping et pêcher. C'est un bon élève. Il joue du trombone dans l'orchestre du collège.

Blaine hocha la tête.

— Est-ce que je peux voir sa chambre ?

— Bien sûr.

Elle se leva et le conduisit dans la chambre de Josh. Blaine regarda les posters de hockey accrochés au mur et l'échiquier posé sur un coin du bureau. Il esquissa un sourire.

— Il joue aux échecs ? demanda-t-il.

— Il adore ça.

— Il tient son cerveau de toi, alors.

Tilda se détendit un peu. Ils pouvaient surmonter cette épreuve.

Alors Blaine posa les yeux sur une photo accrochée près du lit. On y voyait Dorian et Josh, qui brandissait fièrement le poisson qu'il venait d'attraper. Blaine se raidit et sortit de la chambre sans dire un mot. Il évita son regard jusqu'au moment où elle lui tendit son manteau et ouvrit la porte.

— À quelle heure rentre-t-il de l'école ? demanda-t-il.

— Vers 16 heures, en général.

— Je serai là. Tu as intérêt à être là aussi.

Il s'éloigna sur ces mots. Après avoir fermé la porte, elle s'effondra sur le canapé et prit de grandes inspirations pour se calmer. Elle ne lui en voulait pas de la haïr, mais elle avait pris la meilleure décision possible dans les circonstances où elle se trouvait. Il ne voulait pas d'un enfant et il se serait senti piégé.

Maintenant, il se sentait trahi.

Blaine regarda sa montre cent fois le lendemain. Le temps ne passait pas. C'était une journée d'école. Comme il y avait peu de cours à donner, il n'avait pas été nécessaire qu'il s'en mêle. Il pouvait donc se cacher dans son bureau, ce qui lui fournissait trop de temps pour réfléchir.

Un fils.

Un fils de treize ans.

Il avait raté tant de choses… Parce que Tilda lui avait menti, il avait perdu treize ans qui ne lui seraient jamais rendus. Il comprenait qu'elle ait pu croire à tort qu'elle avait fait une fausse couche. Ils étaient tous les deux si jeunes… Mais pourquoi ne l'avait-elle pas prévenu quand elle s'était rendu compte qu'elle était encore enceinte ?

Il n'aurait pas pu quitter l'armée immédiatement, bien sûr, mais il serait revenu pendant ses permissions et il ne se serait pas réengagé.

Il serait rentré à Roaring Springs des années plus tôt. Cette pensée lui noua l'estomac.

Mais il l'aurait fait. Pour son fils.

Qui connaîtrait la vérité dans une heure. Le cœur de Blaine se serra. À cet instant, Josh suivait un cours sans se douter que sa vie était sur le point de changer radicalement.

Josh était un Colton. Ce nom offrait des privilèges. Cela n'avait jamais eu beaucoup d'importance pour Blaine, sans doute parce qu'il savait que les Colton avaient travaillé dur pour prospérer. Peut-être aussi parce qu'il savait bien que l'argent n'empêchait pas sa famille d'avoir des problèmes. Mais certains ne s'en rendaient pas compte. Il y avait des gens qui n'aimaient pas les Colton parce qu'ils ne voyaient que les avantages que cela procurait d'en être un.

Les gens se comporteraient différemment envers Josh quand la vérité éclaterait. Il risquait de perdre des amis à cause de cela. Certains, à Roaring Springs, ne manquaient pas une occasion de souligner les défauts et les faiblesses des Colton.

Le supporterait-il ?

À cause des choix de Tilda, Josh n'avait aucun entraînement. Il n'avait pas été élevé pour devenir un Colton. Cela lui tomberait dessus.

Comment avait-elle pu faire cela ? Cette question le hantait depuis qu'elle l'avait fui sur le parking du Chalet. Comment avait-elle pu lui cacher une information aussi vitale ?

Oui, il s'était engagé subitement dans l'armée. Il avait à peine eu le temps de dire au revoir à sa famille et à ses amis. Il était aussi vrai qu'il revenait rarement, mais il avait de bonnes raisons. Il ne pouvait simplement pas admettre les infidélités de son père. Il n'avait jamais compris comment fonctionnait le mariage de ses parents et il ne le comprendrait sans doute jamais.

Mais il comprenait certaines choses. La vérité. L'honneur. Des choses qui avaient de l'importance pour lui. Son père n'était pas à la hauteur dans ces domaines. Tilda non plus, apparemment… Il inspira profondément. Dramatiser la situation ne lui apporterait rien. Il avait vu bien des choses horribles, ces treize dernières années. Il se savait capable de faire face à l'adversité. Mais le mensonge de Tilda lui semblait cruel. Il ne le digérait pas parce qu'il lui semblait que la jeune femme qu'il avait aimée ne se le serait pas permis. La jeune femme qu'il était prêt à épouser et à laquelle il aurait été fidèle…

Mais il ne pouvait pas tout mettre sur le dos de Tilda. Parce qu'elle avait raison : il avait été soulagé d'apprendre qu'elle avait fait une fausse couche. Cela lui donnait mauvaise conscience, à présent. Mais il se souvenait très bien qu'il avait eu l'impression d'être libéré d'un poids énorme qui l'empêchait de respirer. Il se rappelait même les premiers mots qu'il avait prononcés en apprenant la nouvelle : « Dieu merci. »

Tilda s'en souvenait-elle ? S'en servirait-elle contre lui ? Dirait-elle à Josh qu'il s'était réjoui de la fausse couche ?

Josh comprendrait-il qu'il avait dix-huit ans, seulement cinq ans de plus que lui-même à présent, et qu'il n'était pas assez mûr pour réagir mieux que cela ? Josh penserait-il que Tilda avait bien fait de le faire passer pour le fils d'un autre parce que son père ne voulait pas de lui ?

C'était un vrai merdier.

Il regarda encore sa montre. Le moment était venu.

Il ferma la porte de son bureau derrière lui et se rendit au parking. Le trajet lui prit vingt minutes et il attendit dix minutes devant chez Tilda avant de la voir entrer dans son garage. Il lui laissa encore deux minutes, puis frappa à la porte.

— Bonjour, Blaine, dit-elle en ouvrant.

Elle s'écarta et l'invita à entrer.

Elle avait l'air fatiguée. Ses cernes incitèrent Blaine à penser qu'elle avait aussi mal dormi que lui. Elle portait un pull bleu et une jupe noire qui mettait ses courbes en valeur. Il songea aussitôt à ce qu'il avait ressenti en les caressant sur le canapé d'un sous-sol.

— Josh devrait arriver dans cinq minutes, dit-elle. Veux-tu quelque chose à boire ?

— De l'eau sera très bien.

Peut-être dans un seau, pour qu'il puisse y plonger la tête, songea-t-il ironiquement.

Elle remplit deux verres et lui en tendit un. Puis ils restèrent assis sans dire un mot, elle sur le canapé, lui dans un fauteuil. Ils avaient un passé. Ils avaient été aussi proches que deux personnes pouvaient l'être. Mais il avait l'impression qu'ils étaient des étrangers. Il était absurde qu'ils soient sur le point d'essayer de créer quelque chose comme une famille pour leur fils.

— Que se passera-t-il ensuite ? finit-il par demander.

— Je ne sais pas, répondit-elle. J'imagine qu'on doit essayer de comprendre ce qu'il ressent et répondre à ses questions le plus sincèrement possible.

C'était une formulation étrange. Pourquoi n'avait-elle pas dit « sincèrement », tout simplement ? Il s'apprêtait à le lui demander quand il entendit une clé dans la serrure. Il se leva, puis se rassit. Il ne voulait pas intimider Josh.

Le garçon vit d'abord sa mère, à qui il sourit avec tendresse. Puis il le vit dans le fauteuil.

— Monsieur Colton ?

— Bonjour, Josh, répondit Blaine.

— Que se passe-t-il ? demanda Josh.

— Viens t'asseoir avec nous, suggéra Tilda en tapotant le canapé. Nous avons quelque chose à te dire.

Elle était calme, mais Josh sentait clairement que tout n'allait pas bien. Il s'assit sans dire un mot.

Tilda inspira profondément et posa ses mains sur ses genoux.

— Nous avons quelque chose à te dire, répéta-t-elle. Ce sera une grosse surprise pour toi. Je suis sûre que tu auras plein de questions à nous poser. On répondra à tout.

Aussi sincèrement que possible, ajouta Blaine en silence.

— D'accord. Est-ce que j'ai fait une bêtise ? demanda Josh avec méfiance.

— Absolument pas, intervint Blaine avant de se tourner vers Tilda. Venons-en au fait.

— Bien sûr, murmura-t-elle.

Elle plongea son regard dans celui de leur fils et lui dit :

— Il y a treize ans, je suis tombée enceinte de toi. Je n'étais pas encore mariée.

— Je le sais, répondit Josh. Papa et toi vous êtes mariés quelques semaines après ma naissance. Tu as gardé le faire-part dans ta boîte à bijoux.

— Tu as raison, dit Tilda. En partie. J'ai épousé Dorian Stoll quelques semaines après ta naissance, mais il n'était pas le père de mon enfant. Il n'était pas ton père.

Josh ne répondit rien.

L'estomac de Blaine se noua. C'était un coup dur pour Josh. Il découvrait qu'on lui mentait depuis treize ans.

— Ton père… c'est Blaine.

— Monsieur Colton ? s'écria Josh.

Blaine lut un mélange d'horreur, d'effroi et d'incrédulité dans son regard.

— Oui, Blaine Colton est ton père, répondit Tilda.

— Mais alors pourquoi as-tu épousé Dorian ?

— Parce que je voulais que tu aies un père.

Josh lui jeta un regard qui n'exprimait plus que de la haine.

— Tu ne voulais pas l'épouser ? Tu ne voulais pas de son enfant ?

Blaine se raidit. Qu'allait répondre Tilda ?

— Non, Josh, dit-elle en posant sa main sur le genou de son fils. Ça ne s'est pas passé comme ça. Quand j'ai découvert que j'étais enceinte, Blaine a proposé de m'épouser. Il te voulait. Mais j'ai cru ensuite que j'avais fait une fausse couche.

Elle s'interrompit pour déglutir.

— Je croyais avoir perdu mon bébé quand Blaine s'est engagé dans l'armée, reprit-elle. Je n'ai compris qu'après son départ que j'étais encore enceinte. Je ne le lui ai pas dit. Il ne savait pas que tu étais son fils. Il ne l'a découvert qu'hier.

Elle avait choisi de ne pas le dépeindre comme le méchant de l'histoire. Il aurait sans doute dû lui en être reconnaissant.

— Est-ce que papa… Est-ce que Dorian savait que je n'étais pas son fils ? demanda Josh.

— Oui, mais il t'a aimé dès ta naissance. Il ne t'aurait pas aimé davantage si tu avais été son fils.

Blaine songea qu'il aurait sans doute dû en être reconnaissant à Dorian. Mais il lui était difficile d'éprouver de la reconnaissance à cet instant. Toute cette histoire était un fiasco épique.

— Tu m'as menti pendant tout ce temps, dit Josh à sa mère.

Les mâchoires de Tilda se crispèrent. Ces mots lui fendaient le cœur.

— Des décisions ont été prises, Josh, répondit-elle. Des choses ont été faites. Tu as le droit d'être contrarié par ces décisions et ces actions. Mais une chose est sûre et le sera toujours : je t'aime. Tout ce que j'ai fait, j'ai sincèrement pensé le faire pour ton bien.

Josh ne répondit rien. Il avait les larmes aux yeux et il tenait ses genoux comme s'il risquait de tomber en morceaux.

Blaine eut aussitôt envie de le réconforter, mais il

savait que leur relation serait le fruit d'un processus fait d'essais, de pauses et sans doute de quelques erreurs.

— Je sais que ça fait beaucoup à digérer, dit-il avec douceur.

— C'est pour ça que vous étiez gentil avec moi au Chalet ?

Blaine secoua la tête.

— J'étais gentil avec toi parce que tu es un gamin sympa. Je n'ai su que tu étais *mon* gamin sympa qu'hier. J'espère qu'on apprendra à se connaître, maintenant qu'on le sait tous les deux.

— Qui d'autre est au courant ?

— Rien que nous, répondit Tilda. Mais les gens finiront par le savoir. Blaine voudra sûrement le dire à sa famille.

Sans doute, songea Blaine. Il n'y avait pas réfléchi. Comment Mara et Russ prendraient-ils le fait d'avoir un nouveau petit-fils ?

— Faudra-t-il que je change de nom ? demanda Josh.

Pour la première fois, Tilda interrogea Blaine du regard. Bien sûr qu'il voulait que son fils porte son nom. Mais ce n'était pas le moment d'avoir une position trop tranchée.

— Je ne te demanderai jamais de faire quelque chose si ça te met mal à l'aise, promit-il.

Plus personne ne dit rien pendant un long moment. Finalement, Josh écarta ses mains de ses genoux et inspira profondément.

— On fait quoi, maintenant ? demanda-t-il.

— Je me suis dit qu'on pouvait sortir manger quelque chose, toi et moi, répondit Blaine. Je me souviens que j'étais affamé quand je rentrais de l'école, à ton âge.

— Rien que nous ? demanda Josh. Et maman ?

Blaine ne répondit pas. Tilda avait eu Josh pour elle

toute seule pendant treize ans. Était-ce trop demander qu'une soirée ?

Tilda se leva.

— Je pense que c'est une bonne idée que vous fassiez connaissance, dit-elle. Allez-y sans moi. Mais n'oubliez pas qu'il y a école demain. Et je suis sûre que tu as des devoirs à faire, alors soyez de retour à 20 heures.

Blaine se détendit. Elle était d'accord. Son approbation parut aussi aider Josh à se détendre.

— Alors d'accord, dit-il. C'est vrai que j'ai faim.

— Tu respires, non ? répondit Tilda avec le sourire.

Elle voulut le prendre dans ses bras, mais il la repoussa.

Tilda enroula ses bras autour de son buste.

Blaine ouvrit la porte et invita Josh à le précéder. Avant de fermer la porte, il jeta un dernier coup d'œil à Tilda. Elle n'avait pas bougé. Ses lèvres étaient pincées et elle semblait plus petite – vaincue.

Ce n'était pas ce qu'il voulait. Elle avait bien mené la discussion. Elle avait été franche et précise. Elle était allée jusqu'à dire qu'il voulait de Josh, ce qui n'était certainement pas vrai.

Ce ne pouvait pas être facile pour elle. Il eut envie de la rassurer, de lui dire qu'ils s'en sortiraient… Alors il se souvint que rien de tout cela n'aurait été nécessaire si elle avait simplement dit la vérité.

— Je le ramènerai à 20 heures, promit-il avant de fermer la porte.

5

Les jambes de Tilda la trahirent et des sanglots jaillirent de sa poitrine. Josh l'avait repoussée. Et la douleur qu'elle avait lue dans son regard quand il l'avait accusée de lui avoir menti l'avait brisée.

Quand Blaine avait proposé d'emmener Josh dîner dehors, elle avait eu envie d'attraper son fils et de s'enfuir en courant. Le bon sens – et peut-être un restant de décence – avait prévalu. Elle avait réussi à rester digne jusqu'à leur départ.

À présent, elle avait l'impression qu'elle ne reprendrait plus jamais son souffle.

Tout allait lui échapper. Ils venaient de tirer un fil et tous les liens que Dorian et elle avaient patiemment tissés allaient s'effilocher. Risquait-elle de perdre son fils ?

C'était ce qui l'avait terrifiée dans les heures qui avaient suivi la visite de Russ Colton, treize ans plus tôt. Il l'avait menacée. Il lui avait dit qu'elle n'était pas assez bien pour son fils. Il avait aussi menacé sa famille et il avait assez de pouvoir pour mettre ses menaces à exécution. Heureusement, il ne savait pas qu'elle était enceinte. Ce jour-là, elle avait décidé que les Colton ne sauraient jamais que son enfant était l'un des leurs. Ils avaient leurs propres règles qu'elle ne comprenait pas.

Elle était aussi terrifiée qu'à l'époque.

Elle n'avait fait que retarder l'inévitable.

Et elle avait volé des années de la relation de Blaine avec son fils.

Surtout, elle avait blessé Josh, qui était la prunelle de ses yeux. Il avait perdu son père depuis plusieurs années et il venait d'apprendre que Dorian avait seulement enfilé un costume.

Elle se frotta les yeux. Il ne fallait pas que Josh la voie dans cet état. Il ne devait pas savoir à quel point elle souffrait. Ces prochaines semaines seraient assez difficiles comme ça. Il ferait la connaissance de Blaine et apprendrait ce que cela signifiait d'être un Colton dans cette communauté. Les gens parleraient et tout le monde aurait une opinion.

Elle trouva la force de se relever. Elle alla dans la salle de bains et se rinça le visage pendant cinq bonnes minutes. Elle devait le dire à ses parents. Il ne fallait pas qu'ils l'apprennent de la bouche de quelqu'un d'autre. Ensuite, elle le dirait à Raeann. C'était sa meilleure amie depuis plusieurs années.

Elle prit son téléphone. Sa mère décrocha à la troisième sonnerie.

— Bonjour, chérie. Comment ça va ?

— Ça va, mentit Tilda en se demandant combien de fois elle prononcerait ces mots sans les penser dans les semaines à venir. Êtes-vous occupés, papa et toi ?

— Non. On regarde la télévision.

— Je peux passer ?

— Bien sûr. Avec Josh ?

Le cœur de Tilda se serra. Josh ne voudrait peut-être plus jamais monter dans une voiture avec elle.

— Non, juste moi, répondit-elle. Je serai là dans dix minutes.

Quand sa mère ouvrit la porte et fronça les sourcils, Tilda comprit qu'elle n'avait pas parfaitement réussi à effacer les traces de sa crise de larmes.

— Que se passe-t-il ? demanda sa mère.

Tilda ne répondit pas. Elle alla s'asseoir sur le canapé, ramassa la télécommande et éteignit la télévision.

— J'ai quelque chose à vous dire, annonça-t-elle à ses parents.

— Tu nous fais peur, chérie, répondit sa mère.

— Ce n'est pas mon intention.

Ses parents avaient été formidables. Bien sûr, il leur avait fallu encaisser le coup quand elle leur avait annoncé qu'elle était enceinte. Et ils avaient été contrariés qu'elle refuse obstinément de dire qui était le père. Mais ils l'avaient soutenue, aussi bien quand elle voulait faire adopter son enfant que lorsqu'elle y avait renoncé.

Elle les avait déstabilisés une deuxième fois en épousant Dorian peu après la naissance de Josh. Elle ne leur avait jamais dit que Dorian était le père de son enfant, mais elle n'avait pas non plus dit le contraire.

Ils avaient été le rocher auquel elle s'était agrippée pendant toutes ces années.

Et elle s'apprêtait à leur donner un nouveau coup.

— Il y a treize ans, quand je suis tombée enceinte, je vous ai caché que Blaine Colton était le père de mon enfant.

Voilà. C'était dit.

— Blaine Colton, répéta sa mère d'un air songeur.

Elle essayait sans doute de se souvenir du jeune homme qui tournait autour de sa fille quand elle était en terminale.

Son père ne dit rien. Il connaissait le pouvoir des Colton à Roaring Springs. Il devait déjà songer aux problèmes que cette nouvelle risquait de générer.

— Blaine vient de quitter l'armée et de rentrer à Roaring Springs, dit Tilda. On a révélé la vérité à Josh ce soir.

Ses parents n'avaient pas besoin de savoir comment ils en étaient arrivés à avoir cette conversation.

— Comment l'a-t-il pris ? demanda sa mère.

— Il était surpris, bien sûr. Mais il est en train de dîner au restaurant avec Blaine pour qu'ils fassent connaissance.

— Tu savais que c'était l'enfant de Blaine Colton ? demanda son père.

— Oui.

— Et tu ne l'as pas dit à Blaine ?

— Non.

— Alors tu devais avoir une très bonne raison, conclut son père après quelques instants de réflexion.

Les yeux de Tilda s'emplirent de larmes. Ses parents étaient dans son camp. Elle renifla.

— Oui. Je le croyais, du moins.

Elle ne voulait pas donner de détails. Russ et Mara Colton étaient les autres grands-parents de Josh. Si ses parents découvraient l'entière vérité, ils en voudraient sans doute terriblement à Russ Colton. Elle ne voulait pas que Josh se retrouve obligé de choisir entre les grands-parents qu'il avait toujours connus et les puissants Colton.

— Que peut-on faire pour toi ? demanda sa mère d'une voix douce.

— Rien. Je voulais juste vous le dire moi-même, pour que vous soyez prêts. Les gens parleront.

— Je suppose, répondit sa mère. Les gens du coin

adorent les potins. Mais n'oublie pas que tu es une mère formidable, chérie. Tu as très bien élevé ton fils. Personne ne peut dire le contraire.

Cela suffirait-il ? Pour Blaine ? Pour Josh ?

— Merci, murmura-t-elle.

Alors elle se leva, serra ses parents dans ses bras et les quitta. Elle voulait être là quand son fils rentrerait.

Blaine emmena Josh dans une pizzeria qui diffusait des matchs. Il espérait que l'atmosphère décontractée faciliterait les choses. Il y avait un match de base-ball en cours. Ils choisirent une table en face d'un écran.

— Ta mère m'a dit que tu jouais au base-ball. Ça te plaît ? demanda Blaine.

— Oui.

— À quel poste ?

Josh le fixa un long moment avant de répondre :

— C'est vraiment bizarre.

— Oui, Josh, répondit Blaine. C'est vraiment bizarre. Mais ce sera plus facile quand on se connaîtra mieux.

— Maman m'a dit que tu étais dans l'armée. As-tu tué des gens ?

Oui, il avait tué des gens. Les bérets verts se voyaient confier les missions les plus dangereuses et il avait très bien fait son travail.

Sauf que les choses ne se seraient pas passées ainsi s'il avait su la vérité. Ironiquement, le mensonge de Tilda lui avait permis de faire une carrière dans laquelle il avait excellé.

— J'ai fait ce qui était nécessaire, répondit-il. Mais je serais revenu bien plus tôt si j'avais su que tu existais. J'aurais voulu faire partie de ta vie.

— Je suppose que je dois me réjouir que mon vrai père ne soit pas mort.

— Je suis… content que tu aies aimé Dorian, répondit Blaine. Je suis content qu'il ait été un bon père pour toi. Je ne veux pas que tu te sentes mal à l'aise parce que tu as de l'affection pour lui.

Josh déglutit et baissa les yeux. Ils ne dirent plus rien jusqu'à l'arrivée de leurs pizzas. Josh se jeta sur la sienne. C'était son premier repas avec son fils, songea Blaine en prenant une tranche. Il avait l'impression qu'il aurait dû immortaliser cet instant, peut-être se lever et faire un discours. Il regarda les occupants des tables voisines, qui ne leur accordaient aucune attention.

Mais la rumeur se répandrait comme une traînée de poudre. Il ne lui faudrait sans doute pas longtemps pour atteindre ses parents.

Il se promit d'aller voir Russ et Mara après avoir déposé Josh. Il avait réussi à éviter ses parents depuis qu'il s'était installé dans un logement pour employé. Mais il était temps qu'il parle à son père. Il était temps qu'il le remercie pour son intervention dans son dossier. Quand ce serait fait, il annoncerait à ses parents qu'ils avaient un petit-fils.

Ils bavardèrent en mangeant et parlèrent surtout du match. Blaine finit par se dire que ce n'était pas plus mal pour une première fois. Il paya l'addition et ramena Josh chez lui. Il se gara devant la maison de Tilda à 19 h 57.

— Tu entres ? demanda Josh.

— Non, répondit Blaine.

Il avait pensé à l'air abattu de Tilda plusieurs fois pendant le dîner. Chaque fois, son cœur s'était serré.

Il ne devait pas oublier que tout le monde souffrait de cette situation.

— Dis à ta mère que je l'appellerai demain, ajouta-t-il. Ils devaient trouver un accord sur le temps qu'il passerait avec Josh.

— D'accord, répondit Josh en ouvrant sa portière. Merci pour le dîner.

— Il n'y a pas de quoi.

Au lieu de sortir de la voiture, Josh fronça les sourcils.

— As-tu une question à me poser ? demanda Blaine.

— Ce n'est pas vraiment une question. C'est juste que je ne sais pas comment t'appeler. Ça me ferait bizarre de dire *papa*.

Blaine s'interdit de lui montrer à quel point ces mots le blessaient et hocha la tête. Son fils n'aurait pas dû trouver bizarre de l'appeler papa. C'était la faute de Tilda.

— Je comprends, c'est trop nouveau, répondit-il. Si tu m'appelais simplement Blaine, pour le moment ?

Josh acquiesça, l'air soulagé.

— Ça me va.

Blaine lui sourit.

— Ça deviendra plus facile, je te le promets, lui dit-il.

— Tant mieux. Il faut que j'y aille.

Josh sortit de la voiture et courut presque jusqu'à la maison.

Blaine attendit qu'il ait fermé la porte pour démarrer, puis il pensa à Tilda. Interrogerait-elle Josh sur leur soirée ? Essaierait-elle de le dresser contre lui ?

Il ne le pensait pas. Tilda n'était pas ce genre de femme.

Alors il se gifla mentalement. Si on le lui avait demandé à l'époque, il aurait répondu avec assurance que la jeune femme qu'il adorait n'était pas capable de lui cacher qu'il avait un fils. Il se serait bien trompé.

Il se rendit au manoir des Colton, sonna et attendit. Ce fut son père qui lui ouvrit.

— Blaine ?

— Bonsoir, papa. Je peux entrer ?

Son père s'écarta pour le laisser passer.

— On ne t'attendait pas, dit-il.

— Je sais, répondit Blaine. Je ne resterai que quelques minutes. Maman est là ?

— Elle doit être en train de lire à l'étage. Je vais la chercher.

— Je suis là, dit sa mère en apparaissant en haut de l'escalier.

Elle trouvait le moyen d'être élégante même en robe de chambre.

Elle les entraîna dans un salon. Blaine ne savait pas si cette pièce avait un usage particulier, mais le mobilier semblait flambant neuf. Il s'assit sur un canapé en cuir beige. Sa mère prit place dans le fauteuil qui se trouvait sur sa droite, son père dans celui de gauche.

Il se tourna d'abord vers Russ.

— Je voulais te remercier d'être intervenu pour que mon dossier soit modifié. Ça me facilite beaucoup les choses.

C'était sincère et précis. Il avait apprécié que Tilda s'y prenne de cette manière pour parler à leur fils. Son père l'apprécierait peut-être aussi. Et qu'y avait-il d'autre à dire, de toute manière ?

— Les Colton ne se font pas renvoyer de l'armée, répondit Russ.

Évidemment pas. Blaine savait depuis le début que son père était intervenu pour protéger leur nom, pas pour lui rendre service. Autrefois, cela l'aurait rendu furieux. Mais ces années dans l'armée l'avaient aidé à prendre du recul. Et son père lui avait bien rendu service, même si ce n'était pas son but premier.

— Je dois aussi vous parler de quelque chose que je viens de découvrir, dit-il après s'être éclairci la voix. Je ne sais pas si vous vous souvenez de Tilda Deeds… On est sortis ensemble en terminale.

Ses parents se regardèrent bizarrement. Cela ne dura qu'un instant, mais Blaine fut certain qu'ils lui cachaient quelque chose.

— Qu'y a-t-il ? demanda-t-il.

Ils ne répondirent ni l'un ni l'autre. Peu importait. Il ne comprendrait décidément jamais ses parents.

— Quoi qu'il en soit, Tilda a un fils de treize ans, Joshua. Elle l'appelle Josh. C'est… mon fils.

— Quoi ? aboya son père.

— Josh est mon fils, répéta-t-il. Je ne l'ai découvert qu'hier. Tilda et moi venons de le dire à Josh.

— Comment peux-tu être sûr que Tilda dit la vérité ? demanda sa mère. Il y a des femmes qui trouveraient bien pratique d'être la mère d'un Colton. As-tu exigé un test de paternité ?

Il n'en avait pas besoin. Il lui suffisait de regarder Josh pour être sûr que c'était vrai.

— Je pense que Tilda aurait préféré que je ne le devine pas, répondit-il. Elle ne me l'a pas dit pour me piéger ni pour assurer la sécurité financière de son fils.

— Tu devrais quand même exiger une preuve, dit son père.

— On fera peut-être le test, concéda Blaine. Mais faites-moi confiance en attendant. Je vous demande d'accepter l'idée que Josh Stoll est votre petit-fils.

Ces mots résonnèrent dans la pièce un long moment.

— Je veux le rencontrer, finit par dire Mara.

— Bien sûr, mais chaque chose en son temps, répondit Blaine. Ça a été une grosse surprise pour lui.

Il se tourna vers son père, qui était étonnamment silencieux.

— Papa ?

— Je suppose que je dois t'offrir mes félicitations, répondit Russ. Ce n'est pas tous les jours qu'un homme découvre qu'il a un fils.

— Ou un petit-fils, répondit Blaine.

— C'est vrai, dit Russ d'un air pensif.

Blaine se leva.

— Je voulais que vous l'appreniez de moi, dit-il. Je suis sûr que ce sera vite de notoriété publique.

Sa mère pinça les lèvres. Les rumeurs sur la famille la mettaient toujours mal à l'aise – sauf si elles étaient bonnes pour les affaires.

— Bonne nuit, conclut-il.

Il regagna sa voiture, épuisé.

6

Tilda dormit à poings fermés et n'entendit pas le réveil. Elle essayait de se brosser les cheveux tout en mangeant un toast quand son portable sonna. Elle ne reconnut pas le numéro. Elle hésita à décrocher, mais elle finit par le faire parce que cela pouvait être un parent d'élève.

— Bonjour.

— Tilda ?

— Oui.

— Mara Colton à l'appareil.

Tilda posa son toast et sa brosse pour s'appuyer sur le bord du lavabo.

— Oui ?

— J'aimerais rencontrer mon petit-fils.

Il n'avait vraiment pas fallu longtemps pour que la nouvelle se répande, songea Tilda.

— Je…, balbutia-t-elle. Je suis désolée. Je ne m'attendais pas à votre appel.

— Samedi, dit Mara. J'aimerais qu'il vienne déjeuner à la maison.

Tilda mourut d'envie de refuser, mais elle savait qu'elle ne pouvait pas se le permettre.

— Pas seul, répondit-elle. Si je l'accompagne.

— Avec plaisir, répondit Mara. Je vous attendrai à 13 heures.

La mère de Blaine raccrocha. Tilda ramassa son toast pour le jeter dans la corbeille. Elle ne pourrait plus rien avaler.

Elle décida de ne pas le dire tout de suite à Josh. Elle trouverait un meilleur moment.

Elle sortit de la salle de bains.

— Es-tu prêt ? demanda-t-elle.

Quand il faisait froid, elle déposait Josh devant son collège avant d'aller au lycée.

— J'y vais à pied, répondit Josh.

Il l'évitait. Mais le temps s'adoucissait et elle n'avait aucune raison de refuser.

La veille, il lui avait dit qu'il avait des devoirs à faire et il s'était enfermé dans sa chambre dès son retour. Quand elle avait frappé à sa porte avant d'aller se coucher, il n'avait pas répondu. Comme toujours dans ces cas-là, elle avait jeté un coup d'œil dans la chambre. La lumière était éteinte et il dormait – ou faisait semblant de dormir.

— D'accord, mais ne viens pas me reprocher de ne pas te l'avoir proposé, répondit-elle d'un ton léger.

Josh ramassa son sac et sortit sans dire un mot.

Ce n'était pas la première fois qu'il lui en voulait. On ne pouvait pas élever un fils pendant treize ans sans connaître quelques cris et quelques portes claquées. Mais ce n'étaient que des colères d'adolescent, une soif d'indépendance qui s'éveillait. C'était différent depuis la veille.

Et cela la terrifiait.

Avaient-ils définitivement perdu leur relation d'amour et de confiance ? Cette idée donna la nausée à Tilda, au point qu'elle songea à se faire porter pâle.

Mais elle n'osa pas. Elle savait qu'il était difficile de trouver des remplaçants et elle ne voulait pas mettre le proviseur dans une situation délicate. Elle n'était pas irresponsable, même si Blaine devait penser le contraire. À vrai dire, elle ne savait pas ce qu'il pensait. Il ne s'était pas beaucoup exprimé.

Il était plus facile à déchiffrer à dix-huit ans. Elle lui plaisait et il lui plaisait tout autant.

Elle avait l'impression que cela remontait à une éternité.

Triste, peut-être plus triste qu'elle ne l'avait jamais été, elle se rendit au lycée comme un automate. Mais elle avait le sourire aux lèvres quand elle entra dans le bâtiment. Ses élèves méritaient qu'elle fasse un effort et personne n'avait besoin de savoir que son cœur se brisait.

À midi, elle avait l'impression d'avoir couru un marathon. Elle resta dans sa classe et mangea péniblement la salade au thon qu'elle s'était préparée. Elle en était à la moitié quand Raeann apparut dans l'embrasure de la porte.

— Ça m'a inquiétée de ne pas te voir en salle des profs, dit-elle. Ça va ?

Tilda secoua la tête.

— Entre, répondit-elle. J'ai quelque chose à te dire.

Raeann ferma la porte derrière elle.

— Quoi ?

— Tu sais que j'ai été mariée et que mon mari est mort.

Dorian était mort avant qu'elle ne rencontre Raeann, mais elles avaient souvent parlé de lui.

— Oui.

— Je t'ai laissée croire que Dorian était le père de Josh.

— Peut-être… Je veux dire que je n'y ai jamais vraiment réfléchi. Je le présumais, c'est tout.

— Eh bien ce n'est pas lui. Et le père biologique de Josh vient de revenir à Roaring Springs après avoir passé toutes ces années dans l'armée. Il est au courant, maintenant, et Josh aussi.

Raeann écarquilla les yeux.

— Je comprends mieux pourquoi tu as l'air d'avoir été renversée par un camion, murmura-t-elle.

— Il est encore en train de m'écraser, répondit Tilda. Il m'empêche de respirer.

— Oh ! chérie ! s'écria Raeann avant de la prendre dans ses bras. Je suis désolée. Mais tout va s'arranger, j'en suis sûre.

— Pas moi. J'ai peut-être fait quelque chose d'irréparable. Je n'ai pas dit la vérité au père de Josh. Il est parti il y a treize ans en pensant que j'avais fait une fausse couche. Parce que *je* croyais avoir fait une fausse couche. Mais je ne lui ai rien dit quand j'ai découvert que ce n'était pas le cas. Il m'en veut terriblement.

— Tu étais si jeune…, répondit Raeann. Tu n'avais que dix-huit ans, c'est bien ça ? On est bien placées pour savoir qu'on fait des choses d'adulte à dix-huit ans, mais qu'on est loin d'en être un. Te connaissant, je suis sûre que tu avais une bonne raison de faire ce que tu as fait.

Les larmes vinrent aux yeux de Tilda. Tout le monde ne serait pas du même avis que Raeann. Certains la suspecteraient d'avoir eu des intentions malhonnêtes ou d'avoir été volontairement cruelle. Mais elle se réjouissait d'avoir sa meilleure amie dans son camp.

— Merci de me croire, murmura-t-elle. Merci de croire en moi.

— Et qui est le père ? demanda Raeann.

— Blaine Colton.

Raeann n'était pas dans le même lycée qu'eux.

— Colton comme les Colton ?

— Oui. Il fait partie de la fratrie. Wyatt et Decker sont plus âgés que lui. Les jumelles, Skye et Phoebe, sont plus jeunes. Il y a aussi Fox et Sloane, qui sont des cousins, mais qui ont été élevés avec Blaine et ses frères et sœurs après la mort de leurs parents.

— Je suis Skye sur les réseaux sociaux, confessa Raeann. Quelle famille !

C'était une manière de l'exprimer. Il n'était pas nécessaire de grandir à Roaring Springs pour savoir que les Colton étaient puissants. Ils avaient le pouvoir d'anéantir leurs adversaires. Ils avaient le pouvoir… de retirer un enfant à sa mère.

Mon Dieu !

La sonnerie retentit. Elle avait encore trois heures à tenir avant de pouvoir rentrer chez elle et pleurer.

— Que ressens-tu pour Blaine après toutes ces années ? demanda Raeann.

C'était une question compliquée.

— Il a fait une belle carrière dans l'armée.

— Tant mieux pour lui. Que ressens-tu pour lui ? répéta Raeann, qui n'était pas du genre à renoncer à une question.

Tilda déglutit péniblement.

— C'est un homme qui a vu beaucoup de choses. Je me rends bien compte que ça l'a endurci. Mais quand je le regarde dans les yeux, je vois encore le garçon qui m'a séduite, celui qui était capable de me faire rire, et même de me faire regarder des films d'horreur parce qu'il était là pour me protéger. Le garçon que j'ai peut-être aimé.

Voilà. C'était dit.

— Mais je pense qu'il n'est pas dans le même état d'esprit, ajouta-t-elle.

— Ça, tu n'en sais rien. Mais il y a une chose dont je suis sûre : Blaine Colton ne pourra plus t'en vouloir quand il se rendra compte que tu es une personne et une mère formidable.

Sauf que Raeann n'avait pas vu la manière dont Blaine la regardait. Tilda avait perdu son estime.

Blaine examinait des factures dans son bureau quand on frappa à la porte. Il tourna la tête et découvrit Decker dans l'embrasure.

— Penny a dit que tu étais passé à mon bureau. As-tu besoin de quelque chose ? demanda son frère.

Blaine l'invita à s'asseoir dans l'un des fauteuils qui occupaient un coin de la pièce et s'installa en face de lui.

— J'ai quelque chose à te dire.

— D'accord.

— Comme je ne sais pas comment m'y prendre, j'irai droit au but. Je t'ai dit que j'avais revu Tilda Deeds l'autre jour. Et son fils. Eh bien il se trouve que c'est aussi le mien.

Decker le fixa un long moment avant d'esquisser un sourire.

— Félicitations ?

Blaine hocha la tête.

— Merci. J'ai encore du mal à y croire, mais oui, c'est une bonne chose. Je suis père.

— Et tu n'en savais rien.

— Je croyais que Tilda avait fait une fausse couche. C'était avant que je ne m'engage dans l'armée.

— C'est pour ça que tu voulais l'épouser ? demanda Decker. Tu n'as jamais parlé d'un enfant.

— Je sais. On l'avait gardé pour nous.

Spontanément, il n'aurait rien caché à Decker, mais Tilda lui avait dit qu'elle n'était pas prête et il n'avait pas voulu la brusquer. Elle était son avenir. Ils étaient liés par tout ce qui les poussait vers l'avant. C'était ce qu'il croyait, du moins. À présent, il se rendait bien compte qu'il avait porté des œillères.

— C'était une raison importante, reconnut-il. Il n'était pas question que j'abandonne mon enfant.

— Évidemment, répondit Decker. L'as-tu dit à papa et à maman ?

— Hier soir.

— Comment ont-ils réagi ?

— Maman a immédiatement suspecté Tilda d'avoir des arrière-pensées. Mais je peux t'assurer que Tilda aurait préféré garder son secret.

— On dirait qu'elle n'est pas aussi gentille que tout le monde le croit, commenta Decker.

— Peut-être pas, répondit Blaine, reconnaissant que son frère le soutienne. Mais elle a l'air d'avoir fait du bon boulot avec Josh.

Il éprouva le besoin de le préciser parce que c'était vrai. Et elle avait du bon boulot pendant leur discussion.

— Josh le sait ? demanda Decker.

— Oui. On a dîné ensemble hier, rien que lui et moi. Il m'a dit qu'il trouvait bizarre de m'appeler papa. Ce sera Blaine, dans un premier temps.

— Il ne faut sans doute pas brusquer les choses. L'autre jour, tu m'as dit que c'était un bon gamin, mais même les enfants les plus équilibrés peuvent être perturbés par une situation de ce genre.

Cette idée donna la nausée à Blaine. Il se rappela

certaines conversations qu'il avait eues avec des camarades mariés et pères de famille. Parfois, il suffisait qu'ils reçoivent une lettre pour être hors du coup pendant plusieurs jours. Il les comprenait mieux, maintenant. S'inquiéter pour son enfant vous consumait entièrement.

— Je peux le dire à Kendall ?

— Bien sûr. Tu le ferais même si je te l'interdisais, non ?

— Oui, reconnut Decker. Il n'y a pas de secrets entre nous.

Blaine l'envia. Ce n'était clairement pas la relation qu'il avait avec Tilda.

— T'a-t-elle fourni une explication ? demanda Decker comme s'il avait lu dans ses pensées. T'a-t-elle dit pourquoi elle t'avait caché que tu avais un fils pendant treize ans ?

Blaine secoua la tête et se leva. Ils avaient tous les deux des choses à faire.

— Elle a intérêt à avoir eu une très bonne raison, ajouta Decker.

— Pour être honnête, je ne suis pas sûr qu'aucune raison soit assez bonne pour me satisfaire, grommela Blaine.

Decker se leva à son tour.

— Je comprends, dit-il. Mais tu devras surmonter ça pour le bien de ton fils.

Deux heures plus tard, Blaine essaya de garder le conseil de Decker à l'esprit lorsqu'il appela Tilda pour la troisième fois en dix minutes. Il tomba encore sur le répondeur et regarda sa montre. Elle avait fini sa journée. Pourquoi ne répondait-elle pas ? L'évitait-elle ?

À bout de patience, il éteignit son ordinateur et fonça vers le parking. Il se gara devant le lycée un quart d'heure plus tard. Une aile avait été ajoutée depuis l'époque où il y avait été inscrit, mais le reste était exactement comme dans son souvenir.

Il était un bon élève et un bon athlète qui avait assez d'argent pour faire ce qu'il voulait. Il sortait avec la plus jolie fille du lycée. Mais il était impatient d'avoir son diplôme parce que c'était sa porte de sortie. Il était impatient de quitter Roaring Springs, où tout le monde avait un avis sur les Colton. Et son père, qui ne parlait que de son avenir dans l'entreprise familiale. Et tous ceux qui ne comprenaient pas qu'il voulait servir son pays.

Il avait l'enthousiasme de la jeunesse et croyait le monde plein d'opportunités. Un test de grossesse avait fait voler ses rêves en éclats.

Quand le problème s'était volatilisé, il avait fui Roaring Springs sans imaginer qu'il remettrait un jour les pieds dans ce lycée. Il avait manqué d'imagination. Et ce n'était sans doute pas la dernière fois qu'il y retournerait, puisque Josh y serait deux ans plus tard. Alors Blaine se rendrait aux rencontres entre parents et professeurs, aux rencontres sportives, aux pièces de fin d'année… La totale.

Il ferait mieux que son père. Il en était certain. Il ne ferait jamais passer ses problèmes professionnels avant Josh. Il ferait sentir à son fils combien il l'aimait.

Il essaya d'ouvrir la porte et la trouva verrouillée. Cette mesure de sécurité le rassura. Il y avait tant de faits divers tragiques dans des établissements scolaires… Il sonna et leva les yeux vers la caméra.

— Puis-je vous aider ? demanda une voix à l'Interphone.

— Je suis Blaine Colton. Je viens voir Tilda Deeds.

— Avez-vous rendez-vous ?

— Oui, mentit-il.

La porte s'ouvrit. Blaine ne savait pas quelle était la salle de Tilda, mais il se souvenait du couloir où se trouvaient les salles d'anglais. Il prit cette direction.

Alors qu'il approchait de la salle 230, il entendit une voix masculine et une autre plus douce – celle de Tilda. Il pressa le pas. Par la porte entrouverte, il vit un adolescent devant le bureau du professeur. Tilda se tenait de l'autre côté du bureau, les mains posées sur le dossier de la chaise et l'air sévère.

— J'espérais que tu me rendrais ton devoir aujourd'hui, Toby, dit-elle. Je te le répète : tu finiras par redoubler si tu ne fais pas tes devoirs.

— Je m'en moque, répondit l'adolescent.

Malgré la désinvolture de son ton, Blaine se demanda si c'était tout à fait vrai.

— Tu ne devrais pas, répliqua Tilda. Je sais que tu en es capable. C'est pour ça que je ne comprends pas. Je te laisse jusqu'à demain pour me rendre ton devoir. Et je veux que tu donnes ce mot à tes parents. Rapporte-le-moi signé.

— Mes parents ne sont pas là, dit Toby.

— Reviendront-ils ce week-end ?

— Je crois.

— Alors rapporte ce mot lundi. Tu peux t'en aller.

Comme Toby ne bougeait pas, Blaine entra dans la salle.

— Bonjour, mademoiselle Deeds, dit-il. Il me semble que nous avions rendez-vous.

Il sourit à Tilda tout en surveillant l'adolescent.

Toby fusillait Tilda du regard. Il était plus grand qu'elle et assez musclé pour faire des dégâts.

Blaine s'approcha du bureau.

Toby fixa encore Tilda de longues secondes avant de prendre le papier qu'elle lui tendait pour le fourrer dans son sac à dos. Il sortit sans rien dire. Après son départ, Tilda se laissa tomber sur sa chaise, la tête basse.

Elle semblait épuisée. Et fragile. Ses cheveux cachaient la moitié de son visage, ce qui rappela à Blaine le moment où il avait retiré les épingles de sa coiffure, le soir du bal de la promo.

Cette nuit-là aussi, elle lui semblait fragile… Jusqu'à l'instant où elle l'avait pris en elle. Alors il l'avait vue comme une guerrière.

— Ça va ? s'inquiéta-t-il.

— J'en ai juste assez de livrer la même bataille, répondit-elle.

— Quel est son problème ?

— C'est un garçon intelligent qui ne fait plus aucun effort depuis deux mois. Il ne rend plus ses devoirs et il a de mauvais résultats aux interrogations.

— Seulement avec toi ou dans toutes les matières ?

— Dans la plupart des matières. J'ai peur que mes collègues n'aient baissé les bras.

— Mais pas toi. Es-tu sûre qu'il mérite ton aide ?

Il avait du mal à oublier la haine qu'il avait lue dans le regard de Toby.

— Je pense.

Elle releva la tête et haussa un sourcil.

— On n'avait pas rendez-vous, dit-elle.

— Non. Tu devrais dire à la personne qui m'a ouvert qu'elle ferait bien de vérifier si les gens ont réellement un rendez-vous avant de les laisser se promener dans le lycée.

— C'est une remplaçante. La secrétaire est en congé maladie. Elle aurait été plus prudente.

— Je t'ai appelée, dit-il. Tu n'as pas répondu. J'ai cru que tu m'évitais.

Elle leva les yeux au ciel.

— Serait-ce une bonne stratégie à long terme ?

— Non.

— C'est bien mon avis. Ta mère m'a appelée.

Mara n'avait pas perdu de temps.

— Ma mère a toujours été très efficace, répondit-il.

— Elle voulait que Josh aille déjeuner chez elle samedi. Je lui ai dit que je ne voulais pas qu'il y aille seul, alors elle m'a invitée aussi.

Il n'en avait pas fait autant la veille.

— Je dirai à ma mère que je serai là aussi.

— Très bien, répondit-elle comme si elle s'en moquait éperdument. Josh aura besoin de temps pour s'habituer à l'idée qu'il est un Colton. Je ne veux pas que tes parents lui imposent des attentes démesurées.

Blaine était bien placé pour connaître les attentes des Colton. Son père avait toujours voulu qu'il intègre l'entreprise familiale, ce dont il n'avait aucune envie. Il était ironique qu'il se retrouve à travailler au Chalet – mais c'était temporaire.

— Je gère mes parents, ne t'inquiète pas. Nous devons mettre un emploi du temps au point pour que je puisse voir Josh.

— Je parlerai à Josh ce soir, répondit-elle en ramassant son sac.

— Tu le feras ?

— Je viens de te le dire.

Elle semblait de mauvaise humeur… Ils étaient deux.

Il était profondément contrarié de devoir demander sa permission pour voir son fils.

— Comment allait-il après le dîner, hier ? demanda-t-il.

— Bien. Il n'a pas dit grand-chose.

— Est-ce normal ?

— Pas vraiment.

Il trouva son ton bizarre. Elle avait l'air… triste.

— C'est un garçon intelligent et drôle. Il réussira à gérer tout ça, dit-il sans savoir qui il essayait de rassurer.

— Je l'espère, soupira Tilda. Il doit passer avant tout le reste, Blaine.

— Je suis d'accord.

Elle le regarda droit dans les yeux.

— Alors je t'en supplie : ne le laisse pas s'enthousiasmer à l'idée qu'il a un père si tu as l'intention de repartir.

Il avait l'intention de repartir. Sa situation n'était que temporaire.

— Même si je…

Il laissa sa phrase en suspens.

Josh pouvait très bien l'accompagner s'il repartait, mais ce n'était pas le moment d'avoir cette discussion – et la dispute qu'elle provoquerait inévitablement.

— Même si quoi ?

— Même si je laisse Josh s'enthousiasmer, je suis sûr que tu sauras le refroidir.

C'était cruel de sa part et il n'en était pas fier, mais elle l'avait mis sur la défensive.

Elle soupira.

— Il faut que je ferme ma salle, dit-elle. Va-t'en, s'il te plaît.

Il devait lui présenter des excuses.

— Je…

— Au revoir, Blaine, le coupa-t-elle.

Il s'en alla sans rien dire.

Quand Tilda rentra, Josh et son ami Isaac étaient sur le canapé avec deux paquets de chips et un paquet de cookies.

— Bonjour ! leur lança-t-elle. Ça va ?

Josh ne répondit pas.

— La routine, madame Deeds, répondit Isaac. L'école est à mourir d'ennui et Josh a un nouveau père.

Tilda se réjouit que Josh se soit confié à son meilleur ami. Il avait besoin de parler à quelqu'un puisqu'il ne lui parlait plus à elle.

— Grande nouvelle, non ? répondit-elle avec le sourire.

— Ça, c'est sûr ! dit Isaac. Vous êtes riches, maintenant.

— Alors pourquoi n'y a-t-il que quarante dollars dans mon portefeuille ? répliqua-t-elle.

Si elle se laissait marcher sur les pieds par le meilleur ami de son fils, elle ferait bien d'abandonner l'enseignement.

— J'ai dit à Josh qu'il devrait demander des cours gratuits au Chalet. Pour nous deux.

— Sûrement pas, répondit-elle avant de se tourner vers son fils. Comment était ta journée ?

— Bonne, répondit-il sans quitter la télévision des yeux. Allons dans ma chambre, Isaac.

— D'accord. Je prends les chips, tu prends les cookies.

Tilda aurait sans doute dû leur dire de ne pas se couper l'appétit avant le dîner, mais elle n'en trouva pas la force. Elle attendit d'entendre la porte de la chambre de Josh se fermer, puis se laissa tomber sur le canapé. Elle se tourna sur le côté et posa sa joue sur le coussin que Josh avait dans le dos quelques instants plus tôt.

Il était encore chaud.

Quand Josh était bébé, combien de nuits avait-elle tenu son petit corps chaud dans ses bras ? À cette époque, il lui était terriblement difficile de le faire passer pour le fils de Dorian. Elle s'y était faite peu à peu parce que Dorian connaissait la vérité et qu'elle ne le dérangeait pas. Dans le fond, le plus important était que Josh avait un père qui voulait de lui. Un père qui avait entendu ses premiers mots et vu ses premiers pas. Un père qui voulait élever une famille à Roaring Springs.

Un père dont la famille ne la terrifiait pas.

Le déjeuner de samedi chez Mara Colton planait comme une ombre maléfique sur la semaine. Elle pouvait sans doute changer d'avis et laisser Blaine accompagner Josh. Éviter la confrontation.

Mais elle ne pouvait pas laisser son fils rencontrer ses nouveaux grands-parents sans être là pour veiller au grain. Josh aurait sans doute préféré qu'elle ne vienne pas. Il semblait ne plus supporter de respirer le même air qu'elle. Mais Josh ne comprenait pas ces gens aussi bien qu'elle. Et s'ils croyaient pouvoir l'écarter de leur chemin, ils se trompaient lourdement.

7

Le vendredi, Blaine déjeunait dans son bureau quand on frappa à la porte. C'était sa cousine Sloane.

Il se leva pour la serrer dans ses bras.

— C'est bon de te revoir ! lui dit-il. Je suis désolé d'avoir raté ton mariage.

— C'était une cérémonie sans prétention, répondit-elle avec le sourire. Rien que la mairie.

— Ça fait beaucoup de changements. Un nouveau travail, un mari…

— Et n'oublie pas que j'élève une enfant de deux ans. À ce propos, il paraît que Chloe n'est pas la seule Colton de la nouvelle génération.

— Laisse-moi réfléchir, répondit-il en fronçant les sourcils. Wyatt et Bailey attendent un enfant…

Elle lui donna un petit coup de poing dans l'épaule.

— Ne fais pas l'idiot.

Il l'invita à s'asseoir.

— Oui, j'ai un fils, dit-il. Joshua – mais tout le monde l'appelle Josh.

— Et tu n'en savais rien ?

La question le vexa.

— Crois-tu que je serais parti treize ans si je l'avais su ?

— Bien sûr que non, répondit Sloane. Je me suis

mal exprimée. C'est juste que Tilda et toi n'êtes pas sortis ensemble très longtemps.

— Il suffit d'une fois. Le soir du bal de la promo.

Elle haussa un sourcil.

— Il n'est pas question que Chloe prenne des cours de danse, déclara-t-elle.

— Tilda s'en est aperçue juste avant la remise de diplômes. J'admets que la nouvelle m'a assommé. Mais elle m'a dit ensuite qu'elle avait perdu le bébé. Elle m'a expliqué qu'elle croyait avoir fait une fausse couche et n'avait compris qu'elle était encore enceinte que plusieurs semaines plus tard.

— Alors que tu étais déjà parti.

— Oui.

— Comment ça va entre vous ? demanda Sloane.

— Ça…

Il s'interrompit avant de dire que tout allait bien. Il pouvait être honnête avec Sloane.

— C'est très dur, reconnut-il. Je lui en veux.

— Je comprends, mais tu étais parti et tu as dit à tout le monde que tu ne voulais pas revenir à Roaring Springs. Elle le savait forcément. N'est-il pas possible qu'elle t'ait caché sa grossesse pour que tu ne te sentes pas obligé de revenir ?

— Elle m'a dit qu'elle avait l'intention de faire adopter son bébé, mais qu'elle n'a pas pu s'y résoudre quand il est né.

Sloane esquissa un sourire attendri.

— La première fois que j'ai tenu Chloe dans mes bras, j'étais si heureuse que j'ai cru que mon cœur allait exploser. Je n'aurais jamais pu m'en séparer. Je comprends que Tilda ait changé d'avis.

— Elle aurait pu me le dire à ce moment-là.

— Je pense qu'elle a fait ce qui lui semblait le

mieux pour son fils. J'ai fait la même chose quand j'ai divorcé du père de Chloe. Ça a été difficile, mais je l'ai fait pour Chloe et je ne l'ai jamais regretté.

Ses propos étaient sensés et pas si éloignés de ce que Tilda lui avait dit. Mais il avait quand même perdu treize ans.

— Je ne suis pas sûr d'être capable de le lui pardonner, avoua-t-il.

Sloane se leva.

— Mon divorce m'a fait oublier que le bonheur était un choix jusqu'au jour où j'ai rencontré Liam, dit-elle. Ne fais pas un mauvais choix par colère. Tu vaux mieux que ça.

Blaine fixa la porte un long moment après son départ. Cela semblait si facile, à entendre Sloane… Mais il savait que la situation dans laquelle Tilda, Josh et lui se trouvaient était horriblement compliquée.

D'un autre côté, il n'était pas connu pour se défiler face aux difficultés. Il avait été un béret vert.

Et l'une des difficultés serait le déjeuner du lendemain au manoir des Colton. Tilda semblait se moquer éperdument du fait qu'il y participe ou non. Mais ce n'était pas pour elle qu'il irait. C'était pour Josh.

Tilda essaya de se concentrer sur ses cours, mais elle se demanda toute la journée si Blaine referait une apparition le soir. Était-ce de la crainte ou du désir ? Difficile à dire.

Toby ne rendit pas de devoir et ne lui fournit aucune explication. Raeann entra dans sa classe alors qu'elle rangeait ses affaires.

— Youpi ! C'est le week-end ! lança son amie en s'asseyant sur son bureau. Tu as des projets ?

— Je déjeune au manoir des Colton avec Mara Colton, Josh et Blaine, répondit Tilda.

— Mon Dieu ! Je veux tout savoir sur cette maison. Elle est magnifique de l'extérieur. Peux-tu prendre des photos ?

— On verra. Si j'en prends, elles seront floues parce que mes mains trembleront.

— Ne sois pas nerveuse, chérie. Ma mère me disait toujours que les riches mettent leurs pantalons de la même manière que nous : une jambe à la fois.

— J'essaierai de m'en souvenir.

— J'ai vu Mara Colton de loin en deux ou trois occasions. Elle est toujours parfaite. Ses coiffures sont parfaites. Ses vêtements sont parfaits. Elle sent bon – c'est ce qu'on m'a dit, du moins.

— Ça ne m'aide pas à me sentir mieux, répondit Tilda.

— Que comptes-tu lui offrir ?

— Euh… J'avoue que je ne me suis pas posé la question.

— Tu dois apporter quelque chose – un présent à la fois cool et classe. Sans doute pas du vin, si c'est un déjeuner.

Elle devait trouver un cadeau, songea Tilda. Un souci de plus. Elle gagnerait bientôt une ride permanente au milieu du front.

— J'y réfléchirai, répondit-elle.

Ou pas. Ce n'était sans doute pas ce qui compterait le plus dans l'opinion que Mara Colton se ferait d'elle.

— Et toi, des projets ?

— On va peindre la buanderie, répondit Raeann.

Cela ressemblait au paradis.

— On échange ? plaisanta Tilda.

— Blaine Colton est-il inclus dans l'échange ? Je

l'ai vu dans le couloir hier et je dois dire que c'est un bien bel homme. Si je n'étais pas heureuse en mariage la plupart des jours, j'aurais trouvé une raison de l'aborder. J'aurais pu faire semblant d'être perdue et lui demander mon chemin.

— Et quand il aurait découvert que ta salle est à côté de la mienne ?

— Il aurait déjà été si amoureux que ça n'aurait eu aucune importance. Bien sûr, il aurait sans doute été moins amoureux quand il aurait découvert que j'ai des jumeaux.

Tilda haussa les épaules.

— Je n'en suis pas si sûre. Il est gentil avec Josh.

— Ça ne te contrarie pas, j'espère ? demanda Raeann. C'est une bonne chose.

— Je sais. J'ai déjà eu cette conversation avec moi-même, reconnut Tilda. Le soir où Blaine a emmené Josh dîner dehors. J'étais… jalouse parce que Blaine avait l'air de savoir s'y prendre. J'étais stupide.

Raeann secoua la tête.

— Tu n'es jamais stupide. Tu es responsable et attentionnée. Il faut juste que tu admettes qu'il se produit un grand changement dans ta vie et qu'il te faudra peut-être plus de deux minutes pour t'y faire.

Tilda la serra dans ses bras.

— As-tu vraiment besoin de peindre ta buanderie ? demanda-t-elle. Si je te ramenais à la maison, je t'aurais sous la main la prochaine fois que j'aurai besoin d'encouragements.

— Tu peux toujours m'appeler, répondit Raeann. Je suis capable de parler pendant que je peins. Je suis capable de parler en faisant n'importe quoi.

Deux heures plus tard, Tilda et Josh dînaient chez ses parents. Il y avait des pizzas et de la salade, et personne ne parlait des Colton. Ses parents voulaient peut-être laisser Josh aborder le sujet lui-même s'il en avait envie.

Tilda appréciait l'interlude. Il lui permettait de reléguer leur convocation chez les Colton dans un coin de son esprit et de goûter à la vie telle qu'elle avait été pendant treize ans. Josh et elle s'apprêtaient à rentrer quand elle entendit son téléphone tinter. Elle le sortit de son sac. C'était un texto de Blaine. Un instant, elle s'autorisa à espérer qu'il avait réfléchi à leur conversation de la veille et voulait lui présenter des excuses.

Non. Elle avait été stupidement optimiste. Il confirmait juste qu'il la retrouverait chez ses parents à 13 heures. Le cœur lourd, elle répondit « merci ».

— Tout va bien ? s'inquiéta sa mère.

Elle eut envie de dire la vérité à sa mère. Elle eut envie de lui avouer que le retour de Blaine avait réveillé des sentiments qu'elle croyait enfouis pour toujours. Qu'elle ne savait pas quoi faire du désir qu'il lui inspirait et qu'elle avait peur qu'il ne lui pardonne jamais son mensonge. Mais sa mère n'avait pas besoin de soucis supplémentaires.

— Oui, tout va bien, répondit-elle. Josh et moi allons déjeuner au manoir des Colton demain. Blaine sera là, lui aussi. D'après mon amie Raeann, il faudrait que j'apporte quelque chose.

— Une jolie boîte de chocolats, suggéra sa mère.

— Je ne sais pas… Mara Colton est super mince.

— Super mince… Super riche… Ça ne change rien. Si elle ne les mange pas elle-même, elle pourra toujours les emporter à son travail pour les distribuer.

Tilda lui offrit un sourire.

— Comment fais-tu pour avoir une solution à tous mes problèmes ?

— Je suis ta mère, chérie. C'est mon boulot.

Tilda la serra dans ses bras. Sa mère en profita pour lui chuchoter à l'oreille :

— N'oublie pas que tu ne vaux pas moins que les Colton.

Les mots de sa mère lui trottèrent dans la tête pendant le trajet de retour. Dans la nuit, elle rêva qu'elle se tenait devant le manoir des Colton, le poing levé, et criait : « Je ne vaux pas moins que vous ! »

Elle se réveilla avec une migraine. Elle entendit Josh se déplacer dans sa chambre. Il était sans doute trop nerveux ou trop excité pour faire la grasse matinée comme les autres samedis.

Elle alla dans la cuisine. Josh n'avait pas allumé la cafetière – une preuve de plus qu'il lui en voulait. Elle mit un filtre et du café dans la machine, et attendit que le breuvage soit prêt.

Finalement, une tasse de café dans une main et un toast dans l'autre, elle alla donner de petits coups de pied dans la porte de Josh.

— Oui ? répondit-il.

— Bonjour ! lança-t-elle à travers la porte.

— Bonjour.

C'était un progrès.

— Tu t'es réveillé tôt.

— Ce n'est pas tous les jours qu'on rencontre des grands-parents dont on ignorait l'existence, répondit-il sur un ton sarcastique.

Leur complicité s'était volatilisée. Tilda se réjouit

d'être dans le couloir, où il ne pouvait pas lire sa tristesse sur son visage.

— On part à midi, annonça-t-elle. Ne mets pas un jean.

Les Colton devaient comprendre qu'elle avait bien élevé Josh. Il respectait les autres et il avait de bonnes manières. Elle lui en toucherait deux mots sur le trajet.

Alors qu'elle repartait vers la cuisine, Tilda se rappela les paroles de sa mère et s'arrêta net. Elle n'avait rien à prouver aux Colton. Elle fit demi-tour et posa sa tasse par terre pour pouvoir frapper proprement à la porte de Josh.

— Oui ?

— Est-ce que je peux entrer ? demanda-t-elle.

— Je suppose.

Elle ouvrit la porte. Josh était assis sur son lit, encore en pyjama, son ordinateur devant lui. Il ressemblait beaucoup au gentil garçon qui avait vécu sous son toit pendant toutes ces années.

Parce que c'était lui.

— Tu peux porter ce que tu veux, en fait, se corrigea-t-elle. Et je tiens à te dire que je suis désolée. Je suis désolée de ne pas t'avoir révélé la vérité plus tôt et qu'elle te soit tombée dessus de cette manière. Tu ne le méritais pas. Si je pouvais faire quoi que ce soit pour arranger les choses, je le ferais, crois-moi. Parce que je t'aime. Tu ne peux pas savoir à quel point – pas avant d'avoir un enfant toi-même.

Il la fixa un long moment avant de répondre :

— J'aimerais juste savoir pourquoi.

Elle ne pouvait pas le lui dire. Cela influencerait ce qu'il penserait des Colton – et peut-être même de Blaine.

— C'est compliqué, répondit-elle. Mais j'avais de

très bonnes raisons, je t'assure. Et je te promets qu'on surmontera tout ça.

— J'ai dit à Blaine que ça me faisait bizarre de l'appeler papa.

— Comment l'a-t-il pris ?

— Il a dit que ce n'était pas grave, que je pouvais l'appeler Blaine pour le moment.

Elle s'assit au bord du lit.

— Je pense que Blaine a très envie d'avoir une relation avec toi, mais qu'il se rend bien compte que tout doit être très étrange pour toi.

— Et sa mère ? Dois-je l'appeler mamie ?

Tilda avait du mal à imaginer qui que ce soit appeler l'élégante Mara Colton « mamie ».

— Pas si ça te met mal à l'aise, répondit-elle.

Si Mara insistait, Tilda l'entraînerait à l'écart et lui expliquerait qu'elle devait laisser du temps à Josh.

— On va juste déjeuner, ajouta-t-elle. On restera une heure ou deux et on s'en ira.

— J'ai entendu dire que leur maison était si grande qu'on s'y perdait.

Elle esquissa un sourire.

— Personne ne se perdra aujourd'hui, je te le promets. Et vois le bon côté des choses : tu auras une histoire intéressante à raconter à Isaac.

Josh se mordit la lèvre.

— Je suis désolé d'avoir joué les sales gosses, dit-il.

— Tu n'as rien d'un sale gosse. Tu as toujours été et tu seras toujours un champion.

Elle le serra dans ses bras.

— Je vais prendre ma douche, maintenant, annonça-t-elle.

— Mets-tu un jean ? demanda Josh.

— Je ne sais pas. Peut-être bien.

Finalement, ils n'étaient en jean ni l'un ni l'autre. Josh portait le pantalon bleu qu'elle lui avait offert pour Noël et une chemise à carreaux. Elle avait mis une longue jupe noire, un pull blanc et des bottines. Elle s'était aussi maquillée et avait même mis un peu de parfum.

Qui voulait-elle impressionner ? Mara Colton ? Russ, s'il était présent ?

Blaine ?

Quand ils étaient en terminale, il disait qu'elle était la plus jolie fille du lycée. Il disait que ses lèvres étaient faites pour ses baisers et ses seins pour ses caresses. Ce n'était pas très poétique, mais c'était clair. Plus d'une fois avant le soir fatal du bal de la promo, elle avait senti son érection quand il la tenait dans ses bras. Il la désirait, mais il ne l'avait jamais brusquée.

La malchance avait voulu qu'elle tombe enceinte la seule fois où ils avaient fait l'amour. Le soir du bal de la promo.

Elle était un vrai cliché.

Non : *ils* étaient un vrai cliché. Il était aussi responsable qu'elle, après tout. Et il était prêt à assumer ses responsabilités, même si sa grossesse ne le ravissait pas. Son soulagement quand elle lui avait annoncé qu'elle avait fait une fausse couche avait été immense et sincère.

Ils partirent assez tôt pour qu'elle ait le temps d'acheter une grande boîte de chocolats en ville. La vendeuse fit un joli paquet-cadeau. Josh et elle n'échangèrent pas un mot pendant la première moitié du trajet.

— Et si elle a préparé quelque chose de sophistiqué que je déteste ? demanda subitement Josh. Quelque chose qu'on ne peut pas déplacer éternellement dans son assiette…

Elle lui jeta un bref coup d'œil.

— Comme des pieds de cochon sautés dans du beurre à la lavande ?

— Ou des cervelles de mouton au fromage fondu.

C'était un jeu auquel ils jouaient le mercredi soir, quand elle regardait son émission de cuisine préférée. Ce soir-là, au lieu de s'enfermer dans sa chambre, Josh restait avec elle et ils inventaient des recettes aussi compliquées que répugnantes.

— J'espère qu'on aura des intestins de vache avec des escargots et du caviar, dit-elle.

— Des œufs de poisson ? pouffa-t-il. Tu peux trouver mieux.

Elle éclata de rire.

— Ça m'amusera de voir ta tête s'il y a effectivement du caviar.

— Aucun problème. Je peux déplacer ça dans mon assiette toute la journée s'il le faut.

Blaine frappa à la porte du manoir de ses parents. Ce fut sa mère qui lui ouvrit. Elle était aussi élégante que d'habitude – dans un pantalon turquoise et un chemisier blanc.

— Ça fait plaisir de te voir, dit-elle en l'embrassant.

Dès qu'il avait su qu'elle avait invité Josh et Tilda à déjeuner, il avait envoyé un texto à Mara pour la prévenir qu'il serait là. Elle lui avait répondu qu'il était toujours le bienvenu, ce qui était sans doute vrai.

Elle recula pour l'observer.

— On dirait que tu te prépares à une séance chez le dentiste, commenta-t-elle.

Il y avait de bonnes chances pour que ce déjeuner

soit plus douloureux qu'une séance chez le dentiste, songea-t-il amèrement.

— Ça me fait plaisir que tu rencontres Josh, lui assura-t-il. C'est un bon garçon.

— J'en suis sûre : j'ai fait des recherches sur Tilda et lui, répondit Mara.

Cela ne ravit pas Blaine, mais cela ne l'étonna pas non plus. Mara Colton détestait les surprises et préparait soigneusement tout ce qu'elle faisait.

— Qu'as-tu découvert ? demanda-t-il.

— Tilda est le prof que tous les élèves veulent avoir. Les parents la respectent. Elle a même reçu une récompense il y a deux ans.

Il ignorait ce détail.

— Quoi d'autre ?

— Son mari est mort d'un cancer de la gorge et elle ne sort presque jamais avec personne.

Presque jamais signifiait que cela se produisait parfois. Cette idée le contraria – sûrement parce que les hommes avec lesquels elle sortait entraient en contact avec Josh.

— Et qu'as-tu appris sur Josh ? demanda-t-il.

— C'est un bon élève et un bon sportif. Il imite très bien les bruits de pets en cours.

Elle esquissa un sourire.

— Je tiens ça de Stella Witman, qui travaille pour moi au Château et dont la fille est dans la même classe que lui.

— Il est bon de savoir qu'il a des talents, ironisa Blaine.

Sa mère avait élevé des garçons. Les imitations de bruits de pets ne lui étaient pas inconnues.

— Effectivement, répondit-elle.

— J'aimerais que ça se passe bien, maman, dit-il.

Il avait pensé à Josh et à Tilda toute la semaine. Tilda semblait si tendue quand il était allé la voir au lycée… C'était peut-être à cause de l'élève auquel elle parlait, mais il était à peu près sûr que c'était aussi à cause de lui.

La veille au soir, il avait eu envie d'appeler Josh, mais il se l'était interdit pour laisser le temps de respirer à son fils.

C'était un enfant heureux et Blaine ne voulait pas que cela change. Mais ils avaient aussi perdu treize ans et Blaine ne voulait pas perdre une minute de plus.

— Moi aussi, répondit Mara. Et je ne vois pas pourquoi ça se passerait mal.

— Est-ce que papa déjeunera avec nous ?

— Pas aujourd'hui, répondit Mara d'une voix parfaitement neutre.

Russ avait peut-être d'autres engagements. Ou bien ses parents ne mangeaient plus ensemble. Ou alors Russ n'avait pas envie de rencontrer son petit-fils.

Cela n'avait aucune importance dans l'immédiat.

— On déjeunera dans la véranda, dit sa mère. Le cadre sera un peu plus relaxant que dans la salle à manger. Qu'en penses-tu ?

— C'est très bien, répondit-il sans avoir la moindre idée de l'endroit où se trouvait la véranda. Je vais les attendre ici, si ça ne t'ennuie pas.

— Comme tu voudras.

Il la regarda s'éloigner, puis se mit à faire les cent pas. Il avait peur que Tilda et Josh ne viennent pas depuis qu'il s'était réveillé. Il avait songé à envoyer un texto à Tilda pour lui demander de confirmer, mais il avait réussi à s'abstenir. Même si Tilda et lui n'avaient aucune chance de retrouver la relation qu'ils avaient perdue, ils devaient apprendre à se faire confiance, au moins en ce qui concernait Josh.

Il soupira de soulagement quand il vit la voiture de Tilda s'engager dans l'allée.

Ils se garèrent devant le manoir et sortirent de la voiture. Tilda était d'une beauté à couper le souffle. Quant à Josh… C'était son fils. Il était forcément parfait.

Il ouvrit la porte et les salua.

— Bonjour ! lança Tilda.

— Je suis content de vous voir, dit Blaine. Bonjour, Josh.

— Bonjour, répondit Josh.

— J'ai l'impression qu'on n'aura plus qu'un cours de snowboard, dit Blaine pour se raccrocher à ce que Josh et lui avaient en commun. L'hiver touche à sa fin.

Le Chalet, qui était ouvert toute l'année, allait bientôt basculer dans sa version estivale. Blaine élaborait de nouveaux parcours d'escalade depuis deux jours.

— J'attends le printemps de pied ferme, répondit Tilda. Et notre mois d'été.

Le Colorado avait plus d'un mois d'été, mais il comprenait ce qu'elle voulait dire. Cette saison paraissait toujours trop courte. Quelques semaines plus tôt, il était certain qu'il repartirait avant l'été. À présent…

Josh et lui pourraient faire du camping, pêcher, mieux faire connaissance…

— Il me semblait bien avoir entendu des voix.

Il tourna la tête vers sa mère qui approchait, le sourire aux lèvres. Elle tendit la main à Tilda.

— C'est un plaisir de vous revoir, Tilda.

— Merci de m'avoir invitée, répondit Tilda en lui serrant la main.

Elle tendit un joli paquet à sa mère.

— Des chocolats de chez Bethel ! s'écria Mara. On les goûtera avec le café.

Alors sa mère se tourna vers son fils.

— Bonjour, Josh, dit-elle sans lui tendre la main. Blaine s'aperçut à un léger tremblement de la voix de sa mère qu'elle n'était pas aussi sereine qu'elle le paraissait.

— Bonjour, répondit Josh d'une voix à peine audible.

— Je parie que tu as faim, dit Mara. Blaine avait toujours faim quand il avait ton âge. Suivez-moi !

Josh lui emboîta le pas. Tilda et Blaine se retrouvèrent deux mètres derrière.

— Comment va-t-il ? chuchota Blaine.

Le parfum de Tilda l'enveloppa. Il le trouva aussi sexy qu'elle.

— Ça va, répondit-elle. Il est un peu nerveux.

— Ne le sommes-nous pas tous ? répondit-il avec une grimace qui la fit rire.

Mara leur jeta un coup d'œil par-dessus son épaule.

— Tu ne m'aides pas, murmura Tilda.

— Désolé, répondit-il.

Mais il ne l'était pas. Il avait toujours aimé faire rire Tilda – certainement plus que de se disputer avec elle.

Une table carrée avait été dressée dans la véranda. Mara choisit sa place et invita Josh à se mettre à sa droite. Tilda s'assit à sa gauche et Blaine prit la dernière place.

— Jolie table, commenta Tilda.

Elle l'était sans doute, songea Blaine. Il y avait un vase rempli de tulipes au milieu. Les sets de table étaient à carreaux bleus et blancs, et les assiettes jaune pâle. Les couverts brillaient tant qu'il voyait son reflet dans le couteau.

— Merci, répondit sa mère. J'avais envie d'une touche de printemps.

— On en a bien besoin, dit Tilda.

Blaine apprécia qu'elles fassent toutes les deux un effort d'amabilité. Le regard de Josh balaya la pièce et s'arrêta sur un buffet. Blaine comprit aussitôt ce qui avait retenu son attention. Il se leva pour aller chercher l'une des photos qui étaient posées dessus.

— C'est toi ? demanda Josh.

— Oui. Je devais avoir quatorze ou quinze ans. On a gagné le tournoi régional quand j'étais en seconde.

Il avait aussi gagné le titre de Meilleur Espoir, ce qu'il garda pour lui.

— Tu ne me l'as pas dit l'autre soir.

— Ce n'était pas important, répondit Blaine. On parlait de ton équipe.

Il ne voulait pas être l'un de ces pères qui incitaient leurs enfants à suivre leurs traces.

Sa mère le regarda très bizarrement pendant le silence inconfortable qui s'ensuivit.

— J'espère que vous aimez la cuisine thaïlandaise ! lança-t-elle tout à coup avec un grand sourire. J'ai commandé le déjeuner chez AppeThaizer.

Josh jeta un coup d'œil à sa mère et hocha la tête.

— J'adore ce restaurant, dit-il.

— AppeThaizer ? répéta Blaine.

— C'est un restaurant réputé en centre-ville, expliqua Tilda. Tout est fait sur place et délicieux. C'est peut-être le restaurant préféré de Josh.

Sa mère rayonnait de joie.

— Je suis ravie d'avoir deviné juste, dit-elle. Blaine, peux-tu m'aider à servir, s'il te plaît ?

Elle partit en direction de la cuisine.

Alors que Blaine se levait, Josh se pencha vers sa mère et chuchota :

— Pas d'intestins de vache.

— Ni de cervelles de mouton ? Qui l'eût cru ? répondit Tilda avec un petit sourire.

— Qu'est-ce que vous dites ? demanda Blaine.

— C'est juste un truc entre maman et moi, répondit Josh.

Blaine comprit parfaitement ce que cela signifiait : Tilda et lui avaient leur monde à eux et il était un intrus. Mais il ne se laisserait pas décourager si facilement.

— Ça a l'air amusant et dégoûtant, commenta-t-il. Je reviens.

Quand il entra dans la cuisine, sa mère posait des bols aux parfums alléchants sur deux plateaux.

— Bien joué pour le menu, la complimenta-t-il.

— J'ai été aidée, répondit Mara. Stella a posé la question à sa fille.

Sa mère avait un meilleur réseau d'espions que certains petits pays.

— Merci pour tous ces efforts, dit-il.

Elle plongea son regard dans le sien.

— Je sais que j'aurais pu être une meilleure mère, répondit-elle. Mais j'espère avoir compris en chemin ce qui était vraiment important dans la vie. Je ne referai pas les mêmes erreurs avec mes petits-enfants.

Il faillit lui répondre qu'elle s'en était bien sortie, qu'il n'avait pas à se plaindre, mais elle n'aimait pas les platitudes. Et cela semblait très important pour elle. L'expérience avait enseigné à Blaine que sa mère était une force de la nature à laquelle il ne fallait pas s'opposer quand elle s'était mis quelque chose en tête.

— Que penses-tu de Josh ? ne put-il s'empêcher de demander.

— Il me rappelle beaucoup le garçon que tu étais à son âge.

La ressemblance ne le frappait pas tant que cela, mais il était ravi que d'autres la voient. Était-il fou ?

« Tu ne voulais pas de lui. »

Les mots de Tilda arrêteraient-ils un jour de résonner dans sa tête ?

— Je veux être un bon père, murmura-t-il.

Sa mère savait aussi bien que lui qu'il n'avait pas eu un excellent modèle.

— Tu seras un bon père, Blaine. Tu es doué dans tout ce que tu fais.

Mais c'était plus important que beaucoup de choses.

— J'espère sincèrement que tu as raison, maman.

8

Le déjeuner se passa mieux que Tilda ne s'y attendait – même si elle ne savait pas vraiment à quoi s'attendre. Le monde grandiose des Colton était très différent du sien. Elle enseignait. Elle essayait d'être une bonne mère, une bonne fille et une bonne amie.

Et cela lui suffisait jusqu'ici.

Mais voilà que de nouveaux besoins germaient en elle. Sa libido se réveillait. Elle n'avait pas senti la chaleur d'un autre corps contre le sien depuis longtemps.

Maudit Blaine. Elle ne pensait plus qu'à lui depuis qu'il était revenu.

Mara avait beaucoup parlé à Josh pendant le déjeuner. Elle l'avait interrogé sur l'école et sur ses différentes activités. Quand il lui avait dit qu'il jouait au base-ball, elle avait exigé un calendrier de ses matchs. Tilda avait eu du mal à imaginer Mara sur des gradins dans l'un de ses tailleurs hors de prix, mais l'intérêt de la mère de Blaine semblait sincère.

Celle-ci avait aussi parlé de son travail au Château pour donner une idée de son monde et de ses centres d'intérêt à Josh. Quand ils étaient partis, elle s'était contentée de les remercier d'être venus.

Blaine les avait raccompagnés à leur voiture. Il avait retenu Tilda par le bras quand elle avait glissé sur du verglas. Il ne l'avait touchée qu'un instant, mais c'était ce contact qui l'empêchait de trouver le sommeil. Il avait réveillé le souvenir d'autres attouchements.

Blaine avait rappelé à Josh qu'il donnerait ce qui serait sûrement le dernier cours de snowboard de la saison le lendemain. Josh avait promis de venir. Le reste de la journée avait été calme. Isaac était arrivé dans l'après-midi et il était resté pour dîner. Les garçons avaient mangé des ailes de poulet et des frites dans la chambre de Josh, ce qu'elle permettait rarement. Elle estimait que Josh avait bien mérité de se détendre.

Elle avait fait du ménage et essayé de regarder la télévision, mais elle avait surtout ressassé ses inquiétudes. Où en était-elle avec Blaine ? Il restait indéchiffrable et ne semblait vraiment détendu que lorsqu'il parlait à Josh.

Il ne fallait pas que Josh ait l'impression qu'ils se disputaient son affection. Cela signifiait que Blaine et elle devaient trouver un moyen de s'entendre.

Tilda se réveilla avant Josh le lendemain matin. Josh la rejoignit dans la cuisine alors qu'elle prenait son petit déjeuner. Il portait un pantalon de jogging et un T-shirt qu'elle aurait dû jeter depuis longtemps.

— Bonjour, dit-elle.

— Bonjour, marmonna-t-il.

Il sortit un paquet de céréales du placard, en versa une portion généreuse dans un bol et ajouta du lait presque jusqu'à ras bord. Par miracle, il réussit à poser son bol sur la table sans rien renverser.

— Range le paquet, s'il te plaît, dit-elle.

Il soupira, mais il lui obéit avant d'attaquer ses céréales.

— Doit-on vraiment aller à l'église ? demanda-t-il.

Ils avaient la même discussion tous les dimanches matin.

— Oui. On ira déjeuner chez papi et mamie, et je te déposerai au Chalet à 14 heures pour le cours de Blaine.

— J'ai du mal à vous comprendre, dit Josh.

— Comment ça ? demanda Tilda en posant sa tasse.

— Vous me parlez tous les deux, mais vous parlez à peine entre vous. Vous avez bien dû vous apprécier à un moment, non ?

Elle se sentit rougir. Josh savait que les bébés n'étaient pas livrés par des cigognes. Même s'il n'avait que treize ans et même s'il ne s'intéressait pas encore aux filles – à la connaissance de Tilda, du moins —, elle lui avait déjà parlé plusieurs fois de l'importance de la contraception. Cela n'avait pas été facile, mais cela lui semblait nécessaire.

— Bien sûr qu'on s'appréciait, répondit-elle.

Elle avait même cru être amoureuse. Mais le soulagement de Blaine quand elle avait cru faire une fausse couche avait tout changé.

— Ne t'inquiète pas pour nous. On s'entendra bien, promit-elle en espérant que ce soit vrai.

Josh finit ses céréales en silence.

— M'aurais-tu dit la vérité si Blaine n'était pas revenu ? demanda-t-il quand il posa sa cuillère.

— Je ne sais pas, répondit-elle honnêtement.

Elle n'aurait pas pu dire la vérité à Josh et lui demander de garder le secret. Elle aurait au moins dû le dire aussi à ses parents et à Russ et Mara Colton. Aurait-elle volontairement donné autant de pouvoir à Russ Colton ? Cela aurait été très risqué.

— Dorian n'était pas ton père biologique, mais il a été un très bon père, dit-elle. Il a disparu bien trop tôt.

— Ils sont très différents l'un de l'autre, dit Josh. Blaine et papa.

Dorian Stoll avait un grand cœur. Il lui avait offert une famille. Il l'avait aidée de bien des manières et il l'avait toujours soutenue. Mais il ne lui avait jamais inspiré le désir que Blaine lui inspirait. Il devait le savoir, même s'ils n'en avaient jamais parlé. Il ne le lui avait jamais reproché.

— C'est vrai, mais avec de grandes qualités tous les deux. J'espère que tu comprendras un jour qu'ils t'ont l'un et l'autre apporté quelque chose. Dans le fond, je me réjouis que Blaine soit revenu. Et j'ai su que je lui dirais la vérité avant qu'il ne me pose la question. Il méritait de la connaître. Vous le méritiez tous les deux.

— J'ai l'impression que tout a changé, lui confia Josh.

Elle aussi.

— Je comprends, mais ce n'est pas forcément une mauvaise chose, répondit-elle.

Une heure plus tard, Josh et elle attendaient que le service commence quand Blaine s'assit à côté d'eux. Il sourit à Josh, puis croisa les bras. Il était grand, solide, et il sentait merveilleusement bon. Tilda eut envie de se blottir contre lui.

— Bonjour, dit-elle.

Sa présence la surprenait, mais elle ne voulait pas le montrer. Il avait le droit d'aller à l'église si cela lui faisait plaisir. Mais elle avait l'impression qu'il était surtout venu pour que les habitants de Roaring Springs le voient. Il faisait passer un message : la rumeur était vraie ; Josh était bien son fils.

— Bonjour, Tilda, répondit-il.

— Tu ne travailles pas ? s'étonna-t-elle. Vous n'avez plus que quelques jours de neige.

— Je peux m'absenter une heure ou deux.

Elle haussa un sourcil.

— Comment savais-tu qu'on serait là ?

— Tu allais à l'église, autrefois.

— Je ne pensais pas que tu t'en souvenais.

— Je me souviens de beaucoup de choses, répondit-il alors que le pasteur entrait.

Comme quoi ? eut-elle envie de lui demander.

Mais elle se tut. Ils attiraient déjà assez l'attention générale. Trois quarts d'heure plus tard, le service s'acheva sans qu'elle ait retenu un mot de ce que le pasteur avait dit.

Quand ils sortirent de l'église, ses parents les attendaient sur le parvis. Tilda appréhendait cette rencontre, mais elle savait qu'elle était inévitable. Elle obliqua vers eux.

— Bonjour, leur dit-elle.

— Bonjour, chérie, répondit son père.

— Vous vous souvenez de Blaine ?

Blaine s'approcha et tendit la main à son père.

— Monsieur Deeds, le salua-t-il respectueusement.

— Vous pouvez m'appeler Howard, vu les circonstances, répondit son père.

— Comme vous voudrez, monsieur.

— Je vous présente ma femme Janell, dit son père.

— Madame, murmura Blaine.

L'armée lui avait enseigné les bonnes manières, c'était certain… Mais personne ne trouva rien à dire une fois les présentations faites.

— Il faut qu'on y aille, dit Tilda à Blaine. On a prévu de déjeuner ensemble.

— Voulez-vous vous joindre à nous ? proposa sa mère.

Traîtresse !

— Blaine donne des cours au Chalet cet après-midi, intervint-elle. Je suis sûre qu'il doit se préparer…

— Tilda a raison, dit Blaine. Dimanche prochain, peut-être ?

— Avec plaisir, répondit sa mère. C'est bon de vous revoir, Blaine.

— Merci, répondit Blaine avant d'ébouriffer les cheveux de Josh. À tout à l'heure, Josh.

Il s'éloigna sans accorder un regard à Tilda.

Ses parents ne firent aucun commentaire, au grand soulagement de Tilda. La présence de Blaine l'avait surprise et elle avait sans doute mal réagi.

— Ce n'était pas très poli, maman, lui dit Josh.

— Allons-y, répondit-elle. Il faut que tu manges quelque chose avant ton cours.

— Comment était le déjeuner ? demanda Blaine.

— Bon, répondit Josh. Du rôti et de la tarte aux pommes pour le dessert.

Cela semblait délicieux. Lui-même avait mangé un hamburger après les avoir quittés. Les parents de Tilda avaient été très polis envers lui.

Howard et Janell Deeds étaient des gens bien, qui avaient toujours soutenu leur fille. Josh avait de la chance de les avoir pour grands-parents.

— Voilà Isaac ! dit Josh avant d'agiter la main.

— Bonjour, père de Josh, dit Isaac.

— Bonjour, ami de Josh, répondit Blaine.

Isaac pouffa.

— Tout tourne autour de Josh, on dirait, plaisanta-t-il.

Sauf que c'était vrai, songea Blaine. Sa perspective avait changé du jour au lendemain, comme si l'on avait appuyé sur un interrupteur. Mais il n'était pas assez stupide pour devenir sentimental devant des adolescents.

— Allons-y ! dit-il. C'est sûrement notre dernier cours.

Ils étaient dans l'un des parcs de snowboard vingt minutes plus tard.

— Le half-pipe ! Le half-pipe ! entonnèrent en chœur ses élèves.

C'était aujourd'hui ou l'année prochaine. Il se réjouissait que son fils ait envie d'ouvrir ses ailes et d'essayer de nouvelles choses, mais un autre sentiment qui ressemblait beaucoup à de l'inquiétude l'envahit.

Il se souvint d'une conversation qu'il avait eue avec sa mère lors d'une de ses rares visites à Roaring Springs. Elle lui avait dit qu'elle s'inquiétait pour lui tous les jours. Il lui avait répondu que ce n'était pas nécessaire, qu'il était aussi prudent qu'il pouvait l'être. Elle avait dit que cela ne changeait rien : elle était une mère, *donc* elle s'inquiétait.

Il comprenait, à présent.

Mais il ne laissa pas son inquiétude l'emporter. Comme la fois précédente, il exécuta plusieurs figures, puis laissa les garçons essayer à tour de rôle. Josh n'était peut-être pas le plus habile du groupe, mais c'était clairement le plus athlétique. Blaine ne put s'empêcher d'en être fier.

Une heure plus tard, il autorisa le groupe à faire une descente de la piste.

— Ta mère vient te chercher ? demanda-t-il à Josh quand celui-ci arriva en bas.

Josh secoua la tête.

— Non. Elle a un rencard.

— Quoi ? s'écria Blaine. Je ne savais pas que ta mère sortait avec quelqu'un.

— Chuck Pearce, répondit Josh.

— Tu l'as rencontré ?

Son fils haussa les épaules.

— On a mangé des hamburgers chez lui une fois. Il a un grand aquarium.

Blaine eut envie de lui demander s'ils avaient passé la nuit là-bas, mais il réussit à se retenir.

— Que fait-il ? demanda-t-il.

— Il travaille à la banque. Je crois que c'est comme ça que maman et lui se sont rencontrés.

— Tu passes la soirée tout seul, alors ?

— Non. Je vais chez Isaac. Maman viendra me chercher à 8 heures. Il y a école, demain.

Il prononça ces derniers mots en imitant très bien sa mère.

— À plus tard ! ajouta Josh avant de rejoindre Isaac.

Il ne fallut que cinq minutes à Blaine pour trouver Chuck Pearce sur les réseaux sociaux. Il n'y mentionnait ni Tilda ni Josh. Il y avait posté des dizaines de photos d'une randonnée dans les Appalaches. D'après celles-ci, il était grand, mince et dans la trentaine.

Ce type était capable de mettre des bottes et de porter un sac à dos, et alors ? Lui aussi. Il avait traversé la moitié de l'Afghanistan en portant vingt kilos d'équipement et en risquant sa vie à chaque instant.

Il y avait aussi une photo de Chuck avec sa sœur Anniston et leurs parents, le jour où ceux-ci fêtaient leurs quarante ans de mariage. Une gentille petite famille.

Chuck espérait-il l'agrandir ? Voulait-il y ajouter une femme, un fils et peut-être un autre enfant dans un an ou deux ?

Blaine se rendait bien compte que sa réaction était disproportionnée, mais c'était plus fort que lui. Josh était *son* fils. Pas celui de Chuck Pearce.

Il devait savoir si cette relation était sérieuse. Voilà pourquoi, quatre heures plus tard, il attendait dans sa voiture devant la maison de Tilda quand elle rentra avec Josh. Quand elle eut fermé la porte du garage, il lui laissa cinq minutes avant de frapper.

Tilda s'essuyait les mains quand on frappa à la porte. Elle avait pris l'habitude de les laver à chaque fois qu'elle rentrait chez elle. Les lycées étaient des nids de microbes, et elle ne voulait pas tomber malade bêtement.

Comme elle n'attendait personne, elle regarda par l'œil-de-bœuf avant d'ouvrir. C'était Blaine. Que faisait-il là ?

Elle ouvrit la porte.

— Bonsoir, l'accueillit-elle.

Il la regarda de la tête aux pieds comme s'il l'inspectait. Il n'y avait pas grand-chose à voir. Elle portait un jean et un pull. Elle avait eu peur d'avoir froid au cinéma.

— Je peux entrer ? demanda-t-il.

— Bien sûr, répondit-elle en s'écartant.

Josh était dans sa chambre. Il devait avoir ses écouteurs et n'avait sans doute pas entendu frapper.

— Veux-tu parler à Josh ? demanda-t-elle.

Blaine secoua la tête.

— Veux-tu t'asseoir ? proposa-t-elle en commençant à s'inquiéter.

S'était-il passé quelque chose pendant le cours ? Elle avait interrogé Josh le plus délicatement possible et n'en avait rien tiré. Pour lui, c'était une nouvelle journée *super cool*.

Elle avait été un peu jalouse. Elle avait bien failli oublier son rendez-vous – la quatrième fois qu'elle sortait avec Chuck Pearce. La soirée avait été *agréable*, comme les trois précédentes. Le saumon qu'elle avait mangé était bon et le film amusant. Mais quand Chuck l'avait embrassée, elle avait juste pensé que son haleine sentait l'ail.

Elle était certaine qu'elle ne s'en serait même pas aperçue s'il avait été Blaine. Plus tard, quand Josh avait décrit sa journée, elle avait songé qu'il était impossible de confondre *agréable* et *super cool*.

Blaine s'assit sur le canapé.

— Veux-tu du thé ou du café ? demanda-t-elle.

Il secoua la tête.

— Josh m'a dit que tu avais un rencard, ce soir.

— C'est vrai, répondit-elle, désarçonnée.

— Cette relation est-elle sérieuse ?

Quoi ?

Quatre rendez-vous ne faisaient certainement pas une relation sérieuse, mais le fait que Blaine lui demande des comptes l'irrita profondément.

— Pourquoi me demandes-tu ça ? riposta-t-elle. Tu ne t'es pas beaucoup intéressé à ma vie ces treize dernières années.

— J'étais occupé, répondit-il sèchement. Et il me semble que j'ai le droit de m'y intéresser. Ça a une influence sur la vie de mon fils. Je n'aime pas qu'on le range chez un ami. J'espérais que tu pensais d'abord à lui.

Rangé chez un ami ?

Ces mots lui firent l'effet d'une gifle. Rien n'était plus important que Josh à ses yeux.

— Tu ne sais pas de quoi tu parles, dit-elle de la voix la plus neutre possible.

— Alors explique-moi.

Certainement pas. Soit, elle ne lui avait pas annoncé la naissance de Josh, mais il n'avait pas non plus fait beaucoup d'efforts pour la contacter. Il avait couché avec elle et il était monté dans le premier car qui quittait la ville quand il avait cru échapper aux conséquences.

— Ce que je fais et avec qui je le fais ne te regarde pas, dit-elle.

Elle donnait l'impression que sa relation avec Chuck était plus sérieuse qu'elle ne l'était réellement, mais tant pis.

— Si, ça me regarde. Je ne veux pas qu'il vienne ici.

Chuck n'avait jamais mis les pieds chez elle. Elle était prudente et l'avait toujours retrouvé dans des lieux publics.

— C'est chez moi. Ce n'est pas à toi d'en décider.

— Je te prenais pour une femme raisonnable, Tilda.

— Je ne suis plus une jeune fille de dix-huit ans qu'il est facile d'intimider.

— Quand t'ai-je intimidée ? s'écria-t-il.

— Le soir du bal de la promo.

Les mâchoires de Blaine se crispèrent.

— Je ne t'ai jamais forcée à rien. Tu étais tout à fait consentante.

C'était vrai. Mais il ne savait pas ce que c'était que d'attirer l'attention du garçon le plus beau et le plus riche du lycée. Même s'il ne l'avait forcée à rien, une petite voix dans la tête de Tilda lui avait dit qu'elle serait stupide de dire non.

Finalement, elle avait été stupide de dire oui.

Mais Josh était le résultat de son erreur et elle l'adorait.

— Je suis désolée, murmura-t-elle. Je n'aurais pas dû dire ça. Mais tu n'as pas le droit de te mêler de ma vie privée.

— As-tu parlé de moi à ton petit ami ?

Elle l'avait fait, parce que ce n'était qu'une question de temps avant que la rumeur ne l'atteigne. Il avait réagi comme elle s'y attendait : « Les Colton ? Ça alors ! Ce sont les meilleurs clients de la banque. »

— Oui.

Blaine hocha la tête.

— Tant mieux.

— Comment ça, tant mieux ? demanda-t-elle d'une voix lasse.

Elle était épuisée, tout à coup.

— Je veux qu'il sache que quelqu'un veille sur Josh.

Tilda reçut une nouvelle gifle. Veiller sur Josh avait été son activité principale des treize dernières années.

— Je veille sur lui, répondit-elle.

Blaine haussa les épaules.

— Peut-être. Mais je pense que tu veilles encore plus sur toi. Je pense que tu es égoïste, Tilda. C'était très égoïste de me cacher l'existence de Josh.

Des larmes de rage envahirent les yeux de Tilda. Elle eut envie de lui abattre son poing dans la figure. Il ne savait rien.

— Il est temps que tu t'en ailles, Blaine.

Elle fonça vers la porte et l'ouvrit.

Il se leva lentement.

— J'emmène Josh dîner dehors demain soir, déclara-t-il. Je passerai le prendre à 18 heures.

C'était une information, pas une requête.

— 18 h 30, répondit-elle. Il doit faire ses devoirs d'abord.

— Très bien.

— Et il y a école le lendemain, ajouta-t-elle.

— Je le ramènerai à 20 heures, dit-il en sortant.

— J'espère bien, grommela-t-elle avant de claquer la porte.

9

Tilda mangeait un sandwich à la dinde dans sa salle quand Raeann y entra.

— Tu vas attirer de grosses fourmis qui piquent dans ta salle si tu continues à y manger, la prévint son amie.

— Tu sais que je n'ai plus huit ans, répondit Tilda. Ça ne marchera pas sur moi.

— Alors, comment s'est passé le déjeuner ? demanda Raeann. Et n'oublie pas que je mange surtout des salades et des hot-dogs. Ne sois pas avare de détails.

— Je ne me suis pas étouffée et je n'ai rien dit d'inconvenant, répondit Tilda. J'ai offert une boîte de chocolats à Mara Colton, qui avait commandé de la nourriture thaïlandaise. Je crois avoir toujours mâché la bouche fermée et rien n'est resté coincé entre mes dents. Je me donne un bon quinze sur vingt.

Elle sourit à son amie. Malgré sa dispute avec Blaine la veille, elle s'était réveillée déterminée. Elle voulait rester positive.

— Il paraît que Blaine était avec vous à l'église dimanche, dit Raeann. Ma sœur vous a vus. Je lui ai fourni assez d'informations pour qu'elle ne se laisse pas berner par les rumeurs.

Tilda réprima un soupir. En apprenant la nouvelle,

les gens allaient tous choisir un camp, même ceux qui ne savaient rien de son histoire avec Blaine.

— Je me moque de ce que les gens pensent, du moment que Josh n'en souffre pas, répondit-elle.

« Les gens » n'incluaient pas Blaine, mais il lui en voulait bien trop pour qu'elle espère le convaincre qu'elle croyait avoir pris la meilleure décision pour eux tous.

— Tu as raison, répondit Raeann. T'ai-je dit que je redoutais la soirée de samedi ?

Les professeurs du lycée avaient la responsabilité d'encadrer le bal de la promo à tour de rôle. Cette année, cela tombait sur Raeann et elle. À son époque, il avait lieu dans le gymnase, qu'on décorait avec des guirlandes lumineuses. À la demande des parents, il était organisé au Château depuis quelques années, ce qui n'arrangeait pas les professeurs.

— T'ai-je dit que c'était le soir du bal de la promo que j'étais tombée enceinte de Josh ? répondit Tilda.

— Non, tu ne me l'avais pas dit. On distribuera des préservatifs à l'entrée, plaisanta Raeann.

— Je devrais peut-être leur parler de mon expérience…

Raeann lui sourit.

— C'est l'esprit, répondit-elle. Il faut faire avec ce qu'on a.

Ce qu'elle avait, c'était la sagesse qu'on gagnait en traversant des épreuves.

— Blaine emmène Josh dîner dehors ce soir.

— Et toi ? Tu as un rendez-vous ?

— Non. J'ai parlé de Blaine à Chuck hier soir. J'ai l'impression qu'il ne veut pas courir le risque de se mettre les Colton à dos.

— Le sale rat !

— Cette relation n'allait nulle part, de toute manière, reconnut Tilda.

— Inscris-toi sur un site dès ce soir, lui conseilla Raeann. Ne prends pas racine.

— On verra, répondit Tilda.

Elle n'en avait aucune intention, mais elle n'avait pas la force d'expliquer pourquoi. Elle avait trop de choses à gérer pour chercher une nouvelle relation. Et vu ce que Chuck inspirait à Blaine, elle ne voulait pas savoir comment celui-ci réagirait si elle rencontrait quelqu'un sur Internet.

Son téléphone tinta. C'était un texto de Josh.

La répétition de l'orchestre sera plus longue que d'habitude. Je rentrerai tard.

Elle répondit.

D'accord. Merci de m'avoir prévenue.

L'orchestre du collège donnait un concert en fin d'année. Le professeur de musique devait estimer que ses élèves n'étaient pas prêts.

La sonnerie retentit.

— Au boulot ! dit Raeann en grimaçant. Espérons que personne ne mette le feu au labo cet après-midi.

Tilda regarda son amie quitter la salle. Elle n'avait pas ce genre de souci. Par contre, elle avait un gros problème à gérer en la personne de Toby Turner, qui rendit une copie blanche à l'interrogation surprise. Elle le retint à la fin du cours.

— M'as-tu rapporté le mot signé par tes parents ? demanda-t-elle.

— Je l'ai donné à mes parents, mais ils ont oublié de le signer, répondit-il.

— As-tu donc envie de redoubler ? demanda-t-elle pour la dixième fois.

Elle en avait assez, mais il fallait qu'il comprenne bien les conséquences de ses actes.

— Je m'en moque, répondit-il.

Elle n'arrivait pas à le croire. Il avait une attitude hostile, mais elle lisait de la vulnérabilité dans son regard.

— Tes parents seront-ils là ce soir ?

— Je ne sais pas.

— Demande-leur de signer le mot.

Il ne répondit pas. Que se passait-il donc dans sa tête ?

— Tu peux t'en aller, dit-elle, au comble de la frustration.

Comment l'aider s'il restait fermé comme une huître ?

Après le départ de Toby, elle rangea le paquet de copies dans son sac. Elle aurait largement le temps de les corriger, puisque Josh dînait avec Blaine.

Elle ne l'avait pas dit à Josh. Elle était trop énervée après sa dispute avec Blaine, et Josh n'avait pas décollé les yeux de son téléphone pendant le petit déjeuner. Il avait à peine répondu quand elle lui avait adressé la parole. Elle avait trouvé cela bizarre, mais c'était peut-être son imagination. Elle-même n'était pas dans son état normal après la visite de Blaine.

Avait-il raison ? Était-elle égoïste ?

Elle était surtout terrifiée, à l'époque. Elle avait peur de Russ Colton et la perspective d'élever un enfant toute seule à dix-huit ans la pétrifiait.

Mais avait-elle trouvé une solution qui leur convenait, à Josh et à elle, sans se soucier de Blaine ?

Elle rentra chez elle et s'effondra sur le canapé. Quand son estomac gargouilla, elle se prépara des tranches de pomme et de fromage. Elle les mangea dans le salon en regardant un feuilleton qui était sorti dix ans plus tôt.

Quand tout était simple. Quand elle était mariée à Dorian et que Josh était petit.

Elle était épuisée. Elle ferma les yeux et se réveilla en sursaut un peu plus tard. Il y avait les informations à la télévision.

Elle regarda sa montre. Il était presque 18 heures. Elle ne s'attendait pas à ce que Josh ait un tel retard. Blaine serait là dans une demi-heure. Elle consulta son téléphone en espérant trouver un message de Josh. Rien.

Elle l'appela et tomba sur le répondeur, puis envoya un texto sans recevoir de réponse.

Elle s'interdit de paniquer, mais son cœur battait à tout rompre. Elle ouvrit l'application qui lui permettait de localiser le téléphone de Josh et soupira de soulagement en découvrant qu'il était au collège.

L'orchestre répétait encore ?

Elle appela Isaac, qui répondit dès la deuxième sonnerie.

— Bonjour, mère de Josh, dit-il.

— Bonjour, Isaac. Est-ce que Josh est avec toi ?

— Euh… Non. On s'est quittés après l'école.

— Après la répétition de l'orchestre, tu veux dire ?

Isaac jouait du tuba.

— Il n'y avait pas de répétition aujourd'hui.

Le cœur de Tilda manqua un battement.

— Alors vous êtes rentrés à pied après l'école ?

— Oui.

— Josh avait-il son téléphone ?

Isaac hésita quelques instants avant de répondre :

— Je ne sais pas. Peut-être pas.

Josh adorait son téléphone. Il ne s'en séparait jamais. Un frisson parcourut Tilda.

— S'est-il passé quelque chose aujourd'hui, Isaac ?

— Des idiots ont posté des choses sur Internet à propos de Josh et des Colton.

Mon Dieu.

— Des choses méchantes ?

— Je ne sais pas. Je ne suis pas allé voir et j'ai conseillé à Josh d'en faire autant.

Josh était un garçon sensible…

— Josh t'a-t-il dit qu'il comptait aller quelque part ?

— Non, mais il ne m'a pas dit grand-chose, répondit Isaac.

Quoi ? Isaac était le meilleur ami de Josh…

— Dis-lui de m'appeler si tu as de ses nouvelles, d'accord ?

— D'accord, répondit Isaac avant de raccrocher.

Le téléphone de Josh était au collège, mais elle était presque sûre que Josh n'y était pas. Où pouvait-il aller s'il avait besoin de parler à quelqu'un ? Elle appela ses parents.

— Bonsoir, chérie, répondit sa mère.

— Bonsoir, maman. Josh ne serait pas chez vous, à tout hasard ?

— Non. Pourquoi ?

— Il est en retard, c'est tout, dit-elle pour ne pas inquiéter ses parents.

— As-tu appelé son collège ? demanda sa mère.

— Non. C'est une bonne idée. Merci, maman. Je vous rappellerai quand il rentrera, promit-elle avant de raccrocher.

Elle appela le collège et tomba sur le répondeur. Il ne devait plus y avoir personne dans les locaux. Mais elle connaissait certains des professeurs de Josh. Elle appela Sarah Trent, son professeur de physique, avec qui il lui arrivait de jouer au bowling.

— Bonsoir, Sarah, c'est Tilda Deeds, dit-elle le plus calmement possible. Je n'arrive pas à joindre Josh. D'après le GPS, son téléphone est au collège. Est-il possible qu'il y soit encore ?

— Ça m'étonnerait, répondit Sarah. Il n'y avait déjà presque plus personne quand j'en suis partie il y a une heure.

— Tu as la clé, n'est-ce pas ?

— Oui.

— Je sais que je te demande un grand service, mais pourrait-on se retrouver devant la porte ?

— Bien sûr. Je serai au collège dans dix minutes.

— Merci, Sarah.

Tilda essaya d'appeler Josh une fois de plus avant de mettre ses chaussures. Elle tomba encore sur le répondeur.

Elle ouvrit la porte du garage deux minutes plus tard et recula par réflexe. Le temps avait changé. La journée avait été printanière, mais il tombait maintenant un mélange de pluie et de neige qui allait se transformer en verglas sur les routes.

Elle regarda sa montre. Il était 18 h 15. Elle fonça vers le collège en essayant de donner du sens à ce qu'elle savait. Josh avait raccompagné Isaac chez lui après les cours. S'était-il rendu compte qu'il avait oublié son téléphone au collège et avait-il fait demi-tour pour le récupérer ? Attendait-il devant le bâtiment que quelqu'un en sorte pour pouvoir entrer ?

Non. Josh se serait servi d'un autre téléphone pour l'appeler. C'était une prof, après tout. Il devait se douter qu'elle pouvait faire ouvrir la porte.

Son fils n'était pas du genre à rester les bras croisés.

Quelque chose n'allait pas. Elle en était certaine. Elle songea à rappeler ses parents. Depuis des années, ils étaient sa bouée de sauvetage quand elle avait un problème qu'elle ne savait pas résoudre.

Alors qu'elle allait appuyer sur le bouton, elle se rappela brusquement qu'elle devait d'abord appeler quelqu'un d'autre.

Le père de Josh.

Pourquoi n'y avait-elle pas pensé plus tôt ? Josh était-il avec Blaine ? Blaine ne voulait sûrement pas qu'elle s'inquiète, mais Josh ne lui avait peut-être pas dit qu'il l'avait laissée sans nouvelles.

Elle appela Blaine, qui répondit à la deuxième sonnerie.

— Tilda ?

— Josh est-il avec toi ? demanda-t-elle avant de retenir son souffle.

— Non. Que se passe-t-il ?

— Il ne t'a pas appelé ?

— Non, répondit Blaine. Je compte toujours l'emmener dîner. Je suis en route.

— Oh ! Blaine ! gémit-elle. Quelque chose ne va pas. Je n'arrive pas à le joindre. Je ne sais pas où est notre fils.

10

Quand Blaine avait reconnu le numéro de Tilda, il avait immédiatement cru qu'elle voulait annuler son dîner avec Josh et s'était raidi. Il ne s'attendait pas à ce qu'elle lui annonce que leur fils avait disparu.

Il était un soldat bien entraîné, capable d'analyser des situations compliquées. Mais les pleurs de Tilda le perturbaient. Il se força à se concentrer. Il ne voulait pas perdre de précieuses minutes parce qu'il avait mal écouté.

— À quelle heure devait-il rentrer ? demanda-t-il.

— À 17 heures ou 17 h 30. Il m'a envoyé un texto à midi pour me dire qu'il avait une répétition d'orchestre. Comme il n'était pas rentré à 18 heures, j'ai appelé Isaac, qui est aussi dans l'orchestre. Il n'y avait pas de répétition.

Il arrivait que les enfants mentent. Ce n'était pas forcément grave, mais cela contraria Blaine.

— Est-ce que ça s'est déjà produit ?

— Il ne m'avait jamais menti jusqu'ici, répondit Tilda.

Il ne put s'empêcher d'entendre : « Avant ton retour. » Cela le contraria encore plus, mais ce n'était pas le moment de provoquer une dispute.

— Tu l'as appelé, j'imagine ?

— Oui. Et j'ai localisé son téléphone. Il est encore au collège.

— Je te retrouve là-bas, répondit-il.

— Merci, murmura Tilda, qui semblait sur le point de recommencer à pleurer.

— Je suis sûr qu'il va bien, dit-il sans savoir pourquoi il éprouvait le besoin de la réconforter. On est à Roaring Springs.

Il raccrocha sur ces mots. Ils étaient dans une petite ville américaine – au pays des Colton, auraient plaisanté certains membres de sa famille. C'était un endroit sûr.

Mais existait-il encore des endroits parfaitement sûrs ? Il songea aussitôt à Kendall, la femme de Decker, qui avait été blessée à un vernissage dans la galerie de leur cousine Bree, et à Rylan Bennet, l'un de ses anciens camarades, qui avait reçu une balle en faisant un rempart de son corps à Bree.

Il y avait des gens qui n'aimaient vraiment pas les Colton – et Josh était le Colton dont tout le monde parlait ces temps-ci.

Il appela Josh deux fois pendant le trajet et tomba sur le répondeur. Il laissa un message la première fois.

— C'est Blaine. Il est très important que tu nous rappelles tout de suite, ta mère ou moi.

Son téléphone ne sonna pas.

Tilda était déjà là quand il se gara sur le parking du collège. Elle sortit de sa voiture pour le rejoindre. Comme ils n'avaient de parapluie ni l'un ni l'autre, ils seraient vite trempés.

— J'ai appelé l'un des professeurs de Josh, qui est aussi une amie, pour qu'elle nous ouvre la porte, dit Tilda. Sarah Trent.

Ce nom ne dit rien à Blaine. Une chose était certaine :

il trouverait un autre moyen d'entrer si cette amie n'arrivait pas vite.

— Redis-moi ce que tu sais, demanda-t-il.

— Isaac m'a dit que Josh l'avait raccompagné chez lui après les cours, répondit-elle sans protester. Apparemment, Josh était contrarié par des choses qu'il avait lues sur Internet.

— Quelles choses ?

— Tout ce que je sais, c'est que c'est en rapport avec le fait qu'il soit un Colton.

— D'accord. Où aurait-il pu aller ?

— J'ai pensé à mes parents et je les ai appelés, mais il n'est pas chez eux. Je ne leur ai pas dit qu'il… avait disparu.

— Il n'a pas disparu, Tilda, répondit-il avec assurance. Il est peut-être dans ce bâtiment à l'instant même. Il a pu se lancer dans une activité et perdre la notion du temps. Sait-il que j'ai prévu de l'emmener dîner dehors ?

— Non. Je n'ai pas eu l'occasion de le lui dire.

C'était sans doute un mensonge. Elle devait avoir espéré qu'il annulerait.

Une voiture se gara sur le parking et une femme en sortit. Elle avait un parapluie. Tilda la salua.

— Merci d'être venue, lui dit-elle. Voici Blaine Colton. Blaine, Sarah Trent.

— Vous êtes le père de Josh, dit-elle avant d'offrir un sourire compatissant à Tilda. La nouvelle a circulé dans les couloirs.

— Isaac m'a dit que des camarades de Josh avaient posté des choses qui avaient pu le contrarier sur Internet.

Sarah ouvrit la porte.

— Je n'ai rien vu, mais c'est tout à fait possible. Les enfants peuvent être très cruels. Ils écrivent des choses sur Internet qu'ils n'auraient jamais le courage de dire en face à la personne concernée. Alors tu as une application qui te permet de localiser son téléphone ?

— Oui, répondit Tilda. Elle me permet aussi de le faire sonner, ce qui devrait nous aider à le retrouver.

— C'est calme, dit Blaine.

Si Josh s'était lancé dans une activité, celle-ci ne produisait aucun son.

— Oui. L'équipe de nettoyage vient beaucoup plus tard, répondit Sarah.

— J'aimerais d'abord aller voir dans son casier, dit Tilda. C'est l'endroit le plus logique.

— Tu connais le numéro ?

— Quatre cent trente-six.

— C'est au premier étage, dit Sarah.

Sarah posa son parapluie près de la porte et les guida. Les portes de toutes les salles étaient ouvertes, sans doute pour faciliter le travail de l'équipe de nettoyage. Blaine jeta un coup d'œil dans chaque salle, ce qui lui fit prendre du retard sur Sarah et Tilda. Quand il les rejoignit près d'une rangée de casiers, il entendit une sonnerie.

— J'ai la combinaison, dit Tilda en pianotant sur son téléphone. Je suis venue chercher des manuels quand il a eu la grippe, cet automne.

Elle ouvrit le casier une minute plus tard. Le téléphone était sur l'étagère du haut, posé sur une feuille. Blaine les ramassa et tendit la feuille pour que Tilda puisse lire en même temps que lui. C'était un message destiné à ceux qui risquaient de chercher Josh – comme sa mère.

Ne vous inquiétez pas. Je vais bien. Je rentrerai demain.

Tilda jura.

Blaine fouilla le casier à la recherche d'indices, mais il ne vit que ce que l'on pouvait s'attendre à trouver dans un casier. Il y avait un sweat-shirt à capuche pendu au crochet de la porte.

— C'est à lui ? demanda-t-il à Tilda.

Elle hocha la tête.

Blaine prit le sweat-shirt. Il était imprégné de l'odeur de Josh, ce qui aiderait des chiens à le retrouver si l'on devait en arriver là.

— J'aimerais visiter le reste de l'école, dit-il à Sarah.

— D'accord, répondit-elle.

Alors il prit Tilda dans ses bras.

— On le retrouvera, lui promit-il. Rappelle Isaac. Demande-lui s'il voit un endroit où Josh aurait pu aller pour être seul. Demande-lui de bien réfléchir.

Tilda acquiesça.

Blaine s'éloigna. Il ne lui restait qu'un étage à fouiller, ce qui ne serait pas très long. Son instinct lui disait que Josh n'était pas dans le bâtiment. Il avait marché jusque chez Isaac. De là, il était allé ailleurs.

Ils pouvaient prévenir la police. Le mot prouvait que Josh n'avait pas été enlevé, mais les disparitions d'enfants étaient prises très au sérieux.

Il pouvait aussi requérir l'aide de ses parents. Les Colton avaient des ressources. Ils avaient des chevaux qui pouvaient aller là où les voitures de patrouille n'allaient pas. Ils avaient des employés à qui on pouvait demander de faire une battue. Ils avaient même un hélicoptère et une équipe de sauvetage.

Mais si Josh était déjà l'objet de railleries, que devrait-il supporter après cela ? C'étaient de bien grands moyens si son fils voulait seulement rester seul quelques heures.

Il parcourut le deuxième étage et retrouva vite Sarah et Tilda, qui était encore au téléphone.

— Merci, Isaac. C'est très utile, dit-elle avant de raccrocher.

Il lut une lueur d'espoir dans ses yeux.

— J'ai terminé, dit-il. Merci de nous avoir ouvert la porte, Sarah.

— Aucun problème, répondit-elle. Puis-je faire autre chose ?

— Non, je te remercie, dit Tilda avant de la serrer dans ses bras.

Ils sortirent du collège. Blaine attendit que Sarah soit montée dans sa voiture, puis se tourna vers Tilda.

— Qu'as-tu découvert ? demanda-t-il.

— Isaac m'a dit que Josh et lui avaient repéré une cabane à l'ouest de la piste du Chevreuil, quand ils sont allés skier la semaine dernière. Pour plaisanter, ils se sont dit que c'était l'endroit parfait pour ceux qui ont besoin de se cacher.

Blaine voyait très bien la cabane dont elle parlait. Ce n'était pas l'un des chalets que ses parents avaient fait construire pour la clientèle. Cette cabane était déjà là quand ses grands-parents avaient acheté le terrain. Personne ne s'en servait, mais Russ refusait qu'elle soit détruite. Blaine était sûr qu'elle était toujours fermée à clé. D'après la météo, la température devait descendre jusqu'à – 5 °C pendant la nuit. Josh risquait l'hypothermie.

— Il y a un bus qui s'arrête au Chalet, ajouta Tilda en se passant la main dans les cheveux.

— Et il a pu arriver avant la fermeture des télésièges. Une fois en haut, il y a encore une bonne distance à parcourir hors piste.

— C'est un bon skieur, dit Tilda.

Blaine le savait. Mais il savait aussi que c'était un trajet périlleux – les bons jours.

Et ce n'était pas un bon jour. La température tombait. Des plaques de verglas se formaient déjà sur les trottoirs. Il devait faire encore plus froid dans la montagne et le verglas pouvait y être très dangereux.

— Je vais voir s'il est là-bas, déclara-t-il.

— Je t'accompagne, dit Tilda.

— Non. J'irai plus vite tout seul.

— Et s'il t'arrivait quelque chose ? Comment le saurais-je ?

— Il ne m'arrivera rien, lui assura-t-il. Comme il n'y a presque pas de réseau dans la montagne, je ne pourrai peut-être pas te donner des nouvelles tout de suite, mais il ne faut pas que tu t'inquiètes.

— Et si on se trompait ? Et si tu perdais des heures précieuses à le chercher là-bas alors qu'il est ailleurs ?

C'était un risque. Mais il savait qu'Isaac tenait à Josh. S'il avait parlé de la cabane à Tilda, c'était parce qu'il pensait sincèrement que son ami s'y trouvait.

— Je te jure de faire tout mon possible pour le ramener sain et sauf, répondit-il. Si je ne le trouve pas là-bas, on appellera la cavalerie.

— Il est tout pour moi, murmura-t-elle.

— Je le sais.

Il se pencha pour déposer un baiser sur ses lèvres avant de répéter :

— Je te le ramènerai, c'est juré.

Blaine repartit vers le Chalet sur une route glissante. Il appela sa mère sur le trajet.

— Bonsoir, Blaine. Ça va ? demanda Mara.

— Es-tu à la maison ?

— Malheureusement non. J'ai trop de travail.

— J'ai un problème, annonça-t-il. Josh s'est enfui cet après-midi.

— Il s'est enfui ? répéta sa mère.

— Oui. Tilda et moi avons trouvé son téléphone dans son casier, au collège, avec un mot qui disait qu'il rentrerait demain.

— Je vois.

Sa mère avait élevé de nombreux enfants, qui avaient dû lui causer bien des frayeurs.

— Nous pensons qu'il est allé se cacher dans la cabane qui se trouve à l'ouest de la piste du Chevreuil.

— Je n'y ai pas mis les pieds depuis des années, dit sa mère.

— J'y vais maintenant.

— Tout seul ? demanda-t-elle.

— Oui. Je préviendrai Decker s'il est encore au Chalet. Et je prendrai l'un des téléphones satellite.

Mara se tut quelques secondes avant de répondre :

— Je sais que tu as survécu à des situations dangereuses pendant treize ans sans que ta mère te recommande d'être prudent, mais sois prudent, s'il te plaît. Et ramène-moi mon petit-fils sain et sauf.

— C'est promis.

— Où est Tilda ?

— Chez elle.

Il dérapa et reprit de justesse le contrôle de sa voiture.

— Il faut que je te laisse, maman, dit-il. Tu devrais peut-être rester au Château ce soir. Les routes sont mauvaises.

Il raccrocha et se concentra sur la conduite. Malgré tous ses efforts, le trajet fut deux fois plus long que d'habitude. Il tombait plus de grêle que de neige.

Sa promenade à skis s'annonçait particulièrement périlleuse.

Au Chalet, il trouva Decker dans son bureau. Son frère proposa de l'accompagner dès qu'il lui eut exposé la situation.

— Merci, mais non, répondit Blaine.

Son fils, son problème. Et il ne voulait pas embarquer son frère dans une aventure dangereuse.

— J'ai prévenu maman, au cas où, précisa-t-il.

Au cas où il ne reviendrait pas, sous-entendait-il, ce que son frère comprit parfaitement. Il devrait passer très près de la zone qu'ils avaient fermée à cause des risques d'avalanches.

— Tout ce que je te demande, c'est de m'aider à monter là-haut, ajouta-t-il.

En semaine, les télésièges s'arrêtaient à 17 heures.

— Il suffit d'un coup de fil, répondit Decker.

— Merci.

Blaine avait la main sur la poignée de la porte quand son frère demanda d'une voix dure :

— Comment Tilda réagit-elle ?

— Elle est terrifiée, répondit Blaine. C'est une bonne mère.

— C'est vraiment ce que tu crois ? demanda Decker.

Son frère en voulait toujours à Tilda par solidarité. Au lieu de réconforter Blaine, cela lui donnait mauvaise conscience, à présent. Il avait sans doute été injuste envers Tilda.

— Quand j'aurai retrouvé Josh, on se débrouillera pour construire une famille, répondit-il. Il faut que j'y aille.

Son frère se leva pour venir le prendre dans ses bras.

— Bonne chance, lui dit-il.

Il fallut un quart d'heure à Blaine pour rassembler

ce dont il avait besoin : un compas, de la nourriture, de l'eau, deux couvertures, des vêtements de rechange parce que Josh devait être mouillé, des allumettes, une lampe de poche, une lampe frontale, un transpondeur, une pelle, une petite boîte à outils et une trousse de secours dont il espérait bien ne pas avoir besoin. Pour finir, il se munit d'un téléphone satellite.

Quand son sac fut prêt, il enfila une combinaison, prit ses skis et sortit. Le télésiège était en marche et il y avait quelqu'un dans la cabine de contrôle. Blaine mit ses skis et s'assit sur le siège. Il était si chargé qu'il dut rester penché vers l'avant – ce qui n'était pas plus mal pour se protéger de la grêle.

Il pria pour que Josh ait trouvé un moyen d'entrer dans la cabane.

Parvenu au sommet, il alluma sa lampe frontale. Le soleil ne se coucherait officiellement qu'une demi-heure plus tard, mais il faisait si mauvais qu'on n'y voyait déjà presque plus rien.

Heureusement, il avait un bon sens de l'orientation, c'était un bon skieur et il était en forme.

Un bon skieur pouvait parcourir plus d'un kilomètre en deux minutes. Sur une bonne piste et dans de bonnes conditions météorologiques.

Il devait parcourir plus de deux kilomètres sur une neige verglacée et chargé comme un mulet. Ce serait un miracle s'il atteignait sa destination en moins d'une heure. Il frémit en songeant que Josh avait sans doute fait le même trajet. Bien sûr, il y avait plus de lumière et il faisait moins froid à ce moment-là. Son fils devait aussi être moins chargé. Mais il n'avait que treize ans. Il n'avait pas l'endurance d'un adulte.

Blaine allait donc devoir s'arrêter régulièrement pour scruter l'obscurité et tendre l'oreille.

Et aussi éviter les bêtes sauvages qui risquaient de ne pas apprécier son incursion sur leur territoire.

Il inspira profondément et s'élança.

Blaine l'avait embrassée.

Et ce baiser avait réveillé le souvenir de leur tout premier baiser, quelques semaines avant le bal de la promo. Ils étaient allés au cinéma et Blaine l'avait raccompagnée chez ses parents. Il avait pressé ses lèvres contre les siennes sur le perron. Elle avait décrit ce baiser à sa meilleure amie pendant des jours.

Il avait été bref et délicat, comme celui de ce soir.

En se garant devant chez ses parents, elle crut presque les voir sur le perron, Blaine et elle, à un moment où ils ne se doutaient pas que leurs vies étaient sur le point de changer radicalement. Elle allait avoir un enfant et se marier. Il allait partir faire la guerre. Deux voies très différentes.

Mais ils s'étaient retrouvés treize ans plus tard. Ils avaient une deuxième chance d'élever ensemble l'enfant qu'ils avaient fait ensemble. Elle posa son front sur le volant.

Je t'en supplie, Dieu tout-puissant, pria-t-elle. *Rends-moi Josh et Blaine sains et saufs. J'ai besoin d'eux deux.*

Elle sortit de sa voiture. Elle avait promis à ses parents de les tenir informés.

Elle entra dans la maison avec sa clé et trouva ses parents devant la télévision. Son père tourna la tête le premier.

— Où est Josh ? demanda-t-il aussitôt.

Sa mère ramassa la télécommande pour couper le son de la télévision.

— Que se passe-t-il ? demanda-t-elle.

— On a trouvé son téléphone dans son casier avec un mot qui disait qu'il rentrerait demain, répondit-elle. Il a dit à Isaac qu'il avait besoin d'être seul.

Cela lui semblait irréel. Josh n'avait que treize ans…

— C'est ridicule, balbutia sa mère.

— Non, ce n'est pas ridicule, répondit Tilda. Les enfants d'aujourd'hui subissent une pression énorme, même s'ils n'y réagissent pas de la même manière que les adultes.

— Désolée, chérie, répliqua sa mère. Ce n'est pas ce que je voulais dire. Ce qui est ridicule, c'est qu'il croie pouvoir passer la nuit dehors sans dire à personne où il se trouve.

— On croit savoir. Isaac et lui ont repéré une cabane quand ils faisaient du ski la semaine dernière.

— À qui appartient-elle ?

— Elle est sur le terrain des Colton. Blaine est en train de s'y rendre.

Ses parents se turent un long moment.

— D'après ce que j'ai appris sur Blaine, personne n'a de meilleures chances que lui de retrouver Josh. Il paraît que c'est un héros.

— Voilà pourquoi l'autre rumeur est grotesque, répondit sa mère.

— Quelle autre rumeur ? demanda Tilda.

Ses parents échangèrent un regard entendu.

— Ce n'est pas important pour le moment, dit son père. Concentrons-nous sur Josh.

Elle eut envie de lui répondre qu'elle n'y pensait déjà que trop en ne pouvant rien faire.

— Blaine m'a prévenue qu'il ne pourrait peut-être pas appeler de là-haut, mais il a promis de me tenir au courant. Je vous donnerai des nouvelles dès que j'en aurai.

Sa mère se leva pour la serrer dans ses bras.

— Est-ce qu'on peut faire quelque chose, chérie ? demanda-t-elle.

— Vous pouvez prier, répondit Tilda.

Elle quitta la maison de ses parents, remonta en voiture et s'effondra en larmes.

Dix minutes plus tard, elle fermait la porte de son garage sans avoir aucun souvenir du trajet. Elle posa son téléphone sur la table basse, se prépara un thé et sortit un paquet de cookies du placard. Elle ne se sentait pas capable d'avaler quoi que ce soit d'autre.

Deux thés et cinq cookies plus tard, elle sortit son paquet de copies de son sac. Les corriger valait mieux que de fixer le mur.

Une heure plus tard, alors qu'elle avait corrigé la moitié des copies, elle posa son stylo, s'étira et consulta son téléphone pour la dixième fois. Toujours aucune nouvelle de Blaine. Le vent hurlait dehors. Cette nuit devait être terrible dans la montagne.

Elle se souvint des paroles de son père. Oui, elle avait de la chance que Blaine soit là pour l'aider.

Il n'avait pas hésité un instant.

Il n'aurait peut-être pas hésité il y a treize ans non plus, chuchota une petite voix dans sa tête.

Elle savait que c'était vrai, mais l'on ne pouvait pas changer le passé. On pouvait juste essayer de réparer ses erreurs.

Elle pria pour la sécurité de Josh et de Blaine, puis ferma les yeux. Elle dut s'endormir, parce que des coups frappés à la porte la réveillèrent en sursaut.

Elle ramassa aussitôt son téléphone. Toujours aucun message. Et il était 21 h 30. Qui cela pouvait-il être ?

On frappa encore.

— Tilda ? C'est Mara Colton !

Tilda écarquilla les yeux. Blaine avait-il prévenu sa mère ? Elle s'empressa d'ouvrir en espérant contre tout espoir que Josh était avec Mara, mais Mara était seule.

— Des nouvelles ? demanda-t-elle.

Elle savait donc ce qui se passait.

Tilda secoua la tête.

— Puis-je entrer ? demanda Mara.

— Bien sûr, répondit Tilda en s'écartant.

Mara ferma la porte derrière elle, puis retira son manteau, ses gants et son écharpe, qu'elle posa sur le dossier d'une chaise. Tilda savait qu'elle aurait dû les lui prendre pour les suspendre, mais son cerveau était bloqué.

Mara Colton était dans son salon ! Et elle semblait avoir l'intention de rester.

— C'est charmant, chez vous, dit Mara.

— Merci, murmura Tilda.

Tilda aimait sa maison, mais elle avait bien conscience que c'était un logement très humble en comparaison de ce à quoi Mara était habituée.

Mara s'assit dans un fauteuil et posa ses mains sur ses genoux.

— J'ai pensé qu'il ne fallait pas que vous restiez seule, dit-elle.

Il n'en fallut pas plus pour que les nerfs de Tilda lâchent. Elle s'effondra en larmes et cacha son visage dans ses mains.

Quelques secondes plus tard, elle sentit une main sur son épaule.

— Je suis désolée, sanglota-t-elle en relevant la tête.

— Ne le soyez pas, répondit Mara. Ce doit être terriblement difficile pour vous. Mais ça finira bien, j'en suis sûre. Je n'ai rencontré Josh qu'une fois, mais il me semble être un garçon intelligent, capable de prendre de bonnes décisions. Et j'ai élevé son père. Il n'existe pas d'homme plus déterminé. Il s'est juré de ramener Josh sain et sauf : il le fera. Mais dites-moi… Est-ce bien du thé que vous buvez là ?

Blaine skiait, marchait et rampait même par moments depuis plus d'une heure. Il était tombé une fois et s'était cogné le tibia contre un tronc d'arbre. Il était sûr d'avoir un bel hématome. Il s'arrêtait régulièrement pour s'assurer qu'il n'avait pas dévié de sa route et essayer de repérer la cabane.

Il venait enfin de la voir. Elle n'était plus qu'à deux cents mètres. Il les parcourut en scrutant le sol sans grand espoir de voir des empreintes. Même s'il y en avait eu deux heures plus tôt, le vent les avait effacées. Il n'y avait pas de skis posés près de la porte, mais il n'en conclut rien. Josh avait pu les emporter à l'intérieur pour ne pas les perdre dans la tempête.

Blaine retira ses skis en priant pour que son fils soit là.

Il éteignit sa lampe frontale pour ne pas aveugler Josh et tourna la poignée de la porte. Celle-ci était verrouillée.

Il frappa.

— Josh ! cria-t-il. C'est Blaine. Ouvre !

Il attendit, le cœur affolé, puis frappa encore.

— Josh ! S'il te plaît, ouvre-moi…

11

La porte s'ouvrit et son fils apparut. Il avait l'air effrayé et frigorifié, mais il était sain et sauf.

Blaine entra, posa ses skis et le prit dans ses bras.

— C'est bon de te voir, lui dit-il d'une voix rauque.

Il ferma la porte, ce qui ne changea pas grand-chose aux courants d'air, puis il balaya la cabane du faisceau de sa lampe de poche. Il n'y était pas venu depuis vingt ans, mais tout était comme dans son souvenir. Il y avait un lit de camp vissé à l'un des murs. Josh y avait posé son sac à dos. Des étagères rudimentaires étaient fixées au mur opposé.

Il n'y avait pas d'autre meuble – rien qui puisse tenter des voleurs. Il n'y avait pas non plus d'évier ni d'appareils ménagers parce que la cabane n'avait jamais eu l'eau courante ni l'électricité. Il y avait une grande cheminée au milieu de l'un des murs. On y avait mis du bois et des boules de papier, mais elle n'avait pas été allumée. Les skis de Josh étaient posés dans un coin.

La cabane était glaciale. La vitre brisée n'arrangeait rien. Voilà donc comment Josh était entré…

— Comment m'as-tu trouvé ? demanda Josh.

— Avec beaucoup de détermination et un peu de chance, répondit Blaine. As-tu essayé de faire du feu ?

— Mes allumettes sont mouillées, balbutia Josh en baissant les yeux.

Une erreur de débutant.

— Je crois que les miennes sont sèches, dit Blaine.

Il fouilla dans son sac. Le bois un peu humide eut du mal à prendre, mais ils avaient du feu cinq minutes plus tard.

— Approche, ordonna Blaine en s'écartant de la cheminée.

Il observa son fils pendant que celui-ci se réchauffait. Il portait encore son manteau et ses gants. Il ne semblait pas blessé.

— Ça va ? lui demanda-t-il. Tu n'es pas tombé sur le trajet ? Tu ne t'es pas coupé en passant par la fenêtre ?

Josh secoua la tête.

— J'ai été stupide. Je n'avais pas imaginé qu'il ferait aussi froid.

— Tu n'as pas été stupide. Tu manques juste un peu d'expérience, répondit Blaine. Il faut faire quelque chose pour cette fenêtre.

Il sortit une bâche de son sac et la cloua autour de la fenêtre pour bloquer le vent.

— Ce n'est pas parfait, mais ça aidera, dit-il.

— Je n'ai pas su en faire autant, grommela Josh. Je croyais que la porte serait ouverte puisque personne n'habite ici.

— Personne n'habite ici, mais quelqu'un passe régulièrement pour s'assurer qu'il n'y a pas d'intrus ou de nuisibles, répondit Blaine.

— Je paierai pour la vitre.

Blaine réprima un sourire. Il se réjouissait que son fils soit un garçon responsable.

— On verra ça plus tard, répondit-il. Je suis content que tu aies trouvé un moyen d'entrer.

— J'aurai au moins été assez malin pour faire ça.

— Je n'ai jamais douté de ton intelligence, lui assura Blaine. Maintenant, je vais annoncer la bonne nouvelle à ta mère. Il faut que je sorte, pour ça Tu dois avoir faim… J'ai des barres de céréales, si ça te tente.

Josh pouffa.

— Je mangerais n'importe quoi, répondit-il.

Blaine retrouva les barres de céréales dans son sac et les lui lança avant de sortir. Il s'éloigna un peu de la cabane, déplia l'antenne du téléphone et pria.

— Allez ! grommela-t-il en marchant en rond.

Tilda devait être folle d'inquiétude…

Mais la communication ne passait pas. Il se résigna. Josh et lui partiraient à l'aube, songea-t-il en rentrant dans la cabane. Il trouva Josh assis par terre devant la cheminée et s'assit à côté de lui. Le lit de camp devait être plus confortable, mais il était bien trop loin du feu.

— Qu'a dit maman ? demanda Josh.

— Je n'ai pas réussi à la joindre.

— Je préfère ça, quelque part, avoua Josh. Elle sera furieuse.

— Elle sera soulagée, le corrigea Blaine. Peut-être un peu furieuse, mais surtout soulagée.

Il ne voulait pas faire culpabiliser Josh, juste lui faire comprendre que ses actes avaient des conséquences.

— Elle t'aime de tout son cœur, ajouta-t-il.

— Je sais, répondit Josh. Mais tu ne l'aimes pas beaucoup, toi, n'est-ce pas ?

La question surprit Blaine.

— Ce n'est pas vrai, se défendit-il.

— Je vous ai entendus vous disputer hier soir.

Blaine réprima un juron.

— J'en suis désolé, dit-il. J'ai vu rouge quand tu

m'as dit que ta mère sortait avec quelqu'un et j'ai eu une réaction disproportionnée.

— Je crois que ce type ne lui plaît même pas tant que ça.

— Ça ne change rien, répondit Blaine en essayant d'ignorer le plaisir que ces mots lui procuraient. Ta mère a le droit de sortir avec qui elle veut.

— Tu as une petite amie, dit Josh sur le ton d'une accusation.

— Non, je n'en ai pas.

— Tu as eu des problèmes parce que vous avez couché ensemble.

Son histoire avec Honor Shayne était donc de notoriété publique.

Il inspira profondément.

— Si Honor – c'est comme ça qu'elle s'appelle – et moi avons eu des problèmes, c'est parce que notre commandant a estimé notre relation inconvenante.

— Alors c'est vrai. Tu as été renvoyé de l'armée.

Ces deux phrases firent l'effet d'un coup de poignard en plein cœur à Blaine.

— Oui, admit-il. Et je n'en suis pas fier. Par contre, je suis très fier d'avoir servi mon pays pendant treize ans. Ta mère m'a dit que tu avais lu des choses méchantes sur Internet. C'était à ce propos ?

— Oui. On raconte que tu en es sorti blanc comme l'agneau parce que les Colton se sortent toujours de tout.

— C'est quelqu'un de ta classe qui a écrit ça ?

— Oui.

Il devait avoir entendu ses parents le dire.

— Les Colton vivent à Roaring Springs depuis le début du XIXe siècle, expliqua-t-il. Ils ont travaillé dur et fait fortune. Ça ne fait pas d'eux des gens détestables.

— Alors pourquoi y a-t-il autant de gens qui les détestent ? demanda Josh.

— Ils sont peut-être jaloux. Ou bien ils sont amers, parce que leurs familles ont travaillé dur, elles aussi, mais n'ont pas aussi bien réussi. Quoi qu'il en soit, il arrive que les gens disent des choses méchantes sur nous. Maintenant que tu es un Colton, il faut que tu t'endurcisses un peu pour ne pas en souffrir.

— Je ne suis qu'un bâtard, le corrigea Josh.

Sarah avait raison, songea Blaine : les enfants pouvaient être très cruels entre eux.

— C'est un vilain mot, Josh, répondit-il. Un mot dont les gens se servent pour rabaisser quelqu'un.

Il s'éclaircit la voix et regarda son fils droit dans les yeux.

— Sache que je suis fier que tu sois mon fils, lui dit-il. Je n'étais pas marié avec ta mère quand tu es né, mais ça ne change rien. Je t'aime.

C'était la première fois qu'il le disait. C'était peut-être trop tôt, mais il voulait que Josh le sache.

— Je ne veux pas avoir à choisir entre vous.

— Tu n'auras pas à le faire, lui promit Blaine. Ta mère et moi voulons tous les deux être de bons parents.

— Je l'ai entendue pleurer.

Blaine s'en voulut terriblement.

— Je ferai tout mon possible pour que ça ne se reproduise pas.

Ils restèrent un long moment à regarder le feu sans rien dire.

— Je suis vraiment content que tu m'aies trouvé, finit par murmurer Josh.

— Moi aussi.

— Je tombe de fatigue, avoua-t-il.

Blaine attira sa tête sur sa cuisse, étendit l'une des

couvertures sur lui et enroula l'autre autour de ses propres épaules.

— Dors bien, mon fils, dit-il. On partira à l'aube.

Mara Colton dormit dans la chambre d'amis, dans un T-shirt emprunté à Tilda. Le lendemain, elle remit les vêtements qu'elle avait portés la veille et but un café dans la cuisine comme si c'était parfaitement normal.

Quand Tilda reçut un texto à 7 h 12, elles sursautèrent toutes les deux. Tilda se jeta sur son téléphone, lut le message, laissa échapper un sanglot et tendit l'appareil à Mara. Alors elles pleurèrent dans les bras l'une de l'autre.

Après un long moment, Mara se redressa.

— Il faut que j'y aille, dit-elle.

— Mais ils ne devraient plus tarder, protesta Tilda. Vous êtes sûre de ne pas vouloir les attendre ?

— Merci, mais non, répondit Mara. Maintenant que je sais qu'ils vont bien, j'aimerais rentrer prendre une douche et me changer avant d'aller travailler. Dites à Josh que je serais ravie qu'il vienne déjeuner samedi.

— Il viendra, promit Tilda.

— Vous aussi, bien sûr, ajouta Mara en mettant son manteau. Au revoir, Tilda.

— Merci d'être venue, dit Tilda. C'était très gentil à vous.

Mara répondit par un sourire.

Tilda lui ouvrit la porte et resta sur le perron jusqu'à ce que sa voiture ait disparu au coin de la rue. Alors elle rentra et relut le texto.

On est tous les deux en un seul morceau et on est en route. Tout va bien.

Elle en fit une petite danse de joie jusqu'à ce qu'elle aperçoive son reflet dans le miroir du couloir. Elle avait l'air d'avoir pleuré toute la nuit. Il ne fallait pas que Josh la voie comme ça.

Elle courut dans la salle de bains. Avant d'entrer dans la douche, elle envoya un texto à ses parents pour les rassurer. Sa mère répondit par de petits cœurs.

Tilda prit la douche la plus rapide de sa vie, puis elle enfila un pantalon de yoga et un T-shirt. Elle était en train de se sécher les cheveux quand on frappa à la porte.

Elle s'empressa d'aller ouvrir et serra son fils dans ses bras.

12

Le manteau de Josh sentait la fumée. Tilda tourna la tête vers Blaine, qui semblait épuisé.

— Merci, murmura-t-elle.

Il hocha la tête.

— Le téléphone satellite n'a pas marché, dit-il. Je t'ai envoyé un texto dès que j'ai pu.

Son fils s'écarta d'elle.

— Je suis désolé, sanglota-t-il.

— Tu n'as rien. C'est tout ce qui compte, lui assura-t-elle.

— Il doit mourir de faim, dit Blaine.

Tilda les invita à entrer et ferma la porte.

— Des crêpes ? proposa-t-elle à Josh.

— Et du bacon ? demanda-t-il, le regard plein d'espoir.

Elle lui sourit. Il avait de la cendre sur le front et dans les cheveux, mais il était sain et sauf.

— Tu devrais peut-être commencer par prendre une douche, suggéra-t-elle.

— Faut-il que j'aille à l'école ?

— Pas aujourd'hui. Et je resterai à la maison aussi.

— Tu as pris la journée ?

— Oui.

Elle avait appelé le proviseur dans la soirée, quand

elle avait compris qu'elle n'aurait pas de nouvelles avant le lendemain.

Josh partit vers la salle de bains.

— En général, il faut que j'insiste au moins trois fois pour qu'il aille se doucher, dit-elle à Blaine quand elle fut certaine que Josh ne pouvait plus l'entendre. Je crois qu'il est content d'être rentré.

— On est tous les deux contents de ne plus être dans la montagne, répondit-il.

— Veux-tu un café ?

— Avec plaisir.

Quand ils allèrent dans la cuisine, elle s'aperçut qu'il boitait.

— Tu es blessé ? s'inquiéta-t-elle.

Il secoua la tête.

— Ce n'est qu'un bleu. Je suis tombé contre un arbre. C'était un trajet… délicat.

Cela avait dû être horrible. Mais il avait retrouvé Josh et l'avait ramené sain et sauf. Elle s'empressa de lui tourner le dos quand ses yeux s'emplirent de larmes. Il en avait déjà assez fait. Elle n'allait pas l'obliger à la consoler.

Elle servit un café et essuya des éclaboussures imaginaires le temps de refouler ses larmes.

— Merci, dit Blaine quand elle posa la tasse devant lui. Josh est très fatigué et sans doute un peu déshydraté, mais je pense qu'il va bien. Emmène-le chez le médecin si tu veux être tout à fait rassurée.

— Je vais sans doute le faire. Il n'a que treize ans et il faisait si froid…

Blaine hocha la tête.

— Par ailleurs, il s'en veut, comme tous les garçons de treize ans qui réagissent de manière disproportionnée à quelque chose qui les a blessés et qui sous-estiment les dangers de la montagne.

— En avez-vous parlé ? demanda-t-elle en commençant la pâte à crêpes.

— Oui. Ces derniers jours n'ont pas été faciles pour lui.

Elle s'attendit à un reproche et serra les dents.

— Je m'en veux de ne pas m'en être rendu compte, ajouta Blaine.

Quoi ? Pas de reproche ? S'était-il aussi cogné la tête ? Elle jeta un coup d'œil par-dessus son épaule. Il fixait son café.

— Ta mère est venue hier soir, dit-elle.

Il releva vivement la tête.

— Je suis désolé, répondit-il. Je ne lui ai pas demandé…

— Je sais, le coupa-t-elle. Elle est partie il y a vingt minutes, quand on a reçu ton texto.

— Je l'appellerai. Ça s'est bien passé entre vous ?

— Elle a été très gentille, répondit Tilda en versant du lait dans le saladier.

— Que comptes-tu faire aujourd'hui ? demanda Blaine après quelques secondes de silence.

— Ce que j'aimerais faire, c'est le serrer dans mes bras toute la journée et lui faire jurer qu'il ne recommencera jamais. D'abord, je vais l'emmener chez le médecin et le laisser se reposer, mais il ne faut pas qu'il fasse ce qu'il veut toute la journée. Ce serait comme si je récompensais sa bêtise. C'en était une et il faut qu'il le comprenne.

— Il est difficile d'être un parent, dit Blaine.

— Très.

— Alors, quel est ton plan ?

— Je veux lui parler. Je veux comprendre ce

qui l'a motivé et lui faire entendre qu'il y a d'autres manières de gérer les choses qui nous blessent. Il a eu beaucoup de chance. Il n'en aurait peut-être pas autant une autre fois.

Cette pensée lui arracha un sanglot.

— Je suis désolé de ne pas avoir pu te prévenir plus tôt.

— Je comprends et je ne t'en veux pas.

— Il a eu peur, dit doucement Blaine. Il a dû casser une vitre pour entrer dans la cabane et il n'a pas réussi à faire un feu parce que ses allumettes étaient mouillées. Il faisait très froid quand je suis arrivé.

Le cœur de Tilda se serra. Son fils avait souffert. Elle espérait que cette mésaventure lui avait enseigné quelque chose. La montagne était belle, mais elle était aussi dangereuse, même pour les hommes les mieux préparés.

Heureusement que Blaine l'avait retrouvé.

— Je ne veux pas savoir ce qui se serait passé si tu n'avais pas été là, murmura-t-elle.

— Il ne serait peut-être jamais allé dans cette cabane.

Elle secoua la tête.

— Mais il aurait pu se passer autre chose, répondit-elle. J'étais si certaine d'être tout ce dont Josh avait besoin… Mais je me rends compte qu'il a aussi besoin d'un père. Merci d'avoir été là pour lui.

Ils entendirent la douche s'arrêter.

— Il ne veut pas qu'on se dispute, dit Blaine après avoir jeté un coup d'œil en direction de la salle de bains. Il ne veut pas avoir à choisir entre nous.

— Ça ne devrait pas être nécessaire.

— Je suis d'accord, répondit Blaine. Et je suis prêt à essayer, Tilda. Pour Josh.

La porte de la salle de bains s'ouvrit.

Ce que Blaine lui demandait impliquait qu'elle partage Josh et qu'elle accepte qu'il soit un Colton. En était-elle capable ?

Mais si Blaine était prêt à essayer…

— Moi aussi, répondit-elle. Je ferais n'importe quoi pour mon fils.

Blaine prit le petit déjeuner avec Josh et Tilda. Ils ne se dirent pas grand-chose. Josh et lui étaient affamés, et Tilda ne faisait que regarder leur fils.

C'était le deuxième repas qu'ils partageaient. Il était plus agréable que le déjeuner chez sa mère, presque… normal.

Bien sûr, il n'avait pas la moindre idée de ce qu'était une vie de famille normale. C'étaient Russ et Mara Colton qui l'avaient élevé.

Mais il pouvait faire mieux que ses parents. Il *voulait* faire mieux.

Alors qu'il finissait son assiette, le téléphone de Tilda tinta. Elle le prit, lut le texto et fronça les sourcils.

— C'est qui, maman ? demanda Josh.

— La mère d'un élève, répondit Tilda.

— Tu donnes ton numéro de téléphone aux parents de tous tes élèves ? s'étonna Blaine.

Elle hocha la tête.

— À la première rencontre entre les parents et les professeurs, en début d'année, répondit-elle. Mais c'est curieux… Je ne me souviens pas avoir rencontré cette femme. Elle veut que j'aille chez elle.

— Tu fais ce genre de chose ?

Cela semblait très dangereux à Blaine, comme entrer dans un bâtiment en territoire ennemi sans repérage préalable.

— Personne ne me l'a jamais demandé, répondit Tilda. Mais je suis contente qu'elle me contacte. C'est la mère de Toby, l'élève qui m'inquiète.

— Le garçon auquel tu parlais quand je suis allé te voir au lycée ?

— Oui.

Blaine se souvenait parfaitement de son animosité.

— Vas-tu y aller ?

Tilda posa son téléphone.

— Je ne devrais pas. Le règlement du lycée l'interdit. Mais j'aimerais vraiment rencontrer les parents de Toby. Il y a peut-être un autre moyen… J'y réfléchirai plus tard, parce que j'ai l'intention de ne m'occuper que de ce garçon-ci, aujourd'hui.

Blaine en conclut qu'il était temps qu'il s'en aille. Il emporta son assiette vide dans l'évier.

— Merci pour le petit déjeuner, dit-il. C'était délicieux.

— De rien, répondit Tilda.

Blaine ébouriffa les cheveux de Josh.

— Essaie de dormir un peu, d'accord ? lui dit-il.

— D'accord, répondit Josh. Merci… Blaine.

Avait-il failli dire « papa » ? Blaine essaya de se convaincre que cela n'avait pas d'importance, mais il savait qu'il adorerait entendre ce mot dans la bouche de son fils.

— Je suis content de m'être rendu utile. À plus tard, Tilda !

— Veux-tu emmener Josh dîner dehors ce soir ? demanda-t-elle.

Elle était prête à s'effacer pour le laisser passer du temps avec son fils… Mais comment Josh le comprenait-il ?

— Et si je vous emmenais dîner dehors tous les deux ? proposa-t-il.

Cela surprit clairement Tilda.

— D'accord, répondit-elle d'une voix hésitante.

— Alors je passerai vous prendre à 18 heures.

Après le départ de Blaine, Josh emporta son assiette dans l'évier, puis se tourna vers Tilda.

— Il a été génial, hier soir, dit-il.

La gorge de Tilda se serra.

— Je suis contente qu'il t'ait trouvé, répondit-elle.

— Je n'ai pas été très malin, n'est-ce pas ?

— Que s'est-il passé, Josh ? Pourquoi t'es-tu enfui ?

Il haussa les épaules.

— Des garçons de ma classe ont dit des trucs.

— Sur Blaine ?

— Oui. Et sur les autres Colton. Et sur moi, maintenant que je suis un Colton. Et d'autres trucs.

Tilda traduisit aussitôt « d'autres trucs » par « des trucs dont je ne peux pas parler ».

— Sur moi ?

Josh hocha la tête avec un air malheureux.

— Ne t'inquiète pas. Je peux tout entendre, lui assura-t-elle.

— Ils ont dit que tu étais une salope et que tu avais fait croire à ton mari qu'il était le père de ton bébé.

Elle ne pouvait pas nier que c'était cruel. Mais elle ne pouvait pas non plus empêcher les ragots.

— Je n'ai pas menti à Dorian, répondit-elle. Il connaissait la vérité depuis le début.

— Je le sais et je le leur ai dit… Ils ont répondu que je ne pouvais pas le prouver parce qu'il était mort.

— Je comprends que ça t'ait blessé, mais tu connais

la vérité. Tous les gens que nous aimons connaissent la vérité. Je sais que c'est plus facile à dire qu'à faire, mais il faut que tu apprennes à laisser glisser ce que disent les autres.

— J'essaierai, répondit Josh.

— As-tu parlé de ça à Blaine ?

— Pas de ce qu'on dit sur toi. Juste de ce qu'on dit sur lui : qu'il a été renvoyé de l'armée.

Quoi ? Elle se rappela subitement l'échange cryptique que ses parents avaient eu la veille. Elle ne s'en était pas souciée sur le coup parce qu'il y avait plus grave. Ses parents avaient-ils entendu cette rumeur ?

— Et que t'a dit Blaine ?

— Que c'était vrai.

Quoi ?

— T'a-t-il dit pourquoi l'armée l'avait renvoyé ?

— Parce qu'il a eu une relation avec une femme de son unité qui a un prénom bizarre. Honor.

Le cœur de Tilda se serra. Qui était cette femme ? Blaine l'aimait-il ? Elle eut envie de poser des dizaines de questions à Josh, mais elle ne devait pas se servir de son fils pour essayer d'obtenir des informations sur la vie sexuelle de son père.

— Ce que ton père fait avec ses amis ne nous regarde pas, dit-elle. Ce que tu dois garder à l'esprit, c'est que Blaine est un bon soldat et quelqu'un de bien.

— J'ai hâte que l'année se termine.

— Bientôt. Mais tu sais qu'on ne peut pas se contenter de souhaiter que nos problèmes disparaissent ?

— Je sais. Ce sera juste plus facile quand je ne verrai plus ces crétins tous les jours.

Elle pouvait difficilement le contester.

— Tu veux bien me rendre mon téléphone ? demanda Josh.

— D'accord, mais interdiction d'envoyer des textos à tes amis. Ils sont en cours – là où tu devrais être. Et pas de réseaux sociaux. Tu as le droit de jouer un peu, mais je veux que tu fasses tes devoirs et que tu dormes quelques heures. Et je t'emmènerai chez le médecin.

— D'accord, répondit-il.

Il semblait prêt à tout accepter, à cet instant.

— Je suis désolé, maman, ajouta-t-il.

Elle le prit dans ses bras.

— Tout le monde fait des erreurs, lui dit-elle. L'important, c'est d'en apprendre quelque chose.

— Oh ! j'ai appris des choses : il fait très froid dans la montagne pendant la nuit et il faut être idiot pour ne pas protéger ses allumettes de l'humidité.

— Ce sont deux très bonnes leçons. Maintenant, va te coucher !

Tilda resta dans la cuisine, le regard dans le vide. Il ne lui était pas venu à l'esprit que Blaine pouvait sortir avec quelqu'un. Elle était stupide. Bien des femmes devaient s'intéresser à lui. Honor le rejoindrait-elle à Roaring Springs ? Se marieraient-ils ? Josh aurait-il une belle-mère ?

Elle avait eu beaucoup d'affection pour Blaine Colton à une époque. Elle savait que ce n'était pas pleinement réciproque et elle l'avait accepté – au point d'épouser un autre homme. Mais Blaine avait toujours gardé un morceau de son cœur.

Et ce morceau venait de se briser.

13

Blaine, qui n'avait dormi qu'une heure dans la cabane, aurait dû aller se coucher. Mais il savait qu'il était trop tendu pour réussir à s'endormir. Il était dans sa voiture, sur le parking du Chalet. Il n'y avait pas grand monde dehors. Il était encore trop tôt et il faisait encore trop froid.

Il se sentait engourdi. Pas physiquement – il faisait bien assez chaud dans sa voiture – mais mentalement. Il avait déjà participé à des opérations de sauvetage, mais leur enjeu n'était pas aussi important pour lui.

Il avait éprouvé le besoin instinctif de protéger son fils et il aurait pu déplacer des montagnes. Quand ils avaient regagné le Chalet, au petit matin, il avait songé à la responsabilité énorme que Tilda assumait depuis treize ans. À présent, il repensait à sa conversation avec Sloane, qui le trouvait trop dur envers Tilda.

Elle avait raison. Il n'avait pas été là pour les otites, les chutes et les cauchemars. C'était Dorian qui avait aidé Tilda à gérer tout cela. Il était peut-être temps qu'il arrête de jalouser un mort et qu'il lui soit reconnaissant de ne pas avoir laissé Tilda se débrouiller toute seule.

Il était aussi temps qu'il admette qu'elle avait fait du très bon boulot.

Il s'en voulait de lui avoir dit qu'elle était égoïste.

C'était une mère exemplaire. La suspecter de faire passer son intérêt avant celui de Josh était ridicule. Il ne le ferait plus.

Blaine vit deux employés sortir du bâtiment en portant des cartons et en se parlant avec animation. Même s'il ne connaissait pas leurs noms, leurs visages lui étaient familiers. Il baissa sa vitre, mais ils étaient trop loin pour qu'il les entende.

Ils mirent les cartons qu'ils portaient dans leurs voitures et s'en allèrent. Blaine entra dans le Chalet et prit la direction du bureau de Decker. Il lui avait envoyé un texto pour lui dire qu'il avait retrouvé Josh, mais il était sûr que son frère voudrait des détails.

Penny lui offrit un sourire. Il la sentit tendue. Elle lui dit que son frère était en rendez-vous et lui demanda d'attendre. Dix minutes plus tard, Decker sortit de son bureau avec un homme et une femme d'une quarantaine d'années.

— Merci, dit-il en leur serrant la main.

L'homme et la femme – des managers du Chalet – s'en allèrent sans accorder un regard à Blaine.

— Que se passe-t-il ? demanda-t-il à Decker en le suivant dans son bureau.

— Pourquoi cette question ?

— Parce que j'ai vu deux employés sortir avec des cartons et parce que Penny fait une tête bizarre.

— On a eu un problème, mais ce n'est pas très grave, dit son frère. Tu as retrouvé Josh, alors ?

— Oui. Il était bien dans la cabane. Il faudra que quelqu'un change la vitre d'une fenêtre quand il fera un peu plus chaud. On a passé la nuit là-haut et on est rentrés ce matin. Il doit être en train de dormir, à l'heure qu'il est.

— T'a-t-il dit pourquoi il s'était enfui ?

— Oui. Des garçons de sa classe lui ont dit des choses sur moi. Les amateurs de rumeurs ont découvert que j'avais été renvoyé de l'armée et que mon dossier avait été modifié.

— Je vois, murmura son frère.

— Ça n'a pas l'air de te surprendre.

— Deux gars de la maintenance chantaient le même refrain, tout à l'heure. Leurs managers leur ont demandé d'arrêter parce que ça mettait leurs collègues mal à l'aise. Les types ont répondu qu'ils préféraient démissionner que de travailler pour « ces privilégiés de Colton ».

Decker dessina des guillemets en l'air autour des derniers mots.

— Je suis désolé, répondit Blaine.

— Ce n'est pas très grave. C'est juste que ça tombe à un mauvais moment. L'un de leurs collègues se fait opérer du dos et un autre a pris deux semaines de congé pour aider sa mère à s'installer dans une maison de retraite.

— Je peux donner un coup de main, si tu veux, proposa Blaine. Je n'aurai plus grand-chose à faire quand la neige aura fondu.

— Ce n'est pas un travail palpitant, le prévint Decker. Il s'agit de changer des ampoules, de déboucher des lavabos…

— J'en suis capable.

Decker haussa les épaules.

— Comme tu voudras. Je préviendrai les managers. Quand peux-tu commencer ?

— Tout de suite, répondit Blaine malgré son besoin de sommeil.

Trois heures plus tard, alors qu'il allait chercher de

la colle au sous-sol et attendait devant l'ascenseur, il reconnut un homme qui traversait le hall, et se raidit.

David James.

Blaine ne lui avait jamais été présenté, mais il avait vu des photos de lui et il en avait beaucoup entendu parler.

David James était l'ex-mari de Honor. Elle était déjà divorcée quand ils étaient sortis ensemble. D'après ce qu'Honor lui avait dit, il était un peu dérangé.

Que faisait-il à Roaring Springs ?

À la connaissance de Blaine, il vivait à Stamford, dans le Connecticut.

Les portes de l'ascenseur s'ouvrirent, mais Blaine n'y entra pas. Il était à peu près sûr que David James ne l'avait pas vu. Il parlait avec l'hôtesse d'accueil. Blaine l'observa. Cinq minutes plus tard, James balaya le hall du regard, puis s'en alla. Blaine, qui s'était posté près de la porte, le vit monter dans une voiture noire.

Alors Blaine aborda l'hôtesse d'accueil, qu'il ne connaissait pas.

— Bonjour, lui dit-il. Je suis Blaine Colton.

— Je sais, répondit-elle d'une voix neutre. Je m'appelle Patty.

— Qui est l'homme à qui vous venez de parler, Patty ?

Elle baissa les yeux vers un calepin, sur lequel elle avait griffonné un nom.

— Jim Park, répondit-elle.

Blaine était sûr de ne pas s'être trompé. David James avait un visage long et étroit qu'il était difficile d'oublier.

Blaine avait maintenant deux questions : que faisait-il là et pourquoi se présentait-il sous un faux nom ?

— Que voulait-il ? demanda-t-il à Patty.

— Juste des informations sur Roaring Springs. Le département des événements me l'a envoyé après lui avoir fait visiter les locaux. Il songe à se marier ici.

C'était bien loin de chez lui… Bien sûr, il pouvait épouser une femme du Colorado, mais cela n'expliquait pas le faux nom.

— Qui l'a reçu au département des événements ?

— Janey Maxwell.

— Merci.

Blaine était dans le bureau de Janey Maxwell cinq minutes plus tard. C'était une femme efficace d'une cinquantaine d'années. Elle fit une grimace quand il lui parla de Jim Park.

— J'avoue que ça m'a surprise qu'il vienne sans sa fiancée, dit-elle. Ce sont elles qui prennent la décision, en général.

— Quand se marie-t-il ?

— À l'automne prochain. Il m'a dit qu'ils étaient souples et je lui ai proposé plusieurs dates en octobre et en novembre. J'ai bien cru que je n'arriverais jamais à m'en débarrasser. Il voulait tout visiter : la salle de bal, les salons, les restaurants, les salles de sport, la piscine… Il a pris des photos de tout.

— Vous a-t-il montré une pièce d'identité ?

— Nous ne le demandons pas, répondit Janey, visiblement surprise par la question.

— Évidemment. Pourriez-vous me prévenir s'il vous recontacte ?

— Bien sûr. Ai-je fait quelque chose que je n'aurais pas dû faire ?

— Absolument pas.

— Monsieur Colton ? lança-t-elle alors qu'il avait la main sur la poignée de la porte.

— Oui ?

— J'ai entendu parler de l'incident de ce matin. Je voulais juste vous dire que la plupart des employés soutiennent votre famille. Et… J'ai un fils qui a servi dans les marines. Il a fait deux fois l'Afghanistan et il nous a raconté des choses… Merci aussi pour ce que vous avez fait là-bas.

— C'est moi qui vous remercie, répondit Blaine, profondément touché. Et saluez votre fils de ma part.

Dès qu'il eut quitté le bureau de Janey, il appela Honor pour lui demander si elle savait ce que son ex-mari faisait à Roaring Springs sous un faux nom. Il tomba sur le répondeur et laissa un message.

— Bonjour, Honor, c'est Blaine. J'espère que tu vas bien. Pourrais-tu me rappeler, s'il te plaît ? Merci.

Il raccrocha, frustré, et alla chercher sa colle.

Il était presque 17 heures quand il regagna son bureau. Honor ne l'avait pas rappelé, mais il était sûr qu'elle le ferait.

Il ne répondit qu'aux mails les plus urgents. Il lui restait juste le temps de prendre une douche avant d'aller chercher Tilda et Josh.

Il espérait qu'ils avaient passé une bonne journée et il était impatient de les revoir.

Vingt-cinq minutes plus tard, il monta en voiture. Son téléphone sonna avant qu'il ne démarre. C'était Honor.

— Allô ?

— Bonjour, Blaine.

Ils s'étaient séparés en bons termes sans avoir vraiment l'intention de se revoir. Son message avait dû la surprendre.

— Bonjour, Honor. Comment ça va ?

— Bien. Je suis très occupée. Et toi ?

— De retour à Roaring Springs. Je travaille pour mon frère au Chalet.

— Je suis sûr que tu feras du bon boulot, comme toujours, lui dit-elle.

— Merci. Si je t'ai appelée, c'est parce que je suis à peu près sûr d'avoir vu ton ex-mari au Chalet aujourd'hui.

— David ?

— Tu en as d'autres ?

— Non, mais je ne vois pas ce qu'il faisait là. Il vit dans le Connecticut.

— Il prétend vouloir se marier ici et il se fait appeler Jim Park.

— Ça n'a aucun sens. Je sais qu'il fréquente des sites de rencontres sur Internet. Il utilise peut-être un pseudonyme pour ça. Il a pu rencontrer quelqu'un de ton coin… Mais ce n'est qu'une hypothèse. On ne s'est pas parlé depuis des mois.

— Peux-tu interroger quelqu'un d'autre ?

— Sa sœur. On est restées en bons termes. Mais elle est hôtesse de l'air. Il me faudra peut-être quelques jours pour la joindre.

— Ce n'est pas grave. Rappelle-moi si tu apprends quelque chose.

— D'accord. Prends soin de toi, Blaine.

— Toi aussi. Et merci.

Il raccrocha et démarra. Comme il n'avait pas reneigé de la journée, la route n'était plus glissante. Il se gara devant la maison de Tilda et frappa à la porte. Quelques secondes plus tard, il frappa plus fort.

Josh ouvrit. Il avait des écouteurs dans les oreilles.

— Désolé, dit-il. J'écoutais de la musique.

— Ce n'est pas grave. As-tu fait une sieste ?

— Oui. J'ai super bien dormi.

— Où est ta mère ? demanda Blaine.

— Elle avait une course à faire, répondit Josh avant de jeter un coup d'œil à la pendule. C'est bizarre qu'elle ne soit pas encore rentrée.

— Regarde si elle t'a laissé un message.

Josh tira son téléphone de sa poche.

— Non.

— Appelons-la.

Blaine composa le numéro de Tilda et tomba sur le répondeur. Il laissa un message.

— Bonsoir, Tilda. Je suis chez toi et on aimerait savoir quand tu rentreras. Rappelle-moi.

— J'espère qu'il ne lui est rien arrivé, dit Josh quand il eut raccroché. Elle n'est jamais en retard.

— Je suis sûr qu'elle va bien. Es-tu prêt ?

— Pas tout à fait, répondit Josh.

— Alors va finir de te préparer.

Blaine s'assit sur le canapé et posa son téléphone sur la table basse.

Josh revint dix minutes plus tard. Tilda n'avait pas appelé et Blaine n'aimait pas ça.

— Sais-tu quelle course elle devait faire ? demanda-t-il à Josh.

— Je crois qu'elle a parlé d'un pressing.

Il ne devait pas y en avoir beaucoup à Roaring Springs. Il fit une recherche sur Internet et en trouva deux.

— Allons-y, dit-il. On la retrouvera en ville.

Ils approchaient du premier pressing quand le téléphone de Blaine sonna. C'était Tilda.

— Je suis désolée, dit-elle. Je sais que je suis en retard pour le dîner.

— Ce n'est pas grave. Tout va bien ?

— Pas vraiment.

— Es-tu blessée ? s'inquiéta-t-il aussitôt.

— Non. Ma voiture, par contre…

— Tu as eu un accident ?

— Non. J'ai trouvé mes quatre pneus crevés.

— Où es-tu ? demanda Blaine.

— Sur le parking de chez Smith. Je regarde une dépanneuse charger ma voiture.

— Rentre dans le pressing et reste loin de la vitrine, lui ordonna-t-il en accélérant.

— Pourquoi ?

— Fais-le, s'il te plaît.

— Mais…

— Tilda !

— Comme tu voudras, finit-elle par dire avant de raccrocher.

14

Blaine commença par observer Tilda de la tête aux pieds quand il entra dans le pressing avec Josh.

— Ça va ? demanda-t-il.

— Bien sûr, répondit-elle.

Elle ne voulait pas admettre que l'incident l'avait un peu secouée.

— Pour commencer, il faut qu'on appelle la police, dit-il.

— Je l'ai déjà fait. Ils viennent de partir.

— Bravo.

C'était absurde, mais l'approbation de Blaine l'emplit de joie.

— Je suis désolée d'avoir raté ton appel, dit-elle. J'avais mis mon téléphone sur vibreur et je n'ai pas vu le temps passer.

— Ce n'est pas grave, répondit Blaine. Je suis content que tu n'aies rien. Qu'a dit la police ?

— Ils vont regarder les enregistrements des caméras de surveillance du quartier et consulter leurs fichiers pour voir s'il y a eu d'autres incidents du même genre.

— Leur as-tu parlé de Toby Turner ?

Elle secoua la tête.

— Je n'ai aucune raison de penser qu'il y est pour quelque chose.

— Tu menaces de le faire redoubler.

— Il sait que c'est sa faute. Il ne rend pas les devoirs.

— Ce n'est encore qu'un gamin. Ses réactions ne sont pas forcément rationnelles.

— Je t'accorde que Toby a un problème que je ne comprends pas, répondit-elle. Mais je suis sûre d'une chose : je ne le comprendrai jamais si la police débarque chez lui à cause de moi.

— Comme tu voudras, dit Blaine, visiblement contrarié.

— Et si on allait dîner ? suggéra-t-elle.

— Italien ? répondit Josh en montrant le restaurant qui se trouvait de l'autre côté de la rue.

— Ça me va, répondit Blaine.

— Les pâtes font toujours mon bonheur, dit-elle.

Elle ramassa la robe qu'elle avait posée sur le comptoir.

— C'est ce que tu porteras au bal de la promo ? demanda Josh.

— Le bal de la promo ? répéta Blaine.

— Les professeurs l'encadrent à tour de rôle, expliqua-t-elle.

— Jolie robe, la complimenta Blaine.

Elle se sentit rougir et essaya de se concentrer sur la robe, qui était effectivement jolie. Elle l'avait achetée pour un mariage deux ans plus tôt. Ce serait la deuxième fois qu'elle la porterait.

— Merci, balbutia-t-elle.

Quelques minutes plus tard, ils avaient une table dans le restaurant italien d'en face et ils attendaient leurs plats.

— Sais-tu que j'ai emmené ta mère au bal de la promo quand on était en terminale ? demanda Blaine à Josh.

Il n'allait quand même pas lui raconter *cette* histoire…

— C'est vrai ? répondit Josh. Cool.

— Très cool, surenchérit Blaine. Elle portait une robe rouge. Je peux te la montrer, si tu veux.

Tilda faillit avaler une gorgée d'eau de travers.

— Mon Dieu, murmura-t-elle quand il sortit une photo tellement abîmée qu'elle devait être dans son portefeuille depuis tout ce temps.

— Tu étais jolie, dit Josh.

— Avant de devenir vieille et décrépite, plaisanta-t-elle pour alléger l'atmosphère.

Elle avait les nerfs à vif depuis la fugue de Josh. Même aujourd'hui, alors qu'elle était rassurée, elle s'était sentie bizarre toute la journée. Elle s'était répété que c'était parce qu'elle n'était pas au travail, mais elle sentait bien que ce n'était pas une explication suffisante.

Après l'incident des pneus, qui n'avait rien arrangé, elle ne se sentait pas capable de gérer Blaine s'il devenait sentimental.

Heureusement, ce ne fut pas le cas. Il rangea la photo et se mit à interroger Josh sur ses entraînements de base-ball.

Il parla ensuite de sa famille. Wyatt serait bientôt père. Decker venait de se marier et Sloane de se remarier. Ensuite, il les amusa en leur parlant d'une cliente qui l'avait appelé parce que le tapis de sa chambre bougeait. Quand il s'était étonné de le trouver bien fixé au sol, elle lui avait expliqué que c'était le *motif* du tapis qui bougeait. Il n'avait pas vu ce qu'il pouvait faire pour l'aider.

Ils prirent une glace en dessert. Tilda se sentait si bien qu'elle faillit oublier qu'ils ne dînaient tous ensemble que pour offrir un semblant de normalité à Josh.

Puis Blaine les raccompagna.

— Est-ce que je peux entrer ? demanda-t-il en se garant devant chez elle.

— Il y a école, demain, protesta-t-elle. Josh a besoin de dormir.

— C'est à toi que j'aimerais parler.

— D'accord, répondit-elle, même si cela semblait de mauvais augure.

Elle envoya Josh dans sa chambre dès qu'ils eurent franchi la porte.

— Je veux que la lumière soit éteinte dans une demi-heure, dit-elle. Mais fais-moi d'abord un câlin.

Josh lui obéit après avoir levé les yeux au ciel, puis il la surprit en faisant un câlin à Blaine.

— C'était bon, commenta celui-ci, l'air aussi surpris qu'elle, après le départ de Josh.

— N'est-ce pas ? Je n'ai même pas honte de demander.

— On ne se câlinait pas beaucoup dans ma famille, dit Blaine. Ça nous aurait sûrement aidés.

Elle n'avait pas envie de parler de Russ et de Mara Colton. Cela semblait être le meilleur moyen de gâcher une bonne soirée.

— Un café ? proposa-t-elle.

Il secoua la tête.

— Il faut que je te dise quelque chose.

— D'accord…

— Je veux que tu l'entendes de ma bouche, commença-t-il en s'adossant au canapé. Si je fais des travaux de maintenance au Chalet, c'est parce que deux employés ont démissionné ce matin après avoir critiqué les Colton en général et moi en particulier.

— Pourquoi ?

— Ils m'ont accusé d'être un privilégié parce que

mon dossier militaire a été modifié. Je suis sorti avec une femme de mon unité. Elle s'appelle Honor Shayne. Malheureusement, notre commandant l'a mal pris. Il nous a renvoyés pour faire de nous des exemples. Je suis sûr que j'aurais pu faire réviser mon dossier par la voie officielle, mais mon père est intervenu avant. Il a appelé mon oncle Joe.

— L'ancien président ?

— Oui. Alors tout est allé beaucoup plus vite. Et ça s'est su, visiblement. Bien sûr, les gens ont déformé l'histoire en se la racontant. À présent, on croirait que j'ai trahi mon pays et qu'on me l'a pardonné parce que je suis un Colton.

Elle avait des dizaines de questions à lui poser, mais il ne la laissa pas en placer une.

— Il faut que tu saches tout ça parce que j'ai vu l'ex-mari de Honor au Chalet aujourd'hui. Il prétend vouloir y organiser son mariage – alors qu'il n'habite pas dans la région – et il se sert d'un faux nom. Honor n'a pu me fournir aucune explication.

Il avait parlé à Honor. Aujourd'hui même. Tilda en perdit le fil de ce qu'il racontait.

— … pneus crevés.

Elle essaya de se concentrer.

— Quoi ?

— J'ai dit que c'était peut-être David James qui avait crevé tes pneus. J'ai du mal à croire aux coïncidences.

— Je ne le connais même pas. *Il* ne me connaît pas.

— On est à Roaring Springs, Tilda. S'il a discuté avec les gens du coin, il ne lui aura pas fallu longtemps pour découvrir que Josh était mon fils et que tu étais sa mère. Que tu étais importante pour moi.

— C'est vrai ?

— Quoi ?

— Que je suis importante pour toi ?

Il posa son téléphone, qu'il tapotait depuis deux minutes.

— Je veux ton bien, Tilda, dit-il.

Il n'avait pas répondu à sa question. Devait-elle la répéter ? Se rapprocher pour être sûre de capter son attention ?

Il avait gardé la photo du bal de la promo. Cela devait bien signifier quelque chose.

Elle inspira profondément.

— Je sais que ça ne me regarde pas, mais j'aimerais savoir si Honor et toi sortez encore ensemble.

— Non. Notre relation n'a pas duré longtemps.

Le soulagement étourdit Tilda. Cette inquiétude dissipée, il lui fut plus facile de se concentrer.

— Revenons à David James. Comment peux-tu être sûr que c'était lui s'il se sert d'un faux nom ?

— Il a un visage marquant. Je l'avais vu en photo.

— Décris-le-moi.

— Je peux faire mieux que ça. Je l'ai trouvé sur un réseau social.

Il tapota son téléphone quelques instants et le lui tendit.

Tilda regarda la photo. David James avait la trentaine et un visage qu'il était effectivement difficile de confondre avec un autre.

— Je ne l'ai jamais vu, dit-elle.

— Tant mieux.

— Vas-tu dire à la police qu'il est à Roaring Springs ?

Il acquiesça.

— Je compte appeler Liam Kastor, le nouveau mari de Sloane. Tu te souviens de lui ? Il s'entendait bien avec Fox, au lycée.

— Oui, je me souviens de lui. C'est une bonne idée.

— Promets-moi d'être prudente ces prochains temps, Tilda. À ce propos, comment comptes-tu aller travailler demain matin ?

— Je pensais demander à mes parents de me conduire au lycée.

— Je passerai te prendre.

Elle secoua la tête.

— Tu ne vas quand même pas venir du Chalet rien que pour me conduire… N'as-tu pas de nouvelles responsabilités ?

— Ça ne me dérange pas.

— J'aimerais partir tôt.

Elle voulait avoir le temps de lire les notes de son remplaçant, si celui-ci lui en avait laissé.

— Très bien. À quelle heure ?

— 6 heures et demie.

— Et Josh ?

— Il ne part que vers 7 heures et quart et il va au collège à pied.

— Pas demain, répondit Blaine. Pas tant que j'ignore ce que David James fait à Roaring Springs. Je peux aussi venir vous chercher en fin de journée.

— Ce n'est pas nécessaire, lui assura-t-elle. J'ai demandé au garagiste de déposer ma voiture au lycée dans la journée. Et Josh a une répétition d'orchestre. C'est au tour de la mère d'Isaac d'aller les chercher.

— D'accord.

Il alla dans la cuisine pour s'assurer que la porte de derrière était bien verrouillée.

— Ton téléphone est chargé ? demanda-t-il en revenant dans le salon.

— Oui, répondit-elle après avoir vérifié.

— Bien. Garde-le à portée de main. Si quelque chose te rend nerveuse, appelle la police, puis appelle-moi.

— C’est toi qui me rends nerveuse.

— Ce n’est pas mon intention. Mais je veux que tu sois vigilante.

Il ouvrit la porte et parut hésiter.

Allait-il l’embrasser ?

Les secondes s’égrenèrent au ralenti.

— Verrouille derrière moi, finit-il par dire. Bonne nuit, Tilda.

— Bonne nuit, parvint-elle à répondre.

Elle verrouilla aussitôt parce qu’il devait attendre d’entendre le bruit de la clé. Alors elle se posta à la fenêtre et le regarda monter dans sa voiture.

Il était beau, fort, plein d’assurance…

Et il n’avait pas envie de l’embrasser.

15

Blaine appela Liam alors qu'il repartait vers le Chalet.

— Bonsoir, Blaine, dit Liam. Sloane m'a dit que tu étais revenu et que tu travaillais au Chalet.

— Oui. Mes félicitations pour votre mariage. Et je suis désolé de t'appeler aussi tard.

— Ce n'est pas grave, répondit Liam. J'ai quelques minutes avant la lecture du soir. Et je te félicite aussi. Ça ne fait pas très longtemps que je suis père, mais je peux t'assurer que c'est fabuleux.

— Merci. J'espère ne pas commettre trop d'erreurs.

— Les enfants ont juste besoin d'amour, lui assura Liam.

— Tu as sans doute raison. Malheureusement, je n'appelle pas que pour te féliciter.

— Tu m'appelles à propos des pneus de Tilda Deeds ?

— Tu es au courant ?

Liam pouffa.

— C'est une petite ville.

— Je m'en réjouis, pour une fois, répondit Blaine. Ça nous fera gagner du temps. Il faut que tu saches que je suis sorti avec une femme de mon unité quand j'étais dans l'armée. Elle s'appelle Honor Shayne. Or il se trouve que j'ai vu son ex-mari au Chalet aujourd'hui.

Ce type s'appelle David James et il est possible qu'il m'en veuille, même s'il n'a pas de bonne raison de le faire. Il a visité le Chalet sous le nom de Jim Park en prétendant vouloir y organiser son mariage. J'ai appelé Honor, qui n'y comprend rien non plus.

— As-tu une photo récente de ce David James ?

— Oui. Je te l'enverrai dès que j'aurai raccroché.

— D'accord. Je la ferai circuler. Comment va Tilda ?

— Elle est chez elle avec Josh. Ses portes sont bien verrouillées et je lui ai demandé d'être prudente.

— J'appellerai le poste pour demander qu'une patrouille passe devant chez elle deux ou trois fois dans la nuit.

— Merci. Je l'emmènerai au lycée demain matin.

— Très bien. Préviens-moi si tu revois David James.

— C'est promis. Merci pour ton aide.

— Avec plaisir, répondit Liam. Tu fais partie de la famille, Blaine.

Tilda se leva très tôt le lendemain – ce qui n'avait aucun rapport avec le fait que Blaine vienne la chercher, songea-t-elle en prenant cinq minutes de plus que d'habitude pour se maquiller.

Quand on frappa à la porte, elle regarda par l'œil-de-bœuf pour s'assurer que c'était bien Blaine avant d'ouvrir.

— Bonjour, lui dit-elle, le souffle court.

Ressaisis-toi ! s'ordonna-t-elle.

Elle se comportait comme si c'était elle qui avait treize ans.

— Bonjour, répondit-il. Tu es très jolie. Je ne crois pas avoir jamais eu une prof aussi sexy.

Elle se sentit rougir.

— Josh n'est pas encore prêt, dit-elle. Veux-tu un café ?

— Avec plaisir. Je n'ai pas eu le temps d'en prendre un avant de partir.

Elle remplit deux tasses.

— As-tu faim ? demanda-t-elle en lui tendant la sienne.

Il secoua la tête.

— Ne prépare rien pour moi, répondit-il. Je déjeunerai plus tard. J'ai appelé Liam, hier soir. Il était déjà au courant pour tes pneus. Je lui ai parlé de David James et je lui ai envoyé une photo.

— Que feras-tu si tu tombes sur lui ? demanda-t-elle avant de mordre dans son toast.

Blaine haussa les épaules.

— Ça dépend de son attitude. Je ne le laisserai pas s'en prendre à moi ou à ma famille.

Elle était sûre que David James n'avait aucune chance contre Blaine.

— Il ne doit pas être très malin s'il te cherche des poux, dit-elle. Il sait forcément que tu as été un béret vert et que tu peux le réduire en bouillie.

Blaine tendit la main pour faire tomber des miettes qu'elle avait au coin de la bouche. Elle réprima un gémissement de plaisir.

— D'après ce que je sais, David James est intelligent, au contraire, répondit-il. C'est un ingénieur. Il paraît qu'il est très doué pour l'informatique.

Elle entendit la porte de Josh s'ouvrir et se leva pour préparer des toasts.

— Bonjour, champion, lui dit Blaine quand il entra dans la cuisine.

— Bonjour, grommela Josh. Il fait encore nuit.

Elle lui servit un bol de céréales et des toasts.

— Il fait moins froid, aujourd'hui, mais tu auras encore besoin de ton blouson, lui dit-elle.

— La saison de ski est terminée, alors ? demanda Josh à Blaine.

— Ce n'est plus qu'une question de jours. On tiendra peut-être jusqu'à ce week-end parce qu'il fait plus froid en altitude, mais c'est tout.

— Est-ce que je peux aller skier dimanche, maman ? Si c'est la dernière occasion…

— On verra, répondit Tilda.

— C'est la réponse que donne un parent quand il veut éviter de prendre une décision tout de suite ou de s'engager dans des négociations, dit Josh à Blaine.

Tilda ne put s'empêcher de sourire.

— Mange ! lui ordonna-t-elle.

Cinq minutes plus tard, ils montèrent dans la voiture de Blaine, qui était particulièrement propre. Tilda se promit de nettoyer la sienne avant de le laisser monter dedans. Elle n'était pas une souillon, mais il devait bien y avoir un ou deux gobelets sous les sièges.

— Pourquoi nous conduis-tu à l'école, Blaine ? demanda Josh.

— Tu te souviens de ce que je t'ai dit l'autre soir ? Il y a des gens qui n'aiment vraiment pas les Colton. Comme ta mère s'est fait crever ses pneus, il me paraît important d'être encore plus prudent que d'habitude. Tu me promets d'être particulièrement attentif à ce qui se passe autour de toi ?

— C'est promis, répondit Josh.

Blaine se gara sur le parking du lycée. Avant de sortir de la voiture, Tilda se tourna vers Josh.

— Ça ne te dérange pas de retourner au collège, j'espère ? lui demanda-t-elle.

Il fallait au moins qu'elle pose la question. Elle avait

failli appeler Isaac pour lui demander de veiller sur Josh. Son fils l'étranglerait s'il le savait.

— Non. Ceux qui vous insultent, Blaine et toi, ont toujours été des crétins. J'ai l'intention de les ignorer.

— Bonne idée, conclut-elle avant de se tourner vers Blaine. Merci d'avoir servi de chauffeur.

— Avec plaisir, répondit-il en effleurant son bras. Toi aussi, sois vigilante.

— C'est promis.

À 14 heures, Tilda était déjà à bout de forces. Sa dernière classe de la journée entra dans la salle.

Toby Turner n'était pas là. Que se passait-il donc chez lui ? Elle avait répondu au message de sa mère. Elle lui avait dit qu'elle ne pouvait pas se rendre chez elle, mais qu'elle serait ravie de la rencontrer dans le lieu public de son choix. Elle n'avait pas reçu de réponse.

Alors qu'elle rangeait ses affaires après le cours, la secrétaire entra dans sa salle et lui tendit un morceau de papier.

— Ce monsieur a appelé il y a un quart d'heure, dit-elle. Il m'a demandé de vous transmettre ce message.

Tilda prit la feuille et lut.

Il faut que je te voie. Peux-tu venir au Chalet après tes cours ? Je travaille dans l'aile est, au deuxième étage. Blaine.

Elle songea immédiatement à David James. Blaine l'avait-il revu ?

— Merci, dit-elle à la secrétaire.

Elle enfila son manteau et sortit du lycée. Une fois en voiture, elle fut tentée d'appeler Blaine, mais elle y renonça. Il n'avait pas voulu la déranger pendant qu'elle travaillait. Elle pouvait lui rendre la politesse.

Elle résista aussi à la tentation d'appeler Josh. Leur professeur de musique leur faisait éteindre leurs téléphones, de toute manière. Elle lui envoya un texto.

Je vais voir Blaine au Chalet. Je serai rentrée à 17 heures.

Elle se gara le plus près possible de l'aile est, entra dans le Chalet et prit l'ascenseur. Le deuxième étage était entièrement en travaux. Il y avait des bâches en plastique partout et des fils électriques pendaient du plafond. Elle ne vit personne.

— Blaine ? appela-t-elle.

Seul l'écho de sa voix lui répondit.

Il était peut-être retourné dans son bureau. Elle appuya sur le bouton de l'ascenseur, qui s'éteignit dès qu'elle retira son doigt. Était-ce le bouton ou l'ascenseur qui avait un problème ?

Un frisson la parcourut. Elle sortit son téléphone et appela Blaine.

— Bonjour, Tilda, répondit-il. Que se passe-t-il ?

— Je suis là. Au deuxième étage, dans l'aile est.

— Quoi ?

— On m'a transmis ton message. Je suis là, mais je ne te vois pas.

— Je ne t'ai pas laissé de message, Tilda.

— Mais…

— Ne bouge pas, dit-il d'une voix aussi calme qu'autoritaire. Je serai là dans cinq minutes.

— D'accord.

Elle raccrocha avant de le supplier de se dépêcher.

Elle n'avait aucune raison d'avoir peur. Il faisait

encore jour et il devait y avoir des gardes dans le bâtiment.

Cinq minutes seraient vite passées.

Alors elle entendit une porte s'ouvrir au bout du couloir.

Blaine fonça, mais son bureau se trouvait tout au bout de l'aile ouest de la station. Lorsqu'il atteignit l'aile est, il trouva l'ascenseur en panne, ce qui était signalé par une feuille collée sur la porte. C'était étrange. Personne ne l'en avait averti.

Il prit l'escalier, qu'il monta deux à deux. La porte du deuxième étage était verrouillée, ce qui était parfaitement normal puisqu'il était en travaux. Il l'ouvrit avec sa clé passe-partout. Alors il courut vers l'ascenseur.

Tilda était plantée devant. Elle avait l'air terrifiée.

Il la prit dans ses bras.

— Ça va ? s'inquiéta-t-il.

— Je suis désolée d'être aussi trouillarde, répondit-elle d'une voix tremblante. J'ai entendu une porte s'ouvrir et quelque chose rouler juste après t'avoir appelé. Tous les films d'horreur que j'ai vus me sont revenus en mémoire.

— Il n'y a que des drames familiaux sur cette chaîne, répliqua-t-il.

Cela la fit sourire, comme il l'espérait.

— Que se passe-t-il ? demanda-t-elle.

— Je n'en sais rien. À quelle heure suis-je censé t'avoir appelée ?

— Un peu avant 15 heures. Je n'ai pas imaginé une seconde que cela pouvait ne pas être toi.

— De quel côté as-tu entendu une porte s'ouvrir ? demanda-t-il.

— Par là, répondit-elle en indiquant sa gauche.

— Allons voir.

Il enroula un bras autour de ses épaules et l'entraîna dans le couloir. Il y avait un chariot chargé de divers outils en plein milieu.

— Est-ce que ça peut être ce que tu as entendu rouler ? demanda-t-il.

— Oui, ça peut.

Il essaya d'ouvrir la porte de secours qui donnait sur un autre escalier, mais elle ne bougea pas. Avait-elle été verrouillée de l'autre côté ? Bloquée ? Il n'y avait pas de serrure de ce côté-ci, en tout cas.

— Sommes-nous coincés ? demanda Tilda.

Il secoua la tête.

— Je suis arrivé par une autre porte, répondit-il. Suis-moi.

Elle ne s'ouvrit pas davantage.

— Quelqu'un a dû la verrouiller après mon passage…

— J'appelle la police, annonça Tilda.

— Inutile. Il y a un monte-charge de ce côté.

Cela parut la rassurer.

— Josh trouvera cette histoire hilarante, dit-elle.

— On ferait peut-être bien de garder ça pour nous, répondit-il.

Il se réjouit que Tilda se détende un peu, mais ce n'était pas son cas. Quelqu'un avait attiré Tilda ici et l'avait enfermée. Il commençait à avoir du mal à croire qu'il s'agissait d'une simple mauvaise plaisanterie.

Plus vite ils sortiraient de là, mieux cela vaudrait.

— Là ! dit-il.

Il appuya sur le bouton du monte-charge et la porte s'ouvrit.

Tilda leva le pied. Blaine la tira si brutalement vers l'arrière qu'elle tomba sur les fesses. Elle s'apprêtait à protester quand elle se rendit compte qu'elle était la moins à plaindre des deux.

— Blaine ! cria-t-elle.

Il était dans une position invraisemblable. Ses pieds étaient encore dans le couloir, mais il était appuyé, les bras tendus, contre le fond du conduit.

Il avait réussi à la sauver et à se rattraper.

Mais il ne tiendrait pas longtemps dans cette position… Elle jeta un coup d'œil en contrebas. Le conduit était bien trop sombre pour qu'elle y voie quoi que ce soit, mais elle imagina facilement sa profondeur.

Si le monte-charge descendait jusqu'au sous-sol, cela faisait une chute de trois étages.

Une mort certaine.

16

— Que puis-je faire ? demanda-t-elle, affolée.

— Tu peux appeler la police, maintenant, répondit-il.

Elle sortit son téléphone de son sac d'une main tremblante et composa le numéro.

— Bonjour. Quel est votre problème ? demanda l'opératrice.

— Je suis au deuxième étage de l'aile est du Chalet des Colton, répondit Tilda. Quelqu'un est… suspendu dans le conduit du monte-charge.

— Une équipe est en route, annonça l'opératrice après l'avoir mise en attente quelques secondes. Y a-t-il des blessés ?

Pas encore, songea Tilda.

— Non. Dépêchez-vous !

— Restez en ligne, s'il vous plaît.

— Mets-les en attente et appelle Decker, dit Blaine.

Il lui dicta le numéro. Comment pouvait-il être aussi calme ?

— Ici le bureau de Decker Colton. Penny à l'appareil.

— Passez-moi Decker, dit Tilda.

— Il est en rendez-vous.

— Allez le chercher ! s'écria Tilda. C'est une urgence. Deuxième étage, aile est. Qu'il se dépêche !

Quand elle raccrocha, Blaine bougeait. Il se redressait très lentement en déplaçant une main après l'autre.

— Reste par terre, cale tes pieds contre le mur et attrape ma ceinture, dicta-t-il.

Elle lui obéit.

— C'est bien, l'encouragea-t-il. Maintenant, je vais compter jusqu'à trois et tu me tireras de toutes tes forces. Ne retire surtout pas tes pieds du mur.

Elle n'était pas assez forte… Il pesait au moins vingt kilos de plus qu'elle. Mais elle ne pouvait pas être moins courageuse que lui.

— D'accord, dit-elle.

— Un, deux, trois !

Elle tira de toutes ses forces en même temps que Blaine se projetait vers l'arrière. Leur acrobatie ne fut pas très gracieuse, mais elle produisit le résultat désiré. Blaine tomba sur ses jambes. Il s'empressa de rouler sur le côté, sourit et lui ouvrit ses bras.

— Bien joué, chérie, dit-il.

Elle se jeta à son cou avec un sanglot de soulagement. Il venait de faire un effort colossal. Un homme moins bien entraîné que lui n'aurait pas survécu.

— Comment as-tu fait ça ? balbutia-t-elle.

— *On* a fait ça, la corrigea-t-il. Merci, Tilda.

Alors il pressa ses lèvres contre les siennes. Ce deuxième baiser ne fut ni délicat ni réconfortant. Il exprimait la soif de vie qui nous dévore quand on vient de tromper la mort.

Elle aurait pu l'embrasser jusqu'à la fin des temps, mais la porte qui était sur leur droite s'ouvrit.

— C'était *ça*, l'urgence ? s'écria Decker.

Blaine esquissa un sourire.

— Non, c'était *ça*, répondit-il en indiquant le monte-charge d'un signe de tête.

Decker s'en approcha et jura.

Des pas précipités résonnèrent dans l'escalier. Quelques instants plus tard, des pompiers, des infirmiers et des policiers apparurent. Liam Kastor était parmi eux. Tilda le salua.

Decker était déjà au téléphone. Un infirmier prit la pression de Blaine et examina ses pupilles.

Les questions fusèrent. Blaine y répondit clairement et précisément.

Ce qui l'empêchait de l'embrasser.

Alors qu'il y avait des gens tout autour d'elle, Tilda se sentit brusquement très seule.

Le chef du service de maintenance était formel : personne n'avait signalé de problème avec l'ascenseur de l'aile est. Decker et Blaine décidèrent de garder cette information pour eux. Il y avait trop de monde dans le couloir.

Finalement, les pompiers, les infirmiers et une partie des policiers s'en allèrent. Ils pensaient sans doute que les Colton avaient décidément beaucoup de chance. Seuls Liam et un de ses collègues, le sergent McDonald, restèrent avec Decker, Tilda et Blaine.

— Racontez-moi tout depuis le début, s'il vous plaît, dit Liam.

— Après mon dernier cours, on m'a transmis un message de Blaine qui me demandait de le rejoindre ici, commença Tilda. Je l'ai appelé quand l'ascenseur est tombé en panne.

— Je savais que je ne lui avais pas demandé de venir, enchaîna Blaine. Mais j'ai pensé que c'était une mauvaise plaisanterie. Je n'ai commencé à m'inquiéter que lorsque j'ai découvert que les portes étaient bloquées. C'est sans doute parce que j'étais en alerte que j'ai eu un bon réflexe avec le monte-charge.

Tilda était devant lui. Elle aurait fait une chute mortelle s'il n'avait pas réagi aussi vite. Un frisson le parcourut et il eut envie de faire beaucoup de mal à celui qui leur avait tendu ce piège.

— Après l'arrivée de Tilda, quelqu'un a saboté l'ascenseur et collé un mot sur la porte pour éviter qu'un client aille se plaindre à la maintenance, dit Decker. On le voit sur l'enregistrement de la caméra du rez-de-chaussée. Ce n'est pas l'un de nos employés.

— David James ? demanda Liam.

— Je ne sais pas, répondit Decker. Il n'a jamais tourné son visage vers la caméra. Ce qu'on sait, c'est qu'il a volé la clé magnétique d'un employé pour entrer dans le local où se trouvent les commandes de l'ascenseur. L'employé en question n'a rien dit parce qu'il pensait avoir simplement égaré sa clé.

— Et on sait que le coupable a des connaissances en mécanique, intervint Blaine.

— Je me demande qui était visé, murmura Tilda. Toi, moi ou nous deux ?

— C'est dément, grommela Decker, qui regardait à peine Tilda.

Son frère se méfiait encore d'elle.

— Elle n'y est pour rien, dit sèchement Blaine.

— Je ne l'ai pas accusée, se défendit Decker.

Liam les ramena au problème du moment.

— Nous examinerons l'enregistrement de la caméra et nous chercherons des empreintes sur la feuille, même si j'ai peu d'espoir, dit-il. Nous aurons aussi besoin d'interroger vos employés.

Ce qui signifiait que l'incident serait bientôt l'objet

de tous les potins. Blaine et Decker échangèrent un regard résigné.

— Faites ce que vous avez à faire, répondit Decker. Nous devons découvrir qui est cet homme.

— Je vais commencer par jeter un œil sur les commandes de l'ascenseur, annonça Liam. Je passerai te voir dans ton bureau tout à l'heure.

— D'accord, répondit Decker.

Liam les quitta. Blaine se tourna vers Tilda.

— On trouvera le coupable, lui promit-il. Il le paiera.

— Je ne veux pas qu'on le dise à Josh, murmura Tilda. Ça le terrifierait.

— Il faut quand même qu'il en sache assez pour ne pas être surpris si quelqu'un lui en parle, répondit Blaine.

— Le strict minimum, alors.

— Je suis content que papa n'ait pas été là pour voir ça, soupira Decker.

Russ était en voyage d'affaires.

— Moi aussi, répondit Blaine.

— Mais il faut que quelqu'un le prévienne, ajouta Decker. Tu es son fils et c'est son entreprise.

— Tu as raison. Peux-tu t'en charger ?

— Oui. J'appellerai aussi maman. Et je préviendrai Seth Harris pour qu'il gère la presse si elle s'en mêle.

Blaine plongea son regard dans celui de Tilda. Il savait que ce qu'il s'apprêtait à dire ne lui plairait pas.

— Je ne veux pas que Josh et toi restiez seuls chez toi.

— Nous avons des chambres de libres, proposa Decker. Il doit aussi y en avoir au Château et il y en a plein au manoir.

— Merci, mais ce serait trop perturbant pour Josh,

répondit Blaine. Tilda, j'aimerais m'installer chez toi le temps que ça se tasse.

Tilda ouvrit la bouche, mais aucun mot n'en sortit.

— Tu crois vraiment que c'est une bonne idée ? demanda Decker.

— Oui.

— Que dirons-nous à Josh ? balbutia Tilda.

— Nous n'aurons qu'à lui dire que j'ai dû libérer mon logement parce que quelqu'un d'autre en avait besoin.

Tilda hocha la tête. Cela ne semblait pas la ravir, mais il s'en moquait éperdument. S'il était sur place, il pourrait les protéger, Josh et elle.

17

Blaine s'installait chez elle. Cela aurait fait son bonheur, autrefois, songea Tilda.

Mais il s'installait chez elle parce que quelqu'un avait essayé de le tuer, de la tuer ou de les tuer tous les deux.

Ils quittèrent le Chalet un peu avant 18 heures. Blaine l'avait enfermée dans son bureau le temps de préparer un sac. Comme elle avait sa voiture et qu'il aurait besoin de la sienne, il la suivait. Elle se réjouissait d'avoir vingt minutes de solitude pour mettre de l'ordre dans ses pensées.

Elle avait une chambre d'amis. Il n'y avait aucune raison pour que la présence de Blaine bouleverse tout.

Elle eut envie de se cogner la tête contre le volant. De qui se moquait-elle ?

Elle se gara devant la maison des parents d'Isaac, à qui elle avait téléphoné pour leur demander de garder Josh jusqu'à son retour. Elle réussit à parler poliment à la mère d'Isaac pendant que Josh ramassait ses affaires, et oublia immédiatement de quoi.

— Comment était ta journée ? demanda-t-elle à Josh quand ils montèrent en voiture.

— Bonne. On a fait des expériences sympas en chimie.

— Quelle chance ! Et l'orchestre ?

— Ça s'est bien passé, répondit-il en regardant dans le rétroviseur. C'est Blaine, derrière nous ?

Il était observateur, comme son père.

— Oui, répondit-elle.

— Pourquoi nous suit-il ?

Tout comme elle, Josh gérait mieux les problèmes quand il les comprenait. Blaine et elle devaient trouver un moyen de lui dire la vérité sans le traumatiser.

— Parce qu'on a quelque chose à te dire, répondit-elle.

— Dois-je m'inquiéter ?

— Ce n'est pas une mauvaise nouvelle, lui assura-t-elle.

Pour toi, du moins, ajouta-t-elle mentalement.

— Je peux avoir un indice ?

— On n'est plus qu'à cinq minutes de la maison et la patience est une vertu.

— J'espère que tu t'en souviendras la prochaine fois que tu voudras que je range ma chambre, grommela-t-il.

Elle éclata de rire.

— Je t'aime, Josh.

— Hum, hum, répondit-il comme s'il en doutait.

Blaine se gara devant la maison tandis qu'elle rentrait sa voiture dans le garage. Elle se força à sourire. Elle pouvait inviter le seul homme qu'elle ait jamais aimé chez elle en sachant qu'il partirait.

Elle l'avait déjà fait et elle avait survécu.

Mais avait-elle vraiment conscience de ce qu'elle perdait à dix-huit ans ?

— Bonsoir, champion ! lança Blaine à Josh.

— Je t'ai vu derrière nous, mais maman n'a pas voulu me dire pourquoi tu nous suivais, dit son fils.

Blaine tourna la tête vers elle.

— Ça va ? s'inquiéta-t-il.

— Oui. Et si on se faisait livrer des pizzas pour le dîner ?

— Vendu, répondit Blaine.

Josh posa son sac sur la table de la cuisine, retira son blouson et se laissa tomber sur le canapé.

— Je vous écoute, dit-il.

— Blaine va s'installer ici pour quelque temps, annonça-t-elle. Il dormira dans la chambre d'amis.

Josh fronça les sourcils.

— C'est cool, mais pourquoi ?

Heureusement, Blaine se chargea de répondre.

— Parce que certaines choses nous inquiètent. Tu te souviens de mon amie Honor ?

Josh hocha la tête.

— J'ai vu son ex-mari au Chalet hier et je pense qu'il m'en veut. Et un incident vient de se produire. Quelqu'un a appelé le lycée de ta mère en se faisant passer pour moi pour l'attirer au Chalet. Je pense que cette personne n'avait pas de bonnes intentions.

— Est-ce que c'est cet homme qui a crevé les pneus de la voiture ? demanda Josh.

— Peut-être. Mais on ne sait pas où il est. Il ne s'est pas servi de sa carte de crédit ces derniers temps.

— Il utilise peut-être un faux nom, suggéra Josh.

— C'est le cas, répondit Blaine. Mais ça ne nous a pas aidés à le retrouver pour le moment. Ta mère et toi allez devoir réduire vos activités jusqu'à ce qu'on lui ait mis la main dessus. J'apprécierais que tu coopères.

— Je ne devrais peut-être pas aller à l'école, dit Josh sans plaisanter.

Blaine esquissa un sourire.

— Bien essayé, mais non, répondit-il. Tu ne risques rien à l'école. Par contre, je veux que tu me promettes de ne dire à personne – et ça comprend Isaac – que je suis ici.

Il était leur arme secrète, songea Tilda. Il mettait sa vie en danger pour eux.

Elle se leva brusquement.

— Et si je te montrais ta chambre ? proposa-t-elle.

Josh la regarda comme s'il la trouvait malpolie, mais elle s'en moqua. La journée avait été très éprouvante pour ses nerfs.

Le fait que Blaine et elle viennent d'échapper à la mort la hantait. Elle avait failli mourir avant d'avoir eu l'occasion de dire à Blaine qu'elle était désolée de lui avoir menti et de ne pas avoir su tenir tête à son père.

— Je peux commander les pizzas ? demanda Josh.

— Oui.

— Et des bâtonnets au fromage ?

— Si tu veux, lui accorda-t-elle.

Elle entraîna Blaine dans le couloir et lui ouvrit la porte de la chambre d'amis.

— J'espère que le lit est confortable, dit-elle. Je n'y ai jamais dormi.

— J'en suis sûr, répondit Blaine.

Il l'attira dans la chambre et ferma la porte.

— Es-tu sûre que ça ne te dérange pas ? murmura-t-il.

— C'est toi que ça dérange le plus, répondit-elle.

— Ça ne me dérange pas. Josh et toi êtes les deux personnes les plus importantes du monde pour moi.

Le cœur de Tilda se serra. Était-elle égoïste parce qu'elle préférait être aimée plutôt qu'importante ?

— Il faut que je mette la table, dit-elle.

Elle courut presque dans la cuisine.

— On sera livrés dans vingt minutes, annonça Josh. On lance un film ?

— Si tu veux.

Elle mit la table et le rejoignit sur le canapé. Lorsque Blaine revint dans le salon quelques minutes plus tard, elle se concentra sur l'écran comme si le film la passionnait. Blaine fut plus rapide qu'elle quand on frappa à la porte. Il ouvrit au livreur et paya la pizza.

Ils venaient de finir de dîner quand le téléphone de Tilda sonna. Elle ne reconnut pas le numéro.

— Allô ?

— Bonsoir. C'est le sergent McDonald.

— Bonsoir, sergent.

— Mets le haut-parleur, chuchota Blaine.

Elle le fit.

— Je voulais vous tenir informée, dit McDonald. Malheureusement, les enregistrements des caméras de sécurité ne nous ont pas permis d'identifier la personne qui a crevé vos pneus.

Tilda fut déçue mais pas surprise. Si c'était David James, il semblait être doué pour effacer ses traces.

— Je vous préviendrai s'il y a du nouveau, ajouta McDonald.

— Très bien, répondit-elle. Merci de m'avoir appelée.

— Ça ne me plaît pas que tu encadres le bal de la promo ce week-end, déclara Blaine quand elle eut raccroché. Je préférerais que tu n'y ailles pas.

— Il faut que j'y aille, répondit-elle. Comme le lycée avait du mal à trouver des volontaires, cette corvée a été ajoutée à nos contrats il y a quelques années. Il faudrait que je sois mourante pour y échapper… Et je ne serai pas seule.

Blaine fronça les sourcils.

— Chuck Pearce t'accompagne ?

Quoi ?

— Bien sûr que non.

Elle n'avait pas eu de nouvelles de Chuck depuis leur dernier rendez-vous et elle n'avait pas aimé sa réaction quand elle lui avait dit que le père de Josh était un Colton. Par ailleurs, elle ne mélangeait jamais sa vie professionnelle et sa vie privée.

— Je veux dire qu'il y aura d'autres professeurs, précisa-t-elle. Ma meilleure amie, Raeann Johnson, sera là.

Blaine eut l'élégance de prendre un air embarrassé.

— Et si on regardait la fin du film ? suggéra-t-elle alors qu'elle en avait oublié le début.

— D'accord, répondirent en chœur Blaine et Josh.

Ils regagnèrent le salon.

— Au lit ! dit-elle à Josh quand le film se termina. Et pas de jeux vidéo.

Josh fit une moue de dépit, mais il se leva.

— Bonne nuit, dit-il avant de partir vers sa chambre.

— Moi aussi, je vais me coucher, dit-elle à Blaine. Il y a école, demain.

Elle prit une douche et enfila une chemise de nuit. Avant de se glisser entre les draps, elle entrouvrit la porte de sa chambre. Le salon était plongé dans l'obscurité. Elle ferma sa porte.

Il n'était pas question qu'elle pense à Blaine en s'endormant, songea-t-elle. Elle penserait à son programme du lendemain. Cela valait mieux.

Elle se coucha. De qui se moquait-elle ? Blaine Colton était devenu l'unique objet de ses pensées.

Elle grommela une guirlande de jurons.

Le lit était confortable et Blaine avait du sommeil à rattraper, mais il gambergeait trop pour réussir à s'endormir.

Tilda était contrariée et il était presque sûr que l'incident du monte-charge n'expliquait pas tout.

Il voulait lui parler – et pas le lendemain matin, parce qu'ils manqueraient de temps. Il se leva et sortit de sa chambre.

Il s'arrêta d'abord devant la porte de celle de Josh et hésita un instant avant de l'ouvrir.

La lumière d'une veilleuse posée par terre lui permit de contempler le visage de son fils endormi.

Il était si jeune, si innocent… Dire que lui-même n'avait que cinq ans de plus quand il s'était engagé dans l'armée.

Il n'avait pas bien géré les choses avec Tilda parce qu'il était loin d'être aussi mûr qu'il le croyait.

Il était peut-être temps qu'ils aient la conversation qu'ils n'avaient pas pu avoir treize ans plus tôt. Il ferma la porte de Josh et alla frapper à celle de Tilda.

— Oui ? répondit-elle.

Il ouvrit la porte. Elle n'avait pas fermé ses rideaux. Le clair de lune donnait une teinte bleutée à tout. Tilda était dans son lit.

— Il y a un problème ? demanda-t-elle aussitôt.

— Non, la rassura-t-il. Je peux entrer ?

— Bien sûr.

Elle se redressa et s'adossa à son oreiller.

Comme il n'y avait pas de fauteuil dans la pièce, il s'assit au bord du lit, près de ses pieds.

— Il faut qu'on parle, lui dit-il.

— De quoi ?

— Du fait que je me sois conduit comme un salaud.

Elle écarquilla les yeux.

— Je t'ai donné de bonnes raisons de le faire, répondit-elle.

— Non, c'est moi qui t'ai donné une bonne raison de me cacher ta grossesse. Tu n'as pas présenté les choses comme ça à Josh, mais je voulais m'enfuir de Roaring Springs. Je ne voulais pas travailler pour mon père, je ne voulais pas me marier et je ne voulais certainement pas d'un enfant.

Voilà. C'était la vérité dans toute sa laideur.

— Nous étions très jeunes, dit Tilda.

— C'est vrai. Nous n'étions pas prêts à devenir des parents. Mais tu l'as fait quand même. Toute seule. Tu devais être terrifiée.

— J'ai pleuré toutes les nuits pendant neuf mois, murmura-t-elle. Je ne l'ai dit à personne et je ne veux pas que Josh le sache, mais j'étais dépassée par la situation.

Il se rapprocha d'elle et prit sa main.

— Je ferai tout ce que je pourrai pour que tu ne ressentes plus jamais ça, promit-il. Je suis là, maintenant. Je ne m'en irai pas. J'aurais dû mieux réagir il y a treize ans. Je suis désolé.

— Cent fois, j'ai eu envie de t'écrire un mail…

— Le seul que tu m'aies envoyé était parfaitement neutre.

— Je pensais que cela valait mieux. Tu es un homme honorable, Blaine. Je sais que tu serais revenu si je t'avais parlé de Josh. Je ne voulais pas que tu t'y sentes obligé.

Elle soupira.

— J'ai réussi à me convaincre que je t'avais rendu service en te laissant partir, reprit-elle. Ça m'a aidée à mieux dormir.

— L'idée que tu dormais auprès de Dorian me

contrarie, avoua-t-il. Je suis ridicule. Je suis jaloux d'un mort.

— Dorian était merveilleux avec Josh et j'ai appris à l'aimer, mais… il n'était pas toi.

— Vous avez très bien élevé Josh. Même si je suis jaloux de lui, je dois toute ma reconnaissance à Dorian.

— Je crois que vous auriez pu être amis.

— N'abusons pas ! s'écria-t-il en grimaçant.

Tilda éclata de rire. Elle était si belle au clair de lune qu'il ne put s'empêcher de l'attirer dans ses bras. Elle posa son front sur son épaule.

— On aura au moins réussi une chose, murmura-t-elle.

— Quoi ?

— Josh.

Il prit son visage entre ses mains pour la forcer à relever la tête.

— Il est parfait, comme sa mère, répondit-il avant de presser ses lèvres contre les siennes.

Oui ! songea Tilda.

Blaine l'embrassa avec beaucoup de passion et une pointe de timidité.

— Je te veux dans mon lit, murmura-t-elle contre ses lèvres parce qu'ils avaient déjà perdu trop de temps.

Elle n'eut pas besoin de le lui dire deux fois. Il se leva et retira son T-shirt. Quand il s'attaqua à sa ceinture, elle posa ses mains sur les siennes pour les écarter avec douceur.

Treize ans plus tôt, elle n'aurait pas osé se montrer aussi entreprenante.

Elle fit glisser son jean et son boxer jusqu'à ses chevilles. Il s'en débarrassa habilement.

Treize ans plus tôt, elle n'avait même pas osé regarder son membre. Elle se pencha pour le prendre dans sa bouche.

Elle lui arracha un grognement de plaisir.

— Tu me tues, gémit-il quelques secondes plus tard.

Il la repoussa doucement jusqu'à ce qu'elle soit couchée sur le dos.

— J'adore cette culotte, mais je ne veux plus la voir, dit-il d'une voix rauque.

Il la déshabilla, puis la couvrit de baisers.

— Je t'en supplie, Blaine, maintenant ! finit-elle par gémir, toute tremblante.

Alors il la pénétra d'un seul coup. Ils n'étaient plus handicapés par la maladresse des premières fois. Tilda sentit vite son orgasme approcher.

— Blaine…, supplia-t-elle.

— Je sais, chérie, répondit-il avant de leur faire atteindre le sommet de la jouissance d'un dernier coup de reins.

Il était 4 heures et demie du matin quand elle sentit Blaine quitter le lit.

— Je retourne dans ma chambre, lui dit-il. Je pense que c'est mieux pour Josh.

Elle lui sourit. Il avait raison.

— Je me lève dans une heure, de toute manière, répondit-elle.

Il se pencha pour l'embrasser.

— C'était…

Elle posa un doigt sur ses lèvres.

— C'était merveilleux, dit-elle. Mais n'essayons pas de comprendre ce que ça signifie tant qu'on a David James sur les bras.

C'était un prétexte, certes, mais il était raisonnable.

— D'accord, répondit Blaine.

Après son départ, elle resta étendue à fixer le plafond. Son corps était merveilleusement détendu… Pas son esprit. Elle n'avait pas été honnête avec Blaine. Quelles étaient leurs chances si elle poursuivait sur cette voie ?

Mais la croirait-il ? Elle n'avait pas de preuve.

C'était sa parole contre celle du père de Blaine.

Elle n'était sûre que d'une chose : il lui serait de plus en plus difficile de cracher le morceau si elle ne le faisait pas maintenant.

Elle repoussa la couverture. Ce n'était pas le moment de tergiverser. C'était le moment d'agir.

Elle sortit de sa chambre et alla frapper à la porte de Blaine. Il ouvrit aussitôt.

— Il y a un problème ? s'inquiéta-t-il.

— Il faut qu'on parle.

18

— D'accord, répondit Blaine.

— Dans la cuisine. Je nous fais du café.

Il la rejoignit dans la cuisine quelques minutes plus tard.

— Je n'ai pas été complètement honnête avec toi, commença-t-elle. Quelques semaines après ton départ, j'ai trouvé ton père devant la maison de mes parents en rentrant du travail.

— Mon père ? répéta-t-il, surpris.

Elle aussi avait été surprise. Et elle s'était sentie minuscule en face du puissant Russ Colton avant même qu'il n'ait ouvert la bouche.

— Oui. Il est venu me menacer, reprit-elle. Il m'a dit que je devais bien comprendre que je n'avais aucune chance de t'épouser, sinon ma famille le regretterait.

— Je ne comprends pas, balbutia Blaine. Je n'ai dit à personne que j'avais l'intention de t'épouser. Je…

Il s'interrompit net.

— Quoi ?

— Je l'ai dit à Decker.

— Alors il l'a dit à ton père.

Blaine hocha la tête.

— Mes parents travaillaient tous les deux à l'usine, reprit-elle. J'ai eu peur qu'il ne les fasse renvoyer.

— Mais pourquoi ? Je m'étais déjà engagé.

— Je ne sais pas pourquoi. Ce que je savais, c'était que ta famille vivait dans un univers très différent de celui de la mienne. Il m'a terrifiée. J'ai eu peur que tes parents ne me prennent Josh s'ils découvraient qu'il était un Colton.

Blaine resta silencieux un long moment.

— Je suis vraiment désolé, finit-il par dire. Tu avais déjà bien assez de soucis. Tu n'avais pas besoin de ça.

— Crois-tu que ta mère le sache ? demanda-t-elle.

Il haussa un sourcil.

— Je n'en sais rien, mais je vais le découvrir.

Après le petit déjeuner, Blaine déposa Tilda au lycée et Josh au collège, puis il prit la direction du Château, où Tilda encadrerait le bal de la promo le samedi suivant. Cela le contrariait toujours profondément. Malheureusement, elle ne semblait vraiment pas pouvoir s'y soustraire.

Il était encore tôt quand il se gara sur le parking du Château, mais il était sûr que sa mère travaillait déjà.

Il la trouva dans son bureau et frappa à la porte entrouverte.

— Blaine ? Je ne t'attendais pas, dit-elle. Decker m'a raconté ce qui s'est passé hier. Comment va Tilda ?

— Bien. Elle est plus forte qu'elle n'en a l'air. C'est sans doute pour ça qu'elle n'a pas craqué quand papa l'a menacée il y a treize ans.

Sa mère s'enfonça dans son fauteuil. Elle était au courant. Il en était certain. Sa trahison le blessa plus profondément que celle de son père.

— Qu'est-ce qui vous a pris ? grogna-t-il.

Si son père n'avait pas terrorisé Tilda, elle lui aurait

peut-être écrit pour lui parler de Josh. Il n'aurait peut-être pas perdu treize ans.

— Que t'a dit Tilda ? demanda Mara.

Il n'y avait aucune agressivité dans sa question, ce qui apaisa un peu Blaine.

— Que papa a menacé de s'en prendre à sa famille si elle ne renonçait pas à moi.

Mara soupira.

— Je ne savais pas qu'il avait menacé ses parents, mais ça ne m'étonne pas. Il ne m'a parlé de cette conversation que plusieurs semaines plus tard. Ton père a toujours voulu ton bien. Malheureusement, il n'a jamais pu l'imaginer ailleurs qu'au sein de son entreprise. Quand Decker lui a dit que tu voulais épouser Tilda, il a eu peur que cela ne compromette ton avenir. Puis tu t'es engagé. Ça l'a rendu fou de rage, mais il ne pouvait pas s'en prendre à l'armée. Alors il s'est défoulé sur Tilda. Elle a payé pour ta décision.

Dire qu'il avait toujours cru que cette décision ne regardait que lui…

— Il en a voulu à l'armée, à Tilda et à moi, mais il ne s'est jamais demandé pourquoi je tenais tant à partir, dit-il avec amertume.

— Ton père et moi ne sommes pas parfaits, dit Mara. Et nous n'avons pas été des parents parfaits. Si ça peut te consoler, je crois qu'il sait que ses choix ont profondément altéré votre relation. Je pense qu'il aimerait arranger les choses et que c'est pour ça qu'il s'est aussi vite occupé de ton dossier.

— Il doit des excuses à Tilda, même si elle préférerait sans doute ne jamais le revoir, grommela-t-il. Et je jure qu'il le regrettera s'il essaie encore de faire du mal ou de faire peur à Tilda.

— Quelque chose a changé entre vous, dit Mara en l'observant attentivement.

— Je tiens à elle, c'est tout.

Il n'allait pas dire à sa mère qu'il aimait Tilda avant de l'avoir dit à Tilda.

— Je suis ravie d'entendre ça, déclara sa mère. Quand vous avez déjeuné chez moi, la tension qu'il y avait entre vous était palpable malgré tous vos efforts. Ce n'est pas un bon environnement pour un enfant. Tu es mieux placé que personne pour le savoir.

Il était bien décidé à ne pas commettre les mêmes erreurs que ses parents, et l'expérience lui avait déjà donné une première leçon : il avait compris qu'il n'était pas facile d'élever un enfant.

— Tout était si simple, dans l'armée, confia-t-il à sa mère. Il y a des procédures pour tout et on s'entraîne en permanence. Et voilà que je me retrouve sans manuel à devoir faire des choix aux conséquences potentiellement catastrophiques.

Sa mère lui décocha un grand sourire.

— Bienvenue dans la vie d'un parent ! répondit-elle.

— Je suis désolé de t'être tombé dessus comme ça.

— Je suis contente qu'on se soit parlé, répondit sa mère.

Il s'approcha pour la serrer dans ses bras. Non, elle n'avait pas été une mère parfaite, mais il l'adorait.

— Je t'aime, maman, lui dit-il.

— Moi aussi, je t'aime. Où vas-tu ?

— Au Chalet. Il faut que je parle à Decker.

19

— Je ne m'attendais pas à te voir d'aussi bonne heure, dit Decker quand Blaine entra dans son bureau. Je pensais que tu aurais besoin de te reposer après ton aventure d'hier. Ça va ?

— Non. J'ai quelque chose à te dire.

— Tu as un autre enfant quelque part ?

Cela ne fit pas rire Blaine.

— Il y a treize ans, je t'ai dit que je voulais épouser Tilda et tu l'as dit à papa.

— C'est vrai, reconnut Decker en baissant les yeux. Je suis désolé d'avoir trahi ta confiance. Je savais que papa serait furieux et j'ai pensé qu'il valait mieux que vous en parliez avant que tu ne fasses quoi que ce soit. Je le regrette, Blaine. Je ne ferais pas la même chose aujourd'hui.

— Après mon départ, papa est allé voir Tilda pour la menacer et menacer sa famille.

Son frère soupira comme sa mère l'avait fait.

— Ça ne me surprend pas, dit-il. Je suis vraiment désolé.

— Papa est le seul responsable de ses actes. Si je t'en parle, c'est parce que je veux que tu comprennes que Tilda a eu peur de notre famille. Elle n'a pas été cruelle. J'aimerais que tu arrêtes de lui en vouloir.

Decker haussa un sourcil.

— Tu es venu pour me demander d'arrêter d'en vouloir à ta copine ? Tu es amoureux, n'est-ce pas ?

— Oui, reconnut Blaine.

Decker avait toujours été son meilleur ami et c'était bon de le dire à voix haute.

Il n'était pas sûr que Tilda partage ses sentiments, mais il était bien décidé à gagner son amour.

— On n'a rien découvert de plus sur l'incident d'hier, j'imagine ? demanda-t-il.

— Rien, confirma son frère. Je sais que c'est un peu tard, mais je compte faire installer une caméra supplémentaire dans le local de maintenance. Et je peux t'assurer que tout le monde est en alerte. David James ne nous échappera pas s'il remet les pieds ici.

Blaine avait presque fini sa journée quand son téléphone sonna. C'était Liam.

— Allô ?

— Bonjour, Blaine, dit Liam. J'ai une bonne nouvelle. David James s'est servi de sa carte. Il a acheté un billet de car. Il part vers la côte Est. Il a aussi payé par carte dans un restaurant sur le trajet, deux heures après le départ du car.

— Vous avez une confirmation visuelle ?

— Oui. On le voit sur un enregistrement à la gare routière de Denver.

Blaine soupira de soulagement, mais le doute s'empara de lui presque aussitôt. Cela semblait trop facile.

— Peux-tu continuer à surveiller sa carte de crédit, s'il te plaît ? demanda-t-il.

— Bien sûr, répondit Liam.

— Merci, Liam. J'apprécie tout ce que tu fais.

Impatient d'annoncer la bonne nouvelle à Josh et à Tilda, Blaine éteignit son ordinateur et enfila son manteau.

En plus, Tilda avait prévu de faire des tacos.

— Bonne nouvelle ! lança-t-il vingt minutes plus tard en entrant dans la maison.

— Une bonne nouvelle et des tacos. Quelle soirée ! ironisa Josh.

— Ignore-le, lui conseilla Tilda.

— David James est dans un car qui part vers l'est, annonça-t-il.

— Problème résolu ? demanda Josh. Est-ce que ça veut dire que tu t'en vas ?

Blaine interrogea Tilda du regard avant de répondre :

— Je resterais bien encore peu. J'aime vraiment les tacos.

— D'accord, dit Josh comme si la décision lui appartenait.

Tilda esquissa un sourire.

— D'accord, répéta-t-elle.

— Et est-ce que ça veut dire que je peux aller skier ce week-end ? demanda Josh.

Même si David James était dans un car, Blaine n'aimait pas l'idée que Josh s'éloigne trop de lui.

— Et si on allait skier tous les trois ? suggéra-t-il.

— Comme une vraie famille ? demanda Josh sans mesurer le poids symbolique de ces mots.

— Oui, comme une vraie famille, répondit Blaine.

Le lendemain matin, Tilda trouva Blaine dans la cuisine avec son ordinateur quand elle se leva. Josh dormait encore. Elle était profondément soulagée que

David James ait quitté la région, même si elle n'aimait pas l'idée que ses méfaits restent impunis parce qu'il avait changé d'État.

Cela l'aidait aussi à envisager plus sereinement de laisser Josh et Blaine tout seuls toute la soirée, pendant qu'elle serait au bal de la promo.

Elle se répéta que tout se passerait bien et qu'il était bon que Josh passe du temps avec son père sans elle.

Isaac arriva à 14 heures et les deux garçons restèrent dans la chambre de Josh jusqu'à 16 heures. Après le départ d'Isaac, Josh s'assit sur le canapé à côté de Blaine, qui lisait un livre.

— Je vais me préparer, annonça Tilda.

Elle devait être au Château à 17 h 30.

Elle passa une heure dans la salle de bains. Quand elle en sortit. Josh était seul dans le salon. Il leva à peine les yeux de son téléphone.

— Où est Blaine ? demanda-t-elle.

— Il avait une course à faire, répondit Josh.

Tilda jeta un coup d'œil à sa montre et espéra qu'il rentrerait vite parce qu'elle devait partir dix minutes plus tard.

Elle venait juste de s'asseoir quand on frappa à la porte. Elle fronça les sourcils. Blaine avait la clé…

— J'y vais, dit-elle.

Elle regarda par l'œil-de-bœuf.

Que se passe-t-il ? songea-t-elle.

Elle jeta un coup d'œil à Josh, qui la fixait avec un grand sourire.

— Nouveau plan, championne, lui lança-t-il.

— Qu'est-ce que c'est que cette histoire ? balbutia-t-elle.

— Tu devrais peut-être ouvrir la porte, répondit son fils en haussant les épaules.

Elle le fit et se retrouva en face de Blaine, d'une beauté à couper le souffle en smoking.

— Bonsoir, Tilda.

— Bonsoir, Blaine, répondit-elle après s'être éclairci la voix. Tu es drôlement bien habillé pour manger des sandwichs à la dinde avec Josh.

— Personne ne mangera de sandwichs à la dinde ce soir, répondit-il. Tu es prêt, Josh ?

— Oh oui !

Josh courut chercher un sac dans sa chambre.

— Que se passe-t-il ? demanda-t-elle.

— Au cas où tu ne l'aurais pas encore compris, je t'emmène au bal de la promo, répondit Blaine. Josh passera la nuit au manoir, si tu n'y vois pas d'inconvénient.

Elle fut touchée qu'il lui laisse le droit de refuser après tout le mal qu'il s'était donné pour organiser cette surprise.

— Non, je n'y vois pas d'inconvénient.

— Mon père rentrera de son voyage d'affaires ce soir, précisa Blaine. Il sera là aussi. Je lui ai parlé il y a une heure. Il veut que tu saches qu'il est impatient de rencontrer Josh… Si tu es d'accord.

L'était-elle ? Russ Colton avait eu tort de la menacer treize ans plus tôt, mais de l'eau avait coulé sous les ponts et elle comprenait qu'il avait surtout voulu protéger son fils, maintenant qu'elle était mère.

— Je pense qu'il est temps que Josh rencontre son grand-père, répondit-elle.

Elle avait la ferme intention de parler à Russ Colton pour bien lui faire comprendre qu'il ne l'intimiderait plus jamais – mais pas ce soir.

Ce soir, un prince charmant l'emmenait au bal de la promo.

20

Tilda était magnifique – la plus belle femme de la salle. Blaine était déjà impatient de rentrer pour lui retirer sa robe alors que le dîner n'était pas terminé. Comme Josh ne serait pas là, ils pourraient faire l'amour dans toutes les pièces de la maison. La table de la cuisine semblait assez solide.

Il connaissait certains des autres professeurs, qui enseignaient déjà à son époque ou avaient été des camarades de classe. *Tout le monde* s'intéressait à lui. Pas parce qu'il était un Colton, mais parce que tout le monde aimait Tilda. C'était évident.

— J'ai l'impression d'être un insecte sous un microscope, chuchota-t-il à l'oreille de Tilda.

— C'est parce que toutes les filles t'admirent et tous les garçons te surveillent, répondit-elle.

— Je suis pris, répondit-il d'un ton léger.

— Il faudra féliciter ta mère pour le dîner. Tout était délicieux.

De fait, le Château avait mis les petits plats dans les grands.

L'éclairage changea et le D-J lança la première chanson.

— Mais je crois que je préférais le gymnase, avoua-t-il.

— Moi aussi, répondit Tilda. Même si je dois admettre qu'il y a un gros avantage à organiser la soirée ici : ce n'est pas sur les profs que tombe la corvée de nettoyage. On pourra rentrer dès que ce sera terminé.

— J'ai hâte. En attendant, me feriez-vous l'honneur de m'accorder une danse, mademoiselle ?

Il ne restait plus qu'une heure à tenir quand elle éprouva le besoin d'aller aux toilettes. Elle traversa la salle en souriant à tous ceux qu'elle croisait. Tout s'était bien passé jusque-là. Personne n'avait essayé d'alcooliser le punch et il n'y avait qu'une fermeture Éclair cassée à déplorer. Quelques épingles à nourrice avaient suffi à résoudre le problème.

Alors qu'elle se lavait les mains, Toby Turner entra dans les toilettes. Il empestait l'alcool.

Le cœur de Tilda s'affola. Elle n'aurait pas dû avoir peur d'un adolescent, mais Toby était musclé et beaucoup plus grand qu'elle.

— Ce sont les toilettes des femmes, Toby, lui dit-elle.

— On n'est pas au lycée, répondit-il agressivement. Je n'ai pas à vous obéir.

— Va-t'en, Toby, si tu ne veux pas avoir d'ennuis.

— Je m'en fiche ! s'écria-t-il. Tout le monde s'en fiche.

— Pas moi. Je veux t'aider, Toby, mais il faut d'abord que tu t'aides toi-même. Sors. On se parlera dans le couloir.

— Non, dit-il en faisant un pas vers elle.

Elle évalua ses chances de le contourner par surprise et les estima mauvaises. L'alcool devait amoindrir les réflexes de Toby, mais il n'y avait pas beaucoup de place pour manœuvrer.

Toby fit volte-face quand la porte s'ouvrit.

— Dégage ! cria-t-il à la fille qui voulait entrer.

Elle lâcha la porte.

— Elle va prévenir quelqu'un, dit Tilda avec plus d'assurance qu'elle n'en éprouvait.

— Ce n'est pas grave. Nous ne sortirons d'ici ni l'un ni l'autre.

Blaine consultait sa montre pour la deuxième fois quand une petite blonde se précipita vers lui.

— Toby Turner est dans les toilettes des filles avec Mlle Deeds ! s'écria-t-elle.

Blaine s'élança aussitôt.

Il essaya d'ouvrir la porte des toilettes, mais elle était verrouillée.

— Tilda ? cria-t-il. Tu m'entends ?

— Je suis là, Blaine.

— Ouvre la porte, s'il te plaît.

— Pas tout de suite, répondit-elle d'une voix hésitante.

Une foule commençait à s'attrouper dans le couloir. Blaine chassa tout le monde sauf Raeann Johnson et son mari.

— Es-tu blessée ? demanda-t-il à travers la porte.

— Non.

— Toby ? C'est Blaine Colton. Laisse sortir Mlle Deeds immédiatement !

— Non, répondit l'adolescent.

Blaine connaissait assez bien le Château. Il savait que les fenêtres des toilettes étaient haut placées pour que l'on ne puisse pas regarder à l'intérieur. La chambre qui se trouvait au-dessus de ces toilettes-ci avait un balcon très long, mais pas très profond.

— Appelez la police et assurez-vous que Liam Kastor soit averti, dit-il à Raeann avant de s'éloigner au pas de course.

Un homme qui ne portait qu'un pantalon de pyjama lui ouvrit la porte de la chambre 318.

— Nous avons une urgence juste en dessous de votre chambre, lui dit Blaine.

Il l'écarta de son chemin et traversa la pièce sans accorder un coup d'œil à la femme qui était dans le lit.

S'il s'y prenait bien, il devrait pouvoir descendre sur la corniche de l'étage inférieur. S'il s'y prenait mal, il ferait une chute de plusieurs mètres.

Il enjamba la balustrade du balcon, s'accroupit, puis se suspendit aux barreaux. Il avait mal calculé son coup. Le bout de ses bottes touchait à peine la corniche, en retrait par rapport au balcon.

Mais il ne pouvait pas renoncer maintenant.

Il prit un peu d'élan et lâcha les barreaux en bandant tous ses muscles pour déplacer son centre de gravité vers l'avant.

Il eut la chance de ne pas rebondir contre la façade.

Il resta immobile quelques secondes pour reprendre son souffle, puis il s'approcha de la fenêtre et jeta un coup d'œil dans les toilettes.

Tilda était dos à lui, une main sur le bord d'un lavabo. Toby Turner était en face d'elle. Il avait le visage tout rouge et les cheveux ébouriffés. Il fixait Tilda comme s'il l'écoutait.

La fenêtre s'ouvrait en glissant sur le côté. Comme tout au Château, elle était parfaitement entretenue. Elle s'ouvrit sans un bruit.

Blaine sauta dans les toilettes, se redressa et attira Tilda derrière lui. En face de lui, Toby Turner semblait avoir vu un fantôme.

— Ça va, chérie ? demanda Blaine à Tilda sans quitter l'adolescent des yeux.

— Oui, ça va.

— Il ne t'a pas touchée ?

— Non. Il a bu, Blaine. Il n'est pas lui-même.

— Ouvre cette porte, Toby, ordonna Blaine.

— Allez-vous appeler la police ?

Elle était sans doute déjà là et il méritait ce qui l'attendait.

— Non, répondit Tilda avec assurance. Mais je vais appeler tes parents. Nous aurons une petite conversation tous ensemble et tu leur expliqueras ce que tu ressens.

Blaine lui jeta un coup d'œil par-dessus son épaule. À quoi jouait-elle ?

— Après ça, tu vas rentrer chez toi, dessoûler et te mettre au travail. Je te donne trois jours pour me rendre tous tes devoirs en retard ?

— C'est vrai ? demanda Toby avec espoir.

— Oui, mais c'est ta dernière chance. Ne la gâche pas.

— Je ne la gâcherai pas. C'est juré.

— Tourne le verrou, Toby, ordonna Blaine.

L'adolescent lui obéit.

— On est sur le point de sortir ! cria Blaine, qui ne voulait pas se faire tirer dessus par un policier à la gâchette facile.

— Blaine ? C'est Liam. Est-ce que tout va bien ?

— Oui. Tilda sortira la première, annonça-t-il. Écarte-toi, Toby. Laisse sortir Mlle Deeds.

L'adolescent se redressa et regarda Tilda droit dans les yeux.

— Non, répondit-il.

21

Le cœur de Tilda se serra.

— Allons, Toby… C'est terminé.

— Je voudrais juste m'excuser, répondit Toby.

Elle soupira de soulagement.

— J'accepte tes excuses. Laisse-moi sortir, maintenant.

Toby s'écarta.

Tilda fut soulagée de ne trouver que Liam et six de ses collègues dans le couloir. Au moins, il n'y aurait pas de photo d'elle sur les réseaux sociaux le lendemain.

— Ça va ? s'inquiéta Liam.

Elle acquiesça.

— Toby a trop bu et il a beaucoup de problèmes, mais il ne m'a fait aucun mal.

— On peut quand même l'arrêter pour des tas de raisons…

— Sûrement pas. Je vais appeler ses parents.

— J'espère qu'il est conscient de sa chance, grommela Liam alors que Blaine approchait.

— Merci d'être venu, lui dit celui-ci.

— Il n'y a pas de quoi. Je te prierais juste de ne plus te suspendre à des balcons.

Voilà donc comment Blaine était entré dans les toilettes, songea Tilda. Elle en eut la nausée.

— Je vais appeler les parents de Toby, dit-elle pour chasser les acrobaties de Blaine de son esprit.

— Je t'accompagne, annonça Blaine, qui ne la laisserait sans doute plus s'approcher de Toby hors de sa présence. Merci encore, Liam.

Il fallut vingt-cinq minutes à la mère de Toby Turner pour arriver et un quart d'heure de plus à son père. Ils ne vivaient clairement plus ensemble.

Tilda avait fait boire du café à Toby. Il n'était pas sobre quand ses parents arrivèrent, mais il ne titubait plus.

Blaine laissa Tilda s'enfermer avec Toby et ses parents dans un salon, et resta près de la porte pour écouter ce qui se passait. Les parents de Toby n'avaient reçu aucun des messages que Tilda leur avait envoyés parce que leur fils avait modifié leurs coordonnées dans le répertoire du lycée. C'était aussi Toby qui avait envoyé un texto à Tilda en se faisant passer pour sa mère. Il savait que Tilda n'avait pas le droit d'aller chez eux et il espérait la décourager.

Il y eut des cris et des pleurs, mais les parents de Toby parurent prendre conscience de la gravité de la situation.

Tilda fut admirable. Elle resta calme et professionnelle pendant tout l'entretien. Quand ils sortirent du salon, elle semblait à bout de forces.

— Rentrons, chérie, lui dit-il après le départ de Toby et de ses parents.

Elle secoua la tête.

— Je dois rester jusqu'au bout.

— Tu plaisantes ? Tu veux retourner danser ?

Elle regarda sa montre.

— Il n'y en a plus que pour un quart d'heure. Allez, viens ! Je crois qu'ils vont passer notre chanson.

— On a une chanson ?

— On en aura une dans cinq minutes.

— Je suis épuisée, reconnut Tilda en montant dans la voiture.

— Je me demande bien pourquoi, ironisa Blaine.

— Il faut que je t'avoue quelque chose, dit-elle.

Blaine lui jeta un regard furieux.

— Si tu m'as menti et qu'il t'a frappée…

— Non, ce n'est pas ça, le coupa-t-elle. Mais je lui ai raconté notre histoire.

— C'est que tu devais avoir une bonne raison de le faire, répondit Blaine.

— Ses parents ont entamé une procédure de divorce il y a trois mois, expliqua-t-elle. Son père a tout de suite quitté la maison et sa mère s'est mise à boire. Toby et ses trois sœurs, qui ont quatorze, douze et neuf ans, se sont retrouvés plus ou moins livrés à eux-mêmes. Je pense que Toby a pris beaucoup de responsabilités chez lui pour ses sœurs. Il faisait les courses et la lessive, il préparait les repas…

— Et il n'avait plus le temps de faire ses devoirs, intervint Tilda.

— Ni l'envie. Et je pense qu'une part de lui voulait échouer pour que ses parents se sentent coupables.

— Ça n'explique pas ce qu'il a fait ce soir, grommela Blaine.

— C'est le résultat d'une série de mauvaises décisions. Toby s'est disputé avec sa mère hier soir. Il l'a traitée d'ivrogne et il a dit qu'il lui ferait retirer la garde de ses sœurs.

— Elle avait l'air sobre, tout à l'heure.

— Elle m'a dit que la dispute l'avait secouée et qu'elle n'avait pas bu un verre depuis.

— Alors il en est sorti quelque chose de bon, conclut Blaine.

— Oui, mais ça ne s'est pas arrêté là. Toby est parti en claquant la porte. Il a passé la nuit à conduire sans but. Vers 10 heures ce matin, il est tombé sur quelqu'un qui a bien voulu acheter de l'alcool pour lui et il s'est mis à boire.

— Pour résoudre ses problèmes de la même manière que sa mère ?

— L'ironie ne lui a pas échappé, répondit-elle. C'est pour ça qu'il en voulait au monde entier, à commencer par lui-même.

— Mais pourquoi s'en est-il pris à toi ? Tu n'as fait qu'essayer de l'aider.

— Peut-être pour me prouver qu'il n'en valait pas la peine.

— Je l'ai vu t'écouter attentivement. Que lui as-tu dit ?

— Comme il croyait sa vie fichue, je lui ai dit que je savais ce qu'on ressentait quand on croyait avoir commis une erreur irréparable. J'ai bien vu qu'il ne me croyait pas… Alors je lui ai donné des détails.

— Lesquels ?

— Je lui ai dit que je m'en voulais horriblement d'avoir été assez stupide pour tomber enceinte. Et que j'étais triste de décevoir mes parents, qui avaient travaillé dur pour que j'aille à l'université. Et que j'avais honte de ne pas avoir le courage de te dire la vérité.

— Mais tu t'en es très bien sortie.

— Ça m'a aidée à le convaincre qu'il pouvait s'en sortir aussi.

— Tes élèves ont beaucoup de chance, dit Blaine. Mais tu n'as pas peur qu'il raconte tout ça à d'autres ?

Elle y réfléchit quelques instants avant de répondre :

— Non. Je pense qu'il ne le fera pas. Ça t'inquiète ?

— Non, je m'en fiche, répondit Blaine. Je n'ai pas honte de notre histoire.

— Si tu démarrais, maintenant ? suggéra-t-elle parce qu'ils étaient toujours sur le parking du Château. J'ai hâte de retirer cette robe.

— J'ai hâte de te l'enlever, répondit Blaine.

— C'est une invitation ?

— Une promesse, plutôt.

Tilda se réveilla à 8 heures et demie le lendemain. Blaine et elle avaient fait l'amour trois fois dans la nuit. Elle se sentait à la fois un peu vulnérable et parfaitement détendue.

— Bonjour, dit-elle en trouvant Blaine dans la cuisine.

— Bonjour.

Elle se servit un café et s'assit en face de lui.

— J'ai envoyé un texto à Josh pour le prévenir qu'on passerait le chercher dans une demi-heure, dit-elle.

— D'accord, répondit Blaine. Je suppose qu'il nous attend avec impatience.

— Il n'y avait que des smileys dans sa réponse. Pourquoi ne voulais-tu pas qu'il aille skier avec Isaac ? Crains-tu encore un mauvais coup de David James ?

— Pas vraiment, répondit Blaine. Il a l'air d'être parti pour de bon. Tu as le droit de m'accuser de vouloir tout contrôler, mais c'est juste que j'aime être là pour protéger les gens auxquels je tiens.

Comme il l'avait protégée la veille.

— Hier soir, j'ai fait des projets pour cette table, ajouta-t-il.

— Des projets ?

Il se pencha pour lui chuchoter à l'oreille en quoi ils consistaient. Elle se sentit rougir et se servit du journal pour s'éventer.

— Il nous reste vingt-sept minutes, dit Blaine après avoir consulté sa montre.

— Alors ne perdons pas un instant !

Ils arrivèrent au manoir avec dix minutes de retard.

— Es-tu prête à revoir mon père ? demanda Blaine.

— Certainement pas, répondit Tilda. Mais je sais que je dois le faire dans l'intérêt de Josh.

— Si tu n'en peux plus, fais-moi un signe et on partira en courant, plaisanta-t-il.

Ils sonnèrent. Ce fut Josh qui leur ouvrit.

— Vous êtes en retard, leur reprocha-t-il.

— Désolé, champion, répondit Blaine. Un contretemps indépendant de notre volonté.

— Ce n'est pas grave, dit Josh. On jouait au billard.

— Qui ça, « on » ? demanda Tilda.

— Le père de Blaine et moi.

— Gagnes-tu ? demanda Blaine.

— Loin de là ! répondit Russ en approchant, une queue de billard à la main. Bonjour, Tilda. Merci d'avoir laissé Josh passer la nuit ici. Quel phénomène ! Vous devez être très fière de lui.

— Oui, je le suis, répondit Tilda. Merci de l'avoir hébergé.

Mara les rejoignit. Elle enlaça d'abord Blaine, puis Tilda.

— C'était un vrai plaisir de passer la soirée avec

Josh, dit-elle. Je n'avais pas autant ri depuis très longtemps.

— Il me rappelle beaucoup Blaine à son âge, ajouta Russ.

Le test de paternité n'était plus d'actualité, visiblement. Mara se tourna vers Josh.

— Tu peux revenir quand tu veux, chéri, lui dit-elle. Vous aussi, Tilda.

— Mais pas moi ? fit semblant de s'indigner Blaine.

Sa mère leva les yeux au ciel.

— Tu es toujours le bienvenu, évidemment, répondit son père. J'espère que tu le sais.

— Alors tu as passé une bonne soirée ? demanda Tilda à Josh quand ils montèrent dans la voiture.

— Oui. On a regardé des films et mangé des glaces. Ce matin, le père de Blaine a fait des crêpes.

Blaine haussa un sourcil. Il n'avait jamais vu son père cuisiner.

— Les cochons devraient bientôt savoir voler, ironisa-t-il.

— Quoi ? demanda Josh.

— Rien. Je suis content que tu aies passé une bonne soirée. Prêt à faire du ski ?

— La Méchante est-elle toujours fermée ?

— Oui.

Cela décevrait beaucoup de gens, mais le Chalet avait évité de nombreuses catastrophes en prenant les risques d'avalanches très au sérieux.

— Dommage, soupira Josh. J'avais vraiment envie de la descendre.

— On peut aller au Pays des Merveilles, suggéra

Blaine. C'est la piste d'à-côté et elle ne manque pas de défis.

— N'oubliez pas que je ne suis pas montée sur des skis depuis l'an dernier, intervint Tilda.

— Tu es bonne. Ça te reviendra, lui assura Josh.

— J'espère, parce que je n'ai pas envie de finir aux urgences.

Blaine se gara sur le parking du personnel et les entraîna dans son bureau, où il récupéra son équipement. Même s'il ne comptait pas faire de hors-piste, il prit aussi une trousse de secours et une balise. Il avait pris l'habitude de se tenir prêt à toutes les éventualités, même si cela alourdissait un peu les sacs.

Ils sortirent à 10 heures. Parce que la saison touchait à sa fin, il y avait très peu de monde dans la station. Cette journée ne serait pas très profitable pour l'entreprise familiale, mais Josh, Tilda et lui ne manqueraient pas d'espace et ils n'auraient pas besoin de faire la queue au télésiège.

Ils se dirigèrent vers celui du Pays des Merveilles. Comme on ne pouvait monter qu'à deux par siège, il laissa Josh et Tilda partir devant. Il éprouva une envie absurde de s'agripper à leur siège quand il les emporta dans les airs, mais le bon sens l'emporta. Il attendit le siège suivant.

La journée était magnifique. Il n'y avait pas un nuage dans le ciel.

Josh et Tilda l'attendirent au sommet.

— Que la fête commence ! s'écria Josh.

Tilda semblait moins enthousiaste.

— Inquiète ? demanda Blaine.

— Prudente, répondit-elle.

— Je resterai avec toi, promit-il avant de se tourner

vers son fils. Tu peux partir devant, Josh, mais reste sur cette piste.

— Mets tes skis, maman ! s'écria Josh en s'élançant.

— J'ai mis mes skis, grommela Tilda.

Blaine éclata de rire.

— Je crois que ce n'est pas ce qu'il voulait dire.

— Je sais très bien ce qu'il voulait dire. Il n'est pas facile d'être la mère d'un garçon de treize ans qui n'a peur de rien, crois-moi.

Elle inspira profondément, puis tourna la tête vers lui.

— C'est maintenant ou jamais, dit-elle avant de s'élancer à son tour.

Elle commença prudemment en faisant des zigzags pour contrôler sa vitesse, mais elle rata un virage et tomba. Elle se releva aussitôt.

Blaine l'attendit et en profita pour essayer de repérer Josh avec ses jumelles. Il avait déjà descendu un tiers de la piste.

— Tu t'en sors très bien, chérie, dit-il à Tilda quand elle le rejoignit.

— Si je survis à cette journée, je ne pourrai certainement plus bouger demain, répondit-elle.

Il éclata de rire, la prit dans ses bras et pressa ses lèvres contre les siennes.

— On fait la course ? proposa-t-il.

— Quelle est la récompense du gagnant ? demanda-t-elle comme s'il était évident que ce serait elle.

— Que veux-tu ? répondit-il.

— Bonne réponse. Je veux… une soirée en amoureux. Rien de grandiose, mais juste toi et moi.

Il ne demandait pas mieux.

— On a raté quelques étapes, n'est-ce pas ?

— On était impatients de franchir la ligne d'arrivée, plaisanta-t-elle.

Il eut une envie soudaine de lui promettre qu'il serait toujours là pour Josh et pour elle, mais le moment était bien mal choisi.

Il planta ses bâtons dans la neige.

— Prête ? demanda-t-il.

Elle acquiesça.

— Go !

Tilda gagna la course, ce qui signifiait que Blaine avait dû s'arrêter en chemin pour manger un hamburger. Il arriva quelques secondes après elle en faisant semblant d'être essoufflé.

— Tu as gagné, dit-il.

Elle eut envie de le taquiner, mais la tendresse qu'elle lut dans ses yeux l'en dissuada. Elle s'approcha de lui et enroula les bras autour de son cou.

Ils reçurent une grande giclée de neige alors qu'ils s'embrassaient. Elle tourna la tête. Josh venait de s'arrêter près d'eux. Qu'allait-il penser ? C'était la première fois qu'il les voyait s'embrasser.

Il semblait… ne pas s'en soucier.

— C'est déjà ma deuxième descente, dit-il. Je commençais à me demander ce que vous faisiez. Je comprends mieux, maintenant.

Elle se sentit rougir.

— Et ça ne te dérange pas ? demanda-t-elle.

— Que mes parents s'embrassent ? Je suppose que je peux m'y faire.

Blaine sourit et secoua la tête.

— Tu n'arrêtes pas de m'étonner, Josh, tu sais ça ? dit-il.

— Je sais. Je suis un garçon génial. On y retourne ?

22

Blaine était presque sûr de ne s'être jamais senti aussi bien quand ils attaquèrent leur quatrième descente. Il attendit un moment au sommet pour laisser Tilda prendre de l'avance. Il ne voulait pas la brusquer. Elle était tombée trois fois jusqu'ici, mais elle gagnait en assurance à chaque descente.

Il sortit ses jumelles pour essayer de repérer son fils.

Ce qu'il vit faillit les lui faire lâcher.

David James.

Il portait une combinaison blanche. Heureusement, il ne portait pas de casque, ce qui avait permis à Blaine de reconnaître ses traits singuliers.

Il était censé être dans un car en route pour la côte Est.

Blaine se gifla mentalement. David James s'était simplement arrangé pour leur faire croire qu'il était parti et ils étaient tombés dans le panneau. Il avait dû donner sa carte de crédit à quelqu'un pour qu'il l'utilise à sa place.

Blaine s'élança, rattrapa Tilda et lui demanda de s'arrêter.

— Que se passe-t-il ? demanda-t-elle.

— Je viens de voir David James. Je vais rattraper

Josh. Suis-moi aussi vite que tu peux sans risquer ta peau, d'accord ?

— Bien sûr, répondit-elle. Rattrape Josh. Ne t'en fais pas pour moi.

Comme il ne pouvait pas surveiller David James et skier en même temps, Blaine décida de foncer. Il ne lui fallut que quelques minutes pour rattraper son fils. Il s'arrêta devant lui et tendit la main pour l'inciter à en faire autant.

— Est-ce que maman est tombée ? s'inquiéta aussitôt Josh.

— Non, mais j'ai vu l'homme qu'on croyait dans le car, répondit Blaine le plus sereinement possible pour ne pas l'affoler. Alors on va arrêter le ski pour aujourd'hui. Ta mère est derrière nous.

Il la repéra avec les jumelles. Elle allait bien plus vite qu'à aucun moment de la journée.

— Elle est presque là, dit-il à Josh. Attendons-la.

Alors qu'elle n'était plus qu'à deux cents mètres d'eux, Blaine entendit une détonation et vit de la neige voler près d'elle.

On leur tirait dessus ! Ce devait être David James.

Il y avait des arbres sur leur droite, mais ils étaient dangereusement près de la zone fermée à cause des risques d'avalanches… Tant pis. Ils devaient se mettre à couvert.

— Va sous les arbres, là-bas ! dit-il à Josh. Tout de suite !

— C'était un coup de feu, n'est-ce pas ? demanda Josh.

— Oui. Mais on va s'en sortir, je te le promets. Maintenant, vas-y !

Son fils s'éloigna.

Blaine fit de grands signes à Tilda pour l'inciter à obliquer vers les arbres et fut soulagé quand il la vit changer de trajectoire. Il essaya vainement de repérer David James avant de s'élancer dans la même direction.

Tilda et lui rejoignirent Josh à quelques secondes d'intervalle.

— Est-ce que c'était un coup de feu ? demanda Tilda.

— Oui, répondit Blaine. On nous tire dessus.

— On n'est pas dans la zone interdite, là ? demanda Josh.

— Si, répondit Blaine en sortant la balise de son sac. Prends ça !

Le coup de feu l'inquiétait – et pas seulement parce que les balles étaient mortelles. Une détonation pouvait suffire à provoquer une avalanche. Après une brève hésitation, il sortit un rouleau de corde.

— Retirez vos skis, tous les deux, ordonna-t-il. Tilda, fais un câlin à cet arbre. Je vais t'attacher à lui.

Quand il eut terminé, il essaya encore de repérer David James. Cette fois, il le trouva. L'homme était armé d'un fusil.

Alors que Blaine l'observait, un grand *boom* fit trembler le sol. Qu'avait donc fait David James ? Étrangement, Blaine lut de la surprise sur son visage.

Il n'eut pas le temps d'y réfléchir, parce que ce qu'il redoutait venait de devenir leur réalité.

— Avalanche ! cria-t-il.

Il devait attacher Josh.

Il ramassa le rouleau de corde… Trop tard. L'avalanche était sur eux.

Il se jeta sur Josh et le serra dans ses bras… pour que le torrent de neige le lui arrache deux secondes plus tard.

23

L'avalanche dura sans doute moins d'une minute, mais elle emporta Blaine et Josh – tout ce à quoi Tilda tenait.

Et elle était attachée à un arbre.

Elle cria et pria pour qu'on lui vienne en aide. Ses prières furent exaucées cinq minutes plus tard quand des motoneiges approchèrent. Elle reconnut Decker sur l'un des engins.

— Blaine et Josh ! lui cria-t-elle. Ils ont été emportés. Blaine a donné sa balise à Josh.

Decker acquiesça.

Pendant qu'il la détachait, les autres hommes se dispersèrent sur la pente.

— J'ai un signal ! cria l'un d'eux.

Ils se mirent à creuser. Tilda, qui savait que chaque seconde comptait, essaya de les aider à mains nues.

Un bras apparut. C'était Blaine. Les hommes de Decker dégagèrent sa tête et son buste. Il ne bougeait pas. Respirait-il ?

Un sanglot échappa à Tilda.

Alors Blaine cligna des yeux.

— Josh, gémit-il.

— Il a quelque chose dans l'autre main, dit l'un des hommes.

C'était le blouson de Josh. Une minute plus tard, les hommes de Decker avaient déterré son fils, qui reprit vite conscience.

Blaine ne l'avait pas lâché. Son courageux Blaine… Elle serra les deux hommes de sa vie dans ses bras.

Blaine expliqua à Decker où il avait vu David James juste avant l'avalanche.

— On est déjà en train de creuser de ce côté, répondit Decker. A-t-il causé l'explosion, à ton avis ?

— Je ne sais pas, répondit Blaine. J'étais en train de l'observer au moment de l'explosion et j'ai eu l'impression qu'il était aussi surpris que moi.

— J'espère qu'on le retrouvera, dit Decker. Mais je suis surtout content qu'on vous ait retrouvés.

— Moi aussi, répondit Blaine. Merci d'être intervenu si vite.

— On était déjà en route parce que quelqu'un a dit avoir entendu un coup de feu.

Tilda rencontra le regard de Blaine, qui semblait penser la même chose qu'elle. Ironiquement, David James avait sauvé la vie de Josh et de Blaine en leur tirant dessus.

Ils montèrent à l'arrière de motoneiges. Dix minutes plus tard, ils étaient installés devant un bon feu dans l'un des salons du Chalet. Une jeune femme leur apporta des chocolats chauds.

— J'ai mis du whisky dans les vôtres, dit-elle à Blaine et à Tilda. Sur les ordres de Decker.

Ils burent leurs chocolats en silence.

Quand Decker réapparut, il avait du nouveau.

— On a retrouvé le corps de David James, leur dit-il. C'est la seule victime de l'avalanche à notre connaissance.

Lorsqu'il repartit, Tilda posa sa tête sur l'épaule de Blaine.

— Je n'en reviens pas que David James soit mort, murmura-t-elle. Du coup, on ne saura jamais si c'est lui qui a causé l'explosion.

— C'est vrai, répondit Blaine. Mais si quelqu'un devait mourir, j'aime autant que ça ait été lui. Je sais que ce n'est sans doute ni le bon endroit ni le bon moment pour te le dire, mais je t'aime, Tilda.

— Moi aussi, je t'aime, répondit-elle. Quand j'ai cru que je vous avais perdus, Josh et toi… On a déjà gaspillé bien trop de temps. Je me suis juré que je ne perdrais pas une minute de plus si vous vous en sortiez.

Elle le prouva en pressant ses lèvres contre les siennes.

— Je vous vois, dit Josh. Par ailleurs, je commence à avoir envie de prendre le nom de Colton.

— C'est vrai ? demanda Blaine sans réussir à cacher son émotion.

— Ça t'ennuierait, maman ? demanda Josh.

— Absolument pas, répondit-elle.

MICHELE HAUF

La forêt des mystères

Traduction française de
B. DUFY.

BLACK ROSE

HARLEQUIN

Titre original :
WITNESS IN THE WOODS

1

Joseph Cash courut vers l'entrée des urgences de l'hôpital St. Luke de Duluth. Il avait roulé pied au plancher à partir du moment où l'opératrice du central de la police avait annoncé la découverte, au bord de la route départementale 7, d'un Amérindien âgé et agonisant. Un jeune couple l'avait aperçu, s'était arrêté et avait appelé le 911.

Joe avait aussitôt demandé à prendre cette affaire en charge, mais l'opératrice lui avait dit qu'une ambulance était déjà sur place et allait transporter le patient à Duluth. Il convulsait, et les secouristes ignoraient s'il serait encore en vie à son arrivée à l'hôpital.

Le signalement fourni à Joe par l'opératrice – peau cuivrée, longue queue-de-cheval poivre et sel, environ quatre-vingts ans – pouvait correspondre à n'importe quel Amérindien de cet âge.

Mais l'endroit où le vieil homme avait été vu sortir d'un fossé en rampant avait permis à Joe de savoir d'instinct de qui il s'agissait. C'était là, en effet, qu'il retrouvait Max Owen les jours où il lui apportait des provisions. Ce lieu de rendez-vous était à trois kilomètres seulement du petit lac au bord duquel Max campait tous les étés depuis vingt ans.

Lors de leur dernière rencontre, deux mois plus

tôt, il semblait aller bien, même si une toux sèche – due selon lui aux trop nombreuses cigarettes fumées pendant son adolescence – ne cessait de s'aggraver depuis le début de l'année.

S'il mourait avant que Joe ait pu le voir une dernière fois…

Non, mieux valait ne pas y penser.

À l'accueil des urgences, trois personnes étaient en train de faire la queue devant le guichet des renseignements. Joe connaissait ce service pour y être plusieurs fois venu prendre des nouvelles de blessés qu'il avait secourus dans le cadre de ses fonctions d'agent de protection de la nature au ministère des Ressources naturelles du Minnesota. En temps normal, il aurait attendu patiemment son tour, mais, là, le temps pressait…

Alors, après avoir nerveusement dansé d'un pied sur l'autre, serré et desserré les poings, il finit par demander assez fort pour être entendu par la secrétaire assise derrière le guichet :

— Où je peux trouver l'Amérindien qui vient de vous être amené ?

La jeune femme leva les yeux et, bien que la fatigue de longues heures de travail se lise sur ses traits, elle lui sourit.

— Qui cherchez-vous exactement, monsieur ? demanda-t-elle.

— Un homme âgé qui a été découvert sur la route départementale 7 il y a environ une heure, et transporté ici par ambulance, répondit Joe.

Son uniforme vert foncé et le holster attaché à sa ceinture le désignaient comme un fonctionnaire détenteur de pouvoirs officiels, mais, même sans cela, la secrétaire aurait sans doute prêté une attention toute particulière à sa requête, car elle lui faisait maintenant carrément de l'œil.

La vieille dame qui précédait Joe se retourna, et le regard qu'elle lui lança n'avait, lui, rien d'amical !

— Je vous prie de m'excuser, lui déclara-t-il poliment, mais je suis venu effectuer une démarche très importante et très pressée : je pense pouvoir identifier un patient et donner sur lui des renseignements susceptibles d'aider les médecins à le soigner.

Puis il se tourna de nouveau vers la secrétaire.

— Le patient en question est un Amérindien de quatre-vingt-deux ans, et il porte toujours autour du cou une serre d'aigle fixée à une lanière en cuir.

— Oui, je vois de qui vous parlez.

La secrétaire regarda l'écran de l'ordinateur posé sur son bureau et, à la façon dont son visage s'assombrit, Joe comprit qu'il arrivait trop tard.

Luttant contre une douleur qui menaçait de le submerger, il esquissa un geste du menton en direction des portes de communication entre l'accueil et l'espace de soins. La secrétaire les ouvrit depuis sa place en appuyant sur un bouton, et Joe les franchit après l'avoir remerciée d'un petit signe de tête.

Il n'avait pas eu à lui demander où se trouvait Max, car quelques-unes de ses visites précédentes lui avaient appris où étaient les deux pièces réservées aux corps en attendant que le coroner, le policier judiciaire chargé de déterminer les causes du décès, délivre – ou non – le permis d'inhumer.

Alors qu'il remontait le couloir qui y menait, une petite infirmière blonde en tenue bordeaux le héla :

— Où allez-vous comme ça, monsieur ?

— Un vieil Amérindien a été amené dans cet

hôpital il y a peu de temps, et je viens d'apprendre sa mort… Je crois savoir de qui il s'agit.

— Ah ! tant mieux, parce qu'il n'avait aucun papier sur lui… Si vous alliez le voir pour une identification formelle, pendant que je vais chercher les formulaires à remplir ?

— Quand est-il…

— Pendant le trajet en ambulance. Le Dr Preston, qui l'a examiné à son arrivée, pense à un empoisonnement par ingestion d'une substance toxique… Le défunt est dans la salle 2, au fond du couloir. Je vous y rejoins dans une minute…

Le ton enjoué de l'infirmière ne choqua pas Joe. L'expérience lui avait appris que le personnel des urgences utilisait différentes sortes de stratégies pour supporter la dureté de son travail. Un détachement délibéré était pour certains soignants le meilleur moyen de se protéger contre le risque d'une émotion paralysante.

Joe entra dans la salle et, bien que le corps soit entièrement recouvert d'un drap blanc, il eut tout de suite la certitude de ne pas s'être trompé.

Le petit garçon de dix ans qui vivait encore en lui se mordit alors la lèvre pour s'empêcher de pleurer.

Ce n'était pas juste… Max n'était pas censé mourir.

Et cette histoire d'empoisonnement ne tenait pas debout, ajouta la voix intérieure de l'adulte que Joe était devenu.

Quand il souleva le drap pour découvrir le visage du vieil homme, un sanglot lui noua la gorge. Max lui avait toujours témoigné une telle gentillesse… C'était son mentor, la personne qui lui avait donné envie d'exercer un métier en rapport avec la protection de la nature.

L'arrivée de l'infirmière le fit sursauter.

— Vous reconnaissez formellement le défunt ? déclara-t-elle.

— Oui, répondit Joe.

Elle lui tendit alors un imprimé fixé par une pince à une planchette et lui demanda d'y inscrire son nom, sa qualité et le numéro de sa carte officielle, puis de signer en bas de la feuille.

— Cet homme s'appelle Maximilien Owen, dit-il après s'être exécuté, et c'est un Chippewa du groupe du Fond du Lac. Il ne vit cependant plus dans cette réserve et n'a plus de contact étroit avec sa tribu depuis des décennies. Il a quatre-vingt-deux ans et n'a pas vu un seul médecin de toute sa vie. Je le croyais en bonne santé, malgré une toux sèche apparue au début de l'année… Ce ne serait pas plutôt un problème pulmonaire la cause de sa mort ?

— Pour le Dr Preston, il a été victime d'un empoisonnement accidentel. Les Amérindiens utilisent beaucoup de plantes pour se soigner, se nourrir et pratiquer leurs rites… Cet homme a dû ingérer une substance toxique par erreur. C'est très triste, mais…

— Non, jamais Max n'aurait commis ce genre d'erreur ! protesta Joe. Il a toujours vécu de la terre, il connaissait mieux que personne la région et les propriétés des espèces végétales qui y poussent… Son père, qui avait participé à la guerre du Vietnam en tant que pisteur, lui avait transmis tout son savoir.

— D'accord…, dit l'infirmière.

Comprenant qu'elle n'avait ni l'envie ni le temps d'écouter le récit complet de la vie de Max, Joe coupa court à la conversation en annonçant :

— Je vais attendre le coroner. Je compte demander une autopsie.

— Une autopsie ? Vous connaissez la famille du défunt ? Parce que normalement…

— Il n'a pas de famille, et je prendrai en charge les frais de l'autopsie. Je tiens à ce qu'il y en ait une. C'est très important pour moi.

Joe refusait en effet de laisser attribuer la mort de Max à un empoisonnement accidentel s'il pouvait l'éviter.

Car cela ne faisait aucun doute à ses yeux : il existait au décès de son ami et mentor une autre cause – naturelle ou non.

Deux semaines plus tard

Pour Skylar Davis, le bois de cèdre en train de brûler dégageait une odeur plus agréable que tous les diffuseurs de parfum vendus dans le commerce.

Le petit bois utilisé pour alimenter le brasero devant lequel elle se tenait crépitait gaiement, la brise rafraîchissante qui soufflait du lac tout proche lui caressait les épaules… Elle inspira à fond et ferma les yeux pour ne plus voir la robe de mariée en satin blanc posée sur son bras.

Le moment était venu de s'en débarrasser.

Stella, la louve grise de trois ans que Skylar avait sauvée et recueillie à l'âge de quelques mois, était couchée à ses pieds, présence tout à la fois douce et vigilante.

La jeune femme rouvrit les yeux et jeta la robe dans le feu. Des étincelles jaillirent, des volutes de fumée s'élevèrent dans le ciel, et Stella poussa un petit cri dans lequel Skylar perçut de la désapprobation.

— Je devais le faire, lui déclara-t-elle. Ça va me permettre de tourner définitivement la page.

Avec une longue branche de chêne débarrassée de son écorce et noircie par l'usage – c'était le « tisonnier » de son père —, elle enfonça la robe plus profondément dans les flammes. Les petites perles qui ornaient l'encolure fondirent, la dentelle du corsage brûla et disparut, puis les parties en satin, plus épaisses, commencèrent de se consumer.

Skylar contempla ce spectacle sans regret, et même avec une certaine satisfaction.

Cet autodafé, elle aurait dû l'effectuer deux mois plus tôt, ce samedi après-midi où elle était entrée dans la mairie de Checker Hill la rage au cœur. Une conversation avec son oncle venait de faire basculer son existence tout entière : Cole Pruitt, l'homme qu'elle s'apprêtait à épouser, lui avait caché un lourd secret.

Elle se doutait de quelque chose, et c'était pour cela qu'elle avait abordé son oncle Malcolm, sur le parking du fleuriste. Elle évitait normalement tout contact avec un parent dont son père et elle n'avaient jamais eu qu'à se plaindre, mais, là, c'était trop important : elle *devait* savoir.

Malcolm s'était fait un peu prier, mais il avait fini par lui dire la vérité au sujet de Cole. Et quand, une heure plus tard, elle était allée à la mairie, ce n'était pas pour se marier avec Cole, mais pour rompre avec lui.

Depuis, sa vie avait pris une tournure étrange. Non seulement elle n'avait plus de fiancé, mais son oncle ne cessait de la harceler pour qu'elle lui vende une partie des terres héritées de son père. Sans la menacer vraiment, il n'en était jamais loin, si bien qu'elle se tenait sur ses gardes. Elle était heureusement habituée à assurer sa propre sécurité : elle n'avait besoin de personne pour la protéger.

— Tu sais, Stella…

Une brusque douleur à l'oreille interrompit Skylar. Cela ressemblait à une piqûre de moustique, mais elle vit juste après un éclat de bois voler et un petit trou apparaître dans l'ancien poteau d'attache des chevaux, à moins d'un mètre sur sa droite.

Une main sur son oreille, elle se baissa vivement, et un cri étouffé lui échappa quand un deuxième trou perça le poteau. Stella s'était relevée. Un grondement sourd et prolongé sortait de sa gorge, et elle scrutait les bois qui entouraient entièrement le jardin sur trois côtés, la berge rocailleuse du lac occupant la partie centrale du quatrième. Skylar ne vit aucun bateau sur l'eau… Y avait-il quelqu'un dans les bois ?

Lorsqu'elle éloigna sa main de son oreille, du sang tachait ses doigts. Les trous, dans le poteau, étaient manifestement des impacts de balle, et pourtant elle n'avait entendu aucune détonation… Parce que le tireur était très loin, ou parce qu'il utilisait un silencieux ?

Quoi qu'il en soit, elle venait d'échapper de peu à la mort…

À moins que ce ne soit un simple avertissement ?

2

Assis dans son pick-up de service garé au bord du lac Vaillant, Joe déboucha sa gourde et but quelques gorgées d'une eau malheureusement tiède pour faire descendre la dernière bouchée du sandwich au jambon qui composait le menu de son déjeuner.

Un déjeuner très tardif, car il revenait d'une longue patrouille, pendant laquelle il avait contrôlé la validité du permis de pêche d'une bonne vingtaine de personnes, remis des touristes égarés dans la bonne direction et interrompu la « chasse au trésor » d'une bande de jeunes apprentis plongeurs. Il n'y avait rien d'autre à trouver au fond de ce lac que de vieilles cannes à pêche, des hameçons et des coques de bateau rouillées. La baignade était en outre interdite depuis la rive choisie par les adolescents comme point de départ de leurs explorations.

Joe adorait son métier. Il passait la plus grande partie de son temps dehors, entre lacs, marais et forêts, avec pour mission d'assurer la sécurité du public, mais aussi de protéger la faune et la flore d'un des comtés des Boundary Waters.

Cette région du Minnesota située à la frontière américano-canadienne comprenait de vastes étendues vierges très appréciées des amoureux de la vie sauvage, et elle se prêtait à la pratique de sports de plein air tels que la randonnée, la pêche et le canoë-kayak.

Tous les matins en se levant, Joe se réjouissait à l'idée de passer une nouvelle journée sous le soleil, la pluie ou la neige selon les cas, mais toujours en contact étroit avec la nature. Il était rare qu'il se couche le soir sans se rappeler avoir aperçu quelque magnifique animal sauvage : un héron bleu, un renard, voire un loup solitaire.

Rien n'aurait pu lui donner plus de satisfaction – si ce n'est l'arrestation des braconniers qui sévissaient dans la région. Cerfs, castors, pumas, loups gris… aucun animal n'échappait à leur cupidité. Ils commettaient ainsi de graves délits, mais le braconnage le plus sévèrement puni, parce que constituant un crime fédéral, était celui qui visait les aigles à tête blanche.

Et depuis peu, Joe se demandait si ces braconniers n'utilisaient pas désormais le poison en plus des pièges traditionnels dans certains cas.

L'autopsie de Max Owen avait révélé la présence d'une quantité mortelle de strychnine dans son organisme. Elle n'y avait cependant pas pénétré par ingestion, mais par contact : le poison avait traversé la peau et s'était ensuite infiltré dans la circulation sanguine.

Ce mode de contamination avait surpris Joe, mais pas autant que l'autre découverte de l'autopsie : un cancer des poumons en phase terminale. Et Joe s'en voulait maintenant de ne pas s'être inquiété de la toux du vieil homme. Il aurait dû l'emmener voir un médecin. Si la strychnine ne l'avait pas tué avant, ce cancer non soigné lui aurait été fatal à brève échéance.

En l'absence d'éléments faisant soupçonner un acte criminel, le coroner avait conclu à un empoisonnement accidentel : le vieil homme se serait intoxiqué lui-même en manipulant maladroitement un produit contenant de la strychnine.

Joe ne croyait pas à ce scénario. La strychnine n'était plus que rarement utilisée, et uniquement par des agriculteurs de type productiviste pour lutter contre les mauvaises herbes et les nuisibles. Max aimait trop la nature et les animaux sauvages pour leur faire subir ce genre de traitement !

Après lui avoir dit adieu aux urgences de l'hôpital St. Luke, Joe était allé à l'endroit où Max campait d'avril à octobre. Il était alors plus de minuit, mais Joe connaissait bien les bois qu'il fallait traverser depuis la route pour s'y rendre.

Une fois à destination, il avait été submergé par une émotion qui l'avait empêché d'effectuer une fouille minutieuse des lieux à la recherche de ce qui aurait pu contaminer son ami. Il s'était laissé tomber au pied du chêne sous lequel Max avait l'habitude de s'asseoir en tailleur pour lui dispenser ses sages enseignements. Adossé au tronc de l'arbre, Joe avait pleuré, puis il s'était endormi.

Le lendemain matin, il avait enfilé des gants en latex et inspecté le campement, mais sans découvrir aucune trace d'intrusion, aucun reste de poison… Il avait malgré tout emporté et confié au laboratoire de police du comté les provisions et le couteau de chasse de Max. Leur expertise n'avait rien révélé de suspect. Ce que le vieil homme avait touché était encore dans le campement, en avait été éloigné, ou alors quelqu'un s'en était carrément débarrassé.

Le corps de Max avait été remis aux membres de sa tribu, qui l'avaient inhumé selon leurs rites ancestraux. Pour les autorités du comté, l'affaire était réglée, et la police tribale n'avait pas contesté le verdict d'empoisonnement accidentel, mais Joe avait obtenu d'elle l'autorisation de continuer à enquêter sur cette mort. Max était pour lui, en plus d'un ami, un père spirituel. Non seulement il lui avait sauvé la vie, autrefois, mais il lui avait ensuite inculqué un respect et un amour de la nature qui avaient façonné son destin.

Joe toucha la serre d'aigle fixée à la lanière en cuir, autour de son cou. Il avait été autorisé à prendre le collier de Max après une expertise qui n'avait décelé dessus aucune trace de poison. Cette serre d'aigle avait été offerte à Max par son grand-père. C'était un talisman qui consacrait sa qualité de guérisseur, et auquel il tenait comme à la prunelle de ses yeux.

— Je te promets que ta mort ne restera pas impunie, murmura Joe.

Mais qui pouvait bien avoir empoisonné le vieil homme, et pourquoi ? Joe ne lui connaissait aucun ennemi. Il se tenait éloigné de sa tribu – mais sans être fâché avec elle – et vivait en solitaire depuis des décennies, sans faire de mal à personne.

L'idée d'un lien entre le meurtre présumé de Max et le braconnage vint à Joe avec le souvenir d'avoir entendu son ami dire qu'il savait qui braconnait dans le comté, et que cela lui vaudrait peut-être un jour des ennuis. Joe avait alors avancé un nom, et la façon dont Max avait serré les mâchoires lui avait suffi comme confirmation, car Malcolm Davis, propriétaire de la société de transport routier Davis Trucking, était connu dans la région pour se livrer en toute impunité à toutes sortes d'activités illégales.

Ce dont Joe avait besoin, maintenant, c'était d'éléments de preuve qui lui permettraient d'agir.

La radio branchée sur le tableau de bord du pick-up grésilla, et l'opératrice du central de la police annonça qu'un incident venait de se produire non loin du lac Vaillant.

— Quelqu'un s'est déjà proposé pour aller sur place ? lui demanda Joe.

Quand l'appel n'était pas directement lié à ses deux grands domaines de compétence – la chasse et la pêche —, c'était généralement le personnel des bureaux du shérif qui s'en occupait.

— Il y a deux adjoints dans le coin, répondit l'opératrice, mais ils sont en train d'effectuer des recherches suite à l'effondrement de la mine de fer, et ils ne peuvent pas les abandonner.

Cet accident, survenu le matin même dans une mine désaffectée, était peut-être dû à trois explorateurs imprudents : ils auraient franchi les barbelés protégeant l'entrée de la mine et se trouveraient maintenant bloqués à l'intérieur.

— Je me charge de l'incident, indiqua Joe. De quoi s'agit-il exactement ?

— Une certaine Skylar Davis a signalé des tirs qui la visaient. Son adresse est…

— Inutile : je sais où elle habite, dit Joe en mettant le contact.

Son cœur battait soudain à grands coups dans sa poitrine. Il connaissait Skylar Davis… Il ne la connaissait que trop bien !

— Elle est blessée ? demanda-t-il.

— Je l'ignore, mais, si c'est le cas, ça ne doit pas être trop grave, parce que sa voix était calme et bien distincte, au téléphone.

— Je suis à dix minutes de chez elle. J'appellerai une ambulance de là-bas si nécessaire.

— Entendu.

Joe fit demi-tour et prit la direction du lac qui

bordait les terres héritées par Skylar Davis de son père Merlin – le frère de Malcolm —, emporté deux ans plus tôt par un cancer. Skylar vivait maintenant seule au milieu de quelques centaines d'hectares de forêt situées à la limite de la zone protégée connue sous le nom de Boundary Waters Canoe Area. C'était une femme farouchement indépendante – et très belle…

La femme que Joe n'avait jamais réussi à chasser de ses pensées, même si elle lui en avait préféré un autre.

Et quelqu'un avait attenté à sa vie ?

Joe enfonça la pédale d'accélérateur.

Quand Skylar ouvrit la porte et découvrit Joseph Cash sur sa terrasse, elle eut du mal à contenir une exclamation de surprise.

Sa chemisette d'uniforme découvrait des bras musclés et bronzés, une mèche de ses cheveux noirs barrait son front… Il avait fière allure et, lorsqu'elle croisa le regard de ses magnifiques yeux verts, Skylar ressentit un coup au cœur qui la fit tressaillir.

— Ça va ? lui demanda Joe d'une voix inquiète.

L'émotion la privant pour l'instant de l'usage de la parole, elle hocha la tête en silence. Elle aurait pourtant eu tant de choses à lui dire !

Joseph Cash était la personne la plus gentille qu'elle ait jamais connue, et il lui avait offert plus d'une fois son soutien… À l'époque du lycée, par exemple, quand son refus de manger de la viande à la cantine lui valait des railleries, et plus tard, quand son cabinet de vétérinaire pour animaux domestiques avait périclité, parce que la plupart des habitants de la région préféraient faire soigner leurs chiens et leurs chats à Duluth…

Et pourtant, elle avait coupé les ponts avec Joe. Pour lui prouver qu'elle n'avait pas besoin d'un homme dans sa vie.

Mais pourquoi, alors, s'était-elle fiancée avec Cole Pruitt, une personne bien moins fiable que Joe ? Par bêtise ? Par aveuglement ?

— Je ne m'attendais pas à te voir, finit-elle par déclarer. J'ai appelé la police, et je pensais…

— Eh bien, c'est de moi que tu hérites !

Le sourire qui accompagna ces mots devait faire se pâmer toutes les femmes du comté. Skylar, elle, n'avait jamais trop su comment réagir au mélange de charme naturel et de timidité qui caractérisait Joe.

— J'étais dans le coin quand ton appel est arrivé au central, expliqua-t-il. Que s'est-il passé ? Quelqu'un t'a tiré dessus ?

— Oui, deux fois.

— Tu n'as rien ?

— Non, répondit Skylar en se dépêchant de cacher son oreille écorchée sous ses cheveux blonds.

Un cri aigu, derrière Joe, le fit se retourner vivement et refermer la main sur la crosse de son pistolet. Une poule vêtue d'un chandail rose trottinait dans l'allée gravillonnée qui menait à l'escalier de la terrasse.

— C'est quoi, ça ? s'écria Joe.

— Je te présente Becky. Elle est très coquette et cherche à attirer ton attention. Comment tu trouves son pull ?

— Il est… euh… très joli.

— Becky est une de mes pensionnaires.

— Ah oui, c'est vrai ! Tu recueilles des animaux éclopés et tu les remets sur pied…

L'air mi-effaré, mi-amusé, Joe suivit la poule des yeux jusqu'à ce qu'elle disparaisse à l'angle de la maison.

— Entre ! lui dit alors Skylar en s'écartant pour le laisser passer.

Elle habitait là depuis deux ans. À la mort de son père, n'ayant ni frère ni sœur, elle avait hérité de la totalité de ses biens. Du moins était-ce ce que Merlin Davis avait stipulé par écrit une semaine avant son décès.

Skylar avait vécu dans cette maison jusqu'à son départ pour Duluth, la ville universitaire la plus proche. À la fin de ses études supérieures, elle était revenue s'installer dans le comté, à Checker Hill, et y avait ouvert un cabinet vétérinaire, mais ses affaires n'avaient jamais bien marché : les habitants de la région se méfiaient de toutes les personnes qui portaient le nom de Davis.

La demeure familiale pouvait sembler trop grande pour une seule personne, mais Skylar aimait se blottir le soir dans le vieux canapé du séjour et, enveloppée dans une couverture, contempler les photos de son père et d'elle accrochées aux murs.

— Tu veux boire quelque chose ? demanda-t-elle à Joe. J'ai de la citronnade…

Sans attendre la réponse, elle se dirigea vers la cuisine, qui faisait directement suite au séjour, mais Joe l'arrêta en l'attrapant par le bras. Elle se tourna vers lui, et la sollicitude qui se lisait dans ses yeux verts l'irrita. Elle ne voulait être un objet de pitié pour personne.

— Tu n'aimes pas la citronnade ? grommela-t-elle avant de se dégager sans douceur.

— Si, mais je ne suis pas là pour ça : je suis venu m'assurer que tu n'étais pas blessée, et enquêter sur les tirs que tu as essuyés… Où étais-tu à ce moment-là ?

— Dans le jardin.

— Il faut que j'aille y jeter un coup d'œil… C'est par là, si je me souviens bien ?

Sur ces mots, Joe traversa le séjour et la cuisine. Une véranda adossée à l'arrière de la maison en couvrait toute la longueur et donnait sur le lac. Skylar se rappela que Joe connaissait les lieux pour être venu rendre visite à son père mourant, mais comment osait-il faire maintenant comme s'il était chez lui ?

Elle s'exhorta au calme. Joe était là parce que, après avoir longuement hésité, elle avait appelé la police.

Son oncle allait-il l'apprendre et le lui reprocher ?

Mais il était peut-être déjà au courant de l'incident, pensa-t-elle, l'estomac noué. Parce qu'il en était l'auteur, ou le commanditaire…

Après avoir mis le chapeau de cow-boy sans lequel elle ne sortait jamais – c'était l'équivalent pour une autre femme de ses boucles d'oreilles ou de son collier préférés —, Skylar suivit Joe. Il avait ouvert la baie vitrée de la véranda et se tenait sur la terrasse en bois qui dominait le jardin et le lac, trois mètres en contrebas. Il descendit l'escalier et s'approcha du brasero dans lequel Skylar avait brûlé sa robe de mariée.

Une fois la police prévenue, elle s'était dépêchée d'éteindre les flammes avec le tuyau d'arrosage, mais l'herbe était couverte de cendres, et l'air sentait encore le bois de cèdre brûlé. Pire encore, en arrivant devant le brasero, elle s'aperçut que la robe n'avait pas eu le temps de se consumer entièrement.

Et Joe en fixait maintenant les restes, visiblement déconcerté. Skylar n'avait envie de répondre à aucune des questions qui devaient se presser dans sa tête… Par chance, il ne les posa pas. Son regard se porta sur les bois environnants, puis sur le lac, et il demanda :

— Tu peux dire d'où venaient les tirs ?

— Du lac, je crois, mais je n'ai vu personne, et même pas entendu les détonations. J'étais occupée à brûler de vieilles affaires, et je n'ai pris conscience du danger qu'en voyant un trou apparaître dans l'ancien poteau d'attache des chevaux, à droite du brasero.

— Où étais-tu exactement ?

— À un mètre environ de ce poteau. J'étais en train de parler à Stella…

— Tu n'étais pas seule ?

— Stella est une louve.

— Tu as recueilli une *louve ?*

— Oui, il y a trois ans. Elle n'avait alors que quelques mois. Je l'ai trouvée prisonnière d'un de ces pièges à collet dont les chasseurs affirment qu'ils ne sont pas cruels, mais c'est complètement faux. Je l'ai emmenée à mon cabinet, et j'ai dû l'amputer d'une patte arrière. Elle va très bien depuis.

— Où est-elle en ce moment ?

— Je ne sais pas trop.

Skylar scruta les alentours. La louve était peut-être allée rejoindre la demi-douzaine de poules et de poulets avec qui, bizarrement, elle s'était liée d'amitié. Elle veillait jalousement sur sa maîtresse, mais la visite d'un inconnu la rendait nerveuse. Elle s'éloignait alors et continuait de protéger Skylar de loin, mais il lui arrivait aussi de revenir, son instinct lui ayant dit que cet inconnu était digne de confiance.

— Pourquoi tu as l'air aussi surpris ? reprit Skylar. Tu sais bien que je soigne les animaux !

— Oui, mais de là à faire d'un loup un animal de compagnie…

— J'ai un permis.

— Je n'en doute pas, mais la place d'un loup est dans la nature.

— J'ai essayé de ramener Stella à sa famille, mais ses congénères n'ont pas voulu d'elle.

L'expression de Joe demeura réprobatrice. Skylar pensait comme lui que les loups étaient par essence des bêtes sauvages et ne devaient pas être apprivoisés, mais pour elle il y avait une exception à cette règle : un louveteau estropié et livré à lui-même dans un milieu rempli de prédateurs n'ayant aucune chance de survie, il devait être recueilli.

Peu lui importait d'ailleurs la désapprobation de Joe. Le lien très fort qui les unissait maintenant, Stella et elle, suffisait à ses yeux à légitimer son choix.

— Revenons à ces tirs ! déclara Joe. Tu étais donc à un mètre environ du poteau quand ils se sont produits, tu parlais à Stella…

— Oui, et j'ai subitement éprouvé une petite douleur à l'oreille. J'ai d'abord cru à une piqûre de moustique.

Machinalement, Skylar porta la main à l'endroit concerné. Joe s'approcha aussitôt d'elle, écarta les cheveux qui cachaient son oreille, et se pencha pour l'examiner. Ils étaient maintenant si proches l'un de l'autre que Skylar sentait le souffle tiède de Joe sur sa joue et percevait l'odeur subtile de son after-shave.

Envahie par un trouble profond, elle s'écria pour faire diversion – et aussi parce que c'était vrai :

— Pas d'affolement ! C'est une simple égratignure.

La balle lui avait en effet juste effleuré le lobe de l'oreille. Elle n'avait pas beaucoup saigné, mais la vue de cette écorchure dans la glace de la salle de bains l'avait tout de même impressionnée : quelques centimètres plus haut ou plus en arrière, et elle aurait eu le crâne transpercé.

Cette pensée l'avait cependant moins effrayée que

mise en colère : que seraient devenus Stella et les autres animaux dont elle s'occupait, si elle était morte ?

Joe s'obstinant à s'assurer qu'elle n'avait rien de grave, Skylar en profita pour étudier son visage.

La fratrie Cash se composait de trois garçons, qui avaient tous grandi à Crooked Creek, ville jumelle de Checker Hill. Ils alimentaient les fantasmes de toutes les femmes de la région, car ils alliaient une beauté de mannequins à la virilité d'hommes endurcis par la vie au grand air. Ils étaient tous sexy en diable, et Joe, avec ses magnifiques yeux verts, n'était pas le moins séduisant des trois.

— Tu as frôlé la mort…, remarqua-t-il d'une voix étranglée en s'écartant brusquement de Skylar.

— Je sais, mais je suis bien vivante, parce que je me suis baissée à temps pour éviter la deuxième balle.

— Oui, tu as eu un bon réflexe, mais s'il t'était arrivé quelque chose…

Le regard fixé sur le brasero, Joe laissa sa phrase en suspens. Skylar savait ce qu'il aurait dit si elle avait insisté pour qu'il la termine – Joe s'était toujours intéressé à elle —, mais elle ne le lui demanda pas. C'était quelque chose qu'elle ne se sentait pas prête à entendre en ce moment.

Deux mois plus tôt, en revanche…

Mais Joe l'évitait alors comme la peste. Et même si c'était dommage, elle ne pouvait s'en prendre qu'à elle-même.

Il alla examiner le poteau, puis il le contourna, se pencha et, après avoir sorti un mouchoir, il ramassa quelque chose avec et mit le tout dans sa poche. Quand il se redressa, son visage était grave, et il lança à Skylar un regard gêné, comme s'il avait peur de lui parler de sa découverte.

— Je suis une grande fille ! souligna-t-elle. Tu peux m'annoncer une mauvaise nouvelle sans que je me mette à crier ou à pleurer… Qu'est-ce que tu viens de trouver par terre ?

— Une des balles. Elle avait traversé le poteau de part en part.

— Et alors ?

— Alors mon père, qui collectionne les fusils, nous en a beaucoup appris, à mes frères et à moi, sur les différents types existants et leurs munitions. Cette balle a été tirée par une arme de gros calibre.

— Il ne s'agit pas d'une simple carabine, tu en es sûr ?

— Certain. Ce poteau aurait sinon été criblé de grenaille de plomb. Et toi aussi.

Skylar tressaillit, et Joe enchaîna sur un ton contrit :

— Désolé, j'aurais dû me taire.

— La vérité ne me fait pas peur, déclara-t-elle.

Ce qui n'était pas tout à fait vrai, car elle se sentait soudain beaucoup moins vaillante qu'elle ne l'aurait voulu.

— Pour que tu n'aies pas entendu les détonations, observa Joe, le tireur devait être loin – sur l'autre rive du lac, sans doute. On a donc affaire à une personne expérimentée… Que se passe-t-il, Skylar ? Si tu sais qui s'en est pris à toi et pourquoi, tu dois me le dire !

3

Le simple fait d'entendre le nom de Skylar, tout à l'heure, avait fait remonter à la surface les sentiments que Joe éprouvait pour la jeune femme.

Des sentiments qu'il préférait maintenant occulter, faute de quoi l'accablerait le souvenir de ce qu'il avait perçu autrefois comme un chagrin d'amour…

Non, inutile de se mentir : c'était bien un chagrin d'amour, et il ne s'était jamais apaisé.

Avant aujourd'hui, Joe n'avait pas parlé à Skylar depuis presque un an. Il lui était arrivé de la voir entrer dans un magasin ou sortir de l'unique café de Checker Hill, mais il avait soigneusement évité de l'aborder.

La brise faisait danser ses cheveux blonds sur ses épaules, et le bord du chapeau de cow-boy qu'elle portait toujours ne cachait pas complètement ses grands yeux couleur saphir. Et quand ses lèvres pulpeuses s'entrouvrirent pour parler, Joe sentit son cœur s'emballer.

— Comment saurais-je qui m'a tiré dessus et pourquoi ? demanda-t-elle.

Brutalement ramené à la réalité, Joe se força à se mettre en mode policier.

— Il est normal, dans une affaire comme celle-ci, de poser tout un tas de questions, répondit-il. Le moindre détail peut contribuer à faire avancer l'enquête.

— Tu penses vraiment que le tireur était posté sur l'autre rive du lac ? Elle est à près de douze cents mètres d'ici !

— Un fusil à lunette permet d'atteindre une cible encore plus distante que ça.

Joe le savait par son frère Jason, qui avait appartenu à la CIA, mais il ne le précisa pas. Peu de gens étaient au courant, et Jason n'aimait pas que sa famille en parle.

Cela n'empêcha pas Skylar de mieux mesurer à la fois le danger auquel elle venait d'échapper et celui qui la menaçait peut-être encore, car elle vacilla soudain sur ses jambes. Joe lui passa un bras autour de la taille et la serra contre lui pour la stabiliser.

Une odeur de pin et de citron lui chatouilla les narines, tandis que la tiédeur de la peau de Skylar à travers le tissu léger de son T-shirt électrisait ses sens.

— Ça va ? questionna-t-il.

Elle fit oui de la tête, mais son expression disait le contraire.

— Rentrons ! déclara Joe. Mieux vaut ne pas nous attarder dehors.

— Tu penses que le tireur est toujours là-bas ? L'incident remonte à près d'une heure !

— Alors il est sans doute parti, mais une tasse de thé devrait t'aider à te remettre de tes émotions.

— Non, je crois qu'il va me falloir quelque chose de plus fort : du cognac, par exemple… J'allais bien, après avoir appelé la police, mais maintenant…

Alors qu'ils arrivaient au pied de l'escalier de la terrasse, un chien sortit des bois qui bordaient le côté nord de la maison.

Un chien ? Non, un loup !

— Stella a finalement décidé que tu étais fréquentable, dit Skylar. Tu peux me laisser me reposer une minute ?

— Bien sûr !

Pendant que la jeune femme s'asseyait sur la deuxième marche de l'escalier, Joe observa le bel animal, qui s'approchait d'un pas souple malgré sa patte manquante. Ses prunelles dorées étaient fixées sur lui, sa truffe noire pointait en avant, et sa queue était légèrement dressée. Joe savait que la protégée de Skylar était encore loin de l'avoir adopté, mais elle semblait disposée à faire sa connaissance.

Quand Stella fut à quelques mètres de lui, il mit un genou en terre et baissa la tête. Il ne fallait pas regarder un loup dans les yeux : l'animal interprétait cela comme une provocation, une volonté de domination et, même si Stella était habituée à la compagnie des hommes, son instinct de bête sauvage restait inscrit dans ses gènes.

Au bout d'un moment, Joe leva la tête et tendit la main, mais il resta ensuite immobile. L'odorat d'un loup était beaucoup plus développé que celui d'un chien, et Stella, pendant qu'elle était dans les bois, devait avoir perçu l'odeur particulière de Joe. Elle avait visiblement estimé que ce visiteur inconnu pouvait être considéré comme un ami, et le fait qu'elle vienne le saluer, en quelque sorte, était vécu par Joe comme un honneur.

La louve s'arrêta devant lui, flaira ses doigts et, ce test ultime lui ayant apparemment donné satisfaction, elle abaissa sa queue et alla jusqu'à la remuer légèrement.

— J'ai passé beaucoup de temps avec elle, les premiers mois, dit Skylar. On a même dormi l'une près de l'autre sur un matelas pendant des semaines ! Je devais la familiariser avec le genre humain que je représentais, et la convaincre que je ne lui ferais aucun mal.

Joe jugeait toujours préférable de remettre un animal sauvage en liberté après l'avoir soigné, mais, si le clan de Stella l'avait rejetée, Skylar lui avait sauvé la vie en la recueillant, et elle avait fait exactement ce qu'il fallait pour rendre leur cohabitation possible.

— Je pense que sa mère a été tuée, enchaîna la jeune femme, sinon elle serait restée près du piège et ne m'aurait pas laissée m'en approcher.

— Oui, son instinct maternel l'aurait poussée à protéger son petit jusqu'au bout.

C'était la première fois que Joe parlait devant Stella, et le son de sa voix dut lui plaire, car elle lui lécha alors les doigts. Encouragé par cette marque d'amitié, il se risqua à lui caresser la tête, puis à la gratter derrière les oreilles. Non seulement la louve le laissa faire, mais elle s'assit devant lui, signe d'une confiance pleine et entière.

— C'est une bête magnifique, remarqua-t-il, mais tu sais vraiment à quelle famille elle appartient ?

— À celle de Boundary Edge. Le Centre de recensement des loups, que j'ai consulté à l'époque, venait de noter dans cette meute l'absence d'une femelle, dont la dépouille n'a ensuite été jamais retrouvée.

— Je connais bien cette meute – ou du moins son territoire, qui se situe à une quinzaine de kilomètres au nord d'ici.

— Je sais, et c'est pourtant loin de là que j'ai découvert Stella. Elle avait rongé sa patte pour essayer de se libérer, et elle était en train de se vider de son sang. J'ai attendu, au cas où il y aurait d'autres loups dans les parages, mais je n'en ai vu aucun, et je me suis alors dépêchée d'intervenir. Environ un mois plus tard, je l'ai emmenée au point de rendez-vous de la meute, mais aucun de ses congénères ne s'est manifesté.

— Ils ne devaient pas être loin, mais l'odeur humaine dégagée par Stella les a dissuadés de la reprendre parmi eux. C'est dommage, parce que là était sa vraie place.

— Elle se plaît avec moi !

— Elle a l'air heureuse et en bonne santé, je le reconnais.

Joe glissa les doigts dans le pelage estival de la louve. Marron, gris et noir, il était lisse et doux au toucher.

La caresse plut à Stella et, comme pour le faire clairement savoir à Joe, elle posa la tête contre sa joue. Il s'immobilisa alors pour mieux savourer ce moment : il était rare d'avoir un contact physique aussi amical et rapproché avec une bête sauvage.

Stella n'en demeurait pas moins potentiellement dangereuse : si un homme animé de mauvaises intentions s'approchait de sa maîtresse, elle lui sauterait sans doute à la gorge.

— J'imagine que tu ne réserves pas tes soins aux loups et aux poules ? déclara Joe.

— Non, j'accueille ici les représentants de toutes les espèces : chèvres, chiens, chats, serpents… J'ai même eu un bébé orignal, un jour. J'ai heureusement pu le rendre rapidement à sa mère. Stella est le premier loup que je recueille, et j'espère ne jamais en trouver d'autre prisonnier d'un piège.

— Je n'ai pas pensé à te poser la question, tout à l'heure, mais pourquoi Becky porte-t-elle un chandail ?

— Parce qu'elle est fragile… Ça me fait penser que je dois aller demain en ville acheter une pelote de laine rouge. Comme je te l'ai dit, Becky est très coquette, et le rouge est à la mode, cet été.

Alors que Joe se demandait si Skylar était sérieuse ou se moquait de lui, une chèvre bêla, dans les profondeurs du jardin.

— C'est Beyoncé, indiqua la jeune femme. Elle possède un réel talent pour la danse.

Joe ouvrit de grands yeux, mais Stella attira alors son attention en lui léchant la joue. Il s'assit par terre, et elle se coucha sur ses jambes. Elle devait peser dans les quarante kilos, ce qui faisait déjà d'elle un gros animal, mais les loups qui vivaient en liberté pouvaient peser jusqu'à soixante-dix kilos et, debout sur leurs pattes arrière, dépasser la taille d'un homme. C'étaient des animaux d'une force, mais aussi d'une intelligence, redoutable.

— C'est la première fois que je vois Stella se montrer aussi affectueuse avec un inconnu, observa Skylar. C'est comme si elle sentait que tu entretenais une relation particulière avec les loups en général.

Cette remarque rappela à Joe l'épisode de son enfance qui avait amené ses frères aînés à le surnommer « le Sauvageon ». Il s'était perdu un week-end dans les Boundary Waters, et ce souvenir, indissociable de celui de Max Owen, le ramena au présent. Le vieil homme était mort dans d'étranges circonstances, et Joe s'était promis de les élucider.

— J'aime et je respecte tous les animaux, se borna-t-il cependant à déclarer. Si on rentrait, à présent ? Je t'accompagne à l'intérieur, et j'irai ensuite faire un tour de l'autre côté du lac.

Dès qu'il esquissa un geste pour se lever, Stella s'écarta, et elle le regarda ensuite prendre Skylar par le bras pour l'aider à gravir les marches. La jeune femme lui opposa d'abord une certaine résistance, mais elle finit par se détendre, et même par s'appuyer sur lui pendant qu'ils traversaient la terrasse.

La volonté d'indépendance que Skylar avait toujours affichée s'était ajoutée à la timidité naturelle de Joe pour l'empêcher, autrefois, de lui avouer ses sentiments. Ils s'étaient connus en classe de seconde, et de la décision de leur professeur de biologie de leur faire disséquer une grenouille en binôme était née une amitié qui, pour Joe, s'était vite transformée en amour.

Un amour dont la force n'avait jamais faibli.

Leurs études supérieures les avaient séparés, mais ils étaient ensuite tous les deux revenus vivre à Checker Hill. Quelques années plus tôt, ils avaient envisagé de sortir ensemble, mais sans jamais trouver le bon moment. Chaque fois que Joe avait demandé à Skylar si elle était libre, ce n'était pas le cas ; et, la seule fois où elle lui avait posé la même question, il venait d'entamer une liaison avec une jeune infirmière de Duluth.

Plus récemment, un ami commun les avait invités à son mariage. Ils y avaient beaucoup bu, et ce qui s'était passé la nuit suivante – ou, plutôt, ce qui ne s'était *pas* passé – avait changé leurs relations.

Cole Pruitt, le meilleur ami de Joe, avait ensuite séduit Skylar, et c'était pour cela que Joe gardait ses distances avec elle – et avec lui – depuis presque un an. Une date de mariage avait même été fixée, d'après ce qu'il avait entendu dire.

Tout à l'heure, devant le brasero, il avait vu les restes d'une robe de mariée incomplètement calcinée, et cela avait fait naître pas mal d'interrogations dans son esprit, mais il attendrait un meilleur moment pour les formuler.

Restée seule après le départ de Joe pour l'autre rive du lac, Skylar but à petites gorgées le cognac qu'il avait insisté pour lui servir. Elle était impressionnée par son zèle, car il commençait à se faire tard, et il devait avoir toute une journée de travail derrière lui.

Contrairement à ce que certaines personnes pensaient, les agents de protection de la nature ne se contentaient pas de contrôler les permis de chasse et de veiller à la propreté des aires de pique-nique…

Ceux des Boundary Waters effectuaient bien d'autres tâches, Skylar le savait : ils luttaient contre le braconnage et les coupes de bois sauvages, secouraient les randonneurs blessés ou juste égarés, et le shérif sollicitait leur aide quand la victime d'un meurtre avait été découverte en pleine forêt. Ils avaient les mêmes droits et les mêmes pouvoirs que les fonctionnaires de police.

Skylar ne s'attendait pourtant pas à ce que ce soit Joe la personne chargée d'enquêter sur les tirs qu'elle avait signalés. Sur le moment, cela l'avait déstabilisée, mais elle s'en félicitait maintenant.

Pourquoi ? Parce qu'elle avait besoin… d'aide ? De protection ?

Elle couvrait depuis des années le braconnage dont le propriétaire et les employés de Davis Trucking se rendaient coupables, mais ses relations avec son oncle n'étaient pas meilleures pour autant !

Malcolm proposait cependant de lui acheter une partie de ses terres… Cette transaction lui fournirait le capital de départ nécessaire à la construction du refuge pour animaux dont elle rêvait, mais cela allait à l'encontre de la volonté de son père de préserver l'intégrité du domaine familial. Il avait toujours refusé de vendre la moindre parcelle de terrain à un frère qui avait pour seul but de développer ses activités commerciales. Malcolm se moquait complètement de l'environnement, tandis que Merlin avait été un écologiste convaincu.

Et voilà qu'aujourd'hui Skylar avait été prise pour cible par un tireur…

La menace venait-elle de son oncle ? Ça ne semblait pas logique : s'il voulait faire affaire avec elle, il avait plutôt intérêt à se concilier ses bonnes grâces !

Mais deux jours plus tôt, Skylar était tombée par hasard sur quelque chose qu'elle n'aurait sans doute pas dû voir : des congélateurs alignés dans un entrepôt de Davis Trucking. Elle ne savait pas ce qu'il y avait dedans, mais l'homme penché sur l'un d'eux avait si peu apprécié sa présence qu'il l'avait menacée avec un fusil.

Que devait-elle faire ? Se taire ou en parler à quelqu'un ?

Cruel dilemme, car son oncle Malcolm avait beau mépriser les valeurs que son père et elle avaient toujours défendues, ils appartenaient tous les trois à la même famille.

Et Skylar attachait une grande importance aux liens familiaux.

4

Le chemin carrossable qui longeait le lac n'allait pas jusqu'à l'endroit où les estimations de Joe plaçaient le tireur. Il appela des renforts et obtint qu'un shérif adjoint vienne le rejoindre – mais il ne serait pas là avant une vingtaine de minutes.

Comme une marche à travers bois serait nécessaire pour atteindre leur destination, Joe l'attendit : ils risquaient sinon de ne pas se retrouver dans cette forêt dense où seuls de rares sentiers trouaient la masse compacte des pins, des chênes, des bouleaux et des érables.

Joe passait le plus clair de son temps à parcourir le territoire placé sous sa responsabilité. Il connaissait ce petit lac et ses alentours, mais n'avait jamais eu de raison de s'y attarder : c'était un endroit tranquille, fréquenté presque exclusivement par les riverains.

L'immobilité lui pesant, il se mit à sautiller sur place. Ses rangers n'étaient pas les chaussures idéales pour ce genre d'exercice, mais il avait besoin de bouger. Il leva ensuite un genou et effectua un mouvement de boxe thaïlandaise qui, bien exécuté, pouvait suffire à mettre un adversaire hors de combat.

Son intérêt pour les arts martiaux datait de l'époque où, adolescent, il regardait sa mère répéter les gestes techniques qu'elle avait appris pendant ses cours de karaté. C'était cette discipline qu'il avait pratiquée en premier, mais, après avoir vu à la télévision un reportage sur la boxe thaïlandaise, il s'était tourné vers ce sport, qui mettait le corps tout entier à contribution. Les coups de poing, de coude, de genou et de pied constituant l'ensemble des mouvements autorisés par le règlement accroissaient la force musculaire, la souplesse et la réactivité.

Des séances régulières de cet art lui permettaient aussi d'évacuer la colère que le manque de respect de certaines personnes envers la nature lui inspirait. Son métier l'amenait malheureusement à le constater presque quotidiennement.

Le cri rauque d'un héron bleu lui fit lever la tête et scruter le sommet des arbres à la recherche du bel échassier, mais la canopée était trop touffue.

Un coup de klaxon annonça juste après l'arrivée du shérif adjoint promis. Quand il descendit de sa voiture, Joe vit qu'il s'agissait de Brent Kofax. Ils avaient déjà collaboré : Brent était venu à plusieurs reprises aider Joe à arraisonner un bateau rempli de pêcheurs éméchés, et ils avaient un jour récupéré ensemble des pièges à mâchoires dans une baraque en préfabriqué. Ils fréquentaient aussi la même salle de sport, et il leur arrivait de s'y rencontrer.

— Qu'est-ce qui se passe, Cash ? demanda Brent.

Joe lui serra la main et répondit :

— Quelqu'un a tiré sur Skylar Davis, qui habite de l'autre côté de ce lac. La trajectoire des balles m'incite à penser que le tireur se trouvait dans la forêt, à quatre ou cinq cents mètres d'ici. Deux paires d'yeux ne seront pas de trop pour repérer les traces qu'il a pu laisser derrière lui… Tu te sens d'attaque pour une petite marche à travers bois ?

— Je me doutais bien que tu allais me faire transpirer ! D'accord, on y va !

Avant de se mettre en route, Joe sortit de son pick-up un sac à dos contenant, outre du matériel de recueil d'indices, de l'eau, des barres énergétiques, une boussole, un couteau suisse et autres instruments de survie. Il ne s'aventurait jamais dans la forêt sans prendre ce genre de précaution. Le pistolet Glock fixé à sa ceinture complétait son équipement, et Brent avait sous son bras son arme de service, un fusil à pompe calibre 12.

Les deux hommes s'engagèrent dans les bois et avancèrent avec précaution, en évitant les racines protubérantes et en écartant les branches basses des pins.

Brent était un chasseur passionné, mais Joe se serait bien gardé de lui reprocher de tuer des bêtes innocentes sans être poussé par la nécessité, comme c'était le cas aux temps préhistoriques. S'il commençait à jeter l'anathème sur les chasseurs, il se fâcherait avec la moitié des habitants de la région. Il devait se contenter de s'assurer qu'ils respectaient les règles en vigueur dans ce domaine.

La tombée du jour accentuant la pénombre qui régnait en permanence dans la forêt, Joe et Brent ne tardèrent pas à allumer leurs torches électriques. Les rayons d'une lune aux trois quarts pleine leur fournissaient également un peu de lumière en se reflétant sur le lac. Joe pensait que le tireur avait dû se poster suffisamment près du bord pour avoir une vue dégagée sur la rive opposée, et il ne s'en éloignait donc pas de plus de quelques mètres.

Son œil exercé repéra en chemin les foulées d'un cerf, entre les arbres, et les déjections d'un autre animal près d'un tas de feuilles d'érable.

Les deux hommes avaient parcouru quelques centaines de mètres quand ils atteignirent une zone de sous-bois piétinée. Ils s'immobilisèrent, et Joe vit soudain deux douilles au milieu de l'herbe et des fougères qui poussaient à la lisière des arbres. Un sol nu aurait gardé des traces de pas et les marques du trépied que le tireur avait sûrement utilisé pour stabiliser son arme… Là, il n'y en avait pas, mais ces douilles constituaient des éléments matériels encore plus intéressants.

Quand Joe braqua dessus le faisceau de sa lampe, Brent s'écria :

— Tu m'étonneras toujours ! Tu as grandi dans la forêt, comme Mowgli ?

— Mowgli a grandi dans la jungle, rectifia Joe.

Cela n'avait pas empêché ses frères, à une époque, de l'appeler ainsi. Et puis ils lui avaient trouvé un autre surnom : celui, plus agaçant, de « Sauvageon ».

Joe avait toujours pensé qu'ils l'avaient appelé ainsi par jalousie, pour le dévaloriser en se moquant d'une aventure qu'ils auraient bien aimé vivre eux-mêmes.

Car ce n'était pas souvent qu'un jeune garçon se perdait dans les bois, y restait pendant trois jours entiers, pour être ensuite raccompagné presque jusque chez lui par une bande de loups.

Joe avait dix ans quand cela lui était arrivé, et cette expérience avait changé sa vie.

Ses parents l'avaient d'abord serré dans leurs bras et couvert de baisers. Les premiers moments d'émotion et de soulagement passés, cependant, ils lui avaient infligé une privation de sortie d'une semaine pour être parti se promener seul et sans prendre son portable. Il aurait pu récuser ce dernier reproche en soulignant que rares étaient dans les Boundary Waters les endroits où il y avait du réseau – les antennes-relais y étaient peu nombreuses et très espacées —, mais il avait accepté sa punition sans rien dire, et utilisé le temps ainsi libéré pour apprendre tout ce qu'il y avait à savoir sur les loups.

Sa vocation était née à ce moment-là : il exercerait plus tard un métier qui lui permettrait de protéger les animaux sauvages et leur habitat.

— Tu as des sachets à scellés dans ton sac à dos ? demanda Brent. J'ai laissé les miens dans ma voiture.

— Oui, j'en emporte toujours quand je me déplace à pied, répondit Joe.

Il en sortit un, ainsi qu'une paire de gants en latex, puis il ramassa les douilles et les mit dedans.

Le fait que la première balle avait juste écorché l'oreille de Skylar, et que la deuxième n'avait même pas effleuré la jeune femme, lui disait que le tireur n'avait pas voulu la tuer. Il s'agissait de toute évidence d'un expert, et il avait donc volontairement « raté » sa cible, le but consistant juste à l'effrayer.

Skylar était apparemment restée calme sur le moment, mais un accès de peur rétrospective l'avait saisie après l'arrivée de Joe. Il l'avait laissée dans son séjour un verre de cognac à la main et Stella couchée à ses pieds. Elle avait refusé toute mesure de protection, mais Joe envisageait d'envoyer un policier surveiller discrètement sa maison jusqu'au lendemain matin.

À moins qu'il ne s'en charge lui-même ? Il s'était levé à 5 heures, et sa longue journée de patrouille l'avait épuisé. Sûr que son inquiétude pour Skylar l'empêcherait malgré tout de dormir, il décida de passer la nuit dans son pick-up garé au bout de l'allée qui menait à la maison de la jeune femme. Elle n'en saurait rien, parce qu'il repartirait à l'aube, et les nuits étaient douces, en cette saison.

Alors qu'il se relevait après avoir ensaché les douilles, un reflet métallique, au pied d'un chêne, attira son attention. Brent esquissa au même moment un pas dans cette direction… Joe lui décocha au niveau de la hanche un coup de pied qui le projeta sur le côté.

— Mais qu'est-ce qui te prend ? s'exclama Brent, dont la torche et le fusil étaient tombés par terre.

— Regarde !

Joe dirigea le faisceau de sa lampe vers l'endroit où son compagnon avait failli poser le pied, puis il s'approcha prudemment du chêne. Un fil de fer était fixé à la base du tronc. C'était un piège à collet : si un animal marchait dessus, il se déclenchait et emprisonnait sa patte. Si un appât y était associé, que l'animal commençait par flairer, la tête en avant, c'était encore pire : le nœud coulant se refermait alors sur son cou, lui brisant la nuque ou le laissant souffrir pendant des heures, jusqu'à ce que mort s'ensuive ou que le braconnier revienne.

— Les crapules…, marmonna Joe.

— J'ai failli marcher là-dessus, déclara Brent, mais tu aurais pu te contenter de me crier : « Stop ! » Là, tu m'as fait mal !

— Désolé, mais c'était le moyen le plus rapide et le plus sûr de t'éloigner du danger.

De ses mains toujours gantées, Joe ramassa une branche morte et s'en servit pour déclencher le piège. Il avait l'intention de le confier au laboratoire de police du comté. Avec un peu de chance, des empreintes digitales ou de l'ADN y seraient relevés.

— Qu'est-ce que tu cherches ? demanda Brent en voyant Joe fouiller dans son sac à dos après y avoir déposé le sachet à scellés.

— De quoi démonter ce piège.

— Tu as une pince coupante, là-dedans ?

— Non, mais au moins deux outils qui devraient faire l'affaire.

— Alors ce n'est pas Mowgli qu'il faut t'appeler, mais MacGyver !

Encore un surnom, mais celui-ci ne déplaisait pas à Joe.

Il trouva sous les feuilles des petits morceaux de viande. Ils avaient servi d'appât et, bien qu'ils sentent le ranci, il les ensacha. Leur examen permettrait de déterminer l'espèce d'animal à laquelle ils appartenaient, et peut-être même la personne qui les avait manipulés avait-elle laissé ses empreintes dessus. Joe comptait aussi demander aux techniciens du laboratoire de les soumettre à une analyse toxicologique.

Son travail terminé, il se releva et scruta les alentours. Sa lutte contre le braconnage ne l'avait encore jamais amené aussi près de ce lac, mais il devrait désormais l'inclure dans ses patrouilles, après avoir consulté le cadastre pour savoir à qui cette forêt appartenait. Il la croyait propriété de l'État, mais il fallait vérifier.

Les braconniers étaient de plus en plus entreprenants : ils posaient des pièges partout, et certains utilisaient même Internet pour faire du trafic : Joe avait vu récemment sur Craigslist, le plus grand site web de petites annonces du pays, une offre de bois de cerf et de griffes d'ours !

Le regard de Joe s'arrêta ensuite sur l'autre rive du lac. Une petite lumière y brillait. Ce devait être le séjour de Skylar…

Stella couchait-elle dehors ou dans la maison ? se demanda-t-il. Mais dans un cas comme dans l'autre, la louve avait beau être prête à protéger sa maîtresse, que pouvait-elle faire contre un homme armé d'un fusil ?

Si celui qui avait tiré sur la jeune femme depuis ce côté du lac l'avait volontairement ratée, cependant, c'était forcément pour lui adresser un avertissement…

Alors savait-elle quelque chose que quelqu'un voulait la dissuader de divulguer ? Avait-elle compris le message, et décidé de se taire ? Avait-elle menti, tout à l'heure, en disant ignorer qui lui avait tiré dessus et pourquoi ?

C'était très possible.

— Il paraît qu'une cache d'armes a récemment été découverte dans une maison d'Ely, déclara Brent à Joe pendant qu'ils regagnaient leurs véhicules.

— J'en ai trouvé une moi aussi la semaine dernière. Il s'agissait de fusils dont les numéros de série avaient été limés. Ils étaient dans une cabane apparemment abandonnée, avec une douzaine de bois de cerf… Tu peux me rendre un service ?

— Lequel ?

— J'ai à faire sur l'autre rive du lac, et je voudrais que nos trouvailles arrivent le plus vite possible au labo. Tu peux te charger de les y apporter ?

— D'accord.

Brent ne posa pas d'autres questions, et Joe s'en félicita, car il n'avait envie de dire à personne qu'il allait passer la nuit dans son pick-up parce que la seule idée de perdre la femme visée par les tirs lui brisait le cœur.

Skylar sortit de la cabine de douche, se sécha, puis elle tendit la main vers le verre de cognac posé sur la tablette du lavabo et le vida. L'alcool lui brûla la gorge, mais elle se sentit aussitôt plus détendue, prête à fermer les yeux et à sombrer dans un profond sommeil.

— Viens, Stella ! dit-elle avant de s'engager, nue, dans le couloir qui menait à sa chambre.

L'animal la suivit. Il couchait généralement dehors, mais ne refusait jamais une invitation à rester à l'intérieur avec sa maîtresse.

Le tableau de commande réunissant les systèmes de sécurité de la maison se trouvait dans la chambre, près de la porte. Skylar actionna le bouton qui télécommandait le verrouillage des portes, et elle activa ensuite une alarme extérieure branchée sur un capteur de pression réglé pour ne réagir qu'au poids d'un véhicule : avec tous les animaux qui se promenaient aux alentours même la nuit, c'était indispensable.

Pendant ce temps, Stella était allée se coucher au pied du lit. Skylar enfila un long T-shirt en guise de chemise de nuit et s'allongea sur les draps, en travers du matelas, de façon à pouvoir caresser la louve.

Elle n'avait pas vu Joseph Cash depuis presque un an. Il lui semblait plus beau à chacune de leurs rencontres, et il l'était même tellement aujourd'hui qu'elle brûlait de le revoir.

Mais dans d'autres circonstances…

— C'était un simple avertissement, murmura-t-elle en touchant le lobe de son oreille, encore un peu sensible.

Ce qu'elle avait appris par Joe sur le type de fusil utilisé par le tireur avait en effet levé ses doutes. Elle n'avait pas « failli » mourir : si elle était toujours en vie, c'était grâce à la précision de l'arme et à l'expertise de la personne qui avait pressé la détente.

Après être entrée par erreur dans cet entrepôt de Davis Trucking, l'avant-veille, elle avait parcouru le local des yeux. Il était rempli de caisses de différentes tailles, ce qui paraissait normal dans un bâtiment appartenant à une société de transport routier. Les six énormes congélateurs bahuts qui s'alignaient contre le mur du fond détonnaient dans ce cadre, en revanche.

Que contenaient-ils ? Skylar avait toujours cru que l'activité de son oncle se limitait au transport de marchandises non périssables, mais peut-être se trompait-elle ?

L'homme debout devant l'un de ces congélateurs, dont le couvercle était ouvert, n'avait pas remarqué sa présence. Quand elle avait toussoté pour la lui signaler et lui demander où elle pouvait trouver son oncle, il s'était retourné d'un bloc et avait attrapé un fusil.

Terrifiée, Skylar n'avait pas demandé son reste : elle avait pivoté sur ses talons et s'était enfuie.

— Je te conseille de la fermer ! avait crié l'homme, dans son dos.

Elle avait regagné son véhicule en courant, récoltant au passage les appels et les sifflets de quelques camionneurs. L'homme ne l'avait pas suivie, mais, comme la peur lui avait enlevé toute envie de voir son oncle, elle avait quitté les lieux – et n'y était pas retournée depuis.

Si elle n'avait parlé de cet incident à personne, c'était faute de pouvoir dire précisément qui était l'homme au fusil et ce que contenaient les congélateurs.

Les tirs essuyés aujourd'hui étaient destinés à renforcer la menace proférée l'avant-veille, c'était maintenant une certitude, mais Skylar ne regrettait pas pour autant d'avoir appelé la police : il n'était pas question de se laisser terroriser sans réagir.

Restait à savoir si elle allait pouvoir se résoudre à demander à Joseph Cash de la protéger.

5

Joe ouvrit les yeux, s'ébroua… et ne put réprimer une grimace de douleur. Il était tout ankylosé, et comprit pourquoi en s'apercevant qu'il s'était endormi dans son pick-up, garé au bout de l'allée menant à la maison de Skylar.

Le tambourinement qui l'avait tiré du sommeil se fit de nouveau entendre. Il se redressa, tourna – non sans difficulté – la tête vers la vitre de sa portière, et ce qu'il vit derrière acheva de le réveiller.

Comment une femme non maquillée, vêtue d'un chemisier en jean boutonné jusqu'au cou et coiffée d'un chapeau de cow-boy, pouvait-elle être aussi désirable ?

Sans compter que son expression, en cet instant précis, n'avait rien d'aimable. Les mots qu'elle prononcerait une fois la vitre baissée ne le seraient sans doute pas non plus… Joe pensait être parti avant que la jeune femme se soit rendu compte de sa présence…

C'était raté !

Il mit le contact, appuya sur le bouton de commande de la vitre et déclara avec un sourire hésitant :

— Bonjour, Skylar !

— Tu as dormi ici toute la nuit ?

— Non, j'en ai passé la plus grande partie à monter la garde.

Ce qui n'était pas forcément vrai. La pendule du tableau de bord marquait 7 heures, mais Joe ne savait pas quand exactement le sommeil l'avait gagné.

— Je t'avais dit que je n'avais pas besoin d'être protégée ! lui rappela Skylar.

— Garantir la sécurité des habitants de la région fait partie de mon travail, et tu as couru un grave danger, hier. Ce danger existe peut-être encore, et je me devais donc de rester dans les parages… Tu as bien dormi ? Où est Stella ?

— Elle est en train de jouer avec Becky. Moi, il faut que j'aille en ville.

— Pour acheter une pelote de laine rose, c'est ça ?

— Non, rouge. Et j'ai aussi besoin de faire des courses d'épicerie… Tu peux t'enlever, pour que je puisse passer ? Ou alors tu as l'intention de rester scotché là comme une moule à son rocher ?

Skylar n'était visiblement pas du matin, mais ses grands yeux bleus lui auraient permis de se faire pardonner bien plus qu'un simple accès de mauvaise humeur…

— Écoute, déclara Joe, je sais que tu ne me portes pas dans ton cœur…

— Les sentiments que j'éprouve pour toi n'ont rien à voir avec la situation présente.

Elle éprouvait des *sentiments* pour lui ?

Joe se passa une main dans les cheveux et se redressa un peu plus.

— Ton enquête sur l'incident d'hier n'étant pas terminée, poursuivit la jeune femme, tu auras sans doute d'autres questions à me poser. J'y répondrai dans toute la mesure du possible, mais là ce n'est pas le moment.

— Dans toute la mesure du possible ? répéta Joe

en ouvrant sa portière et en mettant pied à terre. Qu'est-ce que ça veut dire ? J'ai l'impression que tu me caches quelque chose… Pourquoi ? Tu as peur de parler ? Tu te sens menacée ?

— Comment pourrais-je ne pas me sentir menacée, après ce qui s'est passé hier ?

— D'accord, mais une personne menacée sait généralement pourquoi elle l'est.

Skylar croisa les bras, l'air buté, puis elle poussa un soupir de lassitude.

— Il faut que je réfléchisse, Joe… En attendant, dis-moi ce que tes recherches sur l'autre rive du lac t'ont permis de découvrir.

— Deux douilles, à l'endroit où j'avais calculé que le tireur s'était posté. Je les ai transmises pour expertise au labo de la police.

— Bravo !

Un sourire venait de remplacer l'expression maussade de Skylar. Les rais de soleil qui filtraient à travers les arbres caressaient ses cheveux blonds et sa peau satinée…

Même si elle n'avait pas été aussi belle, Joe aurait bien sûr tout fait pour mettre hors d'état de nuire la personne qui lui voulait du mal : aucune femme ne méritait de vivre dans la peur.

— J'ai aussi trouvé là-bas un piège à collet opérationnel, indiqua Joe. Tu as déjà attrapé des braconniers sur tes terres, Skylar ?

— « Attrapé » ? Non, je ne suis pas assez bête pour m'en prendre directement à des idiots armés pour qui l'homme a un droit de vie et de mort sur les animaux !

Joe acquiesça de la tête.

— La plupart des habitants des environs possèdent un fusil, souligna-t-il. Ce sont presque tous des gens honnêtes, qui ne chassent pas sans permis, mais il y a aussi parmi eux des idiots, comme tu les appelles, qui ne respectent rien. Je cherche depuis des mois à démanteler un réseau de braconnage qui sévit dans la région.

— Vraiment ?

Ce sujet intéressait visiblement Skylar, mais Joe la sentait également gênée pour en parler. Elle savait quelque chose, il en était sûr…

Et si elle était en possession d'informations susceptibles de l'aider à découvrir le meurtrier de Max ?

— Tu sais que tu es tenue de signaler toute activité de braconnage que tu surprendrais, n'est-ce pas ? déclara-t-il.

— Oui.

— Mais ne t'approche pas du contrevenant : contente-toi de donner aux autorités son nom si tu le connais et, sinon, une description physique, ainsi que l'emplacement et le type du piège.

— Je n'y manquerai pas si la situation se présente.

— Mais sois prudente quand tu te promènes dans les bois alentour.

— Ils m'appartiennent !

— Sans doute, mais ton domaine est clairement délimité ? Il est clôturé ?

— Pas partout. Mon père avait de bonnes relations avec toutes les familles du voisinage. Il n'y a jamais eu de litige en matière de limite de propriété, et les propriétaires s'autorisent souvent les uns les autres – sur demande – à chasser sur leurs terres. Je n'ai jamais eu de problème…

La phrase de Skylar semblant incomplète, Joe attendit une suite… qui ne vint pas. Il y avait quelque chose qu'elle se refusait à dire. Joe avait envie de lui demander sans détour ce que c'était, mais il ne voulait pas, en la brusquant, risquer de se l'aliéner complètement.

— Et ton oncle ? déclara-t-il.

Il savait que les terres de Malcolm Davis jouxtaient celles que la jeune femme avait héritées de son père. L'ensemble appartenait autrefois à son grand-père paternel.

— Quoi, mon oncle ? grommela-t-elle, les yeux maintenant fixés sur ses pieds.

— Les camions de Davis Trucking circulent sur tous les grands axes de la région. J'en ai même vu à Duluth.

— Ça n'a rien de surprenant dans la mesure où c'est l'une des plus grosses entreprises de transport routier de la partie nord du Minnesota.

— Une des plus anciennes, aussi… Comment sont vos relations ?

— Les relations entre Davis Trucking et moi ? Elles ne sont ni bonnes ni mauvaises : je n'en ai aucune.

— Non, je parlais de ton oncle Malcolm… Il me semble t'avoir entendue dire un jour qu'une querelle l'opposait à ton père.

— Mon père est mort il y a deux ans, Joe ! Laisse le passé où il est !

— Désolé…

Joe l'était vraiment : Skylar avait adoré son père, et le fait de l'évoquer pour tenter d'obtenir des informations sur Malcolm Davis avait quelque chose de cruel – même si ce dernier était tout en haut de la liste de ses suspects. Manquaient des preuves matérielles contre lui : Joe n'avait pu jusqu'ici que verbaliser un de ses employés pour possession d'une peau de renard et de quelques serres d'aigle à tête blanche.

La voix de Skylar l'arracha à ses pensées :

— Il faut que j'y aille ! Je veux être revenue des courses assez tôt pour tondre la pelouse avant que le soleil tape trop fort. Alors si tu pouvais bouger ton pick-up…

— Je vais le faire, mais je te préviens : je compte suivre de près cette affaire de tirs, et continuer de veiller sur toi que ça te plaise ou non.

— C'est noté ! Bonne journée !

Skylar fit demi-tour et remonta l'allée à grands pas. Joe la suivit un moment des yeux, et toutes sortes de questions lui traversèrent alors l'esprit.

Cole Pruitt avait-il vraiment épousé Skylar ? Si oui, pourquoi vivait-elle encore seule ? Pourquoi avait-elle brûlé sa robe de mariée ?

Et, s'agissant du braconnage qui sévissait dans la région, que lui cachait-elle ? Était-elle de mèche avec les malfaiteurs qu'il cherchait à appréhender ? Même si cela lui paraissait presque impossible, il devait l'envisager. C'était une Davis, après tout…

— Ne me fais pas ça, Skylar ! dit Joe en remontant dans son pick-up. Je ne m'en remettrais pas !

Contente d'avoir trouvé de la laine rouge dans la supérette de Checker Hill, Skylar paya ses achats et regagna son véhicule, garé sur le parking. C'était un vieux pick-up Ford qui avait été rouge, mais dont la couleur avait viré au rose avec les années – et encore, là où la rouille n'avait pas remplacé la peinture. Cole avait effectué les petites réparations dont le véhicule avait besoin pendant les mois où ils étaient sortis ensemble, mais c'était à peu près le seul regret qu'elle gardait de leur rupture.

Après avoir posé ses deux sacs de provisions sur le siège passager, elle referma la portière, contourna le pick-up, mais s'arrêta devant le hayon et s'y appuya pour regarder les voitures passer.

L'image de Joseph Cash la poursuivait, mais elle n'était plus en colère contre lui : il était trop sexy !

Pourquoi leur relation n'était-elle jamais allée au-delà de la simple amitié ?

Ils avaient failli devenir amants, après une réception de mariage, et puis…

Et puis Joe, au dernier moment, n'avait pas voulu. Ce rejet la blessait encore un peu, même si elle en connaissait la raison : ils avaient tous les deux beaucoup bu – et elle encore plus que lui. Pour avoir repoussé ses avances, cependant, soit Joe possédait une force de caractère hors du commun, soit elle ne l'intéressait pas autant qu'elle le pensait.

Quoi qu'il en soit, ce refus l'avait mortifiée, et elle n'avait fait depuis aucun effort pour normaliser leur relation.

Son histoire personnelle expliquait en partie une réaction que Skylar était assez lucide pour juger excessive.

Elle avait douze ans quand sa mère avait quitté le domicile conjugal et brisé ainsi le cœur de son père. Elle avait trouvé un matin en se levant un mot posé sur son bol de céréales :

Je m'en vais parce que je ne supporte plus cette vie. Je t'aime. Maman

Elle n'avait eu aucune nouvelle de sa mère depuis. Pas un coup de téléphone. Pas une lettre. Pas même une carte de Noël.

Toute son adolescence en avait été marquée. Bonne

élève et de naturel sociable jusque-là, elle s'était renfermée et n'avait fait que le minimum pour passer d'une classe à l'autre. En seconde, cependant, elle avait décidé d'utiliser sa colère comme moteur pour améliorer ses résultats scolaires, et elle avait ensuite eu son bac haut la main. C'était une façon de dire à sa mère : « Tu n'as pas besoin de moi ? Eh bien, c'est réciproque ! »

Son père, lui, ne s'était jamais remis du départ de son épouse. Il avait même toujours refusé de fréquenter une autre femme. Dorothy était son âme sœur, ne cessait-il de répéter, et sur son lit de mort c'était ce prénom qu'il avait murmuré avant de rendre le dernier soupir.

Skylar trouvait que sa mère ne méritait pas une telle adoration. Y avait-il seulement un moment de leur histoire où elle avait aimé Merlin ? Skylar aurait bien voulu le savoir, mais cette question resterait à jamais sans réponse.

La mort de son père avait fait un grand vide dans son existence, mais les soins qu'elle prodiguait aux animaux avaient fini par redonner du sens à sa vie. Elle n'avait besoin de personne, finalement, et préférait être seule plutôt quc de risquer un nouvel abandon.

Mais alors, pourquoi ce coup au cœur, quand elle avait vu Joe sur sa terrasse, la veille ? Pourquoi pensait-elle tout le temps à lui, depuis ?

Et ce qu'il lui avait appris ce matin compliquait encore les choses : il enquêtait sur un réseau de braconnage, et le nom qui figurait en tête de la liste de ses suspects était facile à deviner…

Sa découverte d'un piège près de l'endroit où le tireur s'était posté n'avait pas surpris Skylar. Elle en voyait de toutes sortes, en se promenant sur ses terres, mais, si elle l'avait dit à Joe, il l'aurait bombardée de questions qui, si elle y avait répondu, l'auraient toutes amenée à incriminer son oncle.

— Je n'ai vraiment pas besoin de ça…, murmura-t-elle. Tout ce que je veux, c'est une existence simple et tranquille… Est-ce trop demander ?

Ses pensionnaires suffisaient à son bonheur. La louve à trois pattes. La poule déplumée qui devait porter un chandail même l'été. Les trois porcelets nés avant terme mais qui se portaient maintenant très bien. La chèvre dansante et les bébés opossums qu'elle venait de recueillir…

Ses ambitions se limitaient désormais à la création d'un refuge et d'une structure vétérinaire avec salle d'opération, pour pouvoir accueillir et soigner le plus d'animaux possible.

La sonnerie de son portable la ramena à la réalité. Elle décrocha, et une voix d'homme déclara :

— Mademoiselle Davis ? J'ai un problème, et quelqu'un m'a dit que vous pourriez le résoudre.

Skylar recevait souvent ce genre d'appel. Les habitants de Checker Hill n'avaient pas voulu d'elle comme vétérinaire, mais ils la sollicitaient encore en cas d'urgence, car Duluth était à plus d'une heure de route.

— Que vous arrive-t-il ? demanda-t-elle.

— Un jeune boa constricteur s'est installé sur mon perron.

Cette espèce de serpent n'était pas originaire du Minnesota. Alors soit le boa en question s'était échappé, soit son propriétaire l'avait abandonné après s'être rendu compte qu'il était difficile de cohabiter avec ce genre d'animal exotique.

— Il faut que vous appeliez le service de contrôle

des animaux, dit Skylar. C'est lui qui s'occupe de ce type de problème.

— Je l'ai appelé, et quelqu'un va venir. C'est pour autre chose que j'aurais besoin de vous.

— Je vous écoute !

— Cette sale bête a attaqué un de mes chats. Elle l'a serré si fort qu'il a sûrement des côtes cassées. Il est vraiment mal en point et, comme il est très vieux, je serais tenté d'abréger ses souffrances, mais c'était le chat préféré de ma pauvre femme… Olivia est morte il y a deux mois, et je sais qu'elle aurait tout fait pour le sauver. Alors, par respect pour sa mémoire…

Un peu par sentimentalisme et beaucoup pour chasser Joseph Cash de son esprit, Skylar déclara :

— Donnez-moi votre adresse. Je vais venir.

Une fois en possession des coordonnées de son correspondant, elle remit son portable dans sa poche et contourna son pick-up pour aller se mettre au volant, mais elle faillit alors se cogner à Malcolm Davis.

Coiffé de son éternel panama, il arborait un sourire patelin. Son visage anguleux et ses yeux bleus le faisaient tellement ressembler à son frère Merlin que les gens les prenaient souvent pour des jumeaux, autrefois, malgré une différence d'âge de deux ans.

— Oncle Malcolm ! s'exclama Skylar. Je ne m'attendais pas à te trouver là ! Je n'ai vu ta voiture nulle part sur le parking.

Une voiture qu'elle aurait facilement reconnue, car c'était un gros 4x4 noir, avec sur les ailes le logo de Davis Trucking. Son oncle ne conduisait que ce type de véhicule – coûteux, puissant et très gourmand en carburant.

— Comment vas-tu, Skylar, depuis le temps ?

— J'ai voulu te rendre visite, il y a trois jours,

mais ton entreprise occupe une telle surface et compte tellement de bâtiments que je me suis trompée : je suis entrée dans un entrepôt en croyant que là se trouvaient tes bureaux.

— Oui, je suis au courant : un de mes employés m'a dit qu'il t'avait surprise en train de fouiner.

— Je ne fouinais pas, je te cherchais. Et cet homme ne m'a pas très bien accueillie !

— On ne plaisante pas avec la sécurité, dans mon entreprise, et c'est normal.

— J'ai quand même eu le temps d'errer sur le site pendant dix minutes sans que personne ne me demande rien ! Maintenant, tu serais gentil de dire à ton employé que les membres de ta famille n'apprécient pas beaucoup d'être chassés du siège de ta société par un homme armé d'un fusil… Et encore moins de se faire tirer dessus quand ils vaquent à leurs occupations dans leur jardin !

Malcolm ne broncha pas.

— Quel était le but de ta visite, l'autre jour ? déclara-t-il.

S'il ne prenait pas la peine de rejeter sa dernière accusation, songea Skylar, c'était sans doute parce qu'elle était fondée.

Il se mordilla la lèvre inférieure. C'était un tic que Skylar lui connaissait, même si elle le voyait rarement, car elle l'évitait dans toute la mesure du possible. Son père avait eu beau tenter de privilégier le dialogue avec lui, les deux frères n'étaient jamais arrivés à s'entendre. Ils étaient trop différents, et elle l'était tout autant de son oncle.

— J'ai encore failli marcher sur un piège à collet posé dans une forêt qui m'appartient, répondit-elle. C'est de ça que je voulais te parler l'autre jour.

— En quoi ça me concerne ?

— Je pense que tu y es pour quelque chose.

— Pourquoi ?

— Je sais que, toi et tes employés, vous braconnez. C'est Cole qui me l'a dit.

— Cole Pruitt ?

— Évidemment !

— Je regrette de t'avoir appris que je l'avais engagé à temps partiel. Je ne m'attendais pas à ce que ça te pousse à rompre avec lui… C'est dommage, parce qu'il aurait fait un bon mari.

— Pas pour moi. Je ne me vois pas passer toute ma vie avec un homme qui rejette mes valeurs.

— Tu as hérité du côté moralisateur de ton père… Tu devrais te surveiller, parce que c'est très agaçant !

— Tu peux garder tes conseils pour toi ! Tout ce que je te demande, c'est de respecter les limites de propriété et de ne plus poser de pièges sur mes terres. Je m'y promène souvent.

— À propos de ces terres… Mon offre d'achat d'une des parcelles qui en occupent la bordure nord tient toujours, mais plus pour longtemps !

— Je n'ai pas encore pris de décision.

— Il s'agit seulement d'une portion de terrain de quatre cents mètres de long ! Elle ne t'est en rien indispensable, et à moi elle rendrait service…

— Tu disposes déjà d'une route d'accès à la nationale.

— Oui, mais le sentier qui s'y trouve, une fois goudronné, offrirait à mes chauffeurs un raccourci qui leur ferait gagner beaucoup de temps.

— Papa a toujours refusé de te vendre la moindre parcelle de terre.

— Oui, mais il est mort, maintenant… Que se passera-t-il, à ton avis, si tu meurs toi aussi ?

Skylar tressaillit violemment. Venant de son oncle, la brutalité de cette question n'aurait pourtant pas dû la surprendre…

— Quelqu'un m'a prise pour cible, hier ! s'écria-t-elle. J'ai eu plus de peur que de mal, mais la prochaine fois le tireur aura peut-être pour instruction de « mieux » viser… Qu'en penses-tu ?

— Rien, mais je croyais que tu voulais créer un refuge pour animaux… Il faut de l'argent pour ça, non ?

Cole était la seule personne qui avait pu parler de ce projet à Malcolm. Il ne le fréquentait pas, au début de sa relation avec Skylar. Elle ne savait pas quand il avait commencé à participer aux activités illégales de son oncle, mais cela devait correspondre au moment où il s'était mis à boire.

— Cole m'a dit que tu n'avais plus de garant pour l'emprunt de cinq cent mille dollars que tu as demandé à ta banque, reprit Malcolm. Parce que, ce garant, c'était lui.

Son ex-fiancé avait décidément la langue bien pendue ! songea Skylar, furieuse.

— Cette affaire ne te regarde pas ! déclara-t-elle.

— Peut-être que si… Si tu me vends ce bout de terrain, non seulement je te le paierai le double du prix du marché, mais je me porterai garant de ton emprunt. Je suis sûr que ça incitera la banque à te l'accorder.

Skylar faillit refuser tout net, mais cette offre était tentante : l'accepter lui permettrait de réaliser son rêve.

— Je te laisse réfléchir, enchaîna son oncle. En attendant, fais attention à ce que tu fais. Évite d'appeler la police pour tout et n'importe quoi, par exemple !

La menace était claire, ce qui n'empêcha pas Skylar de répliquer :

— Il faudrait être très bête pour *ne pas* appeler la police après s'être fait tirer dessus !

— Et tu ne l'es pas…

— Non.

Si, elle l'avait été en projetant d'épouser un homme qu'elle ne connaissait pas bien, et son oncle le savait…

— Tu as autre chose à me dire ? demanda-t-elle.

— Non.

— Alors si tu veux bien me laisser passer…

Malcolm ne bougeant pas, Skylar dut le contourner pour monter dans son pick-up. Quand elle eut démarré et passé la marche arrière, il était toujours immobile, et leurs regards se croisèrent dans le rétroviseur extérieur.

La lueur mauvaise qui brillait dans celui de son oncle lui donna la chair de poule. C'était un homme dangereux, et il venait de la menacer…

Il finit par se mettre en marche, mais à reculons et en restant juste derrière le pick-up, si bien que Skylar dut adapter sa vitesse à celle d'un homme à pied jusqu'à ce qu'il se décide à changer de direction.

— Espèce de…, marmonna-t-elle.

Son père, à qui elle avait parlé de son projet de refuge, l'avait encouragée à le mener à bien, mais si elle devait pour cela vendre une partie de ses terres…

Non, il fallait refuser la proposition de Malcolm, et tenter de se débrouiller autrement.

Son rêve ne se réaliserait peut-être pas, mais elle resterait au moins fidèle à la mémoire de son père.

6

Joe regardait la technicienne Lucy Carnet retirer minutieusement les brins d'herbe et autres corps étrangers restés collés au piège apporté la veille par Brent Kofax. Il n'allait pas souvent attendre sur place le résultat d'une expertise, mais là c'était trop important : le piège en question se trouvait si près de l'endroit d'où Skylar avait été visée que le braconnier et le tireur étaient peut-être une seule et même personne.

Le laboratoire était installé dans une grosse camionnette qui se déplaçait dans le comté en fonction des besoins. Il disposait du matériel nécessaire pour effectuer la plupart des travaux de police scientifique, depuis la recherche et l'analyse de fluides organiques comme le sang, jusqu'à l'identification du type d'arme ou d'explosif utilisé lors de la commission d'un crime.

Au bout d'une vingtaine de minutes, Joe demanda à Lucy :

— Il y a des empreintes digitales ou des traces d'ADN sur ce piège ?

— Je ne le sais pas encore. Soyez patient !

— Vous m'avez dit que les douilles, elles, n'en portaient pas, mais ce sont des Lapua, vous en êtes sûre ?

— Oui. Ce sont des munitions de fabrication

italienne, mais elles sont le plus souvent utilisées avec le fusil de précision finlandais du même nom.

C'était la confirmation de ce que Joe avait dit la veille à Skylar, mais qui, dans la région, pouvait bien avoir à la fois le type d'arme en question et l'adresse au tir nécessaire pour ne faire volontairement qu'effleurer l'oreille d'une personne distante de plus d'un kilomètre ?

Un tireur d'élite professionnel, peut-être ?

— Vous allez consulter le registre local des armes à feu ? demanda Lucy.

— Oui, mais je doute que le fusil qui m'intéresse y figure.

— On ne sait jamais… Comment va votre frère Jason ? Il paraît qu'il a mené une enquête sur des trafiquants d'armes de Duluth…

— Il a en effet eu maille à partir avec la mafia du Minnesota et l'un de ses contacts à l'étranger, mais c'était dans le cadre d'une enquête pour meurtre.

Et Jason ne perdait pas une occasion de parler de cette affaire à Joe et à leur frère aîné, Justin. C'était pour lui une grande source de fierté, une sorte de revanche après son départ de la CIA et sa nomination de chef de la police de Frost Falls. Cette ville comptait moins de mille habitants, et l'activité de maintien de l'ordre la plus intéressante y était l'arrestation d'un vieil homme qui se promenait nu dans la rue principale quand il avait trop bu. Ce qui se produisait souvent, apparemment.

Au cours de cette enquête, Jason s'était lié avec une jolie policière française membre d'Interpol. Elle était restée aux États-Unis, et Jason n'allait pas tarder à la demander en mariage, Joe en était sûr.

Ses frères avaient l'habitude de le taquiner en disant qu'il menait une petite vie tranquille, à verbaliser les gens qui pêchaient ou chassaient sans permis, et à parler aux arbres, sans se rendre compte qu'ils le blessaient ainsi profondément.

Il ne pourchassait certes pas des trafiquants de drogue et des proxénètes dans les ruelles obscures d'une métropole, mais il faisait un travail utile dans un environnement qui avait besoin d'être compris et protégé. Il lui arrivait aussi de sauver des vies, et le succès de son enquête actuelle sur le braconnage n'aurait pas seulement des effets bénéfiques sur la population d'espèces menacées : elle le mènerait peut-être au meurtrier de Max.

Le vieil homme devait gêner quelqu'un. Jamais il ne s'en serait pris directement à un braconnier – c'était un adepte de la non-violence —, mais il avait dû tomber par hasard sur quelque chose de compromettant pour une ou plusieurs personnes.

Comme Skylar, Joe en aurait mis sa tête à couper.

Qu'avait-elle vu, que savait-elle, pour que quelqu'un cherche à la faire taire par la menace ?

— Ne vous appuyez pas sur ma table d'examen !

Joe sursauta et leva vivement la main qu'il avait posée sans s'en rendre compte près du coude de la technicienne.

— Désolé, je réfléchissais…

— J'avais plutôt l'impression que vous étiez sur le point de vous endormir… Vous avez passé une mauvaise nuit ?

— Elle a surtout été courte… Vous en avez encore pour longtemps ?

— Quelques heures.

— Alors je vais aller consulter le registre des armes à feu. Appelez-moi si vous trouvez quelque chose d'intéressant.

— Entendu.

Joe descendit de la camionnette et respira à pleins poumons l'air du dehors.

Oui, il aimait la nature et les animaux, mais il y avait aussi en lui un homme d'action prêt à se battre si les circonstances l'exigeaient. Il le prouverait un jour à ses frères, et il avait le sentiment que les problèmes de Skylar lui en donneraient l'occasion.

Skylar avait trouvé le chat blessé par le boa dans un état critique. Il avait toutes les côtes cassées, le crâne fracturé, et il était mort cinq minutes après son arrivée. Même prévenue plus tôt, elle n'aurait pas pu le sauver.

Après avoir posé un baiser sur la tête déplumée de Becky, elle la posa sur le sol. Il ne lui avait pas fallu plus de trois quarts d'heure pour lui tricoter un chandail. Le rouge lui allait bien, et elle courut aussitôt montrer aux autres sa nouvelle tenue.

Une race de poules dépourvues de plumes avait été créée par des scientifiques pour réduire les coûts d'élevage et d'abattage dans les structures de type industriel. Cela remplissait Skylar d'indignation : comment des hommes pouvaient-ils s'arroger le droit d'intervenir sur le vivant dans le seul but de servir des intérêts purement mercantiles ?

Elle n'était pas végétarienne. Si elle avait refusé de manger la viande servie à la cantine du lycée, c'était juste faute de savoir dans quelles conditions les animaux concernés avaient été élevés et abattus.

Becky ne sortait pas d'un laboratoire : elle était née sans plumes, chez des fermiers des environs. Une grande plume blanche avait fini par pousser au bout de sa queue, mais rien de plus. Ses propriétaires avaient failli la tuer, puis ils avaient proposé à Skylar de l'adopter, ce qu'elle avait volontiers accepté de faire : un animal, même porteur d'une anomalie, avait le droit de vivre.

Stella, elle, était née sans aucune infirmité et aurait dû grandir en liberté au sein de sa famille, mais la cruauté des hommes avait bouleversé son destin. Elle s'était habituée à marcher sur trois pattes au lieu de quatre, et la compagnie de Skylar et de ses autres pensionnaires semblait lui suffire. Elle n'avait cependant pas pu développer tout son potentiel d'animal sauvage, et certains soirs, quand elle entendait un loup hurler à la lune dans la forêt, elle semblait… triste.

Mais la louve ne broyait pas du noir, aujourd'hui : elle avait observé avec intérêt le changement de tenue de Becky et fixait maintenant Skylar, l'air de s'interroger sur la suite du programme de la journée.

La jeune femme sortit de sa poche l'os à mâcher qu'elle avait acheté le matin à la supérette et le balança devant le museau de Stella.

— Ça t'intéresse ?

Les yeux brillants, la louve gratta le sol et s'assit. Skylar lui tendit l'os, puis elle caressa son pelage soyeux.

— Fais-toi les dents, ma belle ! Moi, je vais dans le jardin surveiller le feu.

Elle avait rallumé le brasero en début d'après-midi, et bien enfoncé dedans les restes de sa robe de mariée. En s'approchant du brasero, elle s'aperçut qu'une bande de tissu résistait encore aux flammes. Elle la coinça entre deux bûches rougeoyantes à l'aide du tisonnier, et regarda ensuite brûler les derniers témoignages de sa stupidité.

Joe ne lui avait pas posé de questions à propos de cette robe, et elle en avait été soulagée, sur le moment, mais, s'il enquêtait sur le braconnage dans la région, leurs futures conversations les amèneraient à parler de cette robe… C'était inévitable, car ce qu'elle avait appris sur son ancien fiancé le rendait aussi suspect que son oncle Malcolm.

La forêt, de l'autre côté du lac, présentait un camaïeu de verts sous un ciel en train de s'ennuager. Il allait pleuvoir… Skylar aimait regarder, assise sous la véranda, les gouttes dessiner des milliers de petits ronds à la surface du lac.

La pluie chassait les braconniers des bois – et les tireurs aussi, il fallait l'espérer.

Skylar tenta de repérer l'endroit où Joe lui avait dit que celui de la veille était posté. Combien de temps y avait-il passé, à l'observer à travers la lunette de son fusil, à attendre le bon moment pour presser la détente ?

Son oncle avait gardé le silence, quand elle lui en avait parlé, et cela revenait pratiquement à avouer qu'il était pour quelque chose dans cette tentative d'intimidation…

Qu'avait-elle donc « failli » voir, dans l'entrepôt de Davis Trucking ?

À moins que la menace n'ait une autre origine ?

Mais même sa rupture avec un fiancé qui s'était révélé à la fois despotique et cachottier ne justifiait pas les tirs qu'elle avait essuyés.

— J'espère que tu n'es pour rien dans cette affaire, Cole ! marmonna-t-elle.

Lucy Carnet appela Joe alors qu'il arrivait chez lui. Elle avait trouvé de l'ADN sur le piège à collet, et cet ADN figurait dans le fichier des empreintes génétiques du comté.

L'identité de la personne correspondante causa un choc à Joe. Il remercia la technicienne et entra dans la maison de plain-pied qu'il occupait, à l'angle d'une rue tranquille de Checker Hill.

Il s'était installé dans la commune voisine de celle dont dépendait la ferme de ses parents après que son frère Justin lui avait dit que l'immobilier y était bon marché. Jason habitant Frost Falls, à quarante-cinq minutes de Checker Hill, les trois garçons Cash résidaient maintenant dans les Boundary Waters ou à proximité.

Joe aurait de loin préféré vivre en dehors d'une ville. Il économisait dans ce but et surveillait les ventes de terrain auxquelles le ministère des Ressources naturelles procédait de temps en temps. Il s'agissait le plus souvent de parcelles de forêt censées ne servir qu'à la chasse, mais avec un peu d'argent et beaucoup de travail n'importe quel endroit pouvait être rendu habitable. Joe rêvait de se construire une maison en pleine nature.

Après avoir posé ses clés sur le buffet de la cuisine, il inséra une dosette dans la machine à café et mit un mug dessous. Contrairement à la veille, il avait passé la plus grande partie de la journée à l'intérieur : dans la camionnette du laboratoire de police d'abord, puis dans son bureau, à consulter des bases de données. Il pouvait aussi travailler depuis chez lui et, pourvu que ses rapports lui arrivent dans les temps, sa hiérarchie le laissait tranquille. À tous ces avantages s'ajoutaient un pick-up tout-terrain, un bateau et un scooter des mers fournis par son employeur. Ses frères ne l'admettraient jamais, mais ils auraient sûrement aimé bénéficier de tels avantages.

Le café était maintenant prêt. Joe prit le mug et

alla s'asseoir avec à la table de la cuisine. Quand il l'aurait bu, il ferait une séance d'étirements pour se débarrasser des douleurs musculaires et articulaires que la nuit passée dans sa voiture lui avait laissées.

Skylar n'avait évidemment pas été ravie de le trouver là ce matin, mais, à tout prendre, il préférait s'être attiré ses foudres plutôt que d'apprendre par le central de la police qu'elle avait été agressée pendant la nuit.

Il devait aller la voir, d'ailleurs, pour lui poser quelques questions, car l'ADN relevé sur le piège ouvrait une piste inattendue. Les douilles n'en portaient pas, et Joe n'avait trouvé aucun fusil de précision Lapua dans le registre des armes à feu du comté, mais un fusil laissait sur ses projectiles des marques qui lui étaient propres. La « signature » de l'arme qui avait servi à tirer sur Skylar était donc maintenant connue, c'était déjà ça.

Le cheveu que la technicienne avait trouvé coincé dans le piège ouvrait en revanche une piste précise : l'ADN extrait de ce cheveu était celui de Cole Pruitt.

Ce dernier avait participé deux ans plus tôt à une bagarre assez violente pour provoquer l'intervention de la police. Il avait cassé plusieurs côtes à un de ses adversaires, qui avait ensuite porté plainte contre lui pour coups et blessures. L'ADN de Cole avait alors été prélevé et archivé, comme le voulait la procédure en cas de délit pouvant entraîner une peine de prison. La plainte contre lui avait finalement été retirée, mais son ADN était resté dans le fichier des empreintes génétiques du comté.

D'habitude, la découverte de ce genre de correspondance réjouissait Joe, car sa tâche s'en trouvait facilitée… Mais là, c'était une pénible épreuve qui l'attendait. Parce que Cole avait été son meilleur ami et qu'ils ne s'étaient pas vus depuis près d'un an : Joe n'avait pas eu le courage de continuer à fréquenter l'homme que Skylar lui avait préféré.

Son enquête l'obligeait maintenant à aller l'interroger, et à se demander s'il était capable de tirer sur une femme sans défense ou d'empoisonner un vieil homme.

7

Joe remonta l'allée qui menait au pavillon de plain-pied dont Cole Pruitt était propriétaire. Il l'était un an plus tôt, tout du moins, et c'était là qu'il résidait alors.

Aujourd'hui, une pancarte « À vendre » était plantée dans une pelouse qui avait grand besoin d'être tondue, et un nain de jardin gisait dans l'herbe, son bonnet rouge cassé en plusieurs morceaux. Il avait dû être victime d'une bande de garnements du quartier.

En regardant par les fenêtres, Joe ne vit que des murs nus et des pièces vides. Personne ne devait habiter là depuis un bon moment.

Quand Cole et Skylar avaient commencé à sortir ensemble, Joe avait décidé de cesser toutes relations avec eux, mais il ne s'attendait pas à ce que son ancien ami se volatilise…

Cole avait-il déménagé ? La ville comptait quatre mille habitants, mais tout le monde s'y connaissait ou presque, et les voisins veillaient les uns sur les autres.

Une Honda se gara justement devant la maison d'à côté. Joe redescendit l'allée et fit signe au conducteur de baisser sa vitre. Il comptait sur son uniforme pour obtenir facilement des réponses à ses questions.

— Je cherche Cole Pruitt, lui déclara-t-il.

— Je ne l'ai pas vu depuis deux ou trois mois. Il

s'est marié, alors il est sans doute parti vivre ailleurs avec sa femme... Il y a un problème ?

— Non, je venais juste lui rendre visite. C'est un de mes vieux amis.

— Alors vous le connaissez mieux que moi : même quand sa maison n'était pas encore en vente, il n'était pas souvent là, et en plus, jusqu'à récemment, je travaillais de nuit. On n'avait donc pas beaucoup l'occasion de se rencontrer.

— Vous dites qu'il s'est marié ?

— Je n'en sais rien, en fait. J'ai juste vu une jeune femme entrer chez lui de temps en temps... J'en ai peut-être conclu trop vite qu'il l'avait épousée. Ses parents pourraient sûrement vous renseigner mieux que moi.

— C'est une bonne idée. Merci !

Les Pruitt élevaient des alpagas dans un ranch situé à quelques kilomètres de Checker Hill. Joe se réserva la possibilité d'aller les interroger.

Quand il remonta dans sa voiture, cependant, il prit avant de démarrer le temps de relire le rapport de Lucy Carnet sur l'examen du piège à collet.

La forêt où il l'avait trouvé devait jouxter les terres de Skylar. Alors appartenaient-elles à son oncle ? Un plan cadastral le lui dirait, mais les services de la mairie étaient fermés, à cette heure...

Et si Cole avait posé ce piège à cet endroit parce qu'il se croyait là sur les terres de son épouse ? Dans ce cas, la jeune femme devait être au courant...

Mais Cole l'avait-il vraiment épousée ? s'interrogea de nouveau Joe en repensant à la robe de mariée à moitié calcinée. Ils ne vivaient pas ensemble en ce moment, mais peut-être s'étaient-ils seulement disputés ?

L'idée que Skylar, mariée ou non, appartienne au

réseau de braconnage qu'il essayait de démanteler horrifiait Joe. C'était cependant la nièce de Malcolm Davis, un homme connu dans la région pour se livrer à des activités illégales…

La police n'avait pourtant jamais réussi à l'épingler que pour des infractions mineures, comme un dépassement de la charge autorisée pour un de ses camions. C'était à se demander s'il ne payait pas un ou plusieurs membres des forces de l'ordre pour le protéger.

Ce n'était pas impossible…

Et il n'était pas impossible non plus que Skylar travaille pour son oncle.

La connaissait-il aussi bien qu'il le croyait ? se demanda Joe.

Une cuillère en bois remplie de sauce tomate dans une main, Skylar ouvrit la porte de l'autre et trouva derrière un homme dont elle n'attendait pas, mais espérait, la visite.

— Joe ! Tu arrives juste à temps !

— À temps pour quoi ?

— Pour dîner avec moi. Je fais toujours cuire trop de pâtes… Ça te tente ?

— Et comment !

— Goûte ! dit-elle en lui tendant la cuillère. Ça ne manque pas un peu d'ail ?

— Non, ça va.

Joe franchit le seuil et referma la porte derrière lui pendant que Skylar retournait dans la cuisine à temps pour éteindre le gaz sous la casserole de sauce tomate.

Stella vint coller son museau contre la porte moustiquaire de la cuisine et, dès qu'elle aperçut leur visiteur, elle remua la queue.

— Je peux faire entrer Stella ? questionna Joe.

— Oui. Elle aime beaucoup les spaghettis.

Joe alla ouvrir la porte à la louve et s'accroupit devant elle. Leurs têtes étant ainsi à la même hauteur, Stella put le saluer d'un grand coup de langue sur la joue.

Ce spectacle réjouit le cœur de Skylar. Cole avait toujours eu peur de la louve et l'avait montré en essayant de lui imposer son autorité : il lui ordonnait de se coucher, ou d'aller dehors, « le seul endroit où les bêtes sauvages avaient leur place ». Stella ne l'aimait pas, et elle le faisait savoir en montrant les dents et en grognant quand il s'approchait d'elle. Elle ne l'avait jamais attaqué, mais sa défiance envers lui prouvait qu'elle avait sur les hommes un jugement plus sûr que sa maîtresse !

Skylar commença de mettre le couvert sur le bar qui séparait la cuisine du séjour.

— Tu es venu profiter d'un repas gratuit, ou pour des raisons professionnelles ? demanda-t-elle.

— Les deux, répondit Joe avec un grand sourire. Et j'ai de la chance pour le dîner, parce que j'adore les pâtes, surtout si elles sont accommodées avec de la sauce tomate maison.

— S'il n'y avait eu que du tofu au menu, tu aurais quand même accepté mon invitation ?

— Oui, mille fois oui !

Un sentiment de regret envahit Skylar au souvenir du soir où elle avait espéré que Joe lui dise oui – une seule fois aurait alors suffi…

S'apercevant soudain que Joe avait l'air d'attendre quelque chose, elle se rendit compte que, plongée dans ses pensées, elle s'était immobilisée et fixait sans les voir les fourchettes qu'elle tenait à la main.

Depuis leurs retrouvailles, cet homme avait sur elle des effets dévastateurs… Avait-il conscience de son pouvoir de séduction ? Pas forcément, et pourtant, avec ses cheveux noirs, ses yeux verts et son beau sourire, il était canon… Aucun homme n'aurait dû avoir le droit d'être aussi attirant !

Skylar se voulait forte et indépendante, mais tout ce dont elle rêvait en cet instant précis, c'était de se blottir dans les bras de Joe et de voir ensuite s'il rêvait comme elle de rattraper le temps perdu.

— Les recherches de la police technique et scientifique ont donné quelques résultats, déclara-t-il en s'asseyant sur un des tabourets du bar pendant qu'elle finissait de mettre le couvert.

— Tu connais maintenant l'identité de celui qui a tiré sur moi ?

— Non, mais l'examen des douilles a révélé qu'elles étaient de fabrication italienne.

— C'est intéressant… et bizarre. Ce serait un Italien qui m'aurait prise pour cible ?

— Non. Ce type de munition est utilisé par une catégorie d'arme qui a beaucoup servi pendant la guerre du Golfe : le fusil de précision Lapua. Il y en a encore un peu partout aux États-Unis.

— J'aurais donc été agressée par un ancien militaire ?

— Un tireur expérimenté, en tout cas. Des gens ont pu acheter un de ces fusils d'occasion, mais bien savoir s'en servir n'est pas donné à tout le monde, d'après mon frère Jason.

— Il est toujours à Frost Falls ?

— Comment sais-tu qu'il y travaille ?

— Je l'ai vu sur le calendrier de bienfaisance pour

lequel vous avez posé… Et à ce propos, tu es très bien en M. Février !

Joe rougit, et Skylar se sentit fondre. Elle alla sortir du réfrigérateur deux bouteilles d'une bière produite par une brasserie artisanale de Minneapolis. Elle en tendit une à Joe, qui la décapsula en observant :

— Comme je suis là en dehors de mes heures de service officielles, je peux me permettre de boire un peu d'alcool, mais j'ai quand même quelques questions à te poser.

— Elles attendront qu'on ait mangé : les pâtes sont cuites, et elles doivent se déguster chaudes.

— À vos ordres, madame !

Joe adressa un clin d'œil à Stella, qui remua la queue. Il l'avait conquise, et Skylar n'était maintenant pas loin de se sentir jalouse de leur belle complicité.

Le plaisir que ce dîner avec Joe procura à Skylar lui fit prendre conscience d'une chose étonnante : le fait de partager ses repas avec une autre personne lui manquait.

À moins que ce plaisir ne soit lié à Joe lui-même ?

C'était la première fois qu'elle se plaisait autant en sa compagnie, et elle ne voyait aucune raison de ne pas renouveler souvent l'expérience.

Cette dernière idée la déconcerta, car après la malheureuse expérience de ses fiançailles elle croyait en avoir fini pour longtemps avec les hommes.

— Skylar ?

— Oui ?

— C'est la deuxième fois que je t'appelle !

— Désolée… Je réfléchissais.

— Je te trouve distraite, depuis mon arrivée. Ça ne va pas ? Ton oreille te fait mal ?

Skylar toucha son oreille, jeta un coup d'œil à Joe, mais détourna vite son regard de lui. Leur proximité mettait tous ses sens en émoi, alors, oui, elle était distraite ! Et elle n'aurait pas dû : Joe était venu l'interroger sur l'incident de la veille… Il serait stupide de croire qu'il pourrait se passer entre eux autre chose qu'un échange poli de questions et de réponses.

— Mon oreille va bien, déclara-t-elle. Et moi aussi.

Puis elle repoussa son assiette, posa ses coudes sur le bar et reprit :

— Qu'est-ce que tu voulais me demander ? Je crains que tu ne sois déçu, parce que je n'ai toujours aucune idée de l'identité du tireur d'hier.

— Je te crois, et ma visite a pour but principal d'essayer de savoir à qui appartient la forêt où j'ai découvert le piège à collet, hier. Je pensais qu'elle appartenait à l'État, mais sans en être sûr : les frontières entre propriétés sont tout sauf rectilignes, par ici… Tu as un plan précis de tes terres et des alentours ?

— Oui, dans mon bureau. Tu veux que j'aille le chercher ?

— S'il te plaît. J'avais l'intention de consulter le cadastre, mais je n'en ai pas eu le temps aujourd'hui.

— Pas de problème ! Je n'en ai que pour quelques minutes… Tu surveilles Joe, Stella ?

Skylar se leva et quitta la pièce. Cette diversion tombait à pic : Joe lui inspirait un tel désir qu'en restant assise près de lui elle aurait peut-être fini par lui sauter dessus – ou, comme Stella, par le dévorer des yeux, langue pendante…

Son bureau, situé près de sa chambre, avait été celui de son père, et elle n'en avait changé ni le mobilier ni la décoration. Les sièges en cuir marron étaient toujours là, ainsi que les rideaux en cretonne verte et bleue, et les agrandissements des photos d'insectes qu'il prenait pendant ses promenades quotidiennes. La préférée de Skylar était celle d'une libellule, dont la tête ronde et les gros yeux avaient quelque chose d'attendrissant.

Elle trouva sur l'étagère supérieure du placard le tube en carton contenant les plans que son père lui avait donnés un mois seulement avant sa mort. Le titre de propriété et tous les autres papiers concernant le domaine étaient chez le notaire : Skylar n'avait éprouvé en deux ans ni l'envie ni le besoin d'aller les y chercher.

Le jour où son père lui avait remis ces plans, elle avait aussi reçu ses instructions pour son enterrement : quels psaumes il faudrait chanter, quels textes il faudrait lire… Elle avait réussi à attendre pour pleurer d'être seule, et à bonne distance de la maison, mais elle avait alors éclaté en sanglots.

Personne ne devrait être chargé d'organiser des obsèques par celui ou celle que cette cérémonie concernait directement.

L'année qui avait suivi le décès de son père lui laissait un très mauvais souvenir. Sans la présence de Stella, cependant, les choses auraient été encore pires. Sa mère n'était pas là pour la consoler et la réconforter… Était-elle seulement au courant de la mort de son mari ? Ils n'avaient jamais divorcé et, quand Skylar avait proposé à son père d'essayer de retrouver Dorothy pour qu'il la voie une dernière fois, il avait refusé.

Sa disparition avait profondément affecté Skylar, mais elle s'en était remise et s'employait à présent à préserver les terres qu'il lui avait laissées. Ce n'était pas pour elle une charge, mais une fierté : ces lieux, elle y était aussi viscéralement attachée que son père l'avait été. Elle en faisait partie, et ils faisaient partie d'elle : tous les étés de son enfance s'étaient passés là, à courir dans les bois, à grimper aux arbres, à nager dans le lac…

Elle ne pouvait imaginer vivre ailleurs. Là étaient ses racines. Là était sa place.

Mais y était-elle en sécurité, maintenant ?

Le tube en carton sous le bras, elle regagna la cuisine. Joe avait débarrassé le bar pendant son absence, et il était en train de charger le lave-vaisselle.

— Laisse, je finirai ça plus tard ! lui dit-elle.

— Non, c'est le moins que je puisse faire pour te remercier de m'avoir invité à dîner.

— D'accord…

Skylar déboucha le tube en carton. Il contenait deux plans : l'un de ses terres, avec leurs frontières, et le second, de l'ensemble du comté. Elle les déroula et les posa l'un à côté de l'autre sur le bar. Un instant plus tard, Joe alla s'installer près d'elle, et ils se penchèrent dessus.

— J'avais raison, finalement, déclara Joe au bout d'un moment. La forêt située sur l'autre rive du lac est un bien domanial. S'agissant de tes terres à toi, elles sont aux trois quarts limitrophes de propriétés privées…

— Oui, celle qui est située à l'ouest appartient aux Enerson, un couple âgé et sans enfants. J'imagine que leur domaine sera vendu aux enchères, à leur mort… J'aimerais bien l'acheter, mais tout mon argent doit aller à la réalisation de mon rêve.

— Ton rêve ?

— Le refuge pour animaux que je veux créer.

— C'est un beau projet !

— Merci.

Joe suivit ensuite du doigt un trait rouge qui courait juste en dessous de la limite entre deux domaines, au nord.

— Qu'est-ce que ça représente ? demanda-t-il.

— Un chemin forestier privé. Il m'appartient, et je surveille régulièrement l'état de la clôture qui le borde, pour empêcher les motoneiges de l'emprunter l'hiver.

— À qui appartiennent les terres situées de l'autre côté ?

— À Malcolm Davis.

Joe haussa les sourcils.

— À ton oncle, donc… Et tu ne m'as pas répondu, ce matin, quand je t'ai interrogée sur vos relations…

— On ne se voit pas beaucoup, mais il veut justement m'acheter la parcelle comprenant ce chemin forestier.

— Tu comptes la lui vendre ?

— J'ai besoin d'argent pour financer mon projet de refuge, mais mon père a toujours refusé de céder à son frère la moindre portion de terrain. C'est l'une des raisons de leur mésentente.

Sans en être sûre, parce que son père ne lui en avait jamais parlé, Skylar pensait que sa mère n'était pas non plus étrangère à la brouille entre les deux frères.

— Tu es face à un difficile dilemme, si je comprends bien…, observa Joe.

— En effet.

— Tu crois que ton oncle irait jusqu'à te menacer pour te « convaincre » de lui vendre la parcelle qu'il convoite ?

— Non, je ne pense pas, répondit Skylar.

S'agissant de l'incident de l'entrepôt, en revanche, il

était très possible que Malcolm ait voulu la faire taire, et elle s'apprêtait à en parler à Joe quand il se pencha vers elle et lui demanda, les yeux dans les siens :

— Où en es-tu avec Cole Pruitt ?

8

— Je n'en suis nulle part avec Cole, dit Skylar.

Puis, pour échapper au regard perçant de Joe, elle se leva, quitta la cuisine et alla s'accouder à la balustrade de la terrasse. De là, elle surplombait le brasero et pouvait s'assurer qu'il n'y avait plus dedans la moindre trace de satin, de perles ou de dentelle.

Joe l'avait suivie, et il s'accouda lui aussi à la balustrade. Elle avait eu tort de l'inviter à dîner. Il allait forcément lui poser d'autres questions sur Cole, et elle serait alors obligée d'avouer la monumentale et stupide erreur que son manque de discernement lui avait fait commettre.

Le lac étincelait et les grillons chantaient dans la tiédeur du soir. Une odeur d'eau et de végétation emplissait l'air… Joe resta un moment silencieux, comme pour savourer l'instant, puis il déclara :

— Pourquoi y avait-il une robe de mariée en train de brûler dans ton jardin, hier ?

— Je faisais quelque chose dont j'aurais dû m'occuper il y a plusieurs mois. Je n'ai pas épousé Cole, Joe, mais je n'ai pas envie de m'étendre sur le sujet. Je me contenterai de dire que je m'étais trompée sur lui.

— Comme tu voudras.

— Vous étiez très amis, tous les deux…

— Comment le sais-tu ?

— Il lui arrivait de parler de toi.

— C'est vrai, mais j'ai coupé le contact avec lui après…

— Après quoi ?

— Que vous vous êtes mis ensemble. Je me sentais de trop.

— Tu pensais ne plus pouvoir être l'ami de Cole et le mien parce que je sortais avec lui ?

— Oui. Tu étais… Tu es…

Joe laissa sa phrase en suspens, puis il soupira et enchaîna :

— Bon, je me lance, comme ça, tu comprendras.

Skylar se redressa et se tourna vers lui. Elle devinait ce qu'il allait dire. Parce qu'il ne savait pas cacher ses sentiments. Et cette ingénuité, chez un adulte, avait quelque chose de touchant.

— Je t'aime beaucoup, Skylar… Tu m'attires depuis longtemps, mais on n'a jamais réussi à se synchroniser : chaque fois que j'étais libre, tu ne l'étais pas, et inversement.

— Tu oublies la fois où tu as repoussé mes avances !

— Tu m'en veux encore pour ça ? J'en suis vraiment désolé, et pourtant, dans les mêmes circonstances, j'agirais de la même façon. On avait trop bu, et jamais je ne ferais l'amour avec une femme qui n'a pas les idées claires. Si seulement tu m'avais fait cette proposition à un autre moment !

Skylar se sentit soudain injuste et mesquine. Joe avait eu raison de lui dire non, ce soir-là. C'était une preuve d'abnégation, et elle aurait dû l'en féliciter, au lieu de lui en tenir rigueur.

— Tu m'as évitée, ensuite…, déclara-t-elle. Pourquoi ?

— Parce que deux semaines seulement après cette

réception de mariage tu as commencé à sortir avec Cole. Je l'ai… très mal vécu.

Oui, songea Skylar, elle avait bêtement préféré à Joe un homme qui ne lui arrivait pas à la cheville.

Mais Cole l'avait poursuivie de ses assiduités, et elle avait succombé à son charme viril. Il la couvrait de compliments et de cadeaux, lui envoyait des dizaines de SMS enflammés par jour… Ce qu'elle aimait, dans leur relation, ce n'était pas Cole mais l'image flatteuse que ses attentions lui donnaient d'elle-même. Elle ne l'avait compris que tardivement, mais à un moment où, par chance et pour d'autres raisons, elle avait renoncé à l'épouser.

— Je n'ai pas parlé à Cole depuis deux mois, indiqua Skylar. Il a dû déménager. Je crois même que sa maison est en vente.

— Elle l'est. J'y suis allé, et il y a devant une pancarte avec le nom d'une agence immobilière. La maison est vide, et Cole est donc bel et bien parti vivre ailleurs… Tu ne sais vraiment pas où ?

— Non. Je le vois de temps en temps à Checker Hill ; et, s'il vient y faire ses courses, c'est qu'il habite encore dans la région… Comme il aime pêcher sur le lac Seraphim, c'est peut-être là que tu as le plus de chances de le trouver.

— Il faut absolument que je lui parle : son ADN a été relevé sur le piège que j'ai découvert hier sur l'autre rive du lac. Il braconne donc dans les environs… Tu étais au courant ?

Skylar hésita à répondre. Elle détenait depuis un certain temps sur Cole et sur Malcolm Davis des informations compromettantes. S'y ajoutait maintenant la présence d'énormes congélateurs dans un des entrepôts de Davis Trucking : ils contenaient sûrement quelque chose qui intéresserait la police.

Un coup d'œil à l'ancien poteau d'attache des chevaux, avec ses deux impacts de balle, la réduisit au silence.

— Ne te laisse pas intimider ! s'écria Joe. Tu peux compter sur moi : je serai toujours là pour te protéger.

— Pourquoi ? murmura Skylar, la gorge nouée par une émotion soudaine.

— Tu connais la réponse à cette question.

C'était vrai. Même si elle lui avait brisé le cœur en lui préférant Cole, Joe tenait encore à elle.

— Si tu sais pourquoi quelqu'un « s'amuse » à te tirer dessus, reprit-il, tu dois me faire confiance et me le dire.

— Je ne doute pas de l'intérêt que tu me portes, et je t'en suis reconnaissante, mais, s'agissant de Cole, j'ai besoin de réfléchir. En brûlant ma robe de mariée, j'ai entamé un processus de reconquête de mon indépendance…

— D'affirmation, plutôt, coupa Joe, parce que l'esprit d'indépendance fait partie de ton caractère. C'est même à cause de lui que nous n'avons jamais…

Il s'interrompit et s'éclaircit la voix avant d'enchaîner :

— Je te laisse décider de ce que tu juges bon pour toi, mais sache que je suis prêt à remuer ciel et terre pour identifier et mettre hors d'état de nuire le tireur d'hier. En attendant, je veillerai sur toi.

— Je n'ai pas besoin de garde du corps.

— Je ne te demande pas ton avis ! s'écria Joe.

Skylar ne put réprimer un sourire. Elle avait beau prétendre ne pas vouloir de son aide, sa volonté farouche de la protéger la touchait profondément. Il faisait partie de sa vie depuis très longtemps… Pourquoi mesurait-elle seulement maintenant l'importance du rôle qu'il y tenait – celui d'un point d'ancrage nécessaire à l'équilibre de son existence tout entière ?

Cela rendait encore plus énorme l'erreur qu'elle avait commise en se fiançant à Cole Pruitt.

Apparemment prêt à partir, Joe se redressa, mais ses mains se crispèrent soudain sur la balustrade, et il se tourna vers Skylar.

— Le moment est sans doute mal choisi, mais j'ai une question personnelle à te poser.

— Je crois savoir ce que c'est, alors tu peux y aller. J'ai fait par le passé des choix que je regrette, mais certains des dégâts qu'ils ont causés, comme la rupture de nos relations, peuvent être réparés.

Joe se pencha alors vers Skylar et joignit leurs lèvres. Elle ne s'y attendait pas, mais c'était tout sauf une mauvaise surprise ! Les cheveux de Joe lui chatouillaient le front, sa chaleur l'enveloppait… Elle avait beau être grande, il la dominait d'une bonne quinzaine de centimètres, si bien qu'elle se haussa sur la pointe des pieds et noua les bras autour de son cou afin de pouvoir donner plus de sensualité à leur baiser.

C'était loin d'être le premier homme qui l'embrassait, mais aucun avant lui ne l'avait fait vibrer de façon aussi intense et immédiate.

Quand Joe rompit leur étreinte, elle vit un petit sourire se dessiner sur ses lèvres, et il murmura :

— J'en avais trop envie…

— Et je pense avoir répondu à la question que tu ne m'as pas posée.

— Oui… Il faut que j'y aille, maintenant : j'ai un rapport à rédiger. Je peux venir te voir demain en fin d'après-midi ?

— Je serai là, et j'espère que j'aurai droit à un autre baiser.

— Tu peux compter sur moi !

Sur ces mots, Joe descendit l'escalier, longea la terrasse et disparut à l'angle de la maison. Skylar faillit lui courir après, puis l'empêcher de monter dans son pick-up en se jetant dans ses bras et en l'embrassant jusqu'à en perdre le souffle.

Mais sa raison l'emporta, et elle resta là, à se demander pourquoi elle se découvrait soudain irrésistiblement attirée par un homme qu'elle connaissait depuis des années.

Lucy Carnet avait enregistré le résultat de ses analyses dans une base de données directement reliée au Bureau des affaires criminelles, situé dans la ville de Saint Paul.

Joe était au téléphone avec Harvey Logan, l'employé de cet organisme chargé de comparer les douilles et la balle recueillies par Joe avec les munitions récupérées sur d'anciennes scènes de crime, régionales ou nationales.

— Je n'ai trouvé aucune correspondance, indiqua Logan. Si ce fusil a servi à commettre un crime antérieur, le coupable n'en a laissé aucune preuve matérielle derrière lui.

Joe nota son nom et le remercia. Il arrivait au Bureau des affaires criminelles d'être appelé en renfort dans certains cas. Joe ne jugeait pas encore nécessaire de solliciter ses services, mais il demanda malgré tout à Logan :

— Vous avez déjà collaboré avec la police de Fond du Lac Cloquet ?

— Oui. Vous pensez que ces tirs ont un lien avec le groupe de la tribu des Chippewa qui vit là-bas ?

— Non, ma question se rapporte à une autre enquête : la mort par empoisonnement d'un Amérindien, il y a une quinzaine de jours. Je ne suis pas sûr que les deux affaires soient liées, mais c'est possible. La police tribale a accepté le verdict d'empoisonnement accidentel délivré par le coroner après autopsie et n'a donc pas poussé les choses plus loin.

— Mais vous, vous n'êtes pas d'accord avec ce verdict… Pourquoi ?

— Je ne le trouve pas cohérent avec ce que je sais de la victime… Encore merci, Harvey ! Il se peut que les circonstances m'amènent à reprendre contact avec vous.

— Pas de problème !

Joe raccrocha, puis il tapota la serre d'aigle suspendue à son cou.

Le lendemain de la mort de Max, après avoir inspecté l'endroit où son ami campait d'avril à octobre, il était allé inspecter la petite maison où le vieil homme habitait le reste de l'année, un peu à l'écart de la réserve de Fond du Lac. Max n'aimait pas y vivre : son âme y était enfermée, alors qu'elle n'était heureuse qu'entourée d'air, de terre et d'eau, disait-il.

En dehors de vieilles photos et d'une collection de bouteilles de Coca-Cola en verre, cette maison ne contenait que le strict nécessaire. Quelques-uns des clichés en noir et blanc montraient un Max jeune en train de danser dans un pow-wow. Il portait une tenue traditionnelle magnifique, décorée avec une multitude de plumes d'aigle. Il en ramassait dans la forêt depuis son enfance, avait-il confié à Joe. Il avait même trouvé un jour sur le bord d'une route un aigle mort, pour qui il avait récité les prières rituelles avant de l'enterrer.

Joe n'avait encore parlé avec aucun des membres

de la tribu des Chippewa. Max vivant en solitaire, ils ne pourraient sans doute rien lui apprendre sur le vieil homme. Quelqu'un avait pourtant dû garder le contact avec lui… Qui, par exemple, s'occupait de sa maison pendant l'été ?

Le site Internet de la tribu que Joe consulta après sa conversation avec Harvey Logan lui fournit la liste des anciens, et l'un des noms lui dit quelque chose. Max devait l'avoir mentionné devant lui.

Personne ne répondit au coup de téléphone que Joe donna ensuite, et il dut se contenter de laisser un message :

— Joseph Cash, agent de protection de la nature, à l'appareil… J'enquête sur la mort de Max Owen, et j'aimerais parler de lui avec vous. Merci de me rappeler à ce numéro…

Après avoir raccroché, il regarda la bibliothèque qui faisait face à son bureau. Sur l'une des étagères s'alignaient des objets auxquels il tenait particulièrement. Une grosse agate découverte au bord du lac Supérieur. La croix fabriquée avec du fer provenant d'une des mines de taconite locales. Une griffe de loup trouvée dans la forêt alors qu'il était adolescent. Et une plume d'aigle.

Joe se leva, alla soulever la plume et l'examina attentivement. D'une blancheur parfaite, avec juste une touche de marron à la pointe, elle avait un réseau de barbes compact et un tuyau robuste.

Pourquoi les aigles semblaient-ils attirer irrésistiblement son attention, en ce moment ?

9

Joe longeait en bateau la rive sud du lac Seraphim – qui devait son nom à sa forme rappelant une aile d'ange. Deux pêcheurs à la ligne avaient dit à Joe avoir vu Cole Pruitt passer et les saluer de la main une quinzaine de minutes plus tôt. C'était son endroit préféré pour pêcher le doré jaune, Joe le savait.

Le fichier informatisé des permis de pêche qu'il avait consulté sur son ordinateur portable ne mentionnait aucun renouvellement du permis de Cole pour l'année en cours, et l'adresse associée à son nom était encore celle de la maison qu'il avait mise en vente.

Le V-hull gris argent à la poupe décorée d'une grosse flamme orange que Joe cherchait finit par apparaître. Il s'en approcha lentement, comme il le faisait toujours dans ce genre de circonstances pour n'effrayer ni le poisson ni les pêcheurs.

Le logo du ministère des Ressources naturelles du Minnesota apposé sur le côté de son bateau indiquait aux gens qui il était et, si une personne mettait brusquement les gaz en le voyant arriver, c'était qu'elle avait quelque chose à se reprocher. Joe avait eu plusieurs fois l'occasion de participer à une poursuite sur l'eau, et il avait trouvé cela très excitant.

Son frère Jason devait éprouver les mêmes sensations pendant les courses de motoneige – il était si bon qu'il aurait pu passer professionnel.

La boxe thaïlandaise assurait heureusement à Joe des poussées d'adrénaline régulières. Il devait se rendre à Duluth pour trouver des adversaires d'un niveau égal ou supérieur au sien, mais, comme dans tout sport, c'était le seul moyen de progresser.

Cole s'entraînait avec lui, avant…

Joe se rangea le long du bateau de son ancien ami, qui se pencha et saisit l'avant du sien pour le stabiliser.

— Cash ! s'écria-t-il. Ça fait une éternité qu'on ne s'est pas vus ! J'ai fini par penser que tu m'évitais, et je me suis demandé pourquoi.

Alors qu'il lui avait piqué sa petite amie ?

Non, rectifia Joe, c'était injuste : Skylar et lui n'étaient jamais sortis ensemble.

— J'ai un métier prenant, déclara-t-il. Là, quelqu'un m'a dit que tu pêchais dans le coin, et je suis venu te parler, mais je dois d'abord m'assurer que tu es en règle.

Le regard de Cole se tourna vers la glacière posée sur le pont de son bateau. Elle contenait sans doute plusieurs poissons. Il y avait près de la barre une ligne amorcée, prête à être lancée dans l'eau, et la gourde en métal calée contre le siège du pilote pouvait contenir aussi bien de l'eau que de la bière ou…

Non, Cole n'avait jamais été amateur d'alcools forts.

— Tu sais que la saison de la pêche au doré jaune est terminée ? demanda Joe.

— Bien sûr ! répondit Cole. Je suis là pour les ombles et les esturgeons, mais je n'ai encore attrapé que des crapets-soleils.

Il tapota ensuite ostensiblement les poches arrière de son jean.

— Je suis sûr d'avoir renouvelé mon permis de

pêche au printemps dernier, mais j'oublie toujours de prendre mon portefeuille quand je descends de voiture.

— Où es-tu garé ?

— À quelques kilomètres au sud… Tu ne vas tout de même pas m'obliger à aller chercher maintenant mon permis ?

— Non.

Joe savait que Cole mentait, mais l'affaire qu'il était venu régler avec lui était plus importante qu'un simple défaut de permis de pêche.

— Ce n'est pas de ça, en fait, que je voulais te parler.

— Ah bon ? Je t'écoute !

Cole croisa les bras sur sa poitrine. Au même moment, un hors-bord passa près d'eux. Son sillage fit tanguer leurs deux bateaux, et Cole dut s'agripper au bastingage du sien pour ne pas tomber.

Étrange… , se dit Joe.

Et, comme pour détourner son attention de ce défaut d'équilibre, Cole reprit tout de suite la parole.

— Tu n'as pas encore digéré le fait que Skylar m'a préféré à toi ?

— Vous n'êtes pourtant plus ensemble, aux dernières nouvelles ! répliqua Joe.

Puis il se reprocha d'être entré dans le jeu de Cole. C'était puéril, et même un peu mesquin.

— Je ne suis pas venu parler de Skylar, reprit-il, mais d'un piège à collet que j'ai trouvé de l'autre côté du lac qui borde son jardin.

— Il y en a partout dans la forêt : c'est une sorte de tradition chez les chasseurs de la région… Ah ! c'est vrai, tu es un grand défenseur des animaux ! Oui, il m'arrive de poser des pièges, et alors ?

Cole fit un pas en arrière et faillit de nouveau perdre l'équilibre.

Aurait-il bu plus que l'équivalent d'une bière ou deux ? se demanda Joe.

— Alors le seul animal qu'il est en ce moment permis de prendre est le poisson, indiqua-t-il, et encore, certaines espèces seulement ! Sans compter que ce piège aurait pu tuer un loup.

— C'est une espèce protégée, non ?

— En effet, et des traces de ton ADN ont été relevées sur ce piège. C'est toi qui l'as posé, d'où mes questions suivantes : quels animaux braconnes-tu, et depuis combien de temps le fais-tu ?

— C'est Skylar qui est allée te raconter ça ?

— Non.

— Elle t'a dit que je l'avais quittée le jour même où on devait se marier ?

— Quoi ?

— Eh oui ! Cette fille n'est pas nette… C'est à cause d'elle que j'ai commencé à poser des pièges. Pour le compte de son oncle. Tous les Davis sont des escrocs, y compris elle.

— Je ne la vois pas…

— Malcolm et ses employés braconnent sur ses terres, et elle ne les a jamais dénoncés… C'est une preuve de complicité, non ?

Résistant à l'envie de frapper Cole, Joe s'écria en se penchant vers lui :

— Tu voudrais me faire croire que Skylar t'a obligé à poser des pièges ?

Cole recula d'un pas, mais Joe avait eu le temps de s'apercevoir que son haleine sentait le whisky.

— Elle ne m'a pas *obligé* à braconner, déclara-t-il, mais elle m'a mis en rapport avec son oncle. Tu te trompes en la prenant pour une ardente écologiste et une petite sainte. Elle a des ambitions, et elle ne reculera devant rien pour les satisfaire.

— Quelles ambitions ?

— Elle veut créer un refuge qui comprendra une espèce de clinique chirurgicale pour opérer les animaux. J'avais accepté de l'aider à financer ce projet… Il n'en est évidemment plus question !

Skylar n'avait pas parlé de clinique chirurgicale à Joe. Elle voyait donc encore plus grand qu'il ne l'avait imaginé… Cela signifiait qu'elle avait besoin de *beaucoup* d'argent, et ses terres ne lui rapportaient pratiquement rien. Malcolm Davis, lui, était riche ; alors si, contrairement à ce qu'elle affirmait, leurs relations étaient plutôt bonnes, si elle participait aux trafics de son oncle et en partageait les bénéfices avec lui ?

— Qu'est-ce que tu vas faire ? demanda Cole. Me coller une amende ? D'accord, je la paierai… À condition que tu me montres l'animal que tu as trouvé dans ce piège.

— Il n'y en avait pas, mais ton ADN a été relevé dessus.

— Ça prouve seulement que je l'ai touché à un moment donné, pas que je l'ai posé.

— Tu viens quand même d'admettre que tu braconnais pour le compte de Malcolm Davis, non ?

Cole haussa les épaules.

— Et tu as bu, ajouta Joe.

— Arrête ! Aucun pêcheur ne passe des heures sur son bateau sans boire une bière ou deux !

— Ton haleine ne sent pas la bière mais le whisky… Depuis quand tu t'es mis aux alcools forts ?

— Je ne m'y suis jamais mis ! cria Cole.

Pour être aussi agressif, n'était-il pas carrément ivre, plutôt que juste éméché ? pensa Joe.

La radio installée sur le tableau de bord de son bateau grésilla. C'était une communication du central de la police, et Joe décrocha le microphone.

— Oui ?

— Il vient d'y avoir un accident sur le lac Seraphim : un jet-ski a percuté un bateau, et il est possible que quelqu'un soit tombé à l'eau… Ce n'est pas là que vous deviez aller aujourd'hui ?

— Si.

— Vous y êtes encore ?

— Oui. Transmettez-moi les coordonnées. Je me rends tout de suite sur place.

Une fois en possession des informations dont il avait besoin, Joe donna un coup de pied dans la coque du bateau de Cole pour le séparer du sien.

— Tu as entendu, dit-il. Il faut que j'y aille.

— Sauvé par le gong !

— Oui, mais pas définitivement.

— Je sais que tu en pinces pour Skylar, mais tu te trompes sur elle.

Joe s'éloigna sans répondre, et en s'efforçant de se convaincre que Skylar ne *pouvait* pas être impliquée dans les trafics de son oncle : Cole mentait.

Le fait qu'il ait quitté la jeune femme le jour où ils devaient se marier expliquait cependant le sacrifice de la robe de mariée : la brûler était pour Skylar un moyen d'effacer une terrible humiliation.

Et si un homme d'une moralité aussi douteuse que Cole Pruitt s'était finalement refusé à l'épouser, cela pouvait signifier qu'elle était encore plus malhonnête que lui.

Alors lui avait-elle joué la comédie, quand elle avait traité les braconniers d'idiots pour qui l'homme avait un droit de vie et de mort sur les animaux ? se demanda Joe.

Les apparences étaient trompeuses : une âme noire pouvait se cacher derrière un beau sourire... Joe avait pourtant du mal à croire capable d'une telle duplicité une femme qu'il connaissait – et aimait – depuis des années.

Le central de la police l'appela de nouveau, pour lui dire qu'une équipe de plongeurs avait été dépêchée sur les lieux de l'accident.

S'il arrivait là-bas avant elle, cependant, il était bon pour une baignade !

Skylar froissa la lettre de sa banque qui lui signifiait le refus de sa demande de prêt. Elle avait besoin d'un nantissement...

Allait-elle devoir hypothéquer ses terres, au risque de les perdre, au bout du compte ? Plus encore qu'accepter d'en vendre une partie à son oncle, ce serait trahir la mémoire de son père !

La volonté de Malcolm de lui acheter ce terrain l'intriguait d'ailleurs : elle le soupçonnait de ne pas le convoiter juste pour permettre à ses camions d'accéder plus vite à la nationale. Quelques kilomètres de plus ou de moins sur des trajets qui en faisaient parfois des centaines suffisaient-ils vraiment à expliquer l'insistance de son oncle ?

Elle avait téléphoné au notaire de son père et laissé un message demandant qu'il la rappelle.

Cela faisait presque un mois qu'elle n'était pas allée examiner la clôture qui longeait l'ancien chemin forestier, et elle décida de s'y rendre. Une fois sur place, peut-être comprendrait-elle pourquoi son oncle avait envie d'acquérir cette parcelle au point de lui en proposer le double du prix du marché.

Skylar mit dans un sac à dos de l'eau, des barres énergétiques et des snacks pour Stella. Aucune meute ne vivait dans un rayon d'une dizaine de kilomètres, si bien que Stella ne risquait pas d'être remarquée et attaquée par un de ses congénères. Il y avait en revanche aux alentours des lynx, des ours et toutes sortes d'animaux plus petits, mais tout de même capables de menacer une louve qui n'avait pas l'habitude de chasser pour survivre.

Mieux valait donc se munir d'un pistolet à impulsion électrique et d'une carabine.

— Viens, Stella ! dit Skylar en sortant de la véranda. On va se promener !

10

Joe regardait les secouristes pousser le brancard à l'arrière de l'ambulance. Le conducteur du jet-ski avait été repêché par un plongeur après être resté environ quatre minutes sous l'eau. Il était inconscient, son pouls était faible, mais les secouristes espéraient pouvoir le ranimer pendant le trajet jusqu'à l'hôpital.

Le gyrophare de l'ambulance s'alluma, et le véhicule quitta le parking aménagé près du débarcadère.

Trois policiers empêchaient les badauds de s'approcher, et un quatrième était en train de parler au propriétaire du bateau que le jet-ski avait heurté. L'homme avait des écorchures à un bras et au dos, mais rien de plus grave.

Joe avait aidé l'équipe de plongeurs à récupérer le jet-ski et à le charger sur une dépanneuse. Il avait aussi présenté un compte rendu détaillé de l'accident au shérif adjoint arrivé après le sauvetage de la victime. C'était désormais aux bureaux du shérif de prendre l'affaire en main. Si le conducteur du jet-ski survivait, il serait interrogé pour établir la cause de la collision. Cela pouvait aller d'une simple défaillance mécanique de l'engin jusqu'à une forte alcoolisation ou la prise de stupéfiants.

Sa présence n'étant plus nécessaire, Joe se retourna

pour partir… et faillit se heurter à un Amérindien, qui le rassura aussitôt en lui tapotant l'épaule. À en juger par son visage et ses mains parcheminés, il devait avoir dans les quatre-vingts ans.

— J'espère que vous découvrirez la vérité sur la mort de Max Owen, dit-il.

Son regard se posa sur le cordon de sécurité que le shérif adjoint était en train d'installer pour interdire l'accès à la plage.

— Je sais que c'est important pour vous, Joseph Cash, ajouta-t-il.

Qui était-ce ?

Joe n'en avait pas la moindre idée. Max, à sa connaissance, n'avait aucun ami proche parmi les Indiens chippewa. Il appartenait à cette tribu et avait grandi dans une réserve, mais il avait vécu en solitaire à partir de l'âge de quarante ou cinquante ans.

— Max Owen comptait beaucoup pour moi, déclara Joe.

— Et vous pour lui.

Ces mots le surprirent. Comment son interlocuteur pouvait-il être au courant de l'amitié qui les unissait, Max et lui ?

Le vieil homme baissa la tête et remua le gravier du parking du bout de sa chaussure.

— Je fais partie du même groupe de Chippewa que Max, reprit-il. Je ne le voyais pas aussi souvent que je l'aurais voulu. Il n'aimait que la nature sauvage, alors que, moi, je ne déteste pas regarder la télévision sur un bon canapé…

Un sourire désabusé, puis il enchaîna :

— Mais il arrivait qu'on se parle, et je sais qu'il vous considérait comme son fils spirituel.

La gorge de Joe se serra, et il dut s'éclaircir la voix avant de demander :

— Que pouvez-vous me dire sur la mort de Max ?

— Juste que nous savons tous les deux qu'il a été assassiné.

Avant que Joe ait pu s'étonner de cette déclaration – la police tribale avait accepté le verdict du coroner, et la notice nécrologique publiée dans le journal parlait d'une mort accidentelle —, son interlocuteur lui en fournit l'explication :

— Ma fille travaille à la morgue de Duluth. Elle m'a tout de suite informé du décès de Max et m'a parlé d'un homme en uniforme qui insistait pour qu'une autopsie soit pratiquée. J'ai compris qu'il s'agissait du jeune ami de Max… Il vous appelait « Celui qui murmure à l'oreille des loups ».

Encore un surnom, mais celui-ci, seul Max l'utilisait, et il emplissait Joe de fierté.

— Vous devriez aller voir du côté de Davis Trucking, poursuivit le vieil homme. Max savait quelque chose. Quelque chose de dangereux pour lui.

— Que vous a-t-il dit ?

— Rien. Je l'ai lu sur son visage un jour où nous discutions au bord de la route, et où un de ces gros camions bleus est passé.

C'était vague, et pourtant intéressant, car Max laissait rarement transparaître ses émotions.

— Ça devait être les aigles…, murmura le vieil homme.

— Les aigles ? répéta Joe.

— Oui.

— Pourquoi ?

— Parce que Max essayait de nous convaincre de ne plus acheter… vous savez quoi.

— Non, je ne le sais pas ! De ne plus acheter quoi ?

— Des plumes d'aigle. Notre tribu est sur la liste de celles qui ont demandé à récupérer les dépouilles d'aigles que l'État a confisquées.

Les restes des aigles tués par des braconniers et récupérés par les autorités finissaient en effet par être remis aux tribus locales. Elles pouvaient en faire la demande, ce dispositif visant à prévenir le braconnage.

— Mais cette liste est longue, reprit le vieil homme. Il faut parfois attendre des années… Et les concours permettent de gagner beaucoup d'argent.

— Quels concours ?

— Les concours de danse traditionnelle qui se déroulent pendant les pow-wows. Les bons danseurs, s'ils n'ont pas peur de voyager, peuvent en vivre. Si une plume d'aigle tombe pendant une compétition, tout s'arrête, et un rituel est pratiqué pour la ramasser. Elle est traitée avec le même respect que s'il s'agissait d'un guerrier mort au combat, et donc comme quelque chose de sacré.

— Il n'y a pas une contradiction entre le caractère « sacré » de ces plumes et le fait qu'elles soient achetées à des trafiquants ?

— Il faut comprendre : comme je vous l'ai dit, la liste est longue… Mais Max a fini par convaincre les anciens de la tribu de ne plus faire ça.

C'était un aspect du braconnage dont Joe avait entendu parler, mais il n'avait pas pensé à le prendre en compte dans son enquête.

Max savait-il qui vendait des plumes d'aigle au marché noir, et ces gens l'avaient-ils tué pour se venger de leur avoir fait perdre la clientèle de sa tribu ?

À moins qu'il ne s'agisse d'une sorte d'avertissement ?

Une nouvelle inspection du campement de Max s'imposait.

— Trouvez la vérité ! déclara le vieil homme.

Puis il se détourna et se dirigea vers un pick-up rouillé qui se trouvait maintenant derrière le cordon de sécurité.

— Davis Trucking…, marmonna Joe.

L'implication de Malcolm Davis dans ce trafic ne le surprenait pas, mais comment ouvrir une brèche dans le système de protection qu'il avait mis en place pour ne jamais être inquiété ?

Un membre de sa famille pourrait peut-être lui servir de cheval de Troie, se dit Joe.

Il en connaissait justement un.

Et même très bien !

Skylar suivait la ligne des drapeaux rouges en plastique plantés de loin en loin par son père, des années plus tôt, pour délimiter certaines zones sensibles de son domaine. Elle y avait ajouté depuis une vraie clôture, car les conducteurs de motoneige étaient de moins en moins respectueux de la propriété privée.

L'un des drapeaux était tombé, constata-t-elle, et plusieurs autres penchaient dangereusement. Skylar replanta le premier et redressa les autres.

La clôture, elle, était intacte. Elle protégeait efficacement cette partie de ses terres de toute intrusion motorisée.

Ses terres… Skylar éprouvait un mélange de tristesse et de fierté en pensant aux hectares de forêts qu'elle avait reçus en héritage. De tristesse parce que cela la ramenait à la mort de son père, et de fierté parce que le domaine familial était désormais entre ses mains.

Sa mère ayant quitté le domicile conjugal, elle n'avait plus aucun droit dessus. Pour Skylar, c'était comme si elle était morte. Le désir de la retrouver s'était atténué au fil des ans, pour finalement s'effacer complètement.

Après s'être occupée des drapeaux, Skylar observa le terrain situé de l'autre côté de la clôture, et qui appartenait à son oncle.

Pourquoi ce dernier tenait-il tant à lui acheter la parcelle comprenant l'ancien chemin forestier ? En le goudronnant, il ferait certes gagner un peu de temps à ses camions… Mais il leur permettrait surtout de rejoindre ou de quitter la nationale sans passer devant la station de pesage, comprit soudain Skylar.

Et pourquoi un chauffeur de poids lourd aurait-il intérêt à éviter une inspection ?

Parce qu'il n'était pas en règle.

Cette conclusion amena Skylar à s'interroger de nouveau sur les congélateurs aperçus dans un entrepôt de Davis Trucking.

Que contenaient-ils de si précieux, pour que l'homme de l'entrepôt réagisse comme si elle l'avait surpris en train de voler des lingots d'or dans la réserve fédérale de Fort Knox ? Il l'avait menacée avec un fusil, et l'employé d'une société de transport n'avait pas de raison d'être armé en plein jour.

La branche cadette de la famille Davis, représentée par Malcolm, braconnait depuis des décennies en toute impunité. Cela aurait dû pousser Skylar à en parler à Joe, pour qu'il sévisse, mais elle n'arrivait pas à s'y décider. Son père avait tu les agissements d'un frère dont il désapprouvait pourtant la conduite, parce que, à ses yeux, les membres d'une même famille ne se dénonçaient pas entre eux.

Était-il temps pour elle de se montrer moins tolérante que lui, d'engager le combat contre des pratiques illégales qui la révoltaient ?

Elle s'accroupit près d'un buisson de myrtilles et siffla. Stella, partie explorer les alentours, accourut.

— Qu'est-ce que tu en penses ? lui déclara Skylar. Qu'est-ce que je dois faire ?

Si elle disait à Joe tout ce qu'elle savait, Malcolm deviendrait son ennemi mortel. Elle ne pourrait plus lui demander, comme elle l'avait vaguement envisagé, de se porter « gracieusement » garant du prêt dont elle avait besoin… Et l'idée d'hypothéquer ses terres l'effrayait.

Allait-elle être contrainte de renoncer définitivement à son rêve ?

Skylar se redressa et entama la marche de quelque cinq kilomètres à travers bois qui la ramènerait chez elle.

Il devait y avoir une autre solution à ce problème de financement. Une solution qui n'impliquerait aucune aide extérieure.

Il fallait aller voir le notaire, dès aujourd'hui, pour lui demander conseil.

11

— J'ai une mauvaise nouvelle à vous annoncer, dit le notaire après avoir consulté le dossier « Merlin Davis » ouvert sur son bureau. Votre mère partage avec vous la propriété de tous les biens de votre père.

Me Svendson semblait sincèrement désolé, et il servit à Skylar un verre d'eau fraîche.

— Comment est-ce possible ? observa-t-elle après en avoir bu quelques gorgées. Ma mère s'est volatilisée… Elle est morte, si ça se trouve !

— Le testament de votre père vous institue sa légataire universelle, mais cela ne vaut que si votre mère est morte, elle aussi.

— Il m'a pourtant remis, une semaine avant son décès, une lettre disant que j'étais sa seule héritière.

— Cette lettre n'a malheureusement aucune valeur légale. Tant qu'un de vos parents – votre mère, en l'occurrence – est toujours en vie, la moitié des biens du couple lui revient au décès de l'autre.

Skylar se redressa sur sa chaise.

— C'est ridicule ! s'écria-t-elle. Il n'y a pas dans le Code civil un article annulant l'application de cette règle après que l'époux survivant a disparu depuis un nombre donné d'années ?

— Non, répondit le notaire. Tant qu'il n'existe

aucune preuve de la mort de votre mère – et la recherche informatique que j'ai effectuée n'a pas fait apparaître d'acte de décès au nom de Dorothy Davis —, elle est la copropriétaire des biens de votre père. Je suis désolé… J'aimais beaucoup Merlin : c'était quelqu'un de bien. Je regrette qu'il n'ait pas modifié son testament, parce que sa rédaction date d'il y a plus de vingt ans.

Quand j'avais dix ans, et que maman ne nous avait pas encore abandonnés, songea Skylar.

— Qu'est-ce que je suis censée faire, maintenant ? déclara-t-elle. Je projette de créer un refuge pour animaux, mais j'ai besoin pour ça de beaucoup d'argent et, si ces terres ne m'appartiennent pas en propre, je ne peux pas en disposer comme je l'entends ! Mais attendez… Ma mère ignore qu'elle est cohéritière des biens de son mari, sinon elle aurait déjà réclamé sa part !

— C'est possible, en effet. Le plus simple serait de la retrouver et de lui demander de vous céder sa part du domaine. Vous pourriez alors vendre tout ou partie de vos terres, ou les hypothéquer pour obtenir un prêt bancaire.

— J'avais envisagé ces deux solutions avant de venir vous voir, et aucune ne me plaît vraiment.

— Alors pourquoi ne pas solliciter l'aide financière de votre oncle ?

— Il n'en est pas question ! Mon père et lui étaient en mauvais termes, vous le savez… Et si Malcolm apprend que ces terres ne m'appartiennent pas en propre… Il ne faut pas le lui dire !

— Je suis tenu au secret professionnel et, même si ce n'était pas le cas, je n'aurais aucune raison de l'informer de quoi que ce soit vous concernant… Il ne fait pas partie de mes clients, et je ne l'aime pas beaucoup, moi non plus. Je me rappelle la résistance que votre père lui a opposée quand il faisait du forcing pour lui acheter la moitié de ses terres.

— Mon père était opposé à toute activité susceptible de nuire à l'environnement. Il ne fallait pas lui parler de l'agriculture, à cause de son utilisation de produits chimiques qui détruisent l'écosystème, et encore moins du transport routier, avec ses moteurs Diesel qui polluent l'atmosphère… C'était un artiste.

Le notaire acquiesça.

— J'ai acheté une de ses photos. Elle est accrochée dans mon séjour, et je pense à lui chaque fois que je la regarde. Mais revenons à votre mère… Vous voulez que je vous mette en relation avec une personne qui pourrait la retrouver ? Je connais un détective privé…

— Pas tout de suite. Ce que vous venez de m'apprendre m'a déboussolée, et il faut que je prenne le temps de l'assimiler.

— Je comprends, mais n'hésitez pas à m'appeler si vous avez besoin de quoi que ce soit.

— Merci.

Skylar se leva, et le notaire la raccompagna jusqu'à la porte de son étude.

Cette journée était l'une des pires qu'elle ait vécue depuis longtemps.

Joe frappa à la porte de Skylar et attendit. Les rayons du soleil couchant filtraient à travers les arbres qui entouraient la maison. C'était un lieu magnifique et paisible, le genre d'endroit qu'il espérait posséder un jour.

Malheureusement, à cause de ce que Cole Pruitt

lui avait dit, il ne pouvait plus envisager de partager ce rêve avec la seule femme dont il ait jamais été amoureux.

La porte s'ouvrit, et Skylar s'y encadra. Elle avait les yeux rouges, et Joe la vit essuyer rapidement une larme sur sa joue.

— Qu'y a-t-il ? demanda-t-il.

— C'est Stella. Je l'ai trouvée il y a quelques heures au fond du jardin… Elle ne va pas bien.

Prenant la jeune femme par le bras, Joe traversa avec elle la maison et la véranda. Stella était couchée sur la grosse couverture qui devait lui servir de lit – Skylar ne lui aurait évidemment pas infligé l'humiliation de la faire coucher dans un panier. La louve ne leva pas la tête à leur approche, et Joe vit qu'elle respirait difficilement.

Il lâcha la main de Skylar et s'agenouilla en veillant à ne pas faire de gestes brusques, pour ne pas effrayer l'animal.

— Que lui est-il arrivé ? demanda-t-il à mi-voix.

Skylar s'agenouilla près de lui et caressa doucement la louve.

— Quand je l'ai trouvée, répondit-elle, elle avait du mal à se tenir debout, et j'ai dû la porter jusqu'ici. Elle gémit, et son pouls est irrégulier, mais j'ai l'impression que le pire est passé. Je lui ai administré par perfusion une solution saline et un émétique qui a dû finir de débarrasser son organisme de ce qui l'a rendue malade, au départ… Je crois qu'elle a été empoisonnée.

Joe tressaillit. Pourquoi n'arrêtait-il pas d'entendre parler de poison, en ce moment ? La forêt était un endroit où poussaient beaucoup de plantes vénéneuses, mais tout de même…

— Il y a du laurier-rose ou du laiteron, aux alentours ? questionna-t-il.

— Du laurier-rose, non, et jamais Stella ne mangerait des feuilles de laiteron… Ce n'est pas une plante qui l'a empoisonnée de toute façon : il y avait par terre à côté d'elle des morceaux de viande non digérés. Je pense qu'elle a été victime d'un acte volontaire.

— C'est révoltant ! s'exclama Joe. Mais qui a bien pu faire ça ? Qui peut t'en vouloir au point de te tirer dessus et de s'en prendre ensuite à ton animal préféré ? Et puis il y a Max…

— Max ?

Joe secoua la tête. Non, ces deux empoisonnements ne pouvaient pas être liés. Il était encore sous le coup de sa conversation avec le vieil Amérindien au bord du lac Seraphim.

— Il s'agit d'une enquête que je mène en ce moment, mais qui n'a aucun rapport avec toi – du moins je l'espère.

— Je ne veux pas en savoir plus : ma journée a déjà été assez dure comme ça ! Tout ce qui compte, pour l'instant, c'est Stella. Elle ne convulse plus, mais je dois continuer à la surveiller.

Skylar se pencha sur la louve, qui avait les yeux fermés mais frotta tout de même son museau contre la joue de sa maîtresse, comme pour la rassurer.

La colère qui grondait en Joe lui donnait envie de taper dans quelque chose, mais sa raison lui disait que Skylar et Stella avaient besoin d'une présence calme et rassurante.

Le braconnage était peut-être le point commun entre les deux empoisonnements, mais le plus important, dans l'immédiat, c'était de s'occuper de Stella.

Et de recueillir les indices.

— Dis-moi où tu as trouvé les morceaux de viande dont tu m'as parlé, déclara-t-il. Je vais aller les ramasser, et je les ferai analyser. Le résultat pourra t'être utile pour soigner Stella.

— En effet ! Ils étaient entre la lisière des arbres et le bord du lac… Merci, Joe ! Je m'attendais à ta visite, mais j'aurais préféré qu'elle se déroule dans d'autres conditions.

— Moi aussi, bien sûr ! Je te quitte maintenant le temps de prendre un sachet à scellés dans mon pick-up et de mettre la viande dedans. J'irai ensuite faire un tour dans les bois. À la moindre alerte, appelle-moi !

— D'accord. Je suis vraiment contente que tu sois là. Je… J'avais besoin de soutien.

C'était un aveu surprenant de la part d'une femme aussi fière et indépendante que Skylar !

Des forces extérieures avaient fissuré son armure, et Joe se félicitait d'être arrivé à temps pour l'épauler.

12

Allongée à côté de Stella, Skylar posa la main sur le ventre de la louve et lui trouva une respiration encore un peu hachée, mais son état s'était amélioré. Les poisons violents tels que la strychnine, autrefois couramment utilisés par les braconniers, agissaient vite : ils tuaient en quelques heures. D'autres, moins puissants, mettaient jusqu'à quarante-huit heures pour faire effet, causant ainsi une mort lente et cruelle. Stella allait avoir besoin d'être surveillée pendant toute la nuit.

Depuis la terrasse, Skylar avait vu Joe ramasser les morceaux de viande près de la rive du lac. Il était ensuite entré dans la forêt, et la lumière de sa torche apparaissait de temps en temps entre les arbres.

Il n'aurait pas pu arriver à un meilleur moment, car il lui permettait de rester près de Stella. Aussi inquiète qu'elle soit pour cette dernière, Skylar savait en effet qu'il lui aurait fallu récupérer ces bouts de viande, pour pouvoir identifier le poison qui avait intoxiqué la louve.

Leur présence dans son jardin n'avait rien d'accidentel, son instinct le lui disait, et elle avait vu Joe tressaillir quand elle avait parlé d'empoisonnement. Il aimait les animaux autant qu'elle, et les souffrances de Stella lui inspiraient la même compassion.

Cette bonté naturelle le plaçait à ses yeux un cran au-dessus des autres hommes. Il était beau, intelligent, sensible…

Pourquoi s'était-elle détournée de lui ?

Elle s'était crue amoureuse de Cole… C'était un bon vivant, qui aimait chanter des tubes des années 1980 à tue-tête, qui avait toujours un pack de bières prêt à être embarqué pour une partie de pêche sur le lac, qui lui offrait des fleurs et lui faisait des œufs brouillés à minuit… Il parlait fort et ne tenait pas en place… Mais il était aussi superficiel, vantard et parfois tyrannique.

Comment avait-elle pu envisager de passer le restant de ses jours avec lui ? Elle aurait dû comprendre qu'ils n'étaient pas faits l'un pour l'autre avant même de découvrir ses accointances avec Malcolm !

Et à ce propos, allait-elle dire à Joe ce qu'elle savait, au risque de perdre sa confiance ?

Becky surgit sur la terrasse, donna quelques petits coups de bec à Stella, mais dut sentir que la louve n'était pas dans son état normal, car elle n'insista pas et alla se percher au milieu de la table basse sur laquelle Skylar avait posé son chapeau.

En entendant un bruit de pas dans l'escalier, Skylar se redressa, et Joe vint s'asseoir à côté d'elle.

— J'ai en effet trouvé quelques morceaux de viande près du lac, annonça-t-il. Je ne sais pas trop ce que c'est… De la chair de gibier à plumes, peut-être… Quelqu'un a dû s'approcher de la rive en bateau et les jeter à terre, parce que je n'ai vu aucune empreinte de pas. Je les ai ensachés, et je les porterai demain au labo de la police pour expertise.

— Tu pourras demander que les résultats me soient transmis ?

— Je te les apporterai. Ce sera plus rapide et plus sûr… Comment te sens-tu ?

— Mieux maintenant que tu es là, répondit Skylar.

Joe lui prit la main, et elle posa la tête sur son épaule. Une bonne odeur de pin et d'humus se dégageait de lui. Et il était… calme.

Contrairement à Cole.

Cette différence ne lui avait évidemment pas échappé quand elle avait commencé à sortir avec ce dernier, mais c'était seulement maintenant qu'elle mesurait pleinement la bêtise qu'elle avait commise en agissant à l'encontre de ses véritables besoins.

Et c'était douloureux.

— Stella va s'en sortir ? demanda Joe d'une voix douce.

— Oui, je pense. C'est une battante : elle a été prise dans un piège à un âge où beaucoup de jeunes loups n'auraient pas eu la force de survivre, et elle a ensuite très vite appris à marcher sur trois pattes au lieu de quatre.

— Tu l'as également bien soignée, à l'époque comme aujourd'hui… Tu veux que je t'apporte quelque chose à boire ?

— Volontiers ! J'ai décidé de rester près de Stella toute la nuit.

— Du thé, ça ira ?

— J'ai rangé la bouteille de cognac dans le placard au-dessus de l'évier.

— D'accord ! dit Joe avec un sourire.

Dix minutes plus tard, il reparaissait, en chaussettes, et posait un verre de cognac devant Skylar avant de commencer à étaler sur la terrasse la couverture en patchwork confectionnée pour Skylar par sa grand-mère.

— Je l'ai trouvée sur le dos du canapé du séjour, déclara Joe. Mais elle est très jolie… Tu as peut-être peur qu'elle se salisse, dehors ?

— Non, pas de problème ! Et tu as même pris un oreiller… Pourquoi es-tu si gentil ?

Joe haussa les épaules.

— Je fais juste ce que tu as besoin que quelqu'un fasse pour toi en ce moment. Tu dois concentrer toute ton attention sur Stella… Tu me permets de rester ici pour veiller sur elle avec toi ?

— Ça ne t'ennuie pas ?

— Au contraire ! Les morceaux de viande ne seront pas analysés avant demain matin, de toute façon, et j'ai le droit de m'arrêter de travailler de temps en temps : je ne suis pas de service vingt-quatre heures sur vingt-quatre et sept jours sur sept !

Joe s'assit sur la couverture en patchwork, et Skylar vint l'y rejoindre. Elle lui tendit ensuite le verre de cognac, car il l'avait trop rempli : si elle le vidait, c'était l'ivresse garantie, et elle avait besoin de garder les idées claires, au cas où l'état de Stella s'aggraverait. Joe en but une grande gorgée avant de le lui rendre. C'était parfait : il en restait désormais juste assez pour la réchauffer et la détendre.

La nuit était maintenant complètement tombée. Seuls le chant des grillons et le cri lancinant d'un huard rompaient le silence, tandis qu'au-dessus du jardin et du lac se déployait un ciel constellé d'étoiles. Skylar pointa le doigt vers lui et observa :

— Voilà ce que les citadins ne verront jamais.

— Non, dit Joe, et c'est bien dommage pour eux ! Ils ne savent pas ce qu'ils ratent !

Elle posa la tête sur son épaule. Il lui prit la main et la porta à ses lèvres. Il y avait dans l'intimité de ce moment plus que la simple entente de deux adultes veillant sur un animal malade.

Quand Skylar leva les yeux vers Joe, elle le surprit en train de la regarder, et ils échangèrent un sourire.

— On a déjà fait plus que s'embrasser ? demanda-t-elle.

— Si c'était le cas, je m'en souviendrais, et j'ose espérer que tu t'en souviendrais, toi aussi ! Mais on n'a jamais réussi à être libres en même temps…

— Oui, et je le regrette, maintenant.

— Vraiment ?

— Vraiment ! Pas toi ?

— Oh ! si…

D'un même mouvement, ils unirent alors leurs lèvres, et une puissante onde de volupté se propagea dans les veines de Skylar. Elle posa le verre de cognac et glissa une main sous le T-shirt de Joe.

La photo du calendrier de bienfaisance lui revint à la mémoire. Elle avait admiré en la voyant les larges épaules et la poitrine musclée de Joe… Le mois de février était celui qu'elle avait le plus regretté de voir se terminer – et il ne comptait en outre que vingt-huit jours ! Mais maintenant, elle pouvait caresser ce torse puissant, en sentir la fermeté et la chaleur sous ses doigts…

Sans cesser de l'embrasser, et en mettant dans son baiser une ardeur grandissante, Joe lui passa un bras autour de la taille et l'attira contre lui. Elle faillit prendre sa main pour la poser sur un de ses seins, mais elle y renonça de peur d'aller trop loin.

La fièvre de ses sens était peut-être une réaction à la peur et à la douleur que lui avait causées l'état de Stella, pensa-t-elle. Mieux valait ne pas brusquer les choses. Elle l'avait fait avec Cole, après cette fameuse réception de mariage, et cela ne lui avait pas réussi.

Quand ils s'écartèrent l'un de l'autre, Skylar et Joe avaient la poitrine haletante. Leurs cœurs battaient même plus vite que celui de Stella, constata la jeune femme en tâtant le pouls d'une louve qui dormait maintenant paisiblement.

— Ça, déclara Joe, c'est un baiser que je n'oublierai jamais !

Au même moment, Stella bougea et posa une patte sur sa cuisse.

— Je crois qu'elle te donne sa bénédiction, dit Skylar.

— Et ça compte plus pour moi que tu ne peux l'imaginer.

— Les animaux ont un jugement très sûr sur les gens.

— Oui. Stella a confiance en toi, et toi en elle. Vous vous faites du bien l'une à l'autre.

— Tu as un animal de compagnie ?

— Non. À cause de mes longues heures de travail, je ne pourrais pas bien m'en occuper. Max m'a appris…

Joe s'interrompit et détourna les yeux.

— Qui est Max ? demanda Skylar. C'est la deuxième fois que tu prononces ce nom aujourd'hui…

— C'est le vieil Amérindien qui a été retrouvé mourant au bord de la route départementale 7 il y a une quinzaine de jours. Tu as dû en entendre parler.

— Ah ! oui, je me rappelle… Les médias ont dit qu'il avait mangé des baies vénéneuses – ou des plantes, je ne sais plus —, et qu'il était arrivé à l'hôpital trop tard pour être sauvé.

— Max était mon ami, et il connaissait trop bien les fruits et les plantes pour commettre ce genre d'erreur : il a été assassiné.

— Tu en es sûr ?

— Oui. Et maintenant, c'est Stella que quelqu'un a cherché à empoisonner… Même si ces affaires ne sont pas directement liées, j'ai bien l'intention de les tirer au clair toutes les deux !

Joe se réveilla avec le soleil dans les yeux. Et affreusement mal au dos.

Pourquoi se retrouvait-il à passer la nuit dans sa voiture ou par terre, ces temps-ci ?

Parce que, Skylar avait beau ne plus être sur la terrasse, elle était revenue dans sa vie… Et si cela avait suffi pour qu'elle y reste, Joe aurait accepté de ne plus jamais dormir dans un lit.

En se couchant sur le côté, il vit Stella, la tête posée sur ses pattes. Ses yeux dorés étaient ouverts et, quand Joe croisa son regard, elle remua la queue.

— Tu te sens mieux ? demanda-t-il.

La louve poussa un petit gémissement, mais il comprit qu'il s'agissait d'une réponse positive à sa question, et non d'une plainte. Il la gratta derrière les oreilles, et elle s'allongea sur le dos. C'était chez tous les canidés la plus belle des marques de confiance… Joe prit appui sur un coude et lui frictionna le ventre.

— Tu as ravi mon cœur, ma belle…, murmura-t-il. Comme ta maîtresse. Elle, je l'aime depuis très longtemps, et je me fais du souci pour elle… Un danger la menace, mais je ne sais pas d'où il vient, et elle refuse de me le dire.

Stella posa une patte sur son poignet, comme pour l'assurer de son soutien. Même si son état s'était visiblement amélioré pendant la nuit, elle aurait besoin d'être surveillée jusqu'à ce que son organisme ait complètement éliminé le poison…

Mais où était Skylar ?

Joe s'assit, scruta les alentours et ne tarda pas à apercevoir le chapeau de cow-boy de la jeune femme, près du poulailler. Il consulta ensuite sa montre. 6 h 30.

— Trop tôt pour se lever…, marmonna-t-il en se rallongeant. On s'offre une petite heure de sommeil supplémentaire, Stella, d'accord ?

La louve se serra contre lui, et ils se rendormirent.

Skylar prit le mug de café des mains de Joe pendant qu'ils descendaient l'escalier extérieur. Stella les suivait, encore faible mais suffisamment vaillante pour avoir traversé toute la maison derrière Joe.

— Tu vas lui manquer, observa Skylar.

— Je préférerais rester, mais je ne peux pas. Je dois apporter les morceaux de viande au labo tant qu'il ne fait pas encore trop chaud.

— Merci de t'occuper de ça.

Quand Skylar se haussa sur la pointe des pieds pour embrasser Joe, il posa les deux mains sur ses épaules et l'éloigna doucement de lui.

Que se passait-il ? Leur baiser de la veille, dont il avait dit qu'il ne l'oublierait jamais, serait le dernier qu'ils échangeraient ? Mais pourquoi ? Joe voulait-il voir leur relation revenir à la simple amitié ?

— Je… Euh…, bredouilla-t-il. Nous deux, j'y pense depuis très longtemps, mais j'ai toujours su que je n'avais pas mes chances avec toi.

— Quoi ?

— C'est le sentiment que j'ai, et tu l'as renforcé en

me préférant Cole… Il faut absolument que j'y aille, maintenant !

Joe se tourna vers son pick-up, garé à l'angle de la maison…

— Non, mais j'hallucine ! s'écria-t-il.

La chèvre de Skylar était en train de danser sur le capot du véhicule.

— Beyoncé aime débuter ses journées avec une petite danse, dit la jeune femme, mais, si tu le lui demandes poliment, elle s'arrêtera et descendra de ta voiture.

— Je suis censé parler « poliment » à une chèvre ? Tu plaisantes, j'imagine ?

— Non, mais si tu ne t'en sens pas capable, je te conseille de trouver autre chose, sinon elle va finir par cabosser ton capot !

Joe s'approcha du pick-up, attrapa la chèvre et la posa sur le sol. Elle s'éloigna en sautillant et en bêlant joyeusement, tandis que Joe montait dans sa voiture.

Ce fut le cœur lourd que Skylar le regarda partir. Il avait l'air de penser qu'elle était trop bien pour lui… C'était ridicule ! Et elle avait toujours su qu'il valait beaucoup mieux que Cole !

Elle comprenait cependant qu'il ait été blessé en la voyant se jeter dans les bras d'un autre juste après cette fameuse réception de mariage.

Il fallait lui dire qu'elle avait commis là une énorme erreur, car un an plus tôt comme maintenant c'était de lui qu'elle avait besoin…

Mais accepterait-il de l'écouter ?

13

— Intéressant ! observa Lucy Carnet, la technicienne de la police scientifique, en posant devant Joe une petite plaque de verre et en croisant les bras.

Il attendit la suite et, comme elle ne venait pas, il finit par déclarer :

— Pourquoi est-ce intéressant ?

— Parce que c'est de la viande d'aigle additionnée de strychnine.

— Le même poison que celui…

—… qui a tué Max Owen, oui.

— Comment le savez-vous ?

— J'ai entendu parler d'un agent de protection de la nature qui avait payé les frais d'autopsie de cet homme parce qu'il soupçonnait un acte criminel. Le coroner n'en a pas moins conclu à un empoisonnement accidentel.

— Ce n'en était pas un. Max était mon ami. La strychnine est un produit qui lui était totalement étranger.

— Je sais que certains vieux Amérindiens connaissent très bien la faune et la flore, mais l'erreur est humaine, Cash !

— La strychnine est un produit d'origine végétale, n'est-ce pas ?

— Oui, elle est extraite de la noix vomique, fruit d'un arbre qui ne pousse pas dans le Minnesota, mais il est relativement facile de s'en procurer.

— À peine plus de quinze jours après la mort de Max, donc, on retrouve de la strychnine dans de la chair d'aigle… Ça ne vous semble pas louche, à vous ?

La technicienne haussa les épaules.

— Dans l'absolu, non, car certains chasseurs utilisent encore ce poison pour tuer des animaux, et des éleveurs le font pour se débarrasser des loups qui menacent leurs troupeaux… Mais si on considère le peu de distance, dans l'espace et dans le temps, entre ces deux empoissonnements, alors oui, il y a là quelque chose de louche. D'autant que la strychnine a été injectée dans les morceaux de viande que vous m'avez apportés.

— Max, lui, a été contaminé par contact.

— Il aurait donc touché de la strychnine en manipulant quelque chose qui en était couvert… Vous pensez qu'il braconnait ?

— Bien sûr que non ! Mais à propos de cette viande… vous savez à quelle espèce d'aigle elle appartient ?

— Il faut que je fasse d'autres analyses pour le déterminer. Je vous communiquerai les résultats.

— Mais vous êtes d'ores et déjà sûre qu'il s'agit de chair d'aigle ?

— Oui. Je la reconnais tout de suite, pour en avoir trop vu dans mon labo… Pauvres bêtes ! En l'occurrence, cependant, c'est un loup que quelqu'un a voulu empoisonner ?

— Une louve, Stella, qui a été recueillie très jeune par une vétérinaire de la région.

— Ce serait un braconnier qui aurait visé cette louve ?

Joe secoua la tête.

— Un braconnier, je ne sais pas, mais quelqu'un qui cherche à intimider la vétérinaire en question, ça, j'en suis sûr ! Je dois maintenant établir si Max Owen a été victime du même genre d'intimidation.

— Cette histoire d'empoisonnement à la strychnine me rappelle quelque chose… On m'amène des animaux, de temps en temps, et je suis certaine d'avoir découvert récemment ce poison dans le sang de l'un d'eux… Attendez !

Lucy se tourna vers la petite table sur laquelle était posé un ordinateur portable. Elle activa la souris et se mit à cliquer sur un fichier après l'autre.

— C'était un animal retrouvé près d'ici ? demanda Joe. Mon enquête sur le braconnage couvre un rayon d'environ quatre-vingt-dix kilomètres autour de Checker Hill.

— Vous avez une piste ?

— Oui. Les employés de Davis Trucking circulent beaucoup dans cette zone.

— À votre place, je ne mettrais pas mon nez dans les affaires de Malcolm Davis sans être sûr de pouvoir le coincer.

— Pourquoi dites-vous ça ? Que savez-vous sur lui ?

— Ce que tout le monde sait : qu'il bénéficie de hautes protections dans l'administration du comté. Il peut commettre à peu près n'importe quel délit – y compris un meurtre, sans doute – en toute impunité.

— Je ne suis pas à sa solde.

— Non, bien sûr… Ah ! voilà !

La technicienne s'écarta de l'ordinateur de façon à ce que Joe puisse voir l'écran.

— Le mois dernier, un de vos collègues, Robbie Anderson, m'a apporté un sac en grosse toile qui contenait cinq aigles à tête blanche. Ils avaient été empoisonnés avec de la viande d'écureuil additionnée de strychnine par des braconniers.

— Robbie les a identifiés ?

— Je l'ignore. On ne s'est ni vus ni parlé depuis.

— Je vais l'appeler… Merci, Lucy !

Joe se dirigea vers la porte, mais la technicienne le stoppa dans son élan en disant :

— Soyez prudent, Cash ! Vos visites me font toujours plaisir, et je ne voudrais pas qu'elles s'arrêtent… À bientôt ?

Un clin d'œil ponctua ces derniers mots. Toujours surpris – et un peu gêné – quand une femme flirtait avec lui, Joe sourit et se hâta de quitter la camionnette.

Et si c'était la dépouille d'un aigle, recouverte de strychnine, qui avait contaminé Max ?

Mais pourquoi l'aurait-il touchée ? Ça ne tenait pas debout !

Joe appela le central de la police et demanda à être mis en communication avec le portable de Robbie Anderson. Il tomba directement sur le répondeur – Robbie devait être sur le terrain —, et Joe dut se contenter de laisser un message :

— J'ai deux affaires d'empoisonnement à la strychnine, et il paraît que tu as trouvé cinq aigles à tête blanche morts de la même façon… Il faut qu'on s'échange nos informations.

Le campement où Max passait ses étés se composait en tout et pour tout d'un bout de terrain défriché, d'une tente plantée au milieu, et d'une souche de chêne sculptée sur lequel le vieil homme s'asseyait pour tailler au couteau des morceaux de bois dur.

Le fait de retourner dans cet endroit, maintenant abandonné, où il avait passé avec Max tant de moments heureux, bouleversa Joe. Il respira profondément pour maîtriser son émotion et entreprit d'inspecter le campement pour la deuxième fois.

La mort d'Owen ayant été classée comme accidentelle, aucune équipe de techniciens de scène de crime n'avait été envoyée sur les lieux. Ils étaient donc tels que Joe les avait laissés environ quinze jours plus tôt.

Il avait appris depuis que Max s'était opposé à l'achat de plumes d'aigle au marché noir, que des braconniers de la région avaient récemment utilisé de la strychnine pour tuer des aigles à tête blanche…

Quelque chose lui aurait-il échappé, lors de sa précédente visite, que ces éléments nouveaux lui permettraient de détecter aujourd'hui ?

Joe s'accroupit près du cercle de pierres noircies au milieu duquel Max faisait du feu pour cuisiner et se chauffer. Il ramassa une branche et remua les cendres, mais sans rien découvrir que de petits morceaux de charbon de bois.

Machinalement, Joe toucha la serre d'aigle suspendue à son cou. C'était tout ce qu'il lui restait de son ami et mentor. Il n'avait jamais parlé de lui à ses parents, mais peut-être avait-il eu tort : peut-être avaient-ils le droit de savoir que cet homme avait joué un grand rôle dans les choix de vie de leur fils.

Joe décida de raconter l'histoire de sa relation avec Max au prochain dîner familial – sa mère en organisait un au moins un dimanche par mois. Elle risquait de s'affoler en apprenant qu'à dix ans il avait passé plusieurs jours seul dans la forêt avec un inconnu, mais il la rassurerait : Max avait été pour lui une sorte de deuxième père.

Une fois cette décision prise, Joe repensa à la mort du vieil homme. Quelqu'un avait-il déposé dans le campement un objet recouvert de strychnine ? S'agissait-il plutôt de quelque chose que Max aurait trouvé pendant une de ses promenades ?

Joe se redressa et parcourut le petit îlot de paix que Max s'était aménagé au milieu de la forêt.

Du côté ouest se dressait un bloc de taconite rouille et noir. Joe l'avait toujours trouvé très beau, et Max lui avait appris à en détacher des morceaux et à les tailler pour en faire des lames rudimentaires. C'était quelque chose de fascinant pour un adolescent, et Joe avait encore un de ces outils d'homme des cavernes, comme il les appelait, quelque part dans son bureau.

Lors de sa première inspection du campement, il n'en avait pas dépassé les limites, et il décida cette fois d'aller faire un tour dans les bois environnants. Max avait l'habitude d'enterrer des os et des débris organiques au pied des arbres pour enrichir l'humus qui les nourrissait.

Au bout d'un moment, en passant devant un bouleau, Joe sentit son pied s'enfoncer légèrement, comme si la terre, à cet endroit, avait été récemment remuée. Il s'arrêta, s'accroupit et tâta le sol…

Il y avait quelque chose dessous.

Joe sortit son couteau de son sac à dos et commença de creuser, mais en utilisant le tranchant de la lame au lieu de la pointe, pour ne pas risquer d'abîmer ce qui se trouvait là.

À une quinzaine de centimètres de profondeur lui apparut quelque chose qui le fit jurer intérieurement.

La dépouille d'un aigle à tête blanche.

14

Skylar ouvrit la porte et invita Joe à entrer, mais son attitude dénotait une certaine froideur. Ce n'était pas surprenant : il avait refusé de l'embrasser, ce matin, parce qu'il s'était souvenu de ce que Cole lui avait dit la veille à son sujet.

— C'est avec de la strychnine que ta louve a été empoisonnée, lui annonça-t-il, mais tu ne devineras jamais à quelle espèce d'animal appartenait la viande qui l'a intoxiquée !

— Je t'écoute.

— C'est de la chair d'aigle à tête blanche. Je savais que les braconniers s'en prenaient aux loups, aux cerfs et à d'autres types d'animaux, plus petits, mais avec les aigles à tête blanche ils franchissent un nouveau palier dans la délinquance !

— J'espère que c'est encore classé comme crime fédéral, parce que j'ai vraiment envie de voir ces types sévèrement punis !

— Ces types ? répéta Joe. De qui s'agit-il, à ton avis ? De ta famille ?

— Quelle famille ? Mon père est mort, et ma mère est partie il y a des années...

Joe se rappelait que Skylar était encore petite quand sa mère avait quitté le domicile conjugal. Ce traumatisme expliquait sans doute sa volonté de ne pas dépendre des autres : elle risquait moins, ainsi, d'être rejetée ou abandonnée.

— Tu sais très bien de qui je parle. De Malcolm Davis et de ses employés.

— Malcolm est mon oncle, en effet, mais je le fréquente le moins possible. Et peut-être considère-t-il ses employés comme des membres de sa famille, mais pas moi !

Agacé par la façon dont Skylar éludait toutes les questions portant sur son principal suspect, Joe lui demanda tout de go :

— Depuis combien de temps es-tu impliquée dans les activités illégales de ton oncle ?

— « Impliquée » ? Tu penses que… que j'appartiens au réseau de braconnage sur lequel tu enquêtes ?

Le langage corporel de la jeune femme exprimait un mélange d'incrédulité et d'indignation : elle serrait les poings, mais semblait presque trop surprise par cette accusation pour arriver à se justifier.

Était-elle sincère, ou bien jouait-elle la comédie ?

— Comment peux-tu me croire capable de poser des pièges, de… de…, reprit-elle. Je soigne les animaux, je ne les tue pas !

— Mais tu sais que Malcolm et ses employés braconnent.

— Tout le monde le sait, Joe !

— J'ai parlé à Cole Pruitt, hier. Je l'ai trouvé en train de pêcher sur le lac Seraphim, et il m'a dit en gros qu'il avait rompu vos fiançailles après avoir découvert qui tu étais vraiment.

Skylar écarquilla les yeux, mais Joe poursuivit :

— Il a avoué braconner pour le compte de ton oncle, mais c'est toi qui l'aurais mis en rapport avec lui.

Muette de stupeur – à moins que ce ne soit de colère ou de peur —, Skylar pivota sur ses talons et quitta le séjour pour la cuisine. Là, elle fit les cent pas, les mains sur les hanches, puis elle traversa la véranda, s'arrêta devant la baie vitrée, se retourna et leva un doigt comme pour préparer les mots qu'elle allait prononcer…

Mais pour finir, elle secoua la tête et garda le silence.

— Parle-moi ! lui dit Joe, qui l'avait suivie.

Elle poussa un grognement de frustration, puis elle leva les bras et les laissa retomber dans un geste de lassitude avant de déclarer :

— Tu crois vraiment à ce que Cole t'a raconté sur moi ?

Joe hésita à répondre. Il avait du mal à y croire, il ne *voulait* pas y croire, mais était-ce suffisant pour que ce ne soit pas vrai ?

— Ton oncle est quelqu'un d'important dans la région, observa-t-il. Il connaît des gens influents, pèse sur certaines décisions…

— Oui, et je ne serais même pas surprise qu'il ait des gens à sa solde dans la police.

— Tu es sous sa coupe ?

— Non ! Il a bien essayé d'exercer des pressions sur moi… Mais peu importe !

— Si, continue ! Je suis prêt à t'écouter, et à t'apporter de l'aide si tu en as besoin !

— Ça n'a rien à voir avec le braconnage.

— Dis quand même !

Joe percevait encore de la colère chez Skylar, mais il sentait que s'y ajoutait désormais l'envie de lui faire confiance. Il s'approcha d'elle, prit ses mains dans les siennes et attendit en silence qu'elle se décide – ou non – à parler.

— Il s'agit d'une parcelle de terrain située en bordure des terres de Malcolm, finit-elle par déclarer. Celle qui comprend un chemin forestier privé qui m'appartient. On l'a regardée ensemble sur le plan, l'autre jour.

— Oui, je m'en souviens.

— Mon oncle a des vues dessus depuis très longtemps, mais mon père a toujours refusé de s'en séparer, de peur que son frère ne la saccage – en abattant des arbres, par exemple… Mais depuis quelque temps, Malcolm me harcèle pour que je la lui vende. Il m'a même proposé, si j'acceptais, de me la payer le double du prix du marché, et de se porter garant du gros prêt bancaire dont j'ai besoin pour financer mon projet de refuge. C'était Cole, au départ, qui devait me rendre ce service, mais après notre rupture il n'en était évidemment plus question.

Joe faillit interrompre Skylar pour lui demander qui, de Cole ou d'elle, avait quitté l'autre, mais il y renonça finalement. Mieux valait, dans l'immédiat, ne pas changer de sujet.

— Pour couronner le tout, poursuivit la jeune femme, j'ai appris hier que ma mère était la copropriétaire de tous les biens ayant appartenu à mon père. Je ne peux donc pas en disposer sans son accord.

— Mais je croyais qu'elle avait disparu ?

— C'est bien le cas : je n'ai plus de nouvelles d'elle depuis mes douze ans… Malheureusement, ça ne change rien : je suis allée voir le notaire de mon père, dans l'espoir qu'il me présente une solution pour financer mon projet sans l'aide de personne… Il a ressorti le testament de mon père et, comme sa rédaction date de l'époque où ma mère était encore avec nous, ce document fait d'elle la cohéritière des biens de son défunt mari.

— C'est dur pour toi !

— Oui, mais ça n'a aucun rapport avec ton enquête… Je n'aurais pas dû t'en parler.

— Rien de ce qui te concerne ne m'indiffère.

— Je sais, et je t'en suis reconnaissante, mais tout ça me rend folle ! Tout ce que je veux, c'est être tranquille, pouvoir aller dans mon jardin sans risquer de me faire tirer dessus parce que j'ai peut-être vu quelque chose de compromettant pour quelqu'un.

— Qu'est-ce que tu as vu ? Et où ?

— C'était sur le site de la société Davis Trucking. Je cherchais Malcolm pour lui dire d'arrêter de braconner sur mes terres – j'avais failli marcher sur un piège à collet en me promenant, la veille, et ce n'était pas la première fois. Bref, je suis entrée par erreur dans un entrepôt. Il contenait des caisses, ce qui n'a rien de surprenant, mais six énormes congélateurs, aussi… Un homme se tenait devant l'un d'eux, qui était ouvert, et, quand j'ai toussoté pour signaler ma présence, il s'est retourné d'un bloc et a attrapé un fusil. Je me suis enfuie, mais j'ai eu le temps de l'entendre me crier de « la fermer ».

— Qui était-ce ?

— Un employé de Malcolm, un grand rouquin… Je suis sûre que les tirs de l'autre jour avaient pour but de me rappeler que je devais me taire. Cela dit, qu'est-ce que je pourrais bien raconter ? Je ne sais pas ce qu'il y avait dans ces congélateurs !

— Je crois le savoir, moi !

— Je t'écoute !

— Qu'est-ce qui a besoin d'être à la fois dissimulé et maintenu à des températures très basses ? Des produits interdits qui risqueraient sinon de pourrir… J'ai eu hier avec un vieil Amérindien une conversation très instructive : certaines tribus achètent des plumes d'aigle au marché noir pour fabriquer leurs costumes traditionnels. C'est à ça que sert notamment le braconnage dans la région, et Max était au courant de ce trafic.

— C'est pour ça qu'il a été tué ?

— Oui, je crois. Je suis retourné à son campement, aujourd'hui, et j'ai découvert à proximité la dépouille d'un aigle à tête blanche. Je l'ai apporté au labo de la police pour expertise, mais je suis d'ores et déjà certain qu'il a été empoisonné à la strychnine. Et c'est lui qui a causé la mort de Max.

— Ton ami aurait mangé…

— Non : il a été contaminé par contact. Je pense qu'il a trouvé cet aigle mort, qu'il a serré sa dépouille contre lui, et même caressé ses ailes, en prononçant des prières rituelles avant de l'enterrer. Le poison a alors eu le temps de traverser sa peau, et il s'est ensuite infiltré dans la circulation sanguine.

— C'est affreux ! Mais ça reste un empoisonnement accidentel…

— Non, parce que cet aigle avait été volontairement placé à un endroit où Max le trouverait forcément, j'en suis convaincu !

— Par qui ?

— Par la personne la plus durement affectée par les efforts – couronnés de succès – de Max pour persuader sa tribu de ne plus acheter de plumes d'aigle au marché noir.

— Malcolm ?

Joe acquiesça et se passa une main nerveuse dans les cheveux.

— Reste à le prouver, déclara-t-il, mais j'y arriverai !

— Ça me rappelle la conversation que j'ai eue avec mon oncle le jour où je devais me marier : il m'a dit que Cole avait tué un aigle pour lui faire acte d'allégeance.

— Pourquoi t'a-t-il parlé de ça ? Il aurait plutôt intérêt à taire les activités illégales auxquelles ils se livrent, ses employés et lui !

— Je ne sais pas, mais le résultat, c'est que j'ai immédiatement quitté Cole… Il t'a menti, Joe : c'est moi qui ai rompu avec lui, et non le contraire… D'où ma colère, tout à l'heure.

— Je comprends, et je te crois, mais pourquoi tu ne m'as pas raconté tout ça, le jour où je suis venu enquêter sur les tirs que tu avais essuyés ?

— Par loyauté familiale, et pourtant, le seul membre de ma famille qui mérite le respect, c'est mon père. Ma mère, il y avait longtemps que je ne pensais plus à elle. C'était comme si elle était morte… Mais elle ne l'est pas, et je découvre maintenant que la moitié des biens de mon père lui appartient !

— Si je peux faire quelque chose pour toi à ce sujet, n'hésite pas à me le demander !

— Le notaire a proposé de me mettre en relation avec un détective privé pour tenter de la retrouver. Elle n'est sans doute pas au courant de son statut de cohéritière, mais ai-je envie qu'elle l'apprenne et revienne dans ma vie juste pour des raisons bassement matérielles ? Ce n'est pas sûr… Il faut que réfléchisse.

— C'est une décision difficile à prendre, en effet.

— Un petit verre de cognac m'y aiderait peut-être… À moins que ça n'achève de me brouiller les idées…

Pour la première fois depuis son arrivée, Joe vit Skylar esquisser un sourire.

— À propos d'alcool, dit-il, tu sais que Cole s'est mis au whisky ?

— Oui. C'est depuis qu'il a commencé à travailler pour mon oncle, je crois. Pratiquer des activités illégales doit le rendre nerveux.

— Je m'inquiète pour lui.

— Alors que j'ai préféré sortir avec lui plutôt qu'avec toi, après la réception de mariage ?

— Tu ne m'appartenais pas !

— J'ai pourtant commis là la plus grosse erreur de toute ma vie.

— Parce que votre relation n'a pas tenu ?

— Non, parce que c'est toi que j'aurais dû choisir.

Envahi par un mélange de surprise et de bonheur, Joe s'apprêtait à embrasser Skylar lorsqu'une absence le frappa.

— Où est Stella ? Je m'attendais à la voir sur la terrasse !

— Elle est…

Skylar se retourna, ouvrit la baie vitrée et parcourut le jardin des yeux, puis elle appela la louve. Plusieurs fois, et sans résultat.

— C'est bizarre ! Stella vient toujours, quand je l'appelle.

— Elle serait allée chasser ?

— Non. Elle est habituée à ce que ses repas lui soient servis… Il faut que je parte à sa recherche.

— Je t'accompagne !

Sans attendre une permission qu'il n'avait d'ailleurs pas demandée, Joe se dirigea vers la forêt au côté de Skylar.

— Il arrive souvent à Stella de disparaître comme ça ? déclara-t-il.

— Non, elle s'éloigne rarement de la maison. Et elle est encore faible… Stella ! Stella !

La jeune femme franchit la lisière des bois, et Joe la suivit. Elle semblait inquiète, et il se fiait à l'instinct de celle qui avait noué avec la louve un lien presque fusionnel.

Si c'était Malcolm Davis le responsable de ce nouveau problème, il le lui ferait payer cher !

— Je vais ouvrir la marche, dit-il. Je piste des loups depuis dix ans.

— Oui, mais, moi, je connais Stella !

Skylar le laissa cependant passer devant elle quand le sentier se rétrécit. Arrivé devant un boqueteau de bouleaux, il s'agenouilla, examina le sol et découvrit dans l'humus des empreintes faciles à reconnaître : il ne pouvait pas y avoir dans les parages deux loups à qui il manquait une patte arrière !

Ces traces se dirigeaient ensuite vers la gauche, puis elles allaient tout droit. En les suivant, Joe se rendit compte qu'il marchait parallèlement au lac.

Derrière lui, Skylar poussa soudain un cri semblable au hurlement d'un loup. Joe s'arrêta et se retourna. Elle lui fit signe de se taire en posant un doigt sur ses lèvres et, quelques secondes plus tard, un loup lui répondit. Il semblait loin, mais les loups pouvaient communiquer entre eux à plusieurs kilomètres de distance.

— Ce n'est pas Stella, déclara Skylar.

Puis elle contourna Joe et se mit à marcher à grands pas, au risque de trébucher sur l'une des grosses racines qui affleuraient à la surface du sol. Joe la saisit par le bras pour la ralentir.

— Laisse-moi repasser devant ! lui dit-il.

— Non ! Stella est *ma* louve ! Elle connaît mon

odeur et, pour qu'elle la perçoive, il faut que tu sois derrière moi.

C'était faux, mais Joe renonça à discuter. Skylar avait de bonnes raisons d'être stressée : Stella avait disparu alors qu'elle n'était pas encore complètement remise de son empoisonnement. S'ils voulaient la retrouver rapidement, ils ne devaient pas perdre de temps à se disputer.

— Tu sais s'il y a des points de rendez-vous dans les parages ? demanda-t-il en lâchant le bras de Skylar.

— Il y en a un près du lac, à environ huit cents mètres d'ici. C'est sur l'ancien territoire d'une meute de la région, et j'aurais tendance à penser que Stella voudrait l'éviter, mais si c'était le contraire ? Si elle y était allée parce que ses congénères lui manquent ?

— Elle essaie peut-être de retrouver sa famille, en effet… Le loup est un animal social.

— Tu ne m'apprends rien !

Skylar hâta le pas, écartant sans douceur les branches basses qui lui barraient le passage. Joe la suivit en silence mais en serrant les poings. S'il tenait tant à ouvrir la marche, c'était pour la protéger d'un éventuel danger, mais il préférait ne pas le lui dire, pour ne pas l'affoler. Têtue comme elle l'était, cela n'aurait d'ailleurs sans doute rien changé.

Au bout d'un moment, Joe s'aperçut que les empreintes de Stella avaient disparu. Il s'immobilisa, se pencha pour examiner le sol à sa droite, puis à sa gauche, mais sans rien voir. La louve avait changé de direction à un endroit qu'il n'avait pas repéré.

— Arrête-toi, Skylar ! cria-t-il. Stella a pris un autre chemin ! J'ai perdu sa trace.

La jeune femme se tourna vers lui, et l'émotion

qui se lisait sur son visage le surprit : elle semblait au bord des larmes.

— Je ne supporterai pas de la perdre, Joe !

— On n'en est pas là…

— Il *faut* la retrouver.

— Calme-toi, d'abord ! Viens là !

Une brève hésitation, puis Skylar le rejoignit, et il l'attira dans ses bras. Elle commença par lui résister, mais finit par s'abandonner contre lui, les épaules secouées de sanglots. Faute de savoir quoi lui dire, il se contenta de la bercer doucement et de la laisser pleurer.

Quand ses larmes se tarirent, il s'écarta légèrement d'elle, lui sourit et coinça derrière son oreille une mèche de cheveux restée collée sur sa joue.

— Et si tu réessayais d'appeler Stella ? lui suggéra-t-il.

Elle acquiesça et poussa de nouveau ce cri si semblable au hurlement d'un loup que Joe aurait pu s'y tromper s'il n'avait été juste à côté d'elle.

Et une réponse lui parvint presque immédiatement, en provenance des abords du lac.

— C'est Stella ! s'exclama-t-elle avant de se mettre à courir dans cette direction.

Joe la suivit, et l'odeur âcre caractéristique de l'urine des loups ne tarda pas à lui parvenir. Le point de rendez-vous dont Skylar avait parlé ne devait pas être loin.

Il l'entendit soudain jurer, puis elle disparut derrière un gros chêne, et il la perdit de vue. Il se dépêcha de contourner l'arbre, et le spectacle qui s'offrit alors à ses yeux le frappa de stupeur : Skylar s'était arrêtée à un mètre à peine de Stella, couchée près du corps inerte d'un loup qui s'était pris dans un piège.

Joe s'approcha et, résistant à la tentation d'écarter

la jeune femme, il s'accroupit, tendit une main vers la louve et murmura :

— Viens, ma belle… Tu n'as rien à faire ici.

Stella gémit et avança de quelques dizaines de centimètres, en poussant sur ses pattes avant, mais elle ne semblait pas décidée à abandonner son congénère…

Qui était mort, constata Joe avec un certain soulagement. Parce qu'il avait beau enrager devant cette nouvelle preuve de la cruauté des braconniers, le pire aurait été de trouver ce loup encore en vie, mais souffrant d'une blessure affreusement douloureuse et qui, à terme, lui aurait de toute façon été fatale.

Là, le piège s'était refermé sur son cou, ce qui avait dû le tuer instantanément. Et cela ne datait pas de plus de quelques heures, car seules quelques mouches tournaient autour du cadavre.

— Stella ! appela Skylar en se tapotant la cuisse. Viens ! Laisse Joe s'occuper de lui.

— Oui, Stella, déclara Joe d'une voix douce. Tu as senti qu'il avait de graves ennuis, et tu as voulu lui porter secours… C'est bien, mais maintenant je vais prendre le relais.

— Viens, Stella ! répéta Skylar.

La louve finit par se relever. Elle s'approcha de Joe, flaira sa main, et il lui caressa doucement le dos en disant :

— Va voir ta maîtresse ! Elle s'inquiète pour toi.

La louve obéit et alla appuyer sa tête contre l'épaule de la jeune femme, qui s'était agenouillée.

— Qu'est-ce qu'on fait, maintenant ? demanda-t-elle à Joe.

— Tu ramènes Stella chez toi et, moi, je me charge de la dépouille de ce malheureux animal.

— Non ! Je veux t'aider à…

— Arrête de discuter ! Pars !

Ces mots furent prononcés avec plus de virulence que Joe n'avait eu l'intention d'y mettre, mais il ne comptait pas s'excuser. Skylar appartenait à la famille de celui qui avait très probablement commis cette atrocité… Même s'il ne la soupçonnait plus d'être la complice de son oncle, il n'était pas encore sûr d'obtenir sa pleine collaboration dans le combat qu'il menait contre cet homme. Lui faire mesurer la force exacte de sa colère la convaincrait peut-être d'y prendre une part active.

— Je vais porter ce loup jusqu'à mon pick-up et le remettre à l'Office régional de la chasse et de la pêche, reprit-il d'une voix à peine radoucie. Il recense les animaux victimes de pratiques illégales.

Skylar se redressa sans rien dire et se dirigea vers le lac, suivie de Stella. Joe savait qu'en le longeant elle finirait par se retrouver chez elle, mais il ne lui infligea pas l'affront de le lui rappeler : connaissant cette forêt encore mieux que lui, elle ne risquait pas de s'y perdre !

15

Le ton sur lequel Joe lui avait ordonné de partir avait profondément blessé Skylar. C'était comme s'il la soupçonnait encore d'être de mèche avec son oncle ! Elle s'était ouverte à lui… Ce qu'elle lui avait confié, elle n'avait encore osé le dire à personne… Il ne l'avait donc pas écoutée ?

Quant à Cole, qui racontait tout un tas de mensonges sur elle, il ne s'en tirerait pas comme ça ! Elle irait lui parler. Très bientôt.

Mais le plus pressé, c'était de ramener Stella à la maison et de la mettre au repos, car elle était encore convalescente.

Pour être allée à ce point de rendez-vous, elle devait savoir qu'un loup y avait été pris au piège. Son odorat le lui avait signalé et, une fois là-bas, elle avait attendu que sa maîtresse vienne la rejoindre et sauve son congénère, comme elle autrefois.

Il était malheureusement déjà mort quand ils étaient arrivés, Joe et elle. S'il s'était débattu une fois piégé, le sol, autour de lui, en aurait gardé des traces. Skylar n'en avait pas vu. Il était donc mort sur le coup, sans avoir eu le temps de souffrir. C'était déjà ça…

Une fois de retour dans le jardin, Stella gravit l'escalier de la terrasse et s'allongea sur sa couverture.

— Je vais te chercher quelque chose à manger, lui dit Skylar.

Puis, comme la louve poussait un petit gémissement, elle précisa :

— Il n'y aura pas de poison dedans, promis ! Et je te rapporte à boire, aussi… Mais c'est fini, les vagabondages, compris ?

En guise de réponse, Stella remua la queue, puis elle posa la tête sur ses pattes avant et ne bougea plus.

Le loup gris que Joe avait amené à l'Office régional de la chasse et de la pêche était équipé d'une puce électronique. Il allait maintenant être confié à un service spécialisé qui l'examinerait pour déterminer son âge, son état de santé et autres éléments utiles à une meilleure connaissance des loups dans l'État du Minnesota.

Par acquit de conscience, Joe avait demandé qu'une recherche de strychnine soit effectuée. Il avait mis des gants et fait en sorte qu'aucun endroit de sa peau n'entre directement en contact avec l'animal quand il l'avait délivré, puis chargé dans son pick-up.

Joe était maintenant rentré chez lui et, après une bonne douche, il enfila un jean, se fit un café et se rendit avec dans son bureau. Là, il alluma son ordinateur. L'appareil étant un peu ancien, il lui fallait du temps pour se mettre en route, et Joe, en attendant, but son café à petites gorgées et repensa à Skylar.

Comme son pick-up était chez elle, il avait dû y retourner avec le cadavre du loup, et la jeune femme n'était pas sortie de la maison pour lui parler. Elle devait lui en vouloir de sa rudesse, et il l'avait lui-même regrettée dès qu'il avait été seul.

Car leur terrible découverte l'avait sûrement bouleversée autant que lui. Elle aimait les animaux, *tous* les animaux, comme le prouvait la diversité de ceux dont elle s'occupait. La façon dont il l'avait traitée était donc particulièrement injuste.

Joe savait maintenant que Cole Pruitt lui avait menti sur toute la ligne. Ne l'ayant jusqu'ici jamais surpris à mentir, il l'avait cru sur parole, mais ils ne se connaissaient que depuis quelques années.

Ils s'étaient rencontrés sur les bancs de l'université et s'étaient tout de suite liés d'amitié. Quand Cole allait pêcher sur son bateau, Joe l'accompagnait – mais il relâchait ses prises, lui. Sans être complètement végétarien, il n'arrivait pas à trouver normal de tuer un être vivant pour le seul plaisir de pratiquer un sport, qu'il s'agisse de la pêche ou de la chasse. Cole le taquinait à ce sujet et trouvait amusant de manger devant lui d'énormes quantités de poisson ou de viande. Joe se contentait de sourire. Un homme ne pouvait changer que lui-même, lui avait appris Max.

— Max…, murmura Joe, songeur, en tapotant son bureau du bout des doigts.

Qui pouvait avoir déposé cette dépouille d'aigle assez près du campement du vieil homme pour qu'il tombe forcément dessus ? Qui connaissait assez bien la région pour trouver cet endroit perdu ? Et qui savait où Max passait ses étés, pour commencer ?

Joe se rendit soudain compte que son ordinateur s'était allumé : perdu dans ses pensées, il ne s'en était pas aperçu. Le fond d'écran montrait un poisson en train de sauter hors de l'eau du lac Vaillant. C'était une photo que Joe avait prise un matin de septembre où les moustiques qui volaient au-dessus de la surface constituaient un excellent petit déjeuner pour les truites.

Il se connecta à Internet et ouvrit le fichier de recensement des animaux sauvages du Minnesota. Il entra dedans le numéro d'identification du loup retrouvé mort dans la soirée et vit qu'il appartenait à la meute des Red Seven.

C'était la famille la plus proche de l'endroit où le piège avait été posé, mais son territoire se situait malgré tout à une bonne quinzaine de kilomètres au nord. Si, pour une raison ou pour une autre, elle se déplaçait vers le sud, cela l'amenait sur les terres de Skylar.

Le point de rendez-vous semblait abandonné et, même s'il ne l'était pas encore, il le serait dès que la meute aurait flairé l'odeur des hommes et pris conscience de la mort d'un des siens à cet endroit.

Elle ne comptait plus désormais que six membres, dont un mâle alpha et deux femelles. Le loup piégé devait être un « bêta », et peut-être même un « oméga », car il avait à l'oreille une cicatrice qui témoignait d'une agression par un de ses congénères.

Il existait au sein de chaque meute une hiérarchie très précise. Le mâle dominant protégeait les femelles et se battait contre ceux qui cherchaient à prendre sa place. Les jeunes guettaient le moindre signe de faiblesse chez leurs aînés, qui pouvaient alors être chassés du clan, ou carrément tués.

À l'âge de dix-neuf ans, Joe avait passé douze mois en immersion totale dans les Boundary Waters dans le cadre d'un programme de sauvegarde de la nature sauvage. C'était Max qui l'y avait poussé, et ses parents, bien que tristes à l'idée de ne pas le voir pendant une année entière, ne s'y étaient pas opposés : ils avaient compris que ce serait bon pour lui.

Joe avait appris à pister toutes sortes d'animaux – pumas, élans, cerfs, loups et blaireaux, notamment.

Il était ainsi devenu un fin connaisseur de leur mode de vie et de leur habitat.

Un homme devait quitter de façon durable le monde « civilisé », laisser derrière lui son téléphone portable et son four à micro-ondes, pour vraiment retrouver le contact avec la nature.

Cette année-là, Joe avait parcouru à pied ou en canoë toute l'étendue des Boundary Waters, en observant les animaux sauvages, mais sans jamais les déranger. Ils avaient fini par ne plus s'enfuir quand ils sentaient sa présence : ils avaient compris qu'il ne leur ferait aucun mal.

Dans ce contexte, l'une des choses les plus utiles que Max lui ait enseignées était la capacité de se déplacer silencieusement.

« Tu dois entendre la terre, lui disait-il. La fouler avec respect. »

Les chasseurs et les braconniers s'octroyaient le droit de tuer des animaux pour le plaisir, pour les manger ou pour en retirer de l'argent. Des bois de cerf ou d'élan étaient vendus à des artisans pour être transformés en sculptures… Des tribus amérindiennes achetaient des plumes d'aigle au marché noir et, même si c'était pour pouvoir perpétuer leurs rites traditionnels, Joe se devait de lutter contre ce trafic.

La menace de sanctions allant de fortes amendes jusqu'à une peine de prison, en passant par la perte du droit de vote et l'interdiction de posséder une arme à feu, ne suffisait malheureusement pas à enrayer ce fléau.

Quelques années plus tôt, le loup avait été retiré de la liste des espèces en voie d'extinction établie par le ministère des Ressources naturelles du Minnesota… Il y figurait de nouveau suite à l'hécatombe que ce « permis de tuer » avait provoquée.

L'excuse généralement avancée pour abattre un loup était la protection des animaux d'élevage. Il existait pourtant d'autres moyens que les chevrotines pour empêcher les loups de s'approcher des habitations et des troupeaux : des clôtures surmontées de petits drapeaux rouge vif les en tenaient éloignés, et les lumières activées par un détecteur de mouvement étaient très efficaces, surtout la nuit.

Mais certains hommes – chasseurs ou éleveurs – aimaient pouvoir se vanter auprès de leurs amis d'avoir tué un loup… Des fusils d'assaut étaient parfois utilisés dans ce but et, face à des armes aussi rapides et puissantes, les chances de survie de n'importe quel animal étaient nulles.

La sonnerie de son portable arracha Joe à ses pensées. Le numéro du laboratoire de police du comté s'était affiché sur l'écran, et il décrocha aussitôt.

— Je termine ma journée, lui déclara Lucy Carnet, mais je tenais à vous communiquer de vive voix le résultat de mon examen de l'aigle que vous m'avez apporté en début d'après-midi… Je n'ai relevé sur lui ni empreintes digitales ni ADN, mais il était recouvert de strychnine.

— J'en étais sûr !

— Et il y a plus intéressant encore : cette strychnine appartient au même lot que celle contenue dans la chair d'aigle qui a empoisonné la louve Stella.

— Comment avez-vous pu le déterminer ?

— Grâce aux traces de plomb que j'ai découvertes dans les deux cas. Ce lot a dû être entreposé dans de mauvaises conditions… Ça signifie que Max Owen est revenu d'entre les morts pour déposer ces morceaux de viande là où vous les avez trouvés.

— Mais qu'est-ce que vous racontez ?

— Calmez-vous, Cash : je plaisante ! Je pense que vous avez bel et bien une affaire de meurtre sur les bras.

La gorge de Joe se serra. Il ne s'était pas trompé, mais cela ne lui procurait aucune satisfaction, au contraire…

— Cash ? Vous êtes toujours là ?

— Euh… Oui.

— Je vais envoyer le rapport toxicologique aux bureaux du shérif.

— Vous pouvez m'en transmettre une copie ?

— Je viens de le faire par mail… Je suis désolée, Cash ! Vous m'aviez dit que Max Owen était votre ami.

— Oui. Merci pour tout, Lucy !

Joe coupa la communication et réfléchit, le regard perdu dans le vague.

Pour que le même lot de strychnine ait servi à intoxiquer Max et Stella, il y avait forcément un lien entre ces deux événements. D'autre part, Skylar était visée à la fois par les tirs d'intimidation qu'elle avait essuyés et par la tentative d'empoisonnement dont sa louve avait été victime…

Au moment où Joe se connectait au site Internet de Davis Trucking, son portable sonna de nouveau. Il fut tenté de laisser le répondeur s'enclencher, mais un coup d'œil à l'écran lui apprit que c'était Skylar qui appelait, et il décrocha.

— Je pensais que tu viendrais me voir avant de partir avec la dépouille du loup, dit-elle. Tu l'as apporté à l'Office régional de la chasse et de la pêche ?

— Oui, mais tu ne me téléphones pas juste pour me demander ça, j'imagine ?

— Non, je veux surtout te parler de Cole et de moi. La disparition de Stella a interrompu notre conversation, cet après-midi… Il y a encore des choses que j'aimerais t'expliquer… Tu es prêt à m'écouter ?

— Vas-y ! Cole était mon ami, mais j'ai plus confiance en ta parole qu'en la sienne. Je ne peux notamment pas te croire capable de braconnage.

— Tu m'as pourtant chassée sans ménagement du point de rendez-vous, tout à l'heure !

— C'est vrai, et je m'en excuse. J'ai déchargé sur toi la colère que je ressens devant tout animal pris au piège.

Ce n'était pas l'entière vérité, mais mieux valait s'en tenir là.

— Si tu me racontais ce qui s'est passé exactement entre Cole et toi, maintenant ? enchaîna Joe.

— C'est un beau parleur, et je me suis laissé embobiner jusqu'à me fiancer avec lui… Mais j'ai fini par découvrir qu'il travaillait pour mon oncle Malcolm. J'avais déjà des doutes, car, un jour où j'étais allée chez lui et où il n'était pas là, j'avais trouvé un sac rempli de plumes d'aigle dans son abri de jardin… Mais je ne sais pas pourquoi il a voulu te faire croire que j'étais impliquée dans les activités illégales de Malcolm.

— Comme son mensonge à propos de votre rupture, qu'il s'attribue, c'est sans doute son amour-propre blessé qui le pousse à t'accuser de tous les maux.

— Tu as sans doute raison.

La voix de Skylar tremblait un peu, comme si elle retenait ses larmes… Joe avait mal pour elle, et il en voulait à Cole de la faire souffrir, mais dans l'immédiat c'était surtout le meurtre de Max qui occupait son esprit.

— Tu as pris la bonne décision en quittant Cole, observa-t-il. Tu te sens peut-être seule, maintenant, mais je suis là pour toi, et je le serai toujours. Je ne laisserai ni Cole ni Malcolm Davis te nuire… C'est ton oncle le responsable des tirs de l'autre jour et de l'empoisonnement de Stella, à ton avis ?

— Peut-être pas lui en personne, mais il ne manque pas d'hommes pour faire son sale travail… Le type de l'entrepôt qui a braqué un fusil sur moi, par exemple…

— Tu crois que tu pourrais le reconnaître sur une photo ?

— J'en suis sûre.

— Je suis en ce moment sur le site Internet de Davis Trucking… Il y a une liste d'employés, avec un trombinoscope… L'homme qui t'a menacée était roux, si je me souviens bien ?

— Oui.

— J'en vois deux… Il faudrait que tu ailles sur ce site, de ton côté, et que tu jettes un œil à ces photos.

— D'accord, mais… Malcolm risque de l'apprendre, non ?

— Si l'homme qui t'a menacée est identifié, personne n'a besoin de savoir que c'était grâce à toi. Cela dit, le mieux serait de prendre les braconniers en flagrant délit, ou d'avoir une personne capable de témoigner contre eux… Tu en as déjà vu un ou plusieurs en train de poser ou de relever des pièges sur tes terres ?

— Malheureusement non, car, si c'était le cas, je n'hésiterais pas maintenant à les dénoncer.

Cela répondait à la question que Joe s'était posée au sujet de la volonté de Skylar de participer activement à son enquête, et il en fut infiniment soulagé.

— Comment va Stella ? demanda-t-il.

— Bien. Elle est en train de jouer avec Becky, mais elle n'a pas voulu des morceaux de dinde que je lui ai servis à notre retour… Je vais devoir remplacer la viande par des croquettes pendant un certain temps !

— La pauvre ! Elle est traumatisée ! Écoute…

Joe s'interrompit et hésita à continuer. Allait-il oser proposer à Skylar une sorte de rendez-vous galant ?

— Oui ? le pressa-t-elle.

— Je peux venir te voir demain en début de soirée ? J'apporterais le dîner, et on pique-niquerait sur ta terrasse…

— Excellente idée ! Je m'occupe du dessert.

— D'accord ! Et n'oublie pas d'aller sur le site Internet de Davis Trucking.

— Je n'oublierai pas. À demain, Joe !

Ce fut le sourire aux lèvres que Joe raccrocha. Ce coup de téléphone lui avait remonté le moral.

Lui manquaient cependant encore contre Malcolm Davis des éléments qui justifieraient la perquisition des locaux de son entreprise, à la recherche de produits de braconnage et de strychnine.

Et il ne savait toujours pas qui avait tiré sur Skylar… Peut-être était-ce l'homme qu'elle avait surpris devant ces fameux congélateurs… Il était roux, mais c'était le cas de deux de ceux qui apparaissaient sur le trombinoscope. De plus, tous les employés de l'entreprise n'y figuraient peut-être pas, et certaines photos étaient en noir et blanc, ce qui ne permettait pas de déterminer la couleur de cheveux des personnes concernées…

Mais si Skylar reconnaissait parmi eux l'homme de l'entrepôt, Joe pourrait au moins aller lui demander pourquoi il avait jugé utile de braquer un fusil sur elle.

Il faudrait parvenir à le prouver, mais Joe le considérait déjà comme la personne que Malcolm Davis avait chargée de tirer sur sa nièce pour la réduire au silence.

16

Skylar sortit du drugstore où elle avait acheté des produits vétérinaires que le gérant du magasin commandait sur Internet. Stella était tirée d'affaire, mais Skylar avait besoin de reconstituer ses réserves.

Une fois dehors, elle se dirigea vers son pick-up et croisa en chemin deux vieilles dames, qui lui sourirent. En passant près d'un gros 4x4 noir garé contre le trottoir, elle reconnut la voiture de Malcolm et s'arrêta. Le véhicule était vide. Elle n'avait pas l'intention de parler à son oncle, mais que faisait-il en ville ?

De l'autre côté de la rue, près du café, se trouvait un petit local utilisé par différents professionnels itinérants – dont un comptable et un notaire.

C'était sûrement ce dernier que Malcolm était allé voir, se dit Skylar. Il ne devait pas manquer de problèmes juridiques à régler, et il n'était pas client de Me Svendson. Cela valait mieux, d'ailleurs, car il y aurait eu sinon un conflit d'intérêts pour l'homme de loi.

Cette histoire de notaire rappela à Skylar que sa mère possédait la moitié des biens laissés par son père. Elle avait encore du mal à assimiler cette information et n'avait toujours pas pris de décision concernant l'éventuel recours à un détective privé pour retrouver sa mère. Avec tous les problèmes que lui posait Malcolm, elle n'arrivait pas à réfléchir.

Un coup d'œil à l'intérieur du 4x4 lui montra la présence, sur le siège passager, d'une chemise cartonnée marron, de quelques lettres et d'un prospectus annonçant la tenue prochaine d'un pow-wow dans la région.

Joe avait parlé de tribus amérindiennes qui achetaient des plumes d'aigle au marché noir, non ?

Il fallait absolument le mettre au courant de ce qu'elle venait de découvrir dans la voiture de son oncle !

Joe se dirigeait vers Checker Hill après une petite intervention sur un lac voisin suite à un signalement : un pêcheur s'était plaint du comportement des occupants de cinq embarcations.

Des occupants tous très jeunes et un peu éméchés, qui écoutaient de la musique à plein volume, les filles du groupe s'amusant en plus à remonter leur T-shirt pour montrer leurs seins aux bateaux qui passaient. Joe avait eu droit plusieurs fois à cette exhibition pendant qu'il dressait des contraventions et obligeait les embarcations à regagner la rive.

Il comptait maintenant aller acheter de quoi préparer le dîner. Les plats tout prêts vendus au rayon traiteur de la supérette de Checker Hill étaient bons, mais Joe, sans être un cordon-bleu, voulait faire goûter à Skylar sa recette de macaronis au fromage.

En regardant son reflet dans le rétroviseur, il regretta de ne pas s'être rasé le matin. Il avait aussi besoin d'aller chez le coiffeur : sa frange lui tombait presque sur les yeux.

Un pick-up Ford qui devait avoir été rouge, mais tirait maintenant sur le rose, le croisa à ce moment-là.

Il reconnut trop tard celui de Skylar. Elle devait rentrer chez elle après avoir fait des courses pour le dîner, elle aussi, puisqu'elle avait parlé de se charger du dessert.

Un autre véhicule croisa Joe juste après, une berline rouge qui roulait très au-dessus de la vitesse autorisée, et pas très droit.

Joe appuya sur le bouton de la radio de bord pour signaler l'infraction au central de la police…

Il n'entendit pas l'impact, mais il vit dans son rétroviseur la berline emboutir l'arrière de la voiture de Skylar, déboîter et poursuivre son chemin pendant que le pick-up quittait la route.

17

Joe écrasa la pédale de frein, alluma son gyrophare et fit demi-tour.

En parcourant les quelques centaines de mètres qui le séparaient du lieu de l'accident, et tout en attendant que le central réagisse, il ne quitta pas la berline rouge des yeux. Elle disparut cependant après un virage sans qu'il ait pu lire la plaque minéralogique.

Il s'arrêta derrière le pick-up, qui avait échoué en travers de l'accotement. Skylar bougeait, derrière le volant… Blessée, peut-être, mais vivante !

La voix de l'opératrice du central, qui venait aux nouvelles, le fit sursauter.

— Je viens d'être témoin d'une collision sur la route départementale 7, dit-il. Le responsable a pris la fuite. Il conduit une berline Skoda Monte Carlo rouge, dont je n'ai pas pu relever le numéro d'immatriculation. Je partirai à sa recherche après m'être occupé de la conductrice du véhicule qu'il a heurté.

— Je vous envoie une ambulance.

Comme Skylar semblait n'être que légèrement blessée, Joe savait qu'elle verrait l'arrivée d'une ambulance d'un mauvais œil, mais c'était la procédure normale.

— D'accord, déclara-t-il. Merci.

Puis il mit pied à terre et s'approcha du pick-up.

Skylar en avait perdu le contrôle à cause du choc ; il s'était déporté sur la droite et avait fini sa course dans un vieux poteau téléphonique.

Joe ouvrit la portière du conducteur, et Skylar se tourna vers lui. Elle avait du sang sur le front, et son menton tremblait, comme si elle était sur le point d'éclater en sanglots.

— Rien de grave ? lui demanda Joe.

— Non, je suis juste secouée… Je me suis cogné la tempe au volant, parce que je m'étais penchée pour chercher une station de radio au moment de la collision… Mais du coup, je ne roulais pas vite.

— Vive les vieux autoradios !

— N'est-ce pas ? Mais… Qu'est-ce que tu fais là ?

— On s'est croisés un peu avant l'accident… Tu as vu le conducteur de la berline ?

— Non. Tout s'est passé tellement vite !

— Je vais t'aider à sortir de ta voiture.

Une fois sur la terre ferme, la jeune femme fut prise de violents frissons, si bien que Joe lui enlaça la taille et l'emmena s'asseoir dans l'herbe. Là, il examina sa tempe. La plaie n'était pas profonde et ne saignait déjà plus. Il était cependant possible que Skylar souffre d'un traumatisme cervical ou d'une commotion cérébrale.

— Une ambulance va arriver, lui annonça-t-il.

— Tu en as appelé une ? s'écria-t-elle. Ce n'était pas la peine : je vais parfaitement bien !

Comme pour la contredire, de nouveaux frissons la secouèrent, et Joe lui passa un bras autour des épaules en priant pour que cette réaction soit juste le contrecoup de la peur qu'elle avait eue.

Il ne pouvait pas la quitter, et pourtant il brûlait de se lancer à la poursuite du responsable de l'accident.

Un accident *provoqué :* la berline zigzaguait un peu, et le conducteur devait donc être en état d'ébriété, mais il avait malgré tout les idées assez claires pour avoir accéléré jusqu'à rattraper Skylar et percuter sa voiture pour lui en faire perdre le contrôle.

— Tu as mal quelque part ? demanda Joe à la jeune femme. De la difficulté à respirer ?

— Non, ça va… Mais tu n'arrêtes pas de te porter à mon secours, ces temps-ci…

— Je t'avais dit que je serais toujours là pour toi, non ? Je regrette seulement de ne pas avoir pu prévenir cet accident… Et j'aimerais bien savoir qui l'a provoqué !

— Si tu pars tout de suite, tu penses avoir des chances d'en retrouver l'auteur ?

— Oui.

— Alors vas-y !

— Non, je refuse de te laisser seule.

— Tu m'as dit qu'une ambulance était en route… Et je n'ai rien de grave, de toute façon. Je ne veux même pas aller à l'hôpital.

— Les secouristes se contenteront de te conduire au dispensaire de Checker Hill, mais je préfère quand même attendre leur arrivée.

— Non, plus tu partiras tôt, plus tu auras de chances d'arrêter ce chauffard !

— Laisse-moi au moins t'emmener t'asseoir à l'arrière de ton pick-up !

Une sirène retentit…

— L'ambulance sera là dans deux minutes, déclara Skylar. Ne t'occupe pas de moi ! Vas-y !

Avant de la quitter, Joe la serra fort contre lui et effleura ses cheveux d'un baiser. Elle sentait bon, et il aurait voulu pouvoir continuer de la tenir dans ses bras, mais, s'il s'attardait, le criminel risquait de lui échapper.

L'ambulance arriva au moment où il démarrait, et le chauffeur baissa sa vitre.

— Accident avec délit de fuite ? demanda-t-il.

— Oui, répondit Joe. Je vous confie la conductrice du véhicule qu'il a embouti… C'est une amie.

— Ne vous inquiétez pas : on prendra bien soin d'elle.

Le conducteur de la berline rouge devait avoir ralenti une fois son forfait accompli, car Joe, en roulant juste un peu au-dessus de la vitesse autorisée, ne mit pas plus de dix minutes à le rattraper.

Plutôt que de le forcer à s'arrêter sur le bas-côté, Joe le suivit discrètement, et il se retrouva ainsi à vingt-cinq kilomètres de Checker Hill, à l'entrée du parking envahi par les mauvaises herbes d'un ancien champ de foire.

Le conducteur de la berline, qui venait de s'y garer, descendit de voiture et fit quelques pas chancelants avant de s'écrouler.

C'était Cole Pruitt.

Avant d'aller le rejoindre, Joe s'assura que son pistolet était solidement fixé à sa ceinture, mais il espérait ne pas avoir à le dégainer. Devoir appréhender une de ses relations était la dernière chose à laquelle il s'attendait.

— Cole ! appela-t-il.

L'intéressé tourna la tête vers lui, se releva et se remit à courir, mais au bout de quelques pas il s'effondra de nouveau.

En s'approchant de lui, Joe sentit une odeur de

whisky. Cole avait décidément radicalement changé, depuis l'époque où ils étaient amis !

— Tu es en état d'arrestation, lui dit-il.

Puis il s'agenouilla à son côté, le coucha sur le ventre et le menotta.

— Pourquoi tu m'arrêtes ? grommela Cole.

— Pour conduite en état d'ivresse et agression sur la personne de Skylar Davis, répondit Joe en le retournant.

— Va te faire…, commença Cole.

La fin de sa phrase était prévisible, mais elle lui resta dans la gorge : il perdit connaissance avant d'avoir pu la prononcer.

Joe jura intérieurement. Il avait maintenant besoin de quelqu'un pour l'aider à mettre Cole dans la voiture et l'emmener à la prison du comté. Il regagna son pick-up et appela le central – qui lui promit l'arrivée de renfort dans les trente minutes.

Trente minutes qu'il allait passer à ronger son frein et à se faire du souci pour Skylar, qu'il avait laissée, blessée, sur le bord de la départementale 7…

C'était sur cette même route que Max avait été découvert, agonisant, et les pensées de Joe se tournèrent vers lui.

Le vieil homme avait-il alors compris qu'il était victime d'un empoisonnement, et qu'il n'y survivrait sans doute pas ? Savait-il qui avait voulu sa mort ?

Pour Joe, aucun doute possible : même si Lucy Carnet n'avait pu relever ni empreintes digitales ni traces d'ADN sur la dépouille de l'aigle, tous les indices disponibles pointaient vers Davis Trucking.

Et comme Cole Pruitt travaillait pour Malcolm, Joe ne le lâcherait pas avant de lui avoir fait dire tout ce qu'il savait sur les activités de son employeur.

18

Joe se gara sur le parking de l'hôpital St. Luke de Duluth. Il avait dit à Skylar que les secouristes la conduiraient au dispensaire de Checker Hill… C'était un pieux mensonge, destiné à l'apaiser, car cet établissement fermait tôt et ne possédait pas de service d'urgence. Et Joe savait qu'une personne ayant subi un choc à la tête n'était jamais renvoyée directement chez elle.

Il franchit la porte de l'hôpital, passa devant une salle d'attente pleine à craquer et se dirigea vers le guichet des renseignements.

Moins de trois semaines plus tôt, il était au même endroit, en train de demander des nouvelles de Max…

Il n'y avait pas de queue au guichet, aujourd'hui, et Joe déclara à la secrétaire :

— Je viens voir Skylar Davis. Elle a été transportée ici par ambulance… Je travaille au ministère des Ressources naturelles, et c'est moi qui ai appelé les secours après l'accident de cette jeune femme. Où est-elle ?

— Box 11, répondit la secrétaire après avoir consulté l'écran de son ordinateur. Je vous ouvre la porte.

— Merci !

Le box en question se trouvait presque au bout du

couloir qui séparait l'espace de soins en deux. Arrivé devant, Joe écarta le rideau qui le fermait. Skylar était assise au bord du lit, un pansement sur la tempe et une briquette de jus de fruits à la main.

— Je suis venu aussi vite que j'ai pu, lui indiqua-t-il. Qu'a dit le médecin ?

— Qu'il y a un risque de commotion cérébrale et que je ne dois pas rester seule cette nuit, mais c'est une précaution inutile : je n'ai pas besoin d'être surveillée.

— Si ! Une syncope à retardement est toujours possible en cas de blessure à la tête. Je vais te ramener chez toi et vérifier ensuite régulièrement que tout va bien.

— Bon, d'accord… Le médecin parlait de me garder en observation, mais maintenant que j'ai un baby-sitter elle acceptera sûrement de me laisser partir. Elle doit revenir… Je lui demanderai alors de me signer un bulletin de sortie, et on ira dîner dans un fast-food : je meurs de faim !

— Moi aussi.

— Tu veux un peu de mon jus de raisin ?

— Non, finis-le !

Joe alla s'asseoir à côté de Skylar et examina son pansement. Il était de taille modeste et d'un blanc immaculé. La plaie ne s'était donc pas remise à saigner.

— Tu as passé un scanner cérébral ? déclara Joe.

— Non. Pourquoi j'en aurais eu un ?

— Pour s'assurer que tout fonctionne encore bien, là-haut.

— Tu es sérieux ?

— Non, je te fais marcher ! Tu es la femme la plus intelligente que j'aie jamais connue, et tu l'es peut-être encore.

— « Peut-être » seulement ?

— Oui, parce que quand les neurones ont été trop secoués…

— L'avenir le dira, mais je suis de toute façon *tellement* intelligente que, même si je perds un ou deux points de QI, je serai encore largement au-dessus de la moyenne ! Mais trêve de plaisanterie… Mon pick-up est très abîmé ? J'étais trop secouée, sur le moment, pour évaluer l'étendue des dégâts.

— Je crains qu'il n'ait besoin de grosses réparations. Tu as de la chance de t'en être sortie avec une simple égratignure.

Joe enlaça Skylar et la serra fort contre lui pour mieux l'entendre respirer, pour mieux percevoir sa chaleur. Elle était vivante, alors que le choc contre le poteau téléphonique aurait pu lui être fatal : s'il s'était cassé au lieu de rester debout, il aurait peut-être écrasé le véhicule… et sa conductrice… Si celle-ci n'avait pas attaché sa ceinture de sécurité, elle aurait pu passer à travers le pare-brise…

La voix de Skylar ramena Joe à la réalité.

— Tu as rattrapé le chauffard ?

— Oui. Tu n'as pas reconnu la voiture ?

— Non, j'ai juste vu qu'elle était rouge : tout est allé si vite… Mais pourquoi cette question ?

— Parce que, le chauffard, c'est Cole Pruitt.

— Cole ?

— Oui. Il avait trop bu – l'alcootest a révélé une alcoolémie bien au-dessus de la limite légale —, mais ce n'est pas une excuse : il savait très bien ce qu'il faisait quand il t'a envoyée dans le décor… Je l'ai arrêté et conduit à la prison du comté. J'irai l'interroger demain matin. Il n'a évidemment pas apprécié que tu le quittes, mais de là à s'en prendre physiquement à toi…

— Je pense que l'alcool le rend méchant et, s'il boit, c'est parce que son association avec mon oncle Malcolm le stresse. Il ne buvait que de la bière, avant… Je le sais parce que je lui ai proposé un jour un cognac, et il a refusé en disant que les alcools forts ne lui réussissaient pas.

— Je doute que ce stress soit uniquement dû à la pose de pièges pour le compte de ton oncle… Tu l'as déjà entendu parler de poison ?

— Non, jamais.

Skylar tressaillit soudain et s'écria :

— Ce serait Cole qui aurait empoisonné Stella ? Même s'il ne l'a jamais aimée, je ne le vois pas s'attaquer à elle… Cela dit, les braconniers tuent toutes sortes d'animaux sans états d'âme, et si Cole a reçu de Malcolm l'ordre de supprimer Stella… J'hésite quand même à le croire capable d'une telle infamie !

— Moi aussi… Tu m'as appris hier que tu avais découvert chez lui un sac rempli de plumes d'aigle… Tu y as vu autre chose ?

— Non, mais j'ai découvert cet après-midi en ville quelque chose de très intéressant. Quelque chose en rapport avec…

L'entrée du médecin dans le box interrompit Skylar. C'était une jeune femme grande et mince, aux cheveux blonds coiffés en queue-de-cheval et aux pieds chaussés de baskets roses assorties à sa tenue de travail.

Après avoir examiné les pupilles de Skylar avec une lampe stylo, elle annonça :

— Tout va bien, mademoiselle Davis, mais, si vous vivez seule, je préfère vous garder en observation jusqu'à demain matin.

— Je vais la ramener chez elle, et je ne la quitterai pas de la nuit, intervint Joe.

Cette formulation ambiguë fit sourire le médecin, mais ne lui inspira heureusement pas la remarque grivoise qu'un homme aurait pu formuler.

— Parfait ! déclara-t-elle. Je vais vous envoyer une infirmière avec un bulletin de sortie signé et les consignes à respecter cette nuit, mademoiselle Davis. Elle vous emmènera ensuite jusqu'à la sortie en fauteuil roulant.

— Je suis parfaitement capable de marcher ! protesta Skylar.

— Si tu faisais ce qu'on te dit, pour une fois ? s'exclama Joe en riant.

Assis dans le fast-food le plus proche de l'hôpital, Joe attendit malgré son impatience que Skylar ait calmé sa faim pour lui demander :

— Qu'est-ce que tu as vu en ville de si intéressant, cet après-midi ?

— La voiture de mon oncle Malcolm était garée dans la rue principale… Je me suis arrêtée, j'ai regardé à l'intérieur, et il y avait sur le siège passager un prospectus annonçant la tenue d'un pow-wow.

— Un pow-wow ?

— Oui. Ça m'a surprise, parce que la culture amérindienne n'a jamais intéressé Malcolm, et puis je me suis rappelé ce que tu m'avais dit à propos de plumes d'aigle achetées au marché noir par certaines tribus.

— Ce pow-wow aura lieu où et quand ?

— Il se tiendra le mois prochain dans la réserve de Grand Portage… Je n'ai pas retenu la date exacte, mais elle sera facile à retrouver.

— Oui, elle sera forcément indiquée quelque part sur Internet.

— Tu crois que Malcolm ira y vendre des plumes d'aigle ?

— Oui, et ça peut être l'occasion de le prendre en flagrant délit de trafic de produits issus d'animaux braconnés… Bravo, Skylar !

— Tu vois que mes neurones fonctionnent toujours très bien !

— Euh… Permets-moi de te rappeler que cette découverte a eu lieu *avant* ton accident ! Alors si tu espérais te débarrasser de moi en me la racontant, c'est raté !

— Non, je ne suis pas contre un peu de compagnie, finalement.

Le coucher du soleil teintait de mauve les petits nuages qui couraient dans le ciel. Les poules caquetaient gaiement dans le poulailler, l'air sentait la mousse et l'herbe humides de rosée, du lac provenait le bruit des poissons qui retombaient dans l'eau après avoir sauté pour attraper les moustiques…

Après une journée aussi longue et éprouvante, Skylar aurait dû aller directement se coucher, mais où allait-elle installer Joe ? Dans le canapé du séjour ?

Non, dans son lit !

Parce qu'elle avait besoin d'avoir quelqu'un près d'elle, en ce moment. Besoin de se savoir désirable, et désirée : cet accident potentiellement mortel lui donnait envie par contrecoup de se prouver par tous les moyens possibles qu'elle était encore en vie.

Et puis il y avait cette obligation de surveillance à

intervalles réguliers… Ce serait beaucoup plus pratique pour Joe s'il n'avait pas à se lever à chaque fois…

En attendant, il referma la porte d'entrée et appela Stella. La louve se dirigea droit vers lui, le fit tomber à la renverse et lui manifesta sa joie de le revoir par de grands coups de langue sur le visage.

— Je suis un peu jalouse, dit Skylar.

Elle l'était en fait beaucoup plus « qu'un peu », et le comportement de Stella envers Joe différait tellement de celui d'un loup envers un être humain que c'en était troublant.

— Je me rends ! s'écria-t-il au bout d'un moment en écartant les bras.

Stella arrêta immédiatement de lui lécher le visage et s'assit près de lui.

— Elle est en pleine forme ! observa-t-il.

— Oui, son organisme a fini d'éliminer le poison : son intoxication n'est plus qu'un mauvais souvenir.

— Tu vas te doucher et te coucher, maintenant ? Tu dois être épuisée ! J'aimerais pouvoir te laisser dormir d'une seule traite, mais j'ai pour instruction de te réveiller toutes les deux ou trois heures.

— Une douche sera la bienvenue, mais… Que dirais-tu de la prendre avec moi ?

Joe se redressa brusquement.

— C'est le choc de ta tête contre le volant qui y fait naître ce genre d'idée folle ?

— Prendre une douche avec moi te paraît absurde à ce point ?

— Non, c'est très tentant, mais…

Skylar s'agenouilla, se pencha vers Joe et l'embrassa. Sur la bouche, d'abord, puis elle traça un sillon de baisers le long de sa mâchoire, jusqu'à une oreille qu'elle s'amusa à mordiller…

— J'ai envie de toi, murmura-t-elle. Ce n'est pas réciproque ?

— Bien sûr que si, mais je ne voudrais pas abuser de la situation : tu viens d'avoir un accident…

— Ne me dis pas non aujourd'hui, Joe ! On n'a bu, cette fois, ni l'un ni l'autre.

— Je suis parfaitement lucide, mais toi…

Un nouveau baiser fit taire les protestations de Joe et, quand Skylar s'écarta de lui, il ne songeait apparemment plus à refuser son offre.

— Je vais donner à boire et à manger à Stella, déclara-t-elle en se relevant. Si je n'entends pas la douche couler quand je reviens, j'en déduirai que je ne t'ai jamais intéressé.

Joe se mit aussitôt debout et se dirigea vers la salle de bains.

— Je n'oserais pas braver tes ordres ! dit-il sans se retourner.

— Surtout quand ils t'arrangent ! répliqua Skylar en riant.

Puis elle caressa le pelage soyeux de la louve.

— Viens, Stella ! C'est l'heure du dîner.

19

L'eau chaude coulait sur la peau de Skylar et sous les mains de Joe tandis qu'il les faisait glisser le long du cou et des épaules de la jeune femme… pour finalement les refermer sur la rondeur de ses seins.

La soirée avait pris une tournure inattendue, mais il n'allait pas s'en plaindre !

La blessure à la tête de Skylar n'était pour rien dans sa proposition, il en était sûr. Et, comme elle l'avait noté, ils n'avaient bu, *cette fois,* ni l'un ni l'autre.

Peut-être la nuit qu'ils allaient passer ensemble serait-elle sans lendemain, auquel cas le cœur épris de Joe saignerait… Mais dans l'immédiat, tout ce qui comptait, c'étaient ces merveilleux moments où une même passion les habitait, où leurs gémissements de plaisir tantôt se mêlaient, tantôt se répondaient.

Baisers et caresses les amenèrent cependant vite à un degré de désir que seule la fusion des corps pouvait satisfaire.

— On est propres, maintenant…, déclara Joe. Le dernier arrivé dans ta chambre a perdu !

— J'ai droit à une longueur d'avance.

— Pourquoi ?

— Parce que je sors de l'hôpital.

— D'accord…

Joe ferma le robinet de la douche. Skylar attrapa une serviette et, avant qu'elle se sèche le visage, il lécha les gouttes d'eau qui coulaient sur ses joues.

— Tu es sûre d'être en état de faire l'amour ? demanda-t-il ensuite.

— Ça se voit moins, mais je le suis autant que toi ! répliqua-t-elle en refermant une main sur son érection.

Ce geste le surprit et l'amusa à la fois. Skylar était plus… audacieuse qu'il ne l'aurait cru.

— Vas-y ! lui dit-il. Je te rejoins dans une minute.

Pendant qu'il se séchait, il entendit la jeune femme parler à Stella, puis l'accompagner dehors et revenir. Elle ne voulait sans doute pas risquer que la louve les dérange au beau milieu de leurs ébats.

Joe noua la serviette autour de ses reins et se rendit dans la chambre. Il y trouva Skylar allongée nue sur la couette. Elle lui fit signe de s'approcher, mais, lorsqu'il fut au pied du lit, elle l'arrêta en déclarant :

— Attends !

Il obéit.

— Je veux qu'une chose soit claire, reprit-elle. Cette nuit ne sera suivie d'aucune autre.

C'était ce que Joe craignait, ce qu'il ne *voulait* pas, mais il n'avait d'autre choix que de se plier à la volonté de Skylar…

— Entendu, dit-il.

Puis il dénoua la serviette, qui tomba à ses pieds, et rejoignit Skylar.

Joe buvait son café à petites gorgées tandis que Stella lapait bruyamment l'eau de son écuelle.

Assise en face de lui à la table de la cuisine, Skylar portait pour seuls vêtements la chemise d'uniforme qu'elle lui avait empruntée, et elle ne l'avait même pas boutonnée. Ses cheveux blonds ruisselaient sur ses épaules telle une cascade dorée, et le petit grain de beauté qu'elle avait au creux du cou faisait ressortir par contraste la blancheur de sa peau.

Elle était ravissante, et Joe aurait tout donné pour pouvoir regagner la chambre et passer la journée à faire l'amour avec elle.

S'ils s'étaient retrouvés, cependant, c'était à cause de la menace que les activités illégales de Davis Trucking faisaient peser sur elle, et Joe voulait régler ce problème le plus vite possible.

Il posa sa tasse de café et sortit son portable de la poche arrière de son pantalon.

— Tu te remets déjà au travail ? observa Skylar.

— Oui. J'ai enfin reçu la liste des tribus qui ont demandé à recevoir les restes d'aigles victimes du braconnage et récupérés par les autorités, mais cette liste est longue.

— D'où l'existence d'un trafic…

— Exactement !

La tribu de Max se trouvait tout en bas de la liste. Elle avait renoncé à acheter des plumes au marché noir, et il lui faudrait malheureusement attendre longtemps pour bénéficier du dispositif mis en place par l'État.

— Ça me rappelle une histoire que mon père m'a racontée un jour, déclara Skylar, à propos d'un trafic de vésicules biliaires d'ours, utilisées en Asie pour fabriquer des remèdes… C'est dingue, non ?

— Oui, et il y a des hommes assez cruels pour tuer ces animaux magnifiques pour cette seule raison !

Un petit silence suivit, que Skylar finit par rompre en disant :

— Cole est donc en ce moment en train de cuver son vin dans la prison du comté ?

— Il a eu toute la nuit pour dessoûler, souligna Joe. Je vais aller l'interroger.

— Et si je t'accompagnais ? J'obtiendrai peut-être de lui plus d'informations que toi ?

— Non, ta présence compliquerait les choses... Tu peux me rendre ma chemise ?

— Pourquoi ? Tu es très bien comme ça, et plein de gens t'ont déjà vu torse nu !

À cause de ce fichu calendrier, pensa Joe. Il avait accepté de poser parce que c'était pour une bonne cause – toutes les recettes seraient versées à un camp pour enfants handicapés. Son frère Jason et lui s'étaient huilé le torse et avaient bandé leurs muscles pour jouer les chippendales... Il ne le regrettait pas, mais il ne pouvait s'empêcher de rougir chaque fois que quelqu'un lui en parlait. Leur mère, elle, tirait une grande fierté de ce calendrier : elle en avait acheté cent exemplaires et les avait distribués à ses amis et connaissances en vantant la beauté de ses fils.

— Je préfère me présenter au travail dans une tenue décente, déclara-t-il, alors tu me passes ma chemise ?

Il se leva, et Skylar l'imita. Elle commença d'ôter la chemise, ce qui découvrit ses épaules et ses bras, mais surtout ses seins... Joe contourna la table et se pencha pour embrasser un mamelon après l'autre, en retenant la chemise pour l'empêcher de tomber sur le sol. Skylar gémit de plaisir et murmura :

— Tu ne veux pas rester encore un peu ?

— Non, répondit Joe. J'aimerais bien, mais je ne peux pas. Si je ne pars pas maintenant, j'aurai du mal à marcher jusqu'à ma voiture.

Les mains de la jeune femme se posèrent sur son érection.

— C'est un problème facile à régler…, susurra-t-elle.

Stella, derrière eux, poussa un petit cri visiblement destiné à leur rappeler sa présence.

— Elle n'a pas envie de te partager avec moi, ce matin ! remarqua Joe.

Puis il enfila sa chemise et la boutonna en indiquant :

— Je reviendrai cet après-midi.

— J'y hâte d'y être !

Ce fut le sourire aux lèvres que Joe se dirigea vers la porte.

Skylar avait dit que leur nuit d'amour serait sans lendemain…

Aurait-elle changé d'avis ? Pouvait-il espérer nouer enfin avec elle la relation intime et durable dont il rêvait depuis des années ?

20

Joe ne cessait de découvrir chez Cole Pruitt de nouveaux défauts. Il l'avait connu bon vivant, un peu hâbleur mais sympathique…

Lui apparaissait depuis quelques jours un homme qui buvait, qui mentait… Un homme capable de tuer des animaux de la façon la plus cruelle qui soit, et de provoquer un accident qui aurait pu coûter la vie à une femme.

Assis en face de Joe dans la salle d'interrogatoire, il le fixait avec une lueur de défi dans les yeux et un sourire narquois au coin des lèvres.

— Tu nies donc avoir percuté volontairement la voiture de Skylar Davis hier à 15 heures sur la route départementale 7 ? dit Joe.

Un magnétophone enregistrait la conversation, et Joe voulait éviter toute ambiguïté.

— Je le nie absolument ! répondit Cole. J'avais trop bu, je le reconnais, et je veux bien être sanctionné pour conduite en état d'ivresse, mais je n'ai pas *volontairement* envoyé Skylar dans le fossé.

Joe se renversa sur sa chaise et allongea les jambes – les sièges des salles d'interrogatoire étaient très inconfortables. Derrière lui, de l'autre côté de la glace sans tain, Brent Kofax observait la scène. Il avait donné carte blanche à Joe et n'interviendrait que s'il y avait matière à poursuivre : les inculpations dans le cadre d'un accident de la route étaient du ressort des autorités du comté, pas du ministère des Ressources naturelles.

Dans l'immédiat, Joe devait se retenir pour ne pas effacer d'un coup de poing le sourire suffisant qu'arborait Cole. Jusqu'à ce que Skylar lui dise la vérité sur la rupture de ses fiançailles et lève les soupçons qu'il nourrissait bêtement sur son implication dans les activités illégales de son oncle, Joe n'avait aucune raison de détester Cole.

Il l'avait envié en apprenant que Skylar sortait avec lui, mais ce n'était pas comme si son ami la lui avait « volée ». Cole avait été assez chanceux pour commencer de la courtiser à un moment où elle était libre, tout simplement – même si ce n'était pas très délicat, car il connaissait les sentiments de Joe pour elle.

— Heureusement que tu étais là, hier, pour jouer les sauveurs ! lança Cole sur un ton moqueur. Ça t'a permis de te faire bien voir de ta bien-aimée… Bon, maintenant, je peux m'en aller ? Je vais devoir payer une caution, et passer dans un mois ou deux devant un juge qui décidera de me retirer ou non mon permis, mais…

— Tu n'iras nulle part tant que tu ne m'auras pas dit tout ce que tu sais sur Malcolm Davis et le travail que tu effectues pour lui.

Cole ricana et croisa les bras sur sa poitrine.

— Skylar a essayé de te faire croire que c'est elle qui m'a quitté, j'imagine ?

— Skylar n'a rien à voir avec le sujet qui nous occupe en ce moment, et tu le sais très bien.

Joe soutint le regard de son interlocuteur jusqu'à ce que celui-ci baisse les yeux et marmonne :

— Malcolm et ses employés ne sont pas des enfants de chœur… Je ne t'en dirai pas plus.

De peur, sinon, de subir des représailles ? pensa Joe. Sûrement ! Cole avait refusé qu'un avocat l'assiste pendant cet interrogatoire… Il avait peut-être eu tort.

La seule pensée des délits commis par le propriétaire de Davis Trucking et son personnel mettait Joe en rage. Et il s'agissait seulement de braconnage… Se pouvait-il qu'ils soient en plus responsables de la mort de Max ?

— Si tu veux recouvrer rapidement la liberté, déclara Joe, je te conseille de parler ! Parce que je peux te faire passer pas mal de temps derrière les barreaux pour mise en danger de la vie d'autrui et délit de fuite en plus de conduite en état d'ivresse : j'ai été témoin de la scène.

— Bon, d'accord, j'accepte de parler, mais seulement à Skylar, et en tête à tête.

— Elle n'est pas habilitée à recueillir des témoignages. C'est moi ou personne.

— Alors c'est personne.

Hors de lui, Joe se jeta en travers de la table et saisit Cole par les épaules… avant de se rappeler la présence d'une caméra dans la salle. Il lâcha Cole, se leva et se mit à arpenter la pièce en réfléchissant aux différentes options qui s'offraient à lui.

Il n'était évidemment pas question de laisser Cole s'approcher de Skylar… Il pouvait obtenir sa mise en examen immédiate, mais cela risquait d'alerter Malcolm Davis, qui serait alors sans doute assez malin pour renoncer momentanément à toute activité illégale, et pour faire disparaître des locaux de son entreprise tout élément compromettant.

— Content d'avoir bavardé avec toi, Joe ! persifla Cole. Mais n'oublie pas : si tu me laisses voir Skylar, je lui dirai tout… Quelqu'un peut me ramener dans ma cellule, maintenant ? C'est peut-être là que je serai le plus en sécurité, finalement !

Joe donna un petit coup sur la glace sans tain. La porte de la salle s'ouvrit un instant plus tard, poussée par un gardien qui emmena Cole.

Resté seul, Joe frappa du poing sur la table. Cole savait quelque chose, et la seule façon de le faire parler, c'était de lui ménager un entretien avec Skylar !

Avant de quitter la prison, Joe demanda à avoir accès à un ordinateur, et il se connecta à la base de données de la police locale.

Les mots-clés « personnel », « Davis Trucking » et « arrestations » lui fournirent deux noms, dont celui de Reginald Marshall, ancien militaire de carrière qui avait participé à la guerre du Golfe en tant que tireur d'élite et avait été condamné depuis à de la prison avec sursis pour violences conjugales. Il était roux… Tout concordait.

Son adresse était mentionnée.

Joe n'avait pas de motif valable pour le placer en garde à vue, mais il pouvait au moins aller lui demander où il se trouvait le soir où Skylar s'était fait tirer dessus… Et s'il n'avait pas d'alibi, Joe le convoquerait pour interrogatoire dans un cadre officiel.

Son portable sonna, et il se cala dans son siège pour répondre. C'était son frère Jason, qui commença par lui indiquer qu'il était à l'arrière d'un pick-up rempli de fumier : il aidait un fermier à sortir le véhicule d'un fossé avant que le précieux chargement ne se mélange avec la terre gorgée d'eau. Ses fonctions de chef de la police de Frost Falls l'amenaient manifestement à effectuer des tâches… très variées.

— Tu ne m'appelles pas juste pour me dire ça, j'imagine ? observa Joe.

— Non. J'ai demandé ma petite Française en mariage, et elle a accepté.

— Toutes mes félicitations !

— Merci. La cérémonie aura lieu au mois de janvier prochain.

— Pourquoi pas avant ?

— Parce que c'est en janvier dernier que nous nous sommes connus. J'aime bien les anniversaires : ça fait des comptes ronds.

— Et ça se passera où ?

— Je l'ai laissée choisir, et elle veut que ce soit en France. Selon elle, c'est le pays idéal pour se marier.

Joe haussa les sourcils. Il n'était encore jamais sorti des États-Unis, contrairement à Jason, que son appartenance à la CIA avait conduit à voyager dans le monde entier. L'idée de découvrir la France plaisait beaucoup à Joe, mais son frère semblait avoir oublié un problème…

— Maman n'a encore jamais pris l'avion : cette seule idée la terrifie, souligna-t-il.

— Je sais, mais je compte sur toi pour la convaincre de faire son baptême de l'air. Tu es celui de ses fils à qui elle est incapable de dire non.

C'était vrai.

— Je tâcherai de la persuader, déclara Joe. Et pendant que je te tiens, j'ai une question pour l'ancien sniper que tu es : dans le cadre de mon enquête sur le braconnage, j'ai besoin que tu me confirmes qu'un tireur peut atteindre une cible distante de près de douze cents mètres.

— Bien sûr ! Avec un fusil de précision, et à condition de savoir s'en servir, il est même possible de mettre dans le mille depuis plusieurs kilomètres. Quelle arme ton homme a-t-il utilisée ?

— Les douilles que j'ai trouvées sont des Lapua, et la technicienne de la police scientifique pense qu'elles ont été tirées par un fusil du même nom.

— Ton histoire m'évoque un sniper de l'armée américaine ayant servi sur un théâtre d'opérations extérieures… Tu ne m'as pas dit que tu soupçonnais une personne en particulier de diriger un réseau de braconnage dans la région ?

— Si. Il s'agit de Malcolm Davis, le propriétaire de la société de transport routier Davis Trucking.

— J'ai entendu parler de lui, et pas en bien ! Il se livre à divers trafics, mais personne n'a jamais pu le coincer.

— L'un de membres de son personnel est un ancien militaire de carrière, qui a servi pendant la guerre du Golfe. Je vais l'interroger, et cuisiner de nouveau un de ses autres employés, Cole Pruitt. Je l'ai arrêté pour conduite en état d'ivresse, notamment, mais il refuse de dénoncer son patron.

— Cole Pruitt ? Ce n'est pas le type qui…

— Si. Mais elle ne l'a pas épousé, finalement.

— « Elle » se prénomme Skylar, si j'ai bonne mémoire ?

— Oui.

Le souvenir de son réveil dans le lit de la jeune femme amena un sourire sur les lèvres de Joe. Le fait qu'elle ait tenté de le retenir, ce matin, était vraiment encourageant.

— Et son nom de famille est Davis, nota Jason. C'est une parente de Malcolm ?

— Sa nièce. Elle n'est pas impliquée dans ses magouilles, mais elle en a connaissance, et il use de menaces pour la faire taire. C'est elle qui était visée par les tirs dont je parlais tout à l'heure, et quelqu'un a tenté d'empoisonner sa louve.

— Tu es sur une grosse affaire, alors !

— Ça a commencé par une simple histoire de braconnage, mais avec la mort de Max…

— Qui est-ce ?

Cette question rappela à Joe que sa famille ignorait tout de Max Owen. Il lui avait fait croire qu'après s'être perdu dans la forêt il avait retrouvé son chemin uniquement grâce à une meute de loup. Ce n'était pas tout à fait vrai : Max les avait guidés.

Mais comme il était déjà étrange de voir un enfant de dix ans ramené chez lui par des loups, Joe avait jugé inutile d'inquiéter en plus ses parents en leur apprenant qu'il avait passé trois jours entiers seul avec un inconnu. Il avait aussi voulu protéger Max de la curiosité des médias et du risque que la police lui cause des ennuis. Max ne lui avait fait aucun mal. Il lui avait au contraire ouvert le cœur et l'esprit à la beauté de la nature sauvage.

— Max Owen était un vieil Amérindien que je connaissais depuis longtemps, se contenta cependant de dire Joe à son frère. Il a été empoisonné il y a une vingtaine de jours. J'ai demandé une autopsie, et le coroner a conclu à une mort accidentelle, mais je suis certain, moi, qu'il a été assassiné, et qu'il existe un lien entre son décès et le braconnage : je retrouve le même poison, la strychnine, à toutes les étapes de mon enquête.

— Ce Max a été tué parce qu'il savait quelque chose ?

— Sûrement.

— Tu as quelqu'un pour t'aider, et éventuellement protéger tes arrières, dans cette affaire ?

— Oui, Brent Kofax, des bureaux du shérif.

— C'est un bon policier, mais en cas de besoin n'hésite pas à m'appeler : je ne suis qu'à une demi-heure de route de Checker Hill.

— Je m'en voudrais d'accaparer ne serait-ce qu'un peu de ton temps alors que tu as des missions aussi importantes à remplir que le sauvetage d'un chargement de fumier !

Jason éclata de rire.

— Non, pour l'instant, je n'ai besoin de personne, enchaîna Joe. Mais lequel des trois frères Cash fait un *vrai* travail de police, maintenant, hein ?

— Justin.

Tout en sachant que Jason plaisantait, Joe ne put s'empêcher de se sentir blessé.

— Ses affaires de détective privé marchent bien ? déclara-t-il. Je n'ai aucun contact avec lui depuis des semaines.

— Il s'adapte tout doucement. Cette blessure lui a laissé des séquelles. Il le cache bien, mais je crois que certaines choses lui demandent beaucoup d'efforts.

Joe savait que Justin était sous traitement médicamenteux, ce qui était normal pour un homme qui avait reçu une balle en pleine tête.

— Il veut réintégrer la police, dit-il.

— Il veut surtout retrouver la chance d'emploi au FBI que cette fichue balle lui a fait perdre !

— Oui, il a eu une année difficile… J'irai lui rendre visite dès que j'aurai un moment.

— Inutile : tu le verras samedi prochain chez les parents. C'est l'anniversaire de papa, tu te souviens ?

— Non, j'avais oublié. Je tâcherai d'y être.

— Il *faut* que tu y sois ! L'opération Baptême-de-l'air-de-maman commence ce jour-là !

— J'essaierai. Et si je viens, ce sera peut-être accompagné.

— De… ?

— Skylar Davis.

— Tu sors avec elle ? Bravo ! Je suis content pour toi : je sais que tu en pinces pour elle depuis longtemps.

— Ce n'est pas le terme que j'aurais choisi, mais merci pour ce témoignage d'affection fraternelle… Pour le dîner de samedi, cependant, je ne peux rien te promettre.

— Je comprends. Ton enquête, c'est du lourd !

— Tu te moques de moi, là ?

— Pas du tout ! J'adore te taquiner, je le reconnais, mais que veux-tu ? Tu es le petit dernier… C'est normal !

Sur ces mots, Jason raccrocha, et Joe se replongea dans ses recherches sur Internet. Il trouva notamment la date exacte du pow-wow dont Skylar lui avait parlé.

Son oncle comptait sûrement s'y rendre pour y vendre des plumes d'aigle au marché noir, et peut-être aussi y rechercher de nouveaux clients.

Les congélateurs que la jeune femme avait vus dans un entrepôt de Davis Trucking contenaient de toute évidence des produits issus d'animaux braconnés, et sans doute pas seulement des plumes d'aigle. Leur nombre et leur taille faisaient penser à un trafic de plus grande ampleur, et une entreprise comme Davis Trucking pouvait facilement assurer le transport de toutes sortes de produits illégaux *en plus* de ses activités licites, non ?

Surtout si son propriétaire bénéficiait de protections dans la police et l'administration du comté…

21

Skylar déposa ses achats à l'arrière du vieux break que le garagiste de Checker Hill lui avait prêté. Elle lui avait téléphoné dans la matinée pour lui demander d'aller chercher le pick-up accidenté avec sa dépanneuse. Un de ses mécaniciens lui avait apporté le break et, après l'avoir ramené en ville, elle était allée au magasin de produits pour la ferme. Il vendait les articles les plus variés, depuis du grain pour les poules jusqu'à des bottes en caoutchouc et des pneus de tracteur.

Un coup de klaxon la fit se retourner, et elle vit Joe lui adresser un signe de la main depuis l'habitacle de son véhicule. Un puissant élan de désir la souleva aussitôt : le seul souvenir de la nuit qu'ils avaient passée ensemble électrisait ses sens.

Elle referma le hayon du break et s'y adossa pendant que Joe se garait à côté d'elle sur le parking désert. Il mit pied à terre et lui demanda :

— C'est ton nouveau carrosse ?

— Prêt du garage en attendant que mon pick-up soit réparé.

— Je t'ai manqué ?

Cette question aurait fait rire Skylar si l'honnêteté ne l'avait obligée soit à dire non, et donc à mentir, soit à user d'un faux-fuyant.

Ce fut cette dernière option qu'elle choisit :

— C'était censé être le cas ?

— Peut-être… Tu m'as dit que la nuit dernière ne serait suivie d'aucune autre, mais j'ai eu l'impression, ce matin, que tu avais changé d'avis… Je me suis trompé ?

Optant finalement pour la franchise, Skylar répondit :

— Je ne sais pas, Joe ! Il se passe entre nous quelque chose de plus fort que ce que je croyais, la nuit dernière m'en a fait prendre conscience, mais c'est encore trop nouveau pour que j'y voie clair dans mes sentiments.

— Moi, en tout cas, je ne demande qu'à m'engager avec toi dans une vraie liaison. La balle est donc dans ton camp.

Était-elle prête à s'investir dans une relation stable avec un autre homme ? pensa Skylar. Son expérience malheureuse avec Cole la rendait prudente, voire frileuse, mais elle l'avait durement affectée sur le plan émotionnel, et à cela s'ajoutait la multitude d'ennuis qui s'était récemment abattue sur elle !

Joe dut percevoir son désarroi, car il déclara :

— Excuse-moi, je ne voulais pas te mettre la pression. Et ce n'est peut-être pas le bon moment pour prendre une décision de cette nature, de toute façon : je suis responsable d'une affaire qui te concerne, alors il vaut mieux que la frontière entre enquêteur et victime reste étanche.

— Je n'aime pas être considérée comme une victime.

— Ce n'est pas le bon terme, en effet : tu es une cible, et Stella en est une elle aussi… Quoi qu'il en soit, je compte te laisser, une fois cette histoire terminée, tout le temps qu'il te faudra pour décider de l'avenir de notre relation.

— Tu accepterais d'en revenir à des rapports de simple amitié avec moi ?

— Oui.

Le langage corporel de Joe disait le contraire. Skylar voyait qu'il brûlait de l'embrasser, et ce désir était partagé : elle avait du mal à s'empêcher de se jeter dans ses bras.

— Je ne veux pas te faire souffrir, ajouta-t-il. Tu en as déjà assez bavé avec…

Un soupir remplaça la fin de sa phrase, puis il baissa la tête et passa une main nerveuse dans l'épaisse chevelure noire dont Skylar se rappelait le contact soyeux sur sa peau. Elle s'approcha de lui, et il finit par lever les yeux, mais la gravité qu'exprimait son regard ne présageait rien de bon.

— Qu'y a-t-il ? demanda Skylar.

— C'est Cole Pruitt.

— Nous ne sommes plus ensemble, je te le jure ! J'ai brûlé ma robe de mariée… Ça ne te suffit pas, comme preuve de notre rupture ?

— Si, mais il ne s'agit pas de ça.

— De quoi, alors ?

— De l'interrogatoire auquel j'ai soumis Cole ce matin.

— Il a répondu à tes questions ? Il t'a dit si c'était lui qui m'avait tiré dessus ? J'en doute, mais…

— Non, ce n'est pas lui. Je ne l'en soupçonne pas moins de se livrer à toutes sortes de trafics pour le compte de Malcolm Davis. Il accepte de fournir des informations sur ton oncle, mais seulement à toi, et en tête à tête. C'est ridicule, parce que tu n'appartiens à aucun service de police… Je n'ai de toute façon pas la moindre intention de le laisser t'approcher !

— Tu as tort. Je veux m'entretenir avec lui !

— Quoi ? Non, Skylar, il n'en est pas question ! Cole s'amuse à jouer avec mes nerfs… Je ne peux pas céder à ses caprices !

— C'est un imbécile doublé d'une tête de mule.

— Il n'était pas comme ça, quand nous étions amis. Il a vraiment changé !

— Oui, et je n'ai pas vraiment envie de le revoir après ce qui s'est passé hier, mais, si ça peut t'aider dans ton enquête, je le ferai.

— Tu ne me dois rien.

— Sans doute, mais si c'est le seul moyen de résoudre cette affaire, pourquoi t'en priverais-tu ? Tu ne veux pas savoir qui a tué Max ?

— Je pense tout le temps à lui, mais il est mort. Rien ni personne ne le ramènera.

— Vous étiez visiblement très proches… Comment vous êtes-vous connus ?

Joe baissa de nouveau les yeux et garda le silence.

— Si tu n'as pas envie de me le dire, reprit Skylar, je comprendrai.

— Non, déclara Joe en relevant la tête, je vais t'expliquer… Quand j'avais dix ans, je me suis aventuré seul dans la forêt, je m'y suis perdu, et j'y suis resté pendant trois jours entiers, tu te rappelles ?

— Bien sûr ! On en a beaucoup parlé, à l'époque. Ce sont des loups qui t'ont permis de retrouver ton chemin… C'est incroyable !

— Oui, mais il y a une partie de l'histoire que je n'ai encore jamais racontée à personne.

— Pourquoi ?

— Pour ne pas risquer de lui causer des ennuis.

— Causer des ennuis à qui ?

— À Max Owen. Il passait tous ses étés dans les bois, et c'est lui qui m'a trouvé en train d'y errer, perdu et affamé. Il m'a nourri et s'est occupé de moi pendant ces trois jours. Il m'a aussi appris des choses.

Skylar fronça les sourcils. Un petit garçon vulnérable, un adulte en position de force…

Joe comprit ce à quoi elle pensait, car il se hâta de préciser :

— Max ne m'a fait aucun mal. C'était un vieil Amérindien plein de sagesse et de bonté, disposé à répondre à toutes les questions qu'un enfant curieux peut se poser à propos de la nature sauvage… Comment les loups communiquent-ils entre eux ? Pourquoi la mousse ne pousse-t-elle que d'un côté des arbres ? Je voulais aussi savoir comment fabriquer un tipi… Je n'avais pas peur, et aucune envie de rentrer chez moi, mais Max m'a dit qu'il le fallait, pour que mes parents cessent de s'inquiéter.

— Ils avaient organisé une battue, si je me souviens bien.

— Oui, mais elle n'avait rien donné. Ce sont les loups, guidés par Max, qui m'ont ramené chez moi.

C'était sûrement cette expérience extraordinaire qui avait amené Joe à choisir un métier en rapport avec la protection de l'environnement, songea Skylar.

— Max entretenait un rapport particulier avec une meute de loups qui vivait près de son campement, poursuivit-il. Cette meute m'avait suivi pendant que je m'enfonçais de plus en plus dans les bois. Je l'avais repérée, mais bizarrement, à aucun moment je n'ai craint qu'elle ne m'attaque. Si j'avais alors su sur ces animaux ce que j'ai appris depuis, je n'aurais pas été aussi tranquille !

— Oui, même si c'est rare, des loups affamés peuvent s'en prendre aux hommes.

Et un petit garçon perdu dans la forêt constituait une proie facile pour ces grands carnassiers…

— J'avais cependant raison de ne pas avoir peur, déclara Joe, car Max m'a expliqué que la meute m'avait suivi pour veiller sur moi, pour me protéger… Je n'étais pas plus tôt rentré chez moi que j'ai évidemment commencé à me documenter sur les loups ! Mon intérêt pour eux n'a pas faibli depuis.

— Et un lien très spécial semble t'unir à eux, car je n'avais encore jamais vu Stella adopter aussi vite un inconnu !

— Quelqu'un m'a rappelé récemment que Max me surnommait « Celui qui murmure à l'oreille des loups ».

— Tu l'as souvent revu, après cette première rencontre ?

— Oui, je lui rendais régulièrement visite, mais toujours en secret. Je disais à mes parents que j'avais un camp scout, ou qu'un ami m'avait invité à passer le week-end chez lui, et j'allais rejoindre Max. Son campement se trouvait à trois kilomètres de l'endroit où il a été découvert agonisant… C'était mon ami, mon mentor, et il a été empoisonné !

La douleur qui perçait dans la voix de Joe émut profondément Skylar.

— Je suis désolée pour toi, Joe… Je ne me doutais pas que cet homme avait joué un rôle aussi important dans ton existence.

— Je n'ai jamais parlé de lui à personne, de peur d'attirer sur lui l'attention de la police et des médias. Il n'était pas propriétaire du terrain où il campait et, en plus des soupçons de pédophilie qui auraient pu le viser, cela lui aurait sans doute valu des ennuis.

— Tu l'as protégé, comme tu me protèges

aujourd'hui, et je t'en suis reconnaissante, mais je te demande, pour que justice soit rendue à ton ami, de m'autoriser à t'aider.

Skylar croisa les bras et pria pour que Joe accepte sa proposition. Cole avait un charme et un bagout qui l'avaient séduite, au début, mais elle lui avait ensuite découvert, entre autres travers, une terrible opiniâtreté. S'il voulait quelque chose – en l'occurrence, lui parler en tête à tête —, il était capable d'attendre pendant des jours, et même des semaines, que sa demande soit satisfaite.

— Les glaces sans tain qu'on voit dans les séries policières et qui permettent d'observer de l'extérieur ce qui se passe dans une salle d'interrogatoire existent dans la vraie vie ? questionna Skylar.

— Oui.

— Alors tu pourras intervenir si Cole, pendant notre entretien, devient méchant !

— Non, je refuse de…

— Il n'y a pas d'autre solution, Joe, et tu le sais très bien ! Cole ne te dira rien à toi, par pure malignité. Et je serai assise en face de lui, non ? Il ne pourra pas me toucher !

— Il aurait – conditionnel, parce que je suis encore loin d'être d'accord avec cette idée – les mains menottées, avec une chaîne fixée à la table ou au sol.

— Si tu t'obstines à refuser une offre susceptible de mettre un terme au massacre d'animaux sauvages qui a lieu dans la région, j'irai la présenter à ton supérieur hiérarchique.

— Tu n'oserais pas !

— Si ! La fin du braconnage m'importe autant qu'à toi, et tout ce que je peux faire pour l'accélérer, je le ferai !

— Cole a percuté ta voiture volontairement, tu en as conscience ?

— Oui.

— C'est pour ça que la perspective de te laisser seule avec lui me répugne autant, mais comme tu sembles décidée à te passer de mon accord…

— Je n'aurai pas peur, puisque tu seras dans la pièce voisine.

— Je ne vous quitterai pas des yeux, je te le promets.

— Parfait !

Skylar se haussa sur la pointe des pieds et effleura les lèvres de Joe d'un baiser. Elle l'aurait volontiers embrassé plus ardemment, mais le parking donnait directement sur la rue principale, et devenir la cible de commérages était la dernière chose dont elle avait besoin en ce moment.

— Si on y allait tout de suite ? suggéra-t-elle.

— Non, il faut d'abord que j'en parle au shérif adjoint qui me seconde dans cette affaire, et que je consulte des archives militaires… On se retrouve devant la prison dans une petite heure, d'accord ?

— D'accord. Je vais acheter un magazine et m'installer au café pour le lire, en attendant.

Quand Skylar voulut s'écarter de Joe, il la retint par la main.

— J'aurais aimé que les choses se passent autrement, observa-t-il. Tout aurait été plus simple si tu ne t'étais pas engagée dans une relation suivie avec Cole.

— Je sais, mais les regrets ne servent à rien. Il faut assumer ses choix, même s'ils sont malheureux, et en tirer les leçons. Je ne renie pas mes erreurs, parce que certaines d'entre elles m'ont beaucoup appris.

Joe soupira, l'air nullement convaincu, mais il

lâcha la main de Skylar, puis la regarda monter dans sa voiture et quitter le parking.

Oui, elle avait commis une erreur en se laissant enjôler par Cole, mais cela lui permettait maintenant d'apprécier à leur juste valeur les qualités d'un homme comme Joe.

Il était désormais évident qu'il lui inspirait une puissante attirance physique. Et même si elle se sentait encore affectivement fragile, leurs retrouvailles avaient ouvert une brèche dans les défenses que l'échec de sa relation avec Cole lui avait fait bâtir autour de son cœur.

22

La perspective de laisser Skylar seule avec son ex-fiancé dans la salle d'interrogatoire mettait les nerfs de Joe à rude épreuve. Il menotta Cole après lui avoir passé les bras derrière le dossier de sa chaise, afin de l'empêcher de se pencher suffisamment en avant pour toucher la jeune femme. Il se rendit ensuite dans la pièce voisine, et là il vit Cole, assis en face de lui, fixer la glace sans tain et lui faire un clin d'œil.

Son ancien ami s'amusait à le narguer, mais il n'était pas question de mordre à l'hameçon : Joe était résolu à écouter calmement la conversation. Il n'interviendrait que s'il sentait les choses devenir trop dures pour Skylar.

Un gardien introduisit cette dernière dans la pièce. Elle ôta son chapeau de cow-boy et le posa sur la table. Joe jugeait Cole indigne de respirer le même air qu'elle, mais comme il n'y avait apparemment pas d'autre moyen de lui soutirer des informations…

Installé près de Joe, derrière une console, un technicien enregistrait la séance.

Joe avait dit à Skylar de ne pas laisser Cole détourner la conversation des activités de Malcolm, car il le soupçonnait de vouloir le faire au profit de questions plus personnelles. Il n'avait pas parlé de

Reginald Marshall à la jeune femme ; c'était un sujet qu'il comptait aborder lui-même avec Cole, plus tard.

— Ça faisait des siècles qu'on ne s'était pas vus, déclara celui-ci à Skylar.

— Faux ! répliqua-t-elle. On s'est croisés à la station-service, le mois dernier. Tu m'as même saluée de la main.

— Et tu ne m'as pas répondu.

— Non, mais je ne suis là ni pour évoquer des souvenirs, ni pour me réconcilier avec toi. Tout est fini entre nous, et tu le sais très bien… Tu détiens sur Malcolm des informations dont Joe a besoin, mais tu n'es disposé à les communiquer qu'à moi… J'ai accepté de te rencontrer, alors vas-y, je t'écoute !

— Je te trouve bien dure ! Tu n'étais pas comme ça, quand on sortait ensemble !

— Notre histoire n'a aucun rapport avec ma présence ici, mais sache tout de même que je n'ai pas vraiment apprécié les mensonges que tu as racontés à Joe.

— Oui, je me suis attribué l'initiative de notre rupture, et alors, qu'est-ce que ça change ? Comme tu viens de le dire, tout est fini entre nous.

— Je ne pouvais pas envisager de passer le restant de mes jours avec un braconnier, en effet ! Et tu n'hésites pas, maintenant, à prendre le volant alors que tu as trop bu… C'est indigne de toi !

Cole leva les yeux vers la glace sans tain et observa sur un ton acerbe :

— Tu trouves que Cash vaut mieux que moi, n'est-ce pas ?

Joe tressaillit. Comme il l'avait craint, Cole était en train d'entraîner Skylar dans une conversation très personnelle.

— Quelle importance ? rétorqua-t-elle.

— Pendant tout le temps où on était ensemble, je me suis demandé si ce n'était pas avec lui que tu aurais préféré être. Chaque fois que son nom était mentionné, tu souriais bêtement… Je connais la réponse, à présent ! Tu n'as pas attendu longtemps pour lui tomber dans les bras !

— Ma vie privée ne te regarde pas.

— Tu couches avec lui ?

Le technicien s'agita nerveusement sur sa chaise. Joe n'aurait su dire qui, de cet homme et de lui, était le plus gêné !

Skylar ignora la question.

— Donne-moi des détails sur le travail que tu effectues pour mon oncle ! ordonna-t-elle.

Mais Cole refusa de changer de sujet :

— Tu couches avec lui, j'en suis sûr !

Joe esquissa un pas vers la porte de la salle d'interrogatoire, prêt à mettre fin à l'entretien, mais il décida finalement de laisser à Skylar une dernière chance de faire parler Cole.

— Tu as été amoureuse de moi, au moins ? demanda ce dernier.

La jeune femme garda le silence.

— Si tu ne me réponds pas, reprit Cole, je me tairai moi aussi, et tu seras venue pour rien… Alors, tu as été amoureuse de moi ?

Le cœur de Joe s'arrêta de battre. Skylar n'avait d'autre choix que de céder au chantage, et il n'avait pas envie d'entendre ce qu'elle allait dire.

— Je ne sais pas, déclara-t-elle. Je l'ai cru, mais il devait plutôt s'agir d'un besoin de remplir un vide. Et toi ? Tu m'aimais ?

— Je n'étais encore jamais sorti avec une fille

aussi jolie que toi, et la perspective de partager ta vie me plaisait.

— Ce n'est pas l'idée que je me fais de l'amour, mais peu importe… J'ai répondu à ta question. Maintenant, je t'écoute !

— Bon, j'accepte de parler, mais à une condition : Cash doit s'engager à ne retenir contre moi que la conduite en état d'ivresse.

Un Interphone, sur la console, permettait de communiquer oralement avec la salle d'interrogatoire. Joe appuya sur le bouton et indiqua :

— C'est d'accord, Cole. Dès qu'une caution aura été versée, tu seras libéré, une date d'audience sera fixée, et le juge t'infligera sans doute un retrait de permis de un an. Au terme de cette période, tu devras rouler pendant un an encore avec les plaques minéralogiques spéciales qui signaleront ton ancienne infraction, mais il n'y aura pas d'autres chefs d'accusation, je te le promets.

— Je sais que c'est la loi dans le Minnesota, mais ces plaques, c'est vraiment la honte !

— C'est tout de même mieux que d'être inculpé de tentative de meurtre ! intervint Skylar.

— Je n'avais pas l'intention de te faire du mal, protesta Cole. J'étais ivre, en colère…

— C'est toi qui as empoisonné Stella ?

— Quoi ? Non, bien sûr que non ! J'aime trop les animaux pour…

— Alors que tu poses des pièges qui les condamnent souvent à une mort lente et douloureuse ? coupa Skylar.

— J'ai braconné pour le compte de ton oncle, je le reconnais. C'était un moyen facile de gagner de l'argent… Conduire ses camions m'en rapportait plus, mais c'était beaucoup plus stressant.

Joe pressa de nouveau le bouton de l'Interphone.

— Les camions de Davis Trucking servent au transport de produits illicites, c'est ça ?

— Tu promets de me protéger, si je balance tout ? déclara Cole.

— Oui, si ça se justifie. Alors ?

— Alors tu as raison : Malcolm est à la tête d'un trafic qui couvre un immense territoire. J'ai failli me faire arrêter à la frontière canadienne, la semaine dernière…

— Un trafic de quoi ?

— De produits issus d'animaux braconnés, pour l'essentiel : organes d'ours, bois de cerf, plumes, serres et becs d'aigles… S'agissant de parties qui intéressent les Indiens, Malcolm se rend aux pow-pows pour vendre sa marchandise et nouer des contacts. À cause d'un vieil Indien hostile au marché noir, il a récemment perdu la clientèle d'une tribu importante de la région, et ça l'a mis très en colère… Voilà, c'est tout ce que je sais !

— Merci, Cole ! dit Joe. Je vais venir te rejoindre pour qu'on règle ensemble un certain nombre de détails, et Skylar pourra pendant ce temps aller prendre l'air, d'accord ?

En guise de réponse, Cole se pencha en avant jusqu'à ce que son front repose sur la table.

Une fois dehors, Skylar décida de ne pas attendre que Joe sorte du bâtiment. Il en avait sans doute pour un moment, et il lui en voulait peut-être d'avoir, malgré ses avertissements, permis à Cole de donner une tournure aussi personnelle à leur entretien.

Mieux valait lui laisser le temps de se calmer, mais

elle comptait l'inviter à dîner et avait donc besoin de faire quelques courses à la supérette.

Une salade de laitue, de noix et de canneberges séchées était au menu. Après avoir réuni les ingrédients nécessaires, y avoir ajouté une bouteille de vinaigre de framboise et une autre de vin, Skylar passa à la caisse et alla poser ses emplettes sur la banquette arrière de sa voiture.

Au moment où elle se redressait, un bras s'enroula autour de sa taille, et une main se plaqua sur sa bouche. Tout en se débattant, elle scruta le parking, mais il n'y avait personne aux alentours.

Son agresseur l'entraîna de l'autre côté du magasin, la bâillonna et lui attacha les mains dans le dos. Elle fut ensuite soulevée de terre et jetée dans le coffre d'un SUV noir aux vitres teintées. En tournant la tête vers l'extérieur, elle eut juste le temps de voir le torse d'un homme corpulent et celui d'un deuxième, qui portait un T-shirt d'AC/DC, avant que le hayon se referme. Elle entendit deux portières claquer, puis le véhicule démarra.

Pas un mot n'avait été prononcé.

En n'attendant pas Joe devant la prison, Skylar avait pris une décision qu'elle regrettait maintenant amèrement.

23

Cole signa ses aveux. Il allait passer en prison les quelques jours dont il avait besoin pour réunir sa caution et, si l'enquête sur Davis Trucking n'était alors pas encore close, une protection policière lui serait fournie. Il passerait en jugement dans quelques semaines, et Joe lui avait communiqué les coordonnées de l'antenne régionale des alcooliques anonymes, en espérant qu'il aurait le courage d'aller y chercher de l'aide.

Lors du complément d'interrogatoire qui avait suivi le départ de Skylar, Cole avait révélé que Reginald Marshall possédait plusieurs fusils achetés au marché noir. Joe pouvait donc maintenant obtenir un mandat pour perquisitionner son domicile et les locaux de son employeur. Cole ignorait tout du passé militaire de Reginald Marshall ; il savait seulement que c'était un excellent tireur, et le bras droit de Malcolm Davis.

Le juge à qui Joe avait demandé les mandats de perquisition n'était malheureusement pas pressé : il voulait effectuer des recherches, et cela prendrait plusieurs heures. Joe trouvait cette lenteur étrange de la part d'un homme généralement réactif… Il fallait espérer qu'il ne faisait pas partie des notables locaux qui protégeaient les intérêts de Malcolm Davis !

Skylar était partie sans l'attendre, et il comptait aller

chez elle pour la remercier et prendre de ses nouvelles. Elle s'était bien débrouillée, mais le comportement de son ex-fiancé pouvait tout de même l'avoir secouée.

Joe décida de passer d'abord chez lui pour se changer. Il se gara contre le trottoir, verrouilla les portières de son pick-up et remonta l'allée qui menait à son perron.

Quand, arrivé en haut de l'escalier, il découvrit devant sa porte une double page de journal posée sur quelque chose d'assez volumineux, une sonnette d'alarme retentit dans son esprit. Il scruta la cour, la rue, les maisons voisines et la végétation pour voir si quelqu'un ne l'observait pas, tapi derrière un rideau ou un arbre…

Rien, et il n'avait d'ailleurs pas le sentiment d'être épié.

Prudemment, du bout de sa chaussure, il souleva le bord de la feuille de journal. La dépouille d'un aigle était cachée dessous.

La première surprise passée, Joe s'agenouilla pour examiner l'animal de plus près. Son corps était rigide, comme s'il avait été congelé, avec des serres recroquevillées sur elles-mêmes et des ailes repliées qui portaient la trace d'une poudre suspecte. Joe sortit des gants en latex de sa poche et les enfila. Il enveloppa ensuite le cadavre dans le journal avec précaution et alla chercher un sac à scellés dans son pick-up.

De retour dans la rue, il fouilla de nouveau les alentours du regard en se demandant quand ce « cadeau » lui avait été livré. Il n'était pas rentré chez lui de la journée, si bien que ledit cadeau était peut-être là depuis le matin…

Sauf que le cadavre se serait alors réchauffé, que l'odeur aurait attiré une multitude de mouches, et qu'un de ses voisins aurait bien fini par s'en inquiéter et l'appeler pour le lui signaler.

La livraison était donc récente.

En remontant l'escalier, Joe jeta un coup d'œil en direction de l'angle de sa maison. La petite lampe verte de la caméra de surveillance était allumée. Le visionnage de l'enregistrement lui permettrait de savoir qui était entré dans sa cour et quand.

Après avoir ensaché l'aigle, il appela Lucy Carnet. La camionnette de la police scientifique se trouvait en ce moment loin de Checker Hill et ne pourrait s'y rendre que le lendemain matin. Joe allait devoir attendre jusque-là pour confier à la technicienne le cadavre du rapace.

Où le mettre, dans l'intervalle ?

Pour éviter toute contamination, Joe l'emporta dans son garage en passant par l'extérieur et le déposa au fond d'un carton vide. Le journal et les gants en latex allèrent l'y rejoindre. Il ôta ensuite ses vêtements et les enferma dans un sac-poubelle. Leur examen ne serait sans doute pas nécessaire, mais il ne voulait pas les avoir chez lui.

Joe entra dans la maison par la porte de communication entre le garage et la cuisine. Il se rendit ensuite directement dans la salle de bains pour prendre une douche qui promettait d'être longue et soigneuse.

L'après-midi touchait à sa fin quand Joe frappa à la porte de Skylar. Stella apparut presque aussitôt sur la terrasse, et Joe la salua gaiement :

— Re-bonjour, ma belle !

Quand la louve s'approcha de lui, cependant, non seulement elle ne remuait pas joyeusement la queue comme elle le faisait d'habitude en le voyant, mais elle avait la tête basse et les oreilles plaquées en arrière, signes de peur ou d'inquiétude.

Joe s'accroupit et lui tendit une main qu'elle flaira, puis poussa légèrement du bout de son museau, avant de descendre l'escalier et de s'arrêter au pied des marches. Elle attendait visiblement Joe – et toujours sans remuer la queue. Ce n'était donc pas pour jouer à un jeu quelconque qu'elle l'invitait à la rejoindre.

— Où est ta maîtresse ? lui demanda-t-il. Je viens prendre de ses nouvelles.

Stella poussa un petit jappement et se dirigea vers l'angle de la maison. Elle voulait que Joe la suive – ce qu'il fit. Peut-être Skylar était-elle dehors et ne l'avait-elle pas entendu frapper. Deux heures au moins s'étaient écoulées depuis qu'ils s'étaient quittés… Elle avait eu largement le temps de rentrer chez elle.

Une fois dans le jardin, cependant, Joe n'y trouva que Becky, en train de gambader sur la pelouse dans son beau chandail rouge. Beyoncé n'était heureusement pas dans les parages, car il n'avait pas envie qu'elle aille de nouveau danser sur le capot de son pick-up. Son assurance auto ne couvrait sûrement pas les dégâts causés par les sabots d'une chèvre.

Son portable sonna, dans la poche de son jean, mais, occupé à chercher Skylar des yeux, il ignora l'appel.

Stella aboya de nouveau…

— Qu'y a-t-il, ma belle ? lui déclara Joe.

Son portable continuant de sonner, il le sortit de sa poche et décrocha.

— Joseph Cash, à l'appareil…

— Il faut que tu m'écoutes sans m'interrompre, Joe, d'accord ?

C'était Skylar, mais elle avait une drôle de voix… Il

ouvrit la bouche pour lui demander ce qui se passait, se ravisa et hocha affirmativement la tête… avant de se rappeler que la jeune femme ne pouvait pas le voir.

— D'accord, dit-il.

— Je vais bien.

Un frisson d'angoisse parcourut Joe. Une personne qui entamait une conversation par ces mots cherchait à rassurer son interlocuteur. Elle n'allait donc pas bien, ou alors les choses étaient sur le point de se gâter pour elle.

— Deux employés de mon oncle m'ont interceptée sur le parking de la supérette, enchaîna Skylar, et je serai libérée…

— Ils te retiennent prisonnière ? ne put s'empêcher de s'écrier Joe.

— Oui, mais ils me laisseront partir si tu abandonnes ton enquête… Accepte, je t'en prie !

— Où es-tu ? Dans les locaux de Davis Trucking ?

— Je ne sais pas : j'ai les yeux bandés.

— Alors comment peux-tu… Ah ! je comprends : tu n'es pas seule ! Ils ont composé mon numéro pour toi et mis le haut-parleur… Espèces de crapules ! Vous croyez que trouver un aigle empoisonné devant ma porte va m'intimider ?

— Arrête, Joe, sinon ils vont raccrocher ! Ils me libéreront dès que ton enquête aura été suspendue, et de manière définitive.

— Comment pourrai-je le leur prouver ?

— Ils m'ont chargée de te dire qu'ils n'ont pas besoin de toi pour le savoir.

Parce que le juge censé lui fournir des mandats de perquisition était à la solde de Malcolm Davis, pensa Joe. En faisant traîner les choses, il s'était donné le temps de prévenir ce dernier.

— Tu veux bien me rendre un service ? reprit Skylar.

Puis elle poussa un cri de douleur, et un spasme d'angoisse étreignit le cœur de Joe.

— Occupe-toi de Stella ! ajouta-t-elle précipitamment. Parle-lui !

La communication fut coupée. Rouge de colère, Joe lâcha une bordée de jurons. Il *devait* retrouver Skylar, et rapidement, parce qu'il n'avait pas la moindre intention de céder au chantage de ces misérables ! Il avait passé trop de temps à enquêter sur ce réseau de braconnage, et l'aigle empoisonné déposé sur son perron lui fournissait un lien direct avec la mort de Max.

Malcolm Davis était aux abois, et il avait kidnappé une femme innocente – sa propre nièce ! – pour tenter de se tirer d'affaire… Quel lâche !

Joe poussa encore quelques jurons, puis il s'exhorta au calme. Il fallait réfléchir, élaborer un plan. Skylar ne savait pas où elle avait été emmenée, mais c'était sûrement dans un bâtiment appartenant à Davis Trucking.

Il retourna à son pick-up et appela par radio le central de la police.

— J'ai besoin d'aide pour régler un problème survenu dans les locaux de Davis Trucking, déclara-t-il à l'opératrice.

— Vous n'êtes pas en attente d'un mandat pour les perquisitionner ?

— Si, mais j'ai de bonnes raisons de croire que Skylar Davis y est retenue prisonnière. Ça me permet de me passer de mandat de perquisition.

Joe se tourna vers Stella, couchée à ses pieds. Quand leurs regards se croisèrent, elle dressa les oreilles et pencha la tête sur le côté pour lui faire savoir qu'elle avait de la peine pour lui.

Qu'avait voulu dire Skylar, quand elle lui avait demandé de parler à Stella ? Quel rôle une louve pouvait-elle jouer dans une situation de ce genre ?

— Je vous envoie Brent Kofax, annonça l'opératrice. Il termine une intervention pour violences conjugales. Il n'en a pas pour longtemps.

— Je me mets en route sans l'attendre. Qu'il me rejoigne sur place !

Après avoir raccroché, Joe se pencha pour gratter Stella derrière les oreilles.

— Ta maîtresse a des ennuis, lui dit-il, mais elle pense à toi. Elle t'aime.

La louve se mit debout et se dirigea de nouveau vers l'arrière de la maison. Joe la suivit. Arrivée devant la lisière de la forêt, elle s'arrêta et leva vers lui des yeux si expressifs qu'il n'eut aucun mal à interpréter leur message.

— Tu vas m'aider à retrouver ta maîtresse, c'est ça ? déclara-t-il.

La louve avait un flair extraordinaire, et elle adorait Skylar…

Il fallait lui faire confiance.

Le bandeau sentait le cambouis. Cette odeur donnait mal au cœur à Skylar, mais elle aurait surtout voulu savoir où ses ravisseurs l'avaient emmenée. Ils étaient deux, ils étaient armés, et le SUV avait roulé pendant une trentaine de minutes après avoir quitté le parking de la supérette… C'était tout ce qu'elle avait réussi à glaner comme informations jusqu'ici.

Elle n'avait pas entendu le son de la voix de son oncle, mais peut-être était-il là, en train de l'observer ?

Elle avait en effet l'impression désagréable que ses gardiens obéissaient à des ordres silencieux.

Était-elle dans les locaux de Davis Trucking ? Sans doute, mais elle avait préféré ne rien dire à Joe pour ne pas risquer de le mettre sur une fausse piste.

— Je sais que tu es là, Malcolm ! déclara-t-elle dans l'espoir de provoquer une réaction. Et je sais que tu as tué Max Owen !

Les pieds d'une chaise raclèrent le sol en ciment. Une main attrapa Skylar par les cheveux et lui tira la tête en arrière, puis lui enleva brutalement son bandeau et lui poussa la tête en avant.

Un cri s'échappa de sa gorge lorsque ses yeux se posèrent sur la personne qui se tenait devant elle.

24

Stella s'enfonçait dans la forêt, l'air de très bien savoir où elle allait, et Joe la suivit docilement, même quand elle s'écarta d'un sentier pour pénétrer dans une zone recouverte de broussailles, de taillis et d'un épais tapis de mousse.

Jusque-là, Joe parvenait à peu près à se repérer : ils marchaient vers le nord, et l'ancien point de rendez-vous où Stella avait veillé son congénère pris au piège se trouvait en ce moment sur leur droite. Mais il ne pouvait qu'espérer avoir raison de faire confiance à la louve pour le guider vers Skylar.

Il sortit son portable de sa poche. Pas de réseau. Avec un peu de chance, Kofax était déjà en route pour le site de Davis Trucking, et ils y arriveraient en même temps.

Sinon, Joe avait pour se défendre en cas de besoin son pistolet Glock et le couteau de chasse qui ne le quittait pas. Il s'en servait comme d'une machette dans les zones particulièrement touffues de la forêt, ou pour couper du petit bois.

Le jour commençait à tomber, et Joe regrettait de ne pas avoir pensé à prendre une torche électrique dans son pick-up avant de se lancer dans cette expédition. Dans l'immédiat, la lumière qui filtrait encore à travers les arbres lui suffisait heureusement pour voir où il mettait les pieds. Il devait en effet se méfier des pièges, même si c'était Stella, qui ouvrait la marche, la plus susceptible d'en être victime.

Le hululement d'une chouette boréale la stoppa dans son élan. Ce fut du moins ce que crut Joe avant de s'immobiliser lui aussi et de voir la louve humer l'air, puis se remettre lentement en marche, le museau au ras du sol.

Elle s'arrêta brusquement une deuxième fois et repartit, mais en contournant largement la zone située à quelques mètres sur sa droite. Elle tourna la tête vers Joe pour l'inviter à l'imiter et, quand il dépassa l'endroit qu'elle avait évité, il sentit une odeur de viande avariée – l'appât posé sur un piège dissimulé sous les feuilles mortes.

Un piège qui se trouvait dans une portion de forêt appartenant à Skylar !

— Merci, Stella ! dit Joe. Les pièges, tu les repères de loin, après ce qui t'est arrivé autrefois !

Lorsqu'ils eurent encore franchi environ trois kilomètres, il faisait presque nuit, mais la lune s'était levée. Si Joe se rappelait correctement le plan qu'il avait étudié avec Skylar, il devait maintenant être sur les terres de Malcolm Davis. La jeune femme avait parlé d'une clôture qui séparait son domaine de celui de son oncle le long d'un chemin forestier, mais il n'y en avait sûrement pas aux endroits où la frontière entre les deux se situait au cœur de la forêt.

Une branche craqua sous le pied de Joe, et il adopta aussitôt la marche silencieuse que Max lui avait enseignée. Des hommes de Malcolm patrouillaient peut-être dans les environs… Il ne fallait pas risquer de les alerter.

Stella, elle, savait par nature se déplacer sans faire le moindre bruit.

Une odeur de feu de tourbe parvint soudain à Joe. Il ne voyait pas de flammes, mais c'était sans doute à cause de l'épaisseur des bois. Stella perçut d'ailleurs un danger, car elle s'arrêta. Joe la rejoignit, s'accroupit près d'elle et ressortit son portable.

Une barre… Il pouvait téléphoner.

Une détonation retentit. Quelqu'un aurait-il aperçu l'écran lumineux ? Dans le doute, Joe se hâta d'éteindre l'appareil et se coucha à plat ventre.

La louve, à côté de lui, se tenait parfaitement immobile, haut sur ses pattes, et un grondement sourd s'échappait de sa poitrine.

La corde rugueuse qui attachait les poignets de Skylar lui irritait la peau, mais celle qui liait sa cheville gauche à un pied de sa chaise n'était pas très serrée. Depuis qu'elle avait été installée là, Skylar tirait dessus, et elle se félicitait de l'avoir fait discrètement, car maintenant que son bandeau avait été enlevé elle se rendait compte de la présence toute proche d'un homme armé d'un fusil semi-automatique. Il s'agissait du grand rouquin qui l'avait menacée, moins d'une semaine plus tôt.

Il l'intéressait cependant beaucoup moins que la femme qui se tenait devant elle, et qu'elle n'avait pas vue depuis dix-sept ans.

Sa mère n'avait pas changé. Seules quelques rides, au coin de ses yeux et autour de sa bouche, témoignaient du passage du temps. Ses cheveux blonds étaient coupés au carré, et son rouge à lèvres avait la teinte rose vif dont Skylar se souvenait.

Son cœur battait à grands coups dans sa poitrine. Elle avait envie de crier – non, de hurler – sa colère.

— Il fallait que je parte, lui déclara Dorothy sans émotion apparente. J'étais malheureuse, mais c'était mon problème, pas le tien, et j'ai ensuite jugé préférable de couper tout contact avec toi, de vous laisser vous habituer à vivre sans moi, ton père et toi… Et puis j'ai retrouvé un vieil ami, la semaine dernière.

« Un vieil ami » ? De qui parlait-elle ? De Malcolm, son beau-frère ?

— Tu devrais laisser ton oncle t'aider pour financer ton projet de refuge, reprit-elle.

— M'aider ? s'écria Skylar. Il m'a fait enlever et attacher sur une chaise, Dorothy !

— S'agissant des liens, c'est une simple précaution. Et quand as-tu cessé de m'appeler maman ?

— Quand tu nous as abandonnés, papa et moi.

— C'était il y a longtemps… Tu es une adulte, maintenant, alors sois raisonnable ! Malcolm a besoin d'empêcher ce fonctionnaire de mettre le nez dans ses affaires, tu comprends ? Joue le jeu, et tout se passera bien : il n'a encore été fait de mal à personne…

— Comment peux-tu dire ça, alors qu'un homme a été assassiné ?

Malcolm surgit alors dans le champ de vision de Skylar, les mains dans les poches, ses bottes de cow-boy claquant sur le sol en ciment.

— Qu'est-ce que c'est que cette histoire d'assassinat ? lui lança-t-il. Tu accuses ta mère de mentir ?

Un coup de feu, dehors, les fit tous sursauter. Malcolm échangea un regard inquiet avec Dorothy, puis il demanda au rouquin qui montait la garde près de Skylar :

— Tu as sorti le pitbull, Reggie ?

— Il a clamsé la semaine dernière. J'ai posté Steven à l'extérieur. Il a dû entendre un bruit qui lui a fait peur.

— Il s'agit peut-être de Cash…

— Joe n'est pas assez bête pour s'approcher dans le noir d'un endroit où il doit bien se douter qu'il sera accueilli par des hommes armés ! intervint Skylar.

— Si, il l'est peut-être assez, malgré tout ça, pour tenter de sauver sa chérie… À moins qu'il ne soit subitement tombé malade après votre conversation téléphonique ?

— Oui, renchérit le dénommé Reggie, il paraît qu'il adore les animaux… Alors il a peut-être tenu trop longtemps dans ses bras l'aigle empoisonné laissé devant sa porte : il n'a pas flairé tout de suite le danger…

Ce fut au tour de Cole Pruitt d'apparaître dans le champ de vision de Skylar. Elle le croyait pourtant en prison !

— C'est quoi, cette histoire d'aigle empoisonné ? s'exclama-t-il.

Sa surprise signifiait qu'il n'était pas encore là quand elle avait eu Joe au téléphone, pensa Skylar, car ce dernier avait alors parlé de l'aigle en question.

— Ça ne te regarde pas, Cole ! déclara Malcolm. Va voir ce que Steven fabrique !

— Non, je reste ici !

— Il n'y a que toi de disponible… Et je te rappelle que j'ai payé ta caution !

— Bon, d'accord…

Skylar n'avait jamais vu Cole faire preuve d'une telle docilité. La tête basse, il se dirigea vers la porte à deux battants du bâtiment.

Grâce à ce que son oncle avait dit, Skylar savait qu'une fois Cole dehors il ne resterait plus que trois personnes à l'intérieur en dehors d'elle : le garde, Malcolm et sa mère.

Une mère de retour, après dix-sept années d'absence, pour lui ordonner d'être raisonnable !

Dorothy avait-elle jamais aimé son mari ?

Pendant les semaines qui avaient précédé son départ, Skylar avait entendu ses parents se disputer, et le nom de Malcolm avait souvent été prononcé. Elle était alors trop jeune pour comprendre pourquoi… Plus tard, elle s'était demandé si Dorothy n'était pas tombée amoureuse de son beau-frère, mais, dans ce cas, pourquoi ne pas divorcer et se remarier ? Pourquoi disparaître ?

Une autre question taraudait aujourd'hui Skylar : comment Malcolm avait-il su qu'elle sortait avec Joe ? Car le chantage auquel il le soumettait se fondait sur la connaissance de cette relation…

Peut-être quelqu'un l'avait-il vue embrasser Joe sur le parking de produits pour la ferme et en avait-il informé son oncle ?

Mais à quoi bon s'encombrer l'esprit avec ce genre de pensées ? Elle avait besoin de mettre toutes ses facultés au service de la situation présente.

Il lui avait semblé entendre des loups hurler, pendant qu'elle avait les yeux bandés. Un bruit lointain, mais en provenance de ses terres…

Une meute y avait-t-elle vu ou senti quelque chose d'insolite ?

Dans l'affirmative, il fallait espérer qu'elle n'avait pas décidé de stopper ce quelque chose.

25

Couché à plat ventre, protégé par la végétation du sous-bois, Joe suivait des yeux la silhouette d'un homme armé d'un fusil qui longeait la lisière de la forêt. Au-delà s'étendait ce qui devait être l'arrière du site de Davis Trucking. Un hangar s'y dressait, à côté d'une construction beaucoup plus grande – un garage à camions, peut-être, associé à un atelier, car de fortes odeurs d'huile de moteur et d'essence flottaient dans l'air.

La lueur de ce qui devait être le feu de tourbe apparaissait de temps en temps entre les deux bâtiments. Joe ne voyait personne à proximité. L'homme qui avait tiré et celui qui patrouillait en ce moment ne faisaient donc qu'un. Personne d'autre ne gardait les lieux.

Joe posa la main sur le cou de Stella pour l'inviter à ne pas faire de bruit. Elle avait cependant déjà cessé de gronder. Tous ses sens étaient en alerte, mais elle ne bougeait pas.

Et puis, soudain, Joe la sentit se raidir.

— Qu'est-ce que tu fous, Steven ? cria une voix, juste après. Tu chasses les fantômes ?

C'était Cole Pruitt. Stella, elle, n'avait pas eu besoin de l'entendre parler : elle avait reconnu son odeur.

Pour que Cole soit déjà sorti de prison, il fallait que

quelqu'un ait payé sa caution, pensa Joe. Malcolm Davis, sûrement… Mais dans quoi Cole était-il allé se fourrer ? Il avait participé à l'enlèvement de Skylar ?

— J'ai tiré pour empêcher un éventuel intrus de s'approcher, répondit le garde. Tu ne trouves pas stupide que le patron ait voulu que la fille appelle un flic ?

— Je n'étais pas là quand ça s'est passé, répondit Cole, mais Malcolm sait ce qu'il fait, généralement.

Joe observa les silhouettes des deux hommes, éclairées par la lune. Ils étaient à une vingtaine de mètres de Stella et de lui. Ils leur tournaient le dos, mais Joe craignait que la louve ne manifeste soudain son hostilité envers Cole en se remettant à gronder. Elle semblait heureusement comprendre que ce n'était pas le moment de se faire remarquer.

— Moi, je trouve ça stupide ! déclara le dénommé Steven. Je sais bien que le patron a déjà la moitié des flics du comté dans sa poche, mais celui-ci est visiblement différent des autres, alors pourquoi prendre le risque de le faire chanter ? La fille a vu des choses qu'elle n'aurait pas dû voir ? Il suffit de la tuer, et le problème sera réglé !

Une bouffée de colère envahit Joe, et Cole fut lui aussi choqué par les mots du garde, car il souligna :

— Tu parles de tuer mon ex-fiancée !

— Et alors ? T'as pas envie de te venger de la nana qui t'a largué ?

— C'est moi qui l'ai quitté, et il n'y a aucune raison de la supprimer.

— Elle nous enverra tous en prison.

— Non. La femme qui est en ce moment avec les autres va la raisonner. C'est sa mère.

— Ah bon ?

Joe était au moins aussi étonné que le garde : la

mère de Skylar avait abandonné sa famille presque vingt ans plus tôt… Que faisait-elle là ?

— J'ai fini de patrouiller à l'arrière du hangar, reprit le garde. Je m'occupe de l'autre côté, maintenant.

— D'accord, déclara Cole. Je vais dire à Malcolm que tout est calme, dehors.

Les deux hommes s'éloignèrent. Joe pouvait attendre Kofax, mais il ne savait pas combien de temps il devrait alors patienter, et la pensée de l'épreuve que Skylar était en train de vivre lui était insupportable.

— Ne bouge pas, ma belle ! murmura-t-il à Stella.

Si elle le suivait, en effet, elle risquait d'être tuée : la première chose que faisait un braconnier en voyant un loup, c'était décharger son fusil sur lui.

Lentement, silencieusement, Joe s'accroupit. Stella le regarda, l'air interrogateur.

— Je vais chercher ta maîtresse, lui expliqua-t-il. Toi, tu restes ici pour monter la garde.

Puis, le buste fléchi pour être le moins visible possible, il se dirigea vers la lisière des arbres. Là, il s'arrêta derrière un bouleau et se pencha pour observer le hangar.

Une lampe extérieure, sans doute installée au-dessus de la porte, éclairait faiblement les alentours. Le feu, lui, était trop loin pour que sa lumière soit d'une quelconque utilité à Joe, mais, inversement, elle ne le desservirait pas.

Steven avait annoncé son intention d'aller patrouiller de l'autre côté du hangar trois minutes plus tôt… S'en était-il suffisamment éloigné pour permettre à Joe d'y pénétrer à son insu ?

Impossible à savoir ! Il fallait tenter le coup.

Joe courut jusqu'à l'arrière du bâtiment, puis il se plaqua contre la paroi de métal et tendit l'oreille.

Rien… Le dos toujours collé à la tôle, il s'approcha de l'angle du hangar. Il était pour le moment dans l'ombre, mais dès qu'il serait dans la zone éclairée par la lampe extérieure, et si le garde était alors toujours là, il serait intercepté avant d'avoir pu atteindre la porte.

Un bruit de pas, sur sa droite, le stoppa net. L'instant d'après, il vit Steven reprendre le chemin de la lisière de la forêt, puis s'arrêter et lever la tête vers le ciel étoilé.

Le coin du hangar n'était plus qu'à trois mètres de Joe, mais si jamais le garde se retournait…

Joe n'avait pourtant pas le choix. S'il attendait Kofax, les forces seraient plus équilibrées, mais ils arriveraient peut-être trop tard pour sauver Skylar… Maintenant que Malcolm et ses sbires l'avaient obligée à l'appeler pour lui demander d'abandonner son enquête, ils n'avaient plus besoin d'elle. Il aurait dû leur dire qu'il acceptait, mais auraient-ils libéré la jeune femme pour autant ? Il en doutait. Elle ne se tirerait pas sans aide des griffes de son oncle.

Et sa mère ? Quel rôle jouait-elle dans cette affaire ? Était-elle l'otage ou la complice de Malcolm ?

Le garde baissa soudain la tête et reporta son attention sur les bois. Quelque chose lui avait-il signalé la présence de Stella ?

Mais s'il commençait à s'inquiéter pour la louve, se dit Joe, il allait perdre sa seule chance d'entrer dans le hangar sans être vu.

Alors il accéléra l'allure et, quelques secondes plus tard, son épaule gauche rencontra du vide. Il avait atteint l'angle du bâtiment. Il vit alors, à une centaine de mètres de lui, un camion frigorifique s'éloigner. Même si le transport routier s'effectuait aussi bien de jour que de nuit, cela lui parut louche.

Il y avait trois véhicules garés devant le hangar,

et donc entre trois et douze ou quinze personnes à l'intérieur. Joe s'approcha de l'entrée. L'un des battants de la porte à glissière était ouvert, mais aucun bruit ne s'en échappait. Cela pouvait signifier qu'il était grillé et serait maîtrisé à peine le seuil franchi.

— Un loup ! cria Steven, dehors.

Une détonation retentit ensuite, et Joe, tout en espérant que Stella était indemne, en profita pour se faufiler dans le hangar. Il se plaqua ensuite contre le vantail fermé, qui était dans l'ombre.

Joe vit Malcolm Davis en train de parler à une femme blonde d'une cinquantaine d'années, Skylar, attachée sur une chaise et, près d'elle, un homme armé d'un fusil que ses cheveux roux désignaient comme étant Reginald Marshall.

Personne n'avait remarqué la présence de Joe : ce deuxième coup de feu occupait visiblement les esprits. Il se risqua à se glisser le long du mur, mais, bien que cela ne le fasse pas sortir de l'ombre, ce mouvement attira l'attention de Marshall, qui se tourna vers lui et demanda :

— C'est toi, Steven ?

Joe voulut dégainer son Glock, mais, avant qu'il ait pu le faire, le canon d'un pistolet se posa sur sa tempe.

— On a de la visite ! s'exclama Cole Pruitt. Les mains en l'air, Cash, et avance, qu'on te voie bien !

Quand Joe obéit, non sans pester intérieurement, le contenu du hangar se révéla peu à peu à ses yeux. Il vit des piles de caisses un peu partout, puis six énormes congélateurs alignés contre le mur du fond…

Il n'était pas difficile de deviner à quoi ils servaient !

26

— Monsieur Davis ! s'écria Joe. Dites à Cole de baisser son arme : je ne suis pas venu pour vous arrêter, mais pour discuter.

L'interpellé le considéra en silence tandis que la femme blonde – la mère de Skylar, de toute évidence – reculait d'un pas, et que Marshall pointait son fusil sur Joe.

— Il faut qu'on parle, monsieur Davis ! reprit Joe. Et pourquoi Skylar est-elle attachée ? Est-ce une façon de traiter un membre de sa famille ?

La jeune femme était assise à une dizaine de mètres de lui. Elle était visiblement tendue, mais sans qu'il puisse lire sur son visage autre chose que de la peur.

— Baisse ton arme, Reggie ! finit par dire Malcolm. Et toi, Cole, donne-moi la tienne ! Maintenant, Cash, j'aimerais savoir comment vous nous avez trouvés.

— Peu importe ! Je suis là, alors discutons !

— Je n'ai rien à ajouter au message qui vous a été communiqué par téléphone : abandonnez votre enquête, et Skylar sera libérée.

— Et si je refuse ?

— Vous n'avez sûrement pas envie qu'il arrive quelque chose à votre chérie…

— Je veux juste qu'elle puisse rentrer chez elle saine

et sauve. C'est votre nièce… Vous seriez vraiment capable de lui faire encore plus de mal que vous lui en avez déjà fait en la kidnappant ?

Joe s'efforçait de gagner du temps. Les renforts, en la personne de Brent Kofax, ne devaient pas être loin, mais le premier coup de feu l'avait empêché d'appeler le central de la police pour obtenir des précisions à ce sujet.

— Admettons que j'accepte de discuter…, déclara Malcolm. Mais comme je préfère ne prendre aucun risque, je vais vous demander de vous délester de votre pistolet, Cash ! Je sais qu'un policier se sent nu sans son arme de service, mais je vous conseille d'obéir et d'éviter tout geste suspect : Reggie tire vite, et bien !

Joe n'avait pas le choix… Il sortit son Glock de l'étui fixé à sa ceinture, le posa sur le sol et le poussa du pied assez fort pour l'envoyer atterrir à moins de un mètre des bottes de Malcolm.

— Tu capitules plus vite que je l'aurais cru, le Sauvageon ! s'écria Cole.

Il connaissait ce surnom et savait que son ancien ami ne l'aimait pas.

— Ma priorité, c'est la sécurité de Skylar, répliqua Joe. Il faut bien que quelqu'un la protège !

— Je ne lui ai jamais voulu aucun mal ! protesta Cole.

C'était oublier qu'il avait percuté volontairement sa voiture la veille seulement, mais Joe jugea inutile de le lui rappeler.

— Dans ce cas, déclara-t-il, dis à M. Davis que Skylar n'a rien à voir avec cette affaire, et qu'il peut donc la laisser partir. Je resterai, moi, et on discutera tous ensemble.

— Il ne faut pas l'écouter ! intervint Marshall.

Il joue la montre : quand un flic se pointe, il y en a d'autres pas loin... On doit se débarrasser de ces deux gêneurs... Définitivement, et vite !

— Tu m'avais promis qu'il ne serait fait de mal à personne, Malcolm ! s'exclama la mère de Skylar.

— Et toi, Cole, tu as vraiment envie de voir figurer la complicité de meurtre sur ton casier judiciaire ? renchérit Joe. Tu devrais partir tout de suite ! Ça te permettrait de ne pas être impliqué dans la suite des événements.

Et j'aurai ainsi un adversaire de moins à combattre, pensa-t-il.

— Je crois que Reggie a raison, dit Malcolm, et c'est toi, Cole, que je charge de mettre son idée à exécution. Je serai sûr, comme ça, que tu ne me trahiras jamais... L'autre solution consistant, bien sûr, à me débarrasser *aussi* de toi ! Tu vas lui passer ton arme, Reggie !

— Non ! protesta l'intéressé. Je ne prête mon fusil à personne !

— C'est celui qui vous a servi à tirer sur Skylar depuis l'autre rive du lac ? lui demanda Joe.

— Vous ne connaissez visiblement rien aux armes ! C'était un fusil de précision que j'ai utilisé, ce jour-là, sinon je n'aurais pas pu...

— Ça suffit, Reggie ! s'écria Malcolm.

Puis il se saisit du fusil et le tendit à Cole. Ce dernier commença par secouer négativement la tête, mais il céda rapidement.

— Bon, d'accord..., grommela-t-il. Je vais faire ça dans la forêt, mais Cash pratique la boxe thaïlandaise, et je ne veux pas risquer de me laisser surprendre : il faut qu'il ait les mains liées dans le dos.

— Occupe-toi de ça, Reggie ! dit Malcolm.

Marshall s'éloigna, mais il allait revenir avec un morceau de corde, et Joe savait que, s'il voulait avoir une chance de sauver Skylar, il devait garder le libre usage de ses mains le plus longtemps possible.

Skylar n'arrivait pas à regarder Joe dans les yeux. Elle avait le sentiment de ne pas mériter le dévouement dont il faisait preuve à son égard. Il s'était porté à son secours sans tenir compte du danger, et maintenant Cole pointait un fusil sur lui en attendant que quelqu'un lui attache les mains dans le dos, pour pouvoir ensuite les emmener tous les deux sans risque jusqu'à l'endroit où il les tuerait.

Quant à Dorothy, pourquoi ne plaidait-elle pas avec plus d'ardeur en faveur de sa fille unique ? Skylar n'était pas loin de craquer nerveusement, mais elle s'obligeait à tenir bon et s'accrochait à l'espoir que Joe avait un plan.

Son oncle la détacha et lui ordonna :

— Debout ! J'aurais préféré ne pas en arriver là, mais vous ne pouvez vous en prendre qu'à vous-mêmes, ton copain et toi !

— Papa savait que tu braconnais, mais par loyauté familiale il ne t'a pas dénoncé. Je ne l'ai même jamais entendu dire du mal de toi.

— Mon frère était un imbécile !

— Tu as vraiment assassiné quelqu'un, Malcolm ? demanda Dorothy avec dans la voix un tremblement qui ne semblait pas feint.

— Et qui ça pourrait être ?

Reggie, de retour avec une corde, intervint alors :

— Eh bien, ce vieil Indien qui…

— Tais-toi ! coupa Malcolm.

Puis il poussa Skylar en avant, et elle alla rejoindre Joe. Sa proximité lui procura un sentiment de réconfort, mais la dure réalité la rattrapa quand son oncle déclara :

— Dépêche-toi de les emmener dehors, Cole !

Il se dirigea ensuite vers le fond du hangar, comme pour bien montrer qu'il se désintéressait de la question.

Joe posa une main sur l'épaule de Skylar dans un geste empreint de tendresse. Elle sentit une larme glisser le long de sa joue. Leur dernière heure était-elle vraiment venue ?

— On va s'en sortir, lui murmura-t-il.

Elle avait tellement envie de le croire ! Mais à moins d'un miracle…

— Donne-moi la corde, Reggie, et prends le fusil pendant que j'attache les mains de Cash ! dit Cole. Je connais des nœuds de marin, et je veux être sûr qu'il ne pourra pas se libérer.

Quand l'échange fut fait, Cole ordonna :

— Tourne-toi, Cash !

Joe obtempéra et amena ses mains derrière son dos, mais son regard se fixa soudain sur la porte. Skylar le vit sourire, puis lui faire un clin d'œil…

Que se passait-il ?

L'instant d'après, un grondement féroce annonçait l'arrivée de Stella, et Joe profita de cette diversion pour prendre Skylar par la taille et la tirer sur le côté.

La louve franchit alors comme une flèche la porte du hangar, sauta sur Cole et le renversa.

27

— Baisse-toi ! dit Joe à Skylar avant de la lâcher.

Elle s'accroupit, et il se retourna juste à temps pour voir la crosse d'un fusil se diriger vers sa tempe. Il leva aussitôt le pied assez haut pour atteindre le biceps de Marshall et lui porter un coup suffisamment violent pour le faire hurler de douleur et laisser tomber son arme.

Deux autres coups de pied – le premier à l'estomac, le second à un genou —, et l'homme s'écroula.

Joe ramassa le fusil et le lança à Skylar.

— Surveille cette crapule !

Pendant ce temps, Stella avait planté ses crocs dans le bras de Cole sous les yeux effarés de la mère de Skylar. Malcolm, lui, avait disparu dans l'ombre. Joe s'approcha de la louve et lui déclara :

— Tu peux le lâcher, ma belle : je m'occupe de lui.

Stella se releva, mais Joe avait mal évalué l'état de son ancien ami : il eut la surprise de le voir sauter sur ses pieds et, malgré une blessure qui saignait, se jeter sur lui.

Un combat de boxe thaïlandaise les opposa alors. Joe avait cependant toujours été meilleur que Cole dans cet exercice. Quelques coups bien placés suffirent à le neutraliser, et il s'apprêtait à l'attacher avec la corde abandonnée sur le sol quand le canon d'un pistolet se posa sur sa nuque et que Malcolm susurra :

— Belle démonstration, Cash, mais une arme à feu est plus efficace que n'importe quel art martial.

— Qu'y a-t-il dans ces congélateurs, monsieur Davis ?

— Pourquoi ? Vous avez faim ? Vous allez être déçu… Venez ! Tu nous accompagnes, Dorothy ?

La mère de Skylar obéit et, à la demande de son beau-frère, ouvrit un premier congélateur…

Il n'y avait rien dedans.

— Les autres aussi ! ordonna Malcolm.

Ils étaient tous vides, mais branchés. Leur contenu avait donc été récemment transféré ailleurs. Et c'était un camion frigorifique que Joe avait vu partir, tout à l'heure…

— Vous gardiez là des produits issus d'animaux braconnés, déclara Joe. Des plumes d'aigle, notamment… Max Owen vous gênait parce qu'il s'opposait à vos trafics, alors vous l'avez éliminé !

— Ce vieil Indien était un emmerdeur de première, mais je ne l'ai pas tué.

— Non, vous avez chargé « Reggie » de le faire.

Stella aboya soudain. Joe se retourna et vit Cole braquer un pistolet sur elle. Pendant que plus personne ne s'intéressait à lui, il avait ramassé le Glock de Joe, qui traînait encore sur le sol.

— Non, Cole, ne lui fais pas de mal ! cria Joe.

— Cette sale bête m'a mordu ! répliqua Cole.

Puis il ramena la culasse du pistolet en arrière pour introduire une cartouche dans la chambre, mais un coup de feu éclata alors. Malcolm sursauta, l'arme toujours plaquée sur la tempe de Joe bougea, et celui-ci en profita pour s'en emparer. Il vit Stella courir vers la porte et comprit ce qui s'était passé en entendant Dorothy Davis hurler :

— Tu as tiré sur ton fiancé, Skylar !

— Ne te mêle pas de ça ! lui lança Malcolm. Ton plan, qui consistait à raisonner ta fille et à réduire Cash au silence, a lamentablement échoué !

Joe s'approcha de Cole, dont la cuisse saignait légèrement. La balle tirée par Skylar l'avait juste effleuré, mais lui avait fait perdre l'équilibre et lâcher le pistolet.

— C'est une blessure superficielle, dit Joe à Dorothy, et cet homme n'est *plus* le fiancé de votre fille.

Puis il alla menotter Malcolm. Face à deux personnes armées alors qu'il ne l'était pas, Marshall ne pouvait pas faire grand-chose. Joe jugea néanmoins préférable de le mettre complètement hors d'état de nuire. Et, faute d'avoir une autre paire de menottes, il le ligota avec la corde. Cole, lui, ne constituait plus une menace.

Après avoir ramassé et rengainé son Glock, Joe put enfin prendre Skylar dans ses bras.

— Stella nous a sauvés, déclara-t-elle.

— Oui. C'est un animal extraordinaire.

— Et Cole a failli la tuer ! Quel monstre !

— J'ai eu peur qu'elle m'attaque de nouveau ! protesta l'intéressé. Et je ne t'aurais pas tuée, Skylar, je te le jure !

— Tu diras ça au juge !

Un bruit de moteur se fit entendre, se rapprocha rapidement, et le gyrophare d'une voiture de police ne tarda pas à jeter ses éclats lumineux à l'intérieur du hangar.

C'était Kofax. La lueur du feu de tourbe lui avait sans doute permis d'aller directement au bon endroit et, même s'il arrivait malgré tout après la bataille, son aide serait précieuse pour surveiller les prisonniers dans l'attente de nouveaux renforts.

Trois autres véhicules de police étaient maintenant garés devant le hangar. Adossée à l'une des parois du bâtiment, Skylar regardait Joe et ses collègues fouiller Malcolm, Reggie, et Cole – qui avait reçu les premiers soins.

D'après ce qu'elle avait compris, d'autres policiers allaient arriver, ainsi qu'une équipe de techniciens de scène de crime.

Joe avait appelé le central de la police pour demander l'interception d'un camion frigorifique en train de rouler sur la route départementale 7. Dix minutes plus tard, l'opératrice avait rappelé et annoncé que le camion avait été arrêté. Il contenait notamment un nombre impressionnant de dépouilles d'aigles à tête blanche.

Quand, poussé vers la porte par un shérif adjoint, Malcolm passa devant Skylar, il lui dit avec un sourire méprisant :

— Cette affaire n'est pas terminée !

Le cœur de la jeune femme se serra. Son oncle avait peut-être raison. Il bénéficiait de hautes protections, s'était jusqu'ici assuré l'impunité à coups de pots-de-vin…

Mais elle espérait que cela ne suffirait pas, cette fois, à lui éviter une lourde condamnation, car ce serait alors la fin de Davis Trucking et des délits en tout genre dont son propriétaire et ses employés se rendaient coupables depuis des années. Malcolm n'avait heureusement pas d'enfants : ses crimes ne retomberaient sur la tête d'aucun innocent.

Quant à Dorothy, elle aussi maintenant menottée, elle était complice de son beau-frère pour quelques-uns au moins des faits pour lesquels il serait poursuivi, si bien qu'elle serait mise en examen et passerait en jugement.

Mais ce pour quoi Skylar lui en voulait le plus, c'était d'avoir à peine protesté quand Malcolm avait ordonné à Cole de tuer deux personnes, dont sa propre fille !

Stella s'était enfuie après que Cole l'avait mise en joue. Skylar avait alors remarqué qu'elle boitillait – peut-être Cole lui avait-il fait mal à une patte en cherchant à la repousser. Elle devait être allée se réfugier dans les bois, mais Skylar n'était pas inquiète : d'une façon ou d'une autre, elle retrouverait la louve et pourrait la soigner si nécessaire.

Ce fut au tour de Dorothy d'être emmenée dehors par un policier. Elle s'arrêta devant Skylar et lui déclara :

— Mon seul crime a été de tomber amoureuse du moins recommandable des frères Davis.

— Tu ne méritais pas l'amour que papa avait pour toi !

— Je suis désolée…

Skylar garda le silence. Elle avait de nombreuses questions à poser à cette femme, mais elles attendraient. Là, ce n'était pas le moment.

Une fois sa mère partie, elle reporta son attention sur Joe. Il dirigeait les opérations avec un calme et une efficacité remarquables. Non seulement c'était grâce à lui qu'elle était encore en vie, mais il s'était montré prêt à se sacrifier pour obtenir sa libération.

Depuis leurs retrouvailles, il était toujours là quand elle avait besoin de lui, et elle voulait maintenant qu'il partage chaque instant de son existence. Ce matin, il lui avait dit que, s'agissant de l'avenir de leur relation, la balle était dans son camp…

Comme s'il sentait son regard, Joe se tourna alors vers elle et lui sourit. Cela aurait suffi à chasser ses derniers doutes si elle en avait encore eu, et elle lui rendit son sourire.

Quand tout serait terminé ici, ils rentreraient ensemble chez elle. Ils referaient l'amour, et elle lui dirait que cette nuit-là ne serait pas seulement suivie de beaucoup d'autres, mais, s'il le voulait bien, de toutes celles qu'il leur restait à vivre.

Épilogue

Une semaine plus tard

Malcolm Davis avait été mis en examen pour – entre autres – enlèvement, séquestration, braconnage et trafic d'espèces protégées.

Quatre heures plus tard, il avait payé la caution requise pour sa libération sous contrôle judiciaire. Il avait en revanche attendu le lendemain pour régler celle de Dorothy, poursuivie pour complicité dans certaines des charges retenues contre lui.

Elle avait téléphoné plusieurs fois à Skylar après sa sortie de prison, mais n'avait pu que laisser des messages vocaux : Skylar, en voyant un numéro inconnu s'afficher sur l'écran de son portable, s'était doutée de la provenance de l'appel et n'avait pas décroché.

Ces messages, elle les avait même effacés au fur et à mesure, sans les écouter. Elle ne se sentait pas prête à renouer le contact avec sa mère.

Le serait-elle un jour, d'ailleurs ? Il s'était passé tellement de temps depuis que Dorothy avait abandonné sa famille ! Avant de lui permettre de s'expliquer, Skylar avait besoin de déterminer si se réconcilier avec elle enrichirait sa vie ou ne ferait que la compliquer inutilement.

La question de leur statut de copropriétaires des biens laissés par Merlin Davis devrait cependant être débattue, et le plus tôt serait le mieux.

Reconnu coupable de braconnage, Cole Pruitt avait dû payer une amende de huit mille dollars, il passerait plus tard devant un tribunal pour conduite en état d'ivresse et, en attendant, le juge lui avait trouvé une place dans un centre de désintoxication de Minneapolis.

Reginald Marshall, lui, était en prison dans l'attente de son procès pour meurtre et tentative de meurtre. Ses empreintes digitales avaient été relevées sur la double page de journal qui recouvrait la dépouille d'aigle déposée sur le perron de Joe. La strychnine dont elle était saupoudrée appartenait au même lot que celle qui avait tué Max Owen. Il possédait en outre un fusil de précision Lapua, et des tests balistiques avaient permis de prouver que la balle récupérée par Joe dans le jardin de Skylar avait bien été tirée par cette arme.

Un jardin où Joe et Stella se tenaient en ce moment côte à côte. Ils regardaient Skylar prendre des mesures pour la construction, à l'ouest de sa maison, de la clinique chirurgicale qu'elle voulait associer à son refuge pour animaux.

Car elle avait trouvé grâce à Joe un moyen de concrétiser ce projet : il lui avait suggéré de faire appel à une entreprise de financement participatif telle que Kickstarter.

C'était une excellente idée, mais le plus merveilleux, finalement, c'était la certitude d'avoir Joe à ses côtés pendant que son rêve prendrait forme, puis deviendrait réalité.

— On dirait que tu as déjà tout en tête, lui déclara-t-il quand elle alla le rejoindre.

— C'est bien le cas. J'y pense depuis si longtemps !

— Ce sera une grande réussite, j'en suis sûr, et rien ne saurait me faire plus plaisir.

— Pourquoi ?

— Parce que je t'aime, et que tout ce qui te rend heureuse me rend heureux, moi aussi.

Skylar se haussa sur la pointe des pieds et embrassa Joe tendrement.

— Je suis en train de tomber amoureuse de toi, l'Homme qui murmure à l'oreille des loups, dit-elle ensuite. Ou alors je t'aime depuis longtemps, et je commence seulement à en avoir conscience.

— Les deux hypothèses me conviennent.

Après un nouveau – et long – baiser, Skylar toucha la serre d'aigle suspendue au cou de Joe et observa :

— Je sais que Max te manquera toujours, mais le fait d'avoir arrêté son meurtrier doit au moins satisfaire ton sens de la justice.

— Oui, et l'intérêt suscité par cette affaire a eu pour avantage de braquer les projecteurs sur le braconnage d'espèces protégées. J'ai proposé à deux chaînes de télévision locales de venir en parler à l'antenne, et elles ont accepté. Un lycée m'a invité à venir sensibiliser ses élèves à ce sujet… J'irai, bien sûr, et je continuerai de militer contre ce fléau jusqu'à ce que la législation en la matière se durcisse suffisamment pour dissuader les gens de l'enfreindre.

— Tu devrais te faire accompagner par Stella lors de ces interventions : elle illustrerait parfaitement la cause que tu défends.

— Vraiment ? Qu'est-ce que tu en penses, Stella ?

En guise de réponse, la louve remua joyeusement la queue et effectua quelques petits bonds.

— Je crois qu'elle me défie de la battre à la course, déclara Joe. Viens !

Puis il prit Skylar par la main, et ils s'élancèrent ensemble vers la maison, Stella sur leurs talons.

Retrouvez en octobre 2020,
dans votre collection

BLACK ROSE

Cavale nocturne, de Janie Crouch - N°605

SÉRIE DEUX FACE AU RISQUE 4/4

Le feu qui gronde de tous côtés ! Et la peur qui pousse mères et enfants à fuir… Dans un refuge pour femmes maltraitées, un incendie criminel fait rage. Arrivés à temps pour éviter la catastrophe, Bree, la hackeuse, et Tanner, le shérif de choc, s'enfuient dans la montagne avec les résidents et se lancent dans une cavale périlleuse pour échapper au fou dangereux qui les poursuit…

Une troublante fugitive, de Melinda Di Lorenzo

Qui est la mystérieuse inconnue, victime d'un accident de voiture, à qui Remo DeLuca vient de porter secours ? Amnésique, sans papiers, elle est accompagnée d'un petit garçon et semble terrifiée. Comme si elle fuyait quelque chose ou quelqu'un de terriblement dangereux. Une menace dont Remo, troublé par sa beauté fragile, est décidé coûte que coûte à la protéger…

Le bonheur en péril, d'Addison Fox - N°606

Jamais Hoyt n'aurait osé recontacter Reese de son propre chef. Pourtant, lorsqu'elle lui annonce qu'elle est enceinte, suite à la nuit d'amour qu'ils ont partagée quelques mois plus tôt, il est envahi par une joie inattendue. Un bonheur bientôt assombri par une série d'attaques violentes, comme si quelqu'un dans l'ombre voulait briser leurs retrouvailles amoureuses…

Des ombres sur la montagne, de Lara Lacombe

Sur les pentes de Pine Peak, une avalanche a révélé un macabre tableau : des corps de femmes enfouis là par un mystérieux assassin… En apprenant que sa sœur, disparue depuis des mois, fait partie des victimes, Molly sent le désespoir l'envahir. Une détresse à laquelle s'ajoute un sentiment de solitude extrême. Car elle est sur le point d'avoir un bébé et sait que Max, son compagnon, ne veut à aucun prix s'engager…

Retrouvez en octobre 2020,
dans votre collection

BLACK ROSE

Retour à Eagle Mountain, de Cindi Myers - N°607

En arrivant à Eagle Mountain pour le mariage de son frère, Emily se laisse envahir par la joie des retrouvailles. Mais son bonheur est de courte durée, car Brodie Langtry, l'homme qui lui a brisé le cœur des années plus tôt, est de retour en ville, lui aussi. Il traque le meurtrier qui sévit depuis des mois à Eagle Mountain et, comble de l'ironie, il s'est mis en tête de protéger Emily. Avec ou sans son consentement…

Captifs du destin, de Beth Cornelison

Parmi les clients de la banque, Dave reconnaît Lilly, la sœur de Helen, sa petite amie, morte cinq mois plus tôt. Une rencontre vite interrompue par l'irruption d'un braqueur qui les prend en otage… Enfermé avec Lilly, Dave comprend bientôt qu'elle est persuadée qu'il n'aimait pas sa sœur. Désormais, il se retrouve face à un double challenge : échapper à leur geôlier et convaincre la jolie Lilly qu'il est un homme bien…

L'ombre d'une menace, de Marie Ferrarella - N°608

L'agent Kyle O'Brien est furieux. Pourquoi a-t-il fallu que ce soit à lui qu'on assigne Jaren Rosetti, la nouvelle recrue ? Comme s'il n'avait déjà pas assez de problèmes avec le meurtrier qui sévit en ville depuis quelques semaines ! Car Jaren est bien un « problème », c'est-à-dire une jeune femme très séduisante pour laquelle il se surprend, d'emblée, à éprouver une trop vive attirance…

Une famille à protéger, d'Alice Sharpe

Le jour où Olivia Capri vient le trouver et le supplie de l'aider à rechercher son mari, Zac Bishop ne peut empêcher une vieille douleur de lui serrer le cœur : il n'a jamais vraiment oublié Olivia, son premier amour. Et en la revoyant, toujours aussi belle, il doute de pouvoir mener à bien la mission qu'elle lui confie sans éprouver l'envie de renouer avec elle…

Composé et édité par HarperCollins France.

Achevé d'imprimer en août 2020.

CPi
BLACK PRINT

Barcelone

Dépôt légal : septembre 2020.

MIXTE
Papier issu de sources responsables
FSC® C108412

Pour limiter l'empreinte environnementale de ses livres, HarperCollins France s'engage à n'utiliser que du papier fabriqué à partir de bois provenant de forêts gérées durablement et de manière responsable.

Imprimé en Espagne.